Das Wunder des Baums

chT

Schweizer Texte
Neue Folge

Herausgegeben von
Corinna Jäger-Trees (Bern)
Dominik Müller (Genf)
Hellmut Thomke (Bern)
Peter Utz (Lausanne)
Christian von Zimmermann (Bern)

Band 33

Annemarie Schwarzenbach

Das Wunder des Baums

Roman

Aus dem Nachlass herausgegeben und mit einem Nachwort von
Sofie Decock, Walter Fähnders und Uta Schaffers

CHRONOS

ISBN 978-3-0340-1063-4

Inhalt

Annemarie Schwarzenbach

Das Wunder des Baums

Roman

I. Teil

Der Prozess

I. Kapitel

In ihm vollzog sich ein wunderbarer Prozess, dem er seit einiger Zeit, ob er es wollte oder nicht, im steigenden Masse seine Aufmerksamkeit zuwenden musste.

Er hätte nicht zu sagen vermocht, um was es sich eigentlich handelte, noch, was er sich an Erkenntnis und Befriedigung, oder gar an äusserem Vorteil davon erhoffte.

Nein, der Prozess begann offenbar damit, dass er alle Wünsche aufgab, und darauf verzichtete, in irgendeinem mit Namen zu bezeichnenden Interesse zu handeln, einem fremden oder seinem eigenen.

Dies übrigens erstaunte ihn nicht, denn er war noch jung, und erinnerte sich wohl, wie er als Kind schon hilflos vor der bitteren Notwendigkeit des Verzichts gestanden war: Über einer Mathematikaufgabe brach er damals in Tränen aus, nicht weil er sie nicht zu lösen vermochte, sondern weil er ahnte, dass zwischen der Ellipse, welche er mit Hilfe einer einfachen Regel der analytischen Geometrie zwischen zwei rechtwinklig sich schneidenden Achsen eintrug, und den Ellipsen und Kurven der Sternbahnen am Firmament ein Zusammenhang bestand, den er wahrscheinlich nie ganz begreifen würde. Und selbst wenn er sich ganz der Mathematik widmen, die Relativitätstheorie ganz verstehen würde, – selbst dann noch, dachte er, würde er vor dem blossen Anblick und Geheimnis des Weltalls bei Nacht gleich ratlos zu weinen beginnen.

Und wenn er sich zum Studium der Mathematik und Naturwissenschaften entschlösse, auf wieviel Anderes würde er dann verzichten? – Zum Beispiel auf die Musik, an der sein Herz hing, und von der er schon als Kind genug verstand, um zu wissen, welcher Meisterschaft und täglicher Übung es bedurfte, um eine einzige Melodie so rührend, so schlackenlos rein wiederzugeben, wie Mozart sie einst vernommen und niedergeschrieben hatte. Die Saiten der Geige, und die süsseste Frauenstimme, – sie waren nur dürftige Instrumente, aber die Töne, aus denen jede Melodie und Harmonie sich zusammensetzte, sie kreisten frei in den Sphären, von Anfang an wie das Wort. Wie sie erlauschen, begreifen? – Und das Wort, – ja, zwischen Ratlosigkeit und Rührung musste ein inniger Zusammenhang bestehen! – wie würde es möglich sein, den Sinn eines Wortes ganz zu ermessen, und es unverfälscht, ungestraft zu gebrauchen? – Schlich sich nicht, sobald der Mensch die Stimme und Hand hob, die Lüge ein?

Soeben noch, – nicht als Kind, sondern gestern, – war er von einer Theegesellschaft heimgekehrt in einen Garten am Fluss, wo er sich in der nächtlichen Klarheit der Tropen einem Baum gegenüber gefunden hatte. Er wusste den Namen des Baums nicht, seine Blätter glänzten, als seien sie aus Wachs, und er rauschte nicht, sein Stamm, Geäst und Laub stand unbeweglich wie seit Ewigkeit im atemlosen, stillen, ewigen Silber des Monds.

Er sah nur den Baum, und konnte die Augen nicht davon lösen, als halte sich etwas Sehnsüchtiges in ihm, vielleicht seine Seele, am Bild fest, dieses knorrigen Stamms, dieser ausgespannten Äste, und wolle es umarmend mit dieser Fülle glänzenden Grüns verschmelzen.

Endlich wollte er das Wort «ein Baum» aussprechen, und tat es zaghaft, wie um ihn zu erkennen und zu grüssen, – und er musste seine reglos versunkenen Augen schliessen, die Anschauung war wie ein Bann gebrochen, und er kehrte wie aus einem Traum in die Welt zurück:

Was war geschehen? – Gehörten er und der Baum nicht der Welt an, in der er sich jetzt wieder befand? – Hier rauschte der Kongo-Strom als Begleitmusik zu den am Gartenrand vorbeigleitenden Scheinwerfern der Wagen, hier sah er, der einen Freund erwartete, auf das Zifferblatt seiner Uhr, und wechselte in seiner Ungeduld ein paar Worte mit dem schwarzen Koch oder Gärtner, der vor einem glimmenden Kohlenbecken sass, in seiner dunklen Sprache sang, und ihn nicht verstand. Und diese sinnlos ausgetauschten Worte erinnerten ihn wieder an den Salon, den er soeben verlassen hatte. Dort hatten sich Staatsbeamte, Personen von Rang zusammengefunden, und auf steifen Stühlen hatten sich Herren und Damen angestrengt und höflich, immerfort lächelnd, während angemessener Zeit zusammen unterhalten. Auch er hatte mit Gesten und Worten geredet, aber es kam ihm jetzt vor, als hätten sie sich einer indianischen oder Hottentottensprache bedient, oder Worte ihrer eigenen Sprache zu Sätzen geformt, die grammatikalisch richtig sein mochten, aber in Wirklichkeit keinen Sinn ergaben, keine Sache erfassten und beim Namen nannten.

Wovon war die Rede gewesen?

Von Krieg und Frieden, erinnerte er sich, von Freiheit und Zukunft. Von einem Unglücksfall, der einem Menschen das Leben gekostet hatte, – einem Anlass zur Trauer, – und vom Tod von hunderttausend Feinden, – einem Anlass zum Jubel, und endlich vom Heldentod, einem Anlass zur Rührung.

Man hatte von Monumenten und Prämien gesprochen, von guten Taten, schönen Gefühlen, sicher nur von wichtigen Dingen, und sicher auch von Bäumen. Es muss schwer sein, dachte er, so schwierige Worte wie das der Freiheit zu messen, wenn es mir schon kaum gelingt, das Wunder eines Baums mit den Augen zu umarmen. Und doch hatte ihm, dort im Salon, die Frau einer hohen Persönlichkeit zugelächelt, als habe er einen Erfolg davongetragen.

Aber was sollte er damit. Er wusste wohl, dass er, um sich bei allen im Salon und der Stadt Anwesenden beliebt zu machen, seine Tage mit Hottentottengesprächen verbringen müsste, und um zu Rang und Würden zu gelangen, würde er mehr Jahre brauchen als selbst für das Mathematikstudium. Und dann würde er in der babylonischen Verwirrung des Sündenturms vermutlich nie mehr Zeit finden, auch nur ein Wort ernst zu prüfen, – nicht eine Stunde mehr Zeit, die kaum genügen würde, um das Bild eines einzigen Baums zu betrachten,

er würde nie mehr eine Melodie vernehmen, nur noch die Begleitmusik aus Stromrauschen, Stimmenrauschen, Strassenlärm,

er würde Spielregeln lernen wie vorher die Regeln der Geometrie, und nie mehr das Kreisen der Sphären ahnen,

oh, seine Zeit würde reichen für viele Meisterschaften, und er würde nie mehr ratlos sein! ...

So wusste er später, dass in ihm der «wunderbare Prozess» mit dem Augenblick eingesetzt hatte, als er sich sprachlos jenem Baum gegenüber befand. Hatte er nicht dem Bild des Baums seine ganze Aufmerksamkeit zuwenden müssen, ungeteilt? Und mit solcher Inbrunst hatte er es erblickt, – so musste Mozart den Melodien gelauscht haben, so musste ein Versunkener den Schimmer von Gottes Antlitz schauen.

Aber was suchte er?

Bescheiden geworden, wollte er nicht mehr, wie als Kind, die Gesetze der Firmamente verstehen, noch mit Linsengerichten um den Segen der Erstgeburt handeln, noch mit Engeln um den Segen des Herrn ringen für sein Tun. Und immer gleich zweifelnd, hielt er von seinem Tun nicht viel. Sieben Jahre um Lea zu dienen, und würde es noch Rahel sein, die er nach vierzehn Jahren in die Arme schloss? – Was hatten ihm die Ehren des Doktorhuts eingetragen? – Er erinnerte sich wohl, es hatte ihn gerührt, dass seine Grossmutter ihn geküsst hatte, und er also fähig gewesen sei, sie zu erfreuen. Aber woran mass man die Taten? – Denn er hätte andere Ehren nach Hause getragen, und sie hätten den gleichen Dienst getan. Er hätte seine Lungen üben und der schnellste Läufer sein, er hätte den breitesten Fluss durchschwimmen können, oder die längste Brücke über den Fluss bauen, und Orden erwerben. Und dann? – Andere Frauen küssten ihre Söhne, Geliebten und Brüder, weil sie unverletzt aus einem Krieg zurückkehrten, oder weinten um die namenlos auf einem Schlachtfeld Verschollenen. Sie aber, die dort geblieben waren, – man verkündetete in Kirchen und auf öffentlichen Plätzen, wofür sie freudig gestorben seien: Und so geläufig gingen sie, selbst vor dem schweigenden Rätsel des Todes, mit Worten um: Die Ehre, die Heimat, die Ihren.

Wer waren, in jenem furchtbar unbekannten Augenblick, als die Verschollenen starben, die Ihren? – Vielleicht war unter ihnen Einer, der gläubig, blinden Muts, ohne nach rechts und links zu schauen, vorwärts gegangen war, einen Weg, dem Feind entgegen, – und als er dem Feind begegnete, der gläubig, blinden Muts wie er, den Arm mit der Waffe erhob und zuschlug, und Einer musste der Getroffene sein, – vielleicht erkannten sie Beide, der Sieger und der Besiegte, in diesem Augenblick im furchtbar verzerrten Antlitz des Anderen den Bruder, ihren Nächsten.

Ja, das war dann die Wahrheit, das einmal offenbarte Wort. Das war die Einheit zwischen Wort und Angesicht, worin die Freiheit anhebt: Den Panzer unserer Einsamkeit zu durchbrechen, das Gemeinsame zu erreichen, zu umarmen, zu verstehen, einzugehen. Dann konnte der Tod nicht mehr bitter sein!

Aber die Anderen, die ehemaligen Seinen, die den Heimkehrenden mit Ehren überhäuften, und die, welche im anderen Lager für den gefallenen Bruder Totenmessen lasen, – was wussten sie, was konnten ihre Worte besagen? Jenen furchtbaren, einmaligen Augenblick, er hatte ihn mit einem Einzigen geteilt.

Und würde er davon jemals erzählen wollen, – würde er das letzte Wort verraten, das unaussprechlich ist, – vielleicht würden sie Tränen vergiessen, sich an die Brust schlagen, andere Ehren austeilen, andere Salven abfeuern, –

aber ihm würde die Zunge im Gaumen verdorren.

– Man kann doch nicht sagen, das Beispiel aus dem Soldatenleben sei weither geholt: Denn unsere Ordnung, welche Ehen stiftet, Doktorhüte verleiht, und über den Gottesdiensten und Gerichtshöfen wacht, hat auch den Krieg vorgesehen, sodass ein Jeder zur Dienstpflicht aufgerufen werden kann wie zur Steuerzahlung. Und doch bedeutet diese Dienstpflicht nichts weniger, als dass ein Jeder sein Leben aufs Spiel setzen, Vater und Mutter verlassen, seine Kinder verleugnen, seinen Beruf aufgeben, sein begonnenes Werk vergessen, und Alles verlassen müsse, um IHM zu folgen: Einem blutigen Gebot. Und doch hat ein Jeder nur ein Leben, und selbst wenn er seinen Kaiser mehr liebt als Weib und Kind, und selbst wenn der bedrohte Friede sein eigener Friede auf Erden ist, – kann Einer über den Tod hinaus über seine Liebe bestimmen und auch bloss ermessen, was die Sache sei, für die man ihn sterben heisse?

Wir können uns doch nicht einmal vorstellen, dass wir ein Land, dem unser inbrünstiges Heimweh gehört, und ein geliebtes Antlitz nie mehr wiedersehen sollen!

Und doch besteht er, der Einsatz ohne Hoffnung, und doch kennen wir sie, die Furchtlosigkeit, die dem Nichts ins unbewegte Auge schaut.

– Ja, es gibt Helden! –

– Aber lässt es sich anordnen, das Heldentum, –

kann man Einen aufrufen, und den Anderen, und dann Hundert, und Tausendschaften, jeden Bürger und Gerechten, – kann ein von Menschen geschriebenes Gesetz ihnen sagen: «Stirb und werde», – sie aufrufen zur Heldenpflicht? – Ist es nicht der Herr, der jedem von uns seine Stunde gibt und die Umkehr bestimmt?

Woran vergreifen sie sich, die Menschen? –

Und sie folgen doch, Söhne und Brüder, Geliebte und Schüchterne, und lassen sich das Augenlicht rauben und die Hand abschiessen, und die schüchterne Hoffnung stirbt, und man findet ihren Tod gerecht: Man bedenke! – Man bedenke! – Und Einer, der Nichts hat, keine Hoffnung, keine Vision, – der von Niemandem geliebt wird, der kaum zum Leben genug hat, – nur dass er wusste: Es sei so, sein Schicksal, und er müsse es tragen, denn wenn er auch Nichts sei, so sei doch seine Frommheit wichtig wie ein Weizenkorn im Wind, – Einer, der vielleicht dem Wunsch, zu sterben, in vielen Nächten furchtlos ins Auge geblickt, und ihm widerstanden hat, – er hätte Nichts zu verlieren und taugte darum etwa zum Heldentum?

Sie glauben es vielleicht, die Bedenkenlosen, Handelnden, Mächtigen. Und das gleiche, von ihnen geschriebene Gesetz mag dann in besseren Zeiten einen anderen Unbekannten, ähnlich Ruhmlosen heranziehen, um ihm für ein im Dunkeln entstandenes Gedicht einen Lorbeer zu verleihen.

Aber wie kam er zu diesem Gedicht?

War es auch ihr Gesetz, ihr blutiges, das ihn zur Hymne aufrief? Oder galt sein mit Erstaunen und Rührung begabtes Gedicht nicht etwa nur einem Baum? ...

Aber der Prozess brach ab. – «Denn ich werde kein Gedicht schreiben», dachte Marc, – «denn ich bin kein Dichter, denn ich weiss nicht, was ich suche, woran meine Zunge sich stösst, und was ich berühre, zerbricht mir in der Hand, und was ich ausspreche, wird schal und taugt nicht, und ich werde mich, wie die Anderen, die Hundert und Tausendschaften, dem Gesetz unserer Unvollkommenheit fügen müssen wie der Erdenschwere. Denn wohin geriete ich?»

Wohl erinnerte er sich noch, wie jener Baum ihn aus der Zerstreuung gerissen, ihn gleichsam zur Anschauung versammelt hatte, damit er das Wort, das Bild und die Wirklichkeit des Baums wieder in Einklang bringen und begreifen könne,

wohl wusste er noch, dass der «wunderbare Prozess» von ihm die gleiche Aufmerksamkeit verlangte, – ja, es war deutlich:

Sollten der Baum und der Prozess ihn so weit bringen, ein Wort auszusprechen, gar ein Gedicht zu schreiben, dann musste er am Anfang beginnen: Er musste der Zerstreuungen überdrüssig sein und das Lächeln der hohen Persönlichkeit vergessen, seine Verabredungen brechen, seine Beliebtheit aufs Spiel setzen, und nur noch dem Strom lauschen, nur noch den Baum erblicken, wie himmlische Musik. Er durfte Hunger und Durst nicht mehr spüren, keine Liebe und keinen Hass mehr empfinden, noch die Hitze dieses lähmenden Landes, noch die Fremde, er musste seine Verzweiflung eindämmen, er durfte weder Zweifel noch Furcht kennen, – er durfte, um sich dem geringsten Anfang zu widmen, kaum mehr ein Mensch sein.

– «Denn so sind sie über ihre Feder geneigt, die Dichter», dachte Marc bitter, – «und kein Windhauch stört sie. So hören sie Sphärenklänge, greifen die Sterne mit Händen. So verachten sie ihr Brot, und richten ihre Hymne an einen Baum im Mondlicht.

Ein gefiederter Eukalyptus war es, langschwänzige Kolibris hingen in seinen Zweigen, er warf seine Schattenschärpe zum Kongo-Ufer, und war, in seiner schweigenden Pracht, ein Symbol der Stille der Tropennacht. Nicht bei Tageslicht möchte ich einen solchen Eukalyptus sehen, noch die Ufer des afrikanischen Stroms, die ich kenne, und die flach sind, im weissen Mittag erstorben. Der Garten noch, ja, gleicht manchmal einem richtigen Garten, wegen der Kühle und Sonnenflecke. Man könnte dann glauben, man sei noch ein Kind, und das Wasser des Springbrunnens, in das man die Hand taucht, sei frisch und ein Spiegel.

Aber es ist nur eine Erinnerung. Und wovon soll man in Afrika leben, wo alles feindlich ist, voller Skarabäen? – Der Himmel ist nicht froh, und der Wind nicht erfrischend, und das Laub nicht schattig, es zerbricht in der Hitze wie Glas, und in der Gartenecke stirbt eine räudige Gazelle vor Durst und Heimweh nach den Savannen, die ein Traum sind. Und mein Herz, in Träumen gewiegt, erwacht und ist nicht frei. Und der Baum ...»

Aber er konnte das Wort nicht mehr aussprechen, es war abgenutzt. Seit wieviel Tagen hatte er, um sich über den Alltag hinweg zu helfen, an jenen Augenblick im nächtlichen Garten gedacht, und an die Gelassenheit, die Freude, und den wunderbaren Ernst, die ihn damals erfüllt hatten. Aber es war vorbei, – alles einmalig, nichts liess sich halten, und jetzt bedeutete dies alles ihm nichts mehr. Er kannte den Namen des Baums, und hätte auch sagen können, der Baum sei gefiedert und gehe auf Zehen und nähre sich von Heuschrecken und Wiesenblumen. Und man würde ihn einer Lüge überführen.

So würde er auch sagen, das Lächeln der Frau, einer Unbekannten, sei eine Gunst gewesen, und sie war doch keine Unbekannte, sondern eine hohe Persönlichkeit, und ihr Lächeln bedeutete nichts. Wieder würde man ihn einer Lüge überführen, jedoch diesmal, da die Lüge ihm zum Vorteil gereicht hätte, war sie fassbar, gehörte in den Bereich der Ordnung. Und er würde, diesmal, in Zorn ausbrechen! – Diese Lüge, sie war nicht ernst! – Diese Gunst, sie bedeutete ihm nichts! – Um welche Vorteile, glaubte man, würde er buhlen? – Um welches Lächeln?

Und doch, – wie er es kannte, dieses zarte, dieses hinreissende Blühen des schönsten Antlitzes, des zärtlich geliebten, die ernst sich senkende Stirn, den ernst und süss sich schliessenden Mund, und die Augen, die sich unschuldig und furchtlos auf den Mund des Anderen richteten und sich mit Strahlen füllten wie sonst nur mit Tränen! – Ach, wie war die Lüge plötzlich weit! –

Da verharrt Marc, wie über einen grossen Schmerz gebeugt, und erkennt das Gefühl der Ohnmacht wieder, über das er, als er ein Kind war, Tränen vergoss: Grausames Ungenügen! Die Sterne erreichen! Das unverfälschte Lächeln!

Ein Wort ohne Lüge, oder die schweigend geschlossenen Lippen ohne Fehl!

Aber es war schon zu spät, noch einmal zu spät, und würde immer so sein. Während er sich noch aufbäumte, einem namenlosen, schmerzvollen Glück entgegen, das wie eine leise Wolke im hohen Himmel sichtbar schien und zerfloss, sanken die Worte von seinen Lippen, wie zu schwache Flammen. Und es blieb nichts, und er war es selber, der jetzt sein ausbrechendes Gefühl wie ein Rudel Windspiele in alle Richtungen trieb, der die Vision ausstampfte, ein paar Rauchfahnen, eine letzte Glut. Es war erleichternd, und zugleich fürchterlich. Es war der nüchterne Augenblick, wenn man besiegt ist und dem eintretenden Störenfried dankbar entgegensieht, der gekommen ist, um einen an wichtige Geschäfte zu erinnern, zu einem Gang oder Glas Bier aufzufordern.

Wichtig war in diesem Augenblick alles, was Zerstreuung verschaffte, die vergessenen Blumen für die Frau des Gouverneurs, die vergessene Post nach Europa, die vergessenen Rasierklingen, – und der Artikel, den man noch nicht geschrieben hatte, wog die Gespräche im Salon, die man wieder führen würde. Man hatte sich zehnmal im Lauf eines Tags, und während einer Stunde, die man selbstvergessen in einem nächtlichen Garten zubrachte, als ein untüchtiger Mensch erwiesen, und man würde seinen Willen aufrufen und sich zehnmal als tüchtiger Mensch erweisen. Und Marc unterdrückte die Frage: Ob denn Alles, die Arbeit und die Lust der Menschen, zu ihrer Zerstreuung diene, und Alles dazu, sich zu beweisen, vor einem Dasein, das von Tag zu Tag zerrann und ohne Zusammenhang war.

Ja, ohne Zusammenhang!

Denn, wer hinderte ihn, die wichtigen Geschäfte zu vernachlässigen, die Arbeit nicht zu tun, und die Zerstreuungen zu verachten?

Die Welt würde ihn fallen lassen, und dann? – Vielleicht würde er hungern, und er würde es zu Nichts bringen. Aber er, der Hungernde, der dann auf unbekannten Saumpfaden ginge, und um dessen Namen und Ansehen sich Niemand mehr kümmerte, wäre er nicht derselbe, ein Unwandelbarer?

Und wenn er anders handelte, getreulich, wie die Welt es von ihm erwartete, – und die Geschäfte, die er dann triebe, gingen um nichts weniger als Millionenwerte, was dann?

– Denn es wäre wohl möglich, dachte er, dass die Stunde, die ihm von einem anderen Gesetz zugewiesen würde, die Stunde der Umkehr, die einzige Stunde, – dass er sie wie Windspiele vertriebe und ungenützt vorbeistreichen liesse.

Wegen eines Geschäfts, einer Handlung, einer Zerstreuung, wegen eines

Lächelns, dem er antworten musste. Denn die Entschuldigung, er habe einer Stunde lauschen müssen, galt wohl nicht vor der Welt, in der er lebte. Aber die Stunde liess sich nicht zurückrufen und Gott liess nicht mit sich handeln,

und Marc blieb über seine Ohnmacht geneigt.

Er konnte doch sein besseres Wissen nicht verleugnen:

Dass jene Anderen, welche die Versunkenheit und die Anschauung kannten, – die Grossen, die mit dem Himmel im Zwiegespräch standen, – die Reinen, die Ungestörten, –

dass sie anderen Gesetzen folgten als dem des Handelns, und dass ihnen die Zeit kostbar war.

Wie hätten sie sonst über alle irdische Not hinaus

die Worte und Töne vernommen, die schwebenden?

Er aber, – ein Armer, er hatte nichts vorzuweisen. Und sobald er, was er vielleicht in seltenen Stunden vernahm, aussprechen und vorweisen wollte, zerstörte er es. Sollte er, um sich das Recht auf ein paar Stunden im Baumgarten zu erkaufen, vorgeben, er sei besser als die Anderen und habe ein köstliches Geheimnis zu verbergen? Ach, himmlisches Gelächter! – Denn er sah sich, die nackte Ohnmacht in den Fäusten, hadernd, mit wem! – Und er lehnte sich auf, gegen ein bisschen Qual, den Himmel, die Bleischwere, die afrikanische Nacht, – gegen den Duft, der betäubte, und die Pracht roter Blüten, gegen die weissen Totenschwärme der Ephemeren, und die von überirdischen Feuern gezeichneten, lehmfarbigen, langsamen Wogen des Stroms. Erstickte man nicht? Und erstickten sie nicht, die Anderen, die auf ihn ihre Blicke richteten, den Fremden, und ihn nicht allein lassen wollten? Was verlangte er? – Einen Atemzug Luft!

Im leise hereinströmenden Windhauch, der ein wenig Abendkühle von den fernen Hügeln der Wildnis herab trug, verhallte sein Protest ungehört. Und er musste Abbitte leisten: Denn in dieser Hitze der Tropen hatten Andere ein tapferes Leben geführt, wessen klagte er sie an? – Sie hatten Wälder gerodet und Brücken gebaut, auf brüchigen Schiffen gegen den Strom gekämpft und tausend Inseln auf Landkarten eingezeichnet, ein Leben hatten sie verbracht, um Elfenbein zu sammeln und auf der Goldsuche. Dem König hatten sie wohl die Treue erhalten? – und waren, in welcher Not oft, gestorben!

Und dies alles um ein bisschen Geld?

– Marc zwang sich zu lächeln. Einen Roman würde er schreiben. In der Nacht würde ein Gewitter ausbrechen.

Morgen würde es ein wenig kühler sein.

Rings um ihn sassen Bekannte, die ähnlich lebten wie er. Und er würde jetzt schlafen gehen, und ein anderer Tag würde beginnen. Was war unerträglich?

Aber da geschah es. Er stammelte, und die Nacht kreiste um ihn. Er hörte ringsum viele Stimmen, und hörte sie nicht mehr. Er wollte aufstehen, und der Schoss der Erde zog ihn an. Er wollte reden, und brach mitten im Satz ab, weil es für Worte zu spät war.

Ein schwarzer boy lief vorbei, er hielt ihn an, um nur einen Menschen anhalten zu können, und der boy reichte ihm ein Glas Wasser. Aber auch das genügte nicht mehr.

Zuhause setzte er sich an seinen Tisch, und die Kleider klebten ihm am Leib. Er ordnete alle Gegenstände, die ihm vertraut waren, und öffnete die Schreibmaschine, und nahm weisses Papier, als wollte er arbeiten.

«Es ist nichts», sprach er sich zu, – «man muss nur versuchen, das Leben fortzusetzen», – und brach ab, und schämte sich seiner Hilflosigkeit, und auch der Lüge. Wie ging er mit Worten um!

Aber während er seinen Willen aufrief, und spürte, dass sein Wille schwach war, – und während er zu schreiben begann, und sich sagte: Es müsse doch möglich sein, einen Anfang, das rechte Wort, zu finden,

kollerten die Worte leicht, wie Kieselsteine, hervor, und waren sinnlos, und ein anderer Wille, der ihm fremd schien, versuchte, in ihm andere Worte zu formen, und es war vergebens, ja, er musste den Mund öffnen, um sich von diesem seltsamen Zweikampf zu befreien.

Er sass gerade aufgerichtet, die Finger in die Schläfen gepresst, und die Befreiung blieb aus.

Da stiess er auch schon den Stuhl zurück, und hielt die Tränen zurück, und murmelte «warum bin ich verzweifelt», und wusste in seiner Trostlosigkeit schon, dass er auf solche Fragen nie eine Antwort erhalten würde.

II. Kapitel

Marc glaubte nach solchen vergeblichen und erschöpfenden Kämpfen, dass sein Leben wahrscheinlich eine Kette von Niederlagen sein würde. Wahrscheinlich, – denn er räumte ein, dass die Möglichkeit einer glücklicheren Wendung so zufällig sei wie sein jetziges Unglück. Er hielt sich nicht für einen glücklichen Menschen, umso weniger, als er die eigentliche Qual, die ihm das Leben so schwer machte, nicht benennen konnte. Ja, sie allein schien aus dem Bereich des Zufälligen gehoben, und also unabänderlich zu sein. Aber so wie er über Nacht zu Ehren gelangen konnte, so war es auch nicht ausgeschlossen, dass er eines Morgens im Schoss eines noch unbekannten Glückes erwachte. Aber würde es unveränderlich sein? Würde er einem geharnischten Widersacher begegnen, der auf makelloser Stirn das strahlende Zeichen des Bösen trüge? Wie würde er ihm furchtlos entgegengehen, das blosse Schwert in den Händen! Wie ihn begrüssen! – Oder würde er den Bruder, einen Geliebten, die Geliebte finden, einen Menschen ohne Fehl? Und in der ersten Umarmung müssten ihre Augen ineinandertauchen, und zu einem Spiegel werden, wie ein Wasser sich mit dem anderen mischt! – Oder würde er auf seinem fernen Gebirgen zustrebenden, nie endenden Weg einem Engel begegnen, mit dem er nicht ringen müsste, um den er nicht würbe? – Noch die allerfernste Kette würde in Bläue schwimmend zu seinen Füssen liegen und in das Rauchkleid gehüllt sein, das aus friedlichen Tälern glücklich emporsteigt! – Ja, er sah sie voraus, die Möglichkeiten des Glücks! – Aber war es noch irdisch? – Seine Ahnung allein erfüllte ihn mit einem so inbrünstigen Verlangen, dass der Hauch, der ihn streifte, stärker sein musste als alle irdische Verzauberung und Süsse, und schon dem erlösenden Hauch des Todes gleichen musste …

Warum hatten die Menschen zwei Worte für Glück und Erlösung gesucht, warum gefielen sie sich, in denen die Erinnerung an den Stand der Unschuld nicht erloschen war, in der Erfindung so unvollkommener Paradiese!

Und es schien Marc nicht erträglich, dass man im Bewusstsein zukünftiger Erlösung leben müsse, ohne sie begreifen zu können, dass man die unstillbare Sehnsucht hinnehmen, und doch jeden Tag aufstehen und sich mit jedem Schritt in Sünde verstricken müsse. Denn jeder Stein erregte Anstoss und konnte in der Hand eines Jeden, der ihn aufhob, zum Stein des Brudermords werden, und jede Liebe konnte töten und barg in sich den Keim des Hasses, und keine Feindschaft konnte so reinen Ursprungs sein, dass sie die Wurzel des Bösen träfe und durchschnitte. Ja, die reinen Herzens sind, glaubte er, werden Gott schauen,

aber wann, wann würden sich die ringenden Sphären teilen und dem Reinen Durchlass gewähren, wann die kreisenden Welten anhalten, die Harnische sich öffnen, und die harmvoll gehärteten Menschengesichter sich glätten und in einen Spiegel entzückter, gelassener Freude verwandeln?

Verlangte man von uns, die wir die Gewissheit der sich nähernden Versöhnung nicht verleugneten, verlangte man von uns die unermüdlichen Gesten des Kampfes um ein bisschen Leben? – Dass wir, die wir die Nichtigkeit unserer Erdenwege erkannten, doch diese Wege mutig gingen? – Dass wir, der unvollkommenen Liebe begegnend und unser unvollkommenes Werk ausführend, dieser Liebe und diesem Werk unsere brennenden Kräfte zuwandten? – Dass wir im Antlitz des Bruders, in seinen von Tränen getrübten Augen, den Spiegel des ungetrübten göttlichen Antlitzes wiederfanden und in dem mit Inbrunst unternommenen Werk die nie erreichbare Vollendung? – Welcher Zärtlichkeit sollten wir in trostlosen Nächten, unserer unverletzlichen Einsamkeit bewusst, immer wieder die Arme öffnen?

Aber da die Antwort ausblieb, erschöpfte sich Marc bis in den Schlaf. – «Denn wir sollten uns verzehren», – sagte er sich, – «wir sollten die Waffe führen, bis sie stumpf geworden ist, und unsere Liebe kosten, bis sie sich auf unseren Lippen verwandelt, und die Frage steht uns nicht an. Sonst wären wir, statt eingeschlossen im Harnisch unserer Einsamkeit, schon eins mit dem lautlos kreisenden All, in dessen Fluten die Engel nicht mehr Gestalt annehmen um uns gegenüber zu treten, und die Worte sich nicht mehr formen, denn alles wurde schon bei seinem vergänglichen Namen genannt. Und die Dichter und wir, wir wären ein nutzloses Geschlecht.

Aber wir sind Ringer. Wir sind Ringer und vermögen es, tapfer zu sein. An Hunger und Kälte sterben wir, an Giften, an gebrochenem Herzen, und fürchten uns doch nicht. Kein Engel kann wie wir dem Hunger, der Not und dem Bösen widerstehen, das er nicht mehr kennt. Sie haben unverletzliche Füsse, die Engel, wir aber gehen über brennende Kohlen und baden uns in Tau, wenn wir es nur wollen. Wenn wir nur einen Ton vernehmen, – aus welcher Ferne! –, wenn wir nur manchmal im Abendhauch und Hügelschatten die dunkle Kühle des Weltalls ahnen, wie lauschen wir! – Wie richten wir uns auf! – – – «

Marc war jetzt nicht mehr niedergeschlagen. Das eben noch Unerträgliche genügte ihm jetzt als Trost:

Dass man das Unvorstellbare, das weit Entfernte und Vollendete so heftig begehren könne, immer wieder, von Anfang an, als beginne das Leben mit jedem erwachenden Morgen!

Was war, neben dieser Unbeirrbarkeit, die Kette der Niederlagen, welche die Erde ihm bereiten würde?

Gab es für ihn und alle Sterblichen mehr, als den Ausgang der Schlachten mutig zu überstehen?

Hatte er Verwundungen davongetragen? – Aber er spürte sie nicht. Er hatte alles vergessen, und konnte jeden Augenblick in das gleiche Vergessen hinabtauchen. Die Welt ringsum war so still, kein Windhauch kränkte ihn. Die Hitze war unverändert, der Strom schien unter der fürchterlich fallenden Sonne zu Lehm erstarrt. Der Himmel war blendend, die Stadt war verstummt, als hätte eine Seuche sie heimgesucht. Der Tag war noch lang. Und Marc rang nach Atem. Nichts würde ihn stören, denn sein Gehör war stumpf und seine Augen blind. Aber er würde doch schreiben, immer wieder, von Anfang an, die Geschichte seiner Unschuld, und seines Triumphs. Unermüdlich würde er die stockende Feder ansetzen, sich die Stirn trocknen, die brennenden Augen schliessen. Und zehnmal im Satz würde er abbrechen: Denn er hatte in sich ein untrügliches Gefühl, einen Masstab der Worte, daran rührte das Urteil der Menschen nicht. Wussten sie, von was er redete, konnten sie in sein Herz blicken? – Er aber wusste zwischen Gut und Böse zu unterscheiden. Er lächelte, er war trotzig, er war beinahe glücklich. Ihre Niederlagen, die sie ihm vorbereiteten, sie waren ihm nichts, und ihre Siege wollte er nicht teilen. Denn er war ein Ungläubiger, und Vieles, was ihnen so ernst schien, – ihre Fahnenweihen, ihre Gelöbnisse, – ihn ekelte es. Und wieder brach er ab. Er hörte eine Uhr schlagen. Der Abend war nicht kühler, die Tropennacht würde erbarmungslos sein. Marc fragte sich: «– Aber wie weit reicht meine Kraft?» Und er fuhr fort: «– Ich bin nicht unschuldig. Was ich in ihren Augen bin, tröstet mich nicht und befreit mich nicht. Was ich der Erde abringen kann, bedeutet wenig. Was ich beginne, zerbricht. Aber wo beginnt der fürchterliche Irrtum? – Was ist unsere Bestimmung?»

Er schwankte. Aber wohin sollte er sich wenden, zu wem redete er. Seine Zunge wurde schwer, er verstummte, er war allein. Und war sich doch keines Vergehens bewusst …

III. Kapitel

Während der Nacht begann der Regen.

Er kündigte sich nicht, wie meistens die Tornaden der Äquatorzone, durch einen trockenen Sturm, riesige, flammenartige Blitze, und von fern hereinrollende Donner an, sondern der Regen setzte leise und langsam ein und wurde immer stärker, bis sein gleichmässiges, den ganzen Himmel füllendes Rauschen dem eines grossen Stromes glich.

Nicht einmal die Schwarzen hätten am Abend die Tornade voraussagen können. Man sah sie in der Dämmerung im schwärenden Dunst am Rand der Strassen sitzen, gegen Mauern oder staubige Häge gelehnt, und ihre Augen, die sie unter halb geschlossenen Lidern auf die Vorübergehenden richteten, hatten ein weisses Leuchten wie im Tageslicht die blinden Pupillen von Nachttieren. Die «Sentinellen», welche öffentliche Gebäude, Läden, und häufig auch Privathäuser bewachen mussten, liessen ungeachtet der Hitze neben sich kleine Kohlenfeuer glühen, um sich gegen die Feuchtigkeit zu schützen und die Insekten zu vertreiben. Die Europäer, die abends oder während schlafloser Nachtstunden auf ihren Barsas sassen in der Hoffnung, einen frischen Luftzug zu erhaschen, wandten manchmal ihre enttäuschten und ermüdeten Blicke vom weiten, erbarmungslosen Himmel ab, um auf der Silhouette eines vertrauten Palmbaums oder der dunklen Woge des Nachbargartens auszuruhen, oder einfach der hell sich abzeichnenden Linie einer Strasse zu folgen, die zwischen zwei Reihen schwach erleuchteter neuer Wohnhäuser und Baracken zum Ende der Stadt und in die Wildnis hinausführte. Das Glimmen der Kohlenbecken im Schatten der Mauern oder unter dem feuchten Glanz schwerer Bananenblätter und Blütenbüsche gehörte zum Bild der nächtlichen Stadt und erschreckte sie nicht, obwohl sie es manchmal mit der Glut ferner Dschungelfeuer verwechselten. Ebenso waren sie es gewohnt, manchmal das Tam-Tam der Trommeln aus dem den Eingeborenen zugewiesenen Quartier zu vernehmen, welches man das «Belga» oder einfach «das Dorf» nannte. Obwohl die Schwarzen dort zu Tausenden zusammengepfercht, und ohne Rücksicht auf ihre Herkunft und Stammeszugehörigkeit, in ihren armseligen Hütten hinter Drahtzäunen lebten wie in einem Gefangenenlager, hatten sie doch unter sich einige ihrer Gewohnheiten beibehalten. Sie besassen ihre Trommeln aus ausgehöhlten Baumstrünken, und wenn sie genug Palmwein getrunken hatten, oder wenn der Mond im Zunehmen war, versammelten sie sich auf den breiten, leeren Strassen zwischen ihren Quartieren, und der hartnäckige, dumpfe Rhythmus des Tam-Tam tat bald seine unwiderstehliche Wirkung. Die Tänze arteten oft in streng nach den Regeln eines vergessenen Kultes durchgeführte Zweikämpfe, oder in ebenso streng vorgezeichnete, obszöne Szenen aus. Aber davon wussten die europäischen Bewohner der Stadt wenig. Das ferne Grollen der Negertrommeln erinnerte sie übrigens trotz seines vertrauten Rhythmus moderner Tänze nicht an Musik, sondern glich dem unverständlichen, drohend anschwellenden Gemurmel einer fremden Volksmenge. Aber es erzeugte bei den Weissen keine Furcht. Sie achteten so wenig darauf wie auf das jede Nacht vernehmbare, aus fürchterlicher Qual geborene Brüllen der im Zoo gefangenen Löwin, das bis zu panikartiger Raserei anstieg: Dann wusste man ohne hinzuhören, dass es verebben würde.

Aber die Nacht dauerte, und die schwelende Hitze schien nicht in Flammen auszubrechen, noch im eigenen, düsteren Hauch zu ersticken und sich zu verzehren. Der Himmel war doch voller Bewegung! – Aber das Schauspiel, das er den dürstenden Blicken der im Dunkel, auf ihren Barsas, hinter den trüben Moskitonetzen ihrer Fenster, am Rand der beleuchteten Strassen, oder irgendwo über der Uferböschung des Stroms wartenden Menschen bot, – dieses dramatische Schauspiel rollte sich stumm, in unermesslicher Ferne, und hinter aus Feuer, Dunst, schwärenden Düften, und Gifthauch geschweissten, gläsernen Wänden ab, – es war in der Tat nicht von dieser Welt. Die Abendröte über dem dunkelnden Streifen der Wildnis war längst erloschen, die zartblauen Hügelrücken, welche immer fernere Horizonte zu versprechen schienen, waren im Pastellblau des Himmels zerflossen und vielleicht für immer verschwebt. Aber in den gewaltigen Umkreis der Nacht waren dann weisse Wolkenmassen eingeströmt, welche langsam und stätig wandernden Eisbergen glichen. Ja, der schwarze, von dahinziehendem Eis bewegte Himmel glich einem Polarmeer, die Sterne sandten den Glanz milchigen Nordlichts aus, man ahnte kristallene Kühle!

Aber die Menschen, die staunend dieses Bild betrachteten, spürten nicht einmal mehr das Verlangen, diesen Kristallglanz mit ihren Lippen zu berühren. Sie sehnten sich nach Schlaf. Und gebannt hinaus starrend, wussten sie schon, dass sie mit gleich angstvoll geöffneten Lidern, unter dem Moskitonetz auf ihren Betten ausgestreckt, hoffnungslos auf den nächsten Stundenschlag warten würden.

Als in jener Nacht der Regen endlich einsetzte hatte die Hitze schon vierzehn Tage oder etwas länger gedauert, und man hatte längst schon Recht gehabt, die Tornade von einer Stunde zur anderen zu erwarten. Aber das afrikanische Klima ist von schonungsloser Wildheit, und kümmert sich nicht um die Erde, die unter ihm in ähnlicher Wildheit bald üppig und fruchtbar wuchert, bald in üppiger Fäulnis verdirbt. Die Lust des Säens und Gedeihens und die Freude der Ernte kennt man hier so wenig wie die herbe Wartezeit, wenn die Menschen sich geduldig um ihre Herdfeuer sammeln, und Scharen hungriger Vögel im leeren Winterhimmel kreisen. Hier kennt man keinen Hunger, das lebendige Fleisch fault wie die Früchte am Baum, die bunten Vögel fallen vergiftet aus den Wolken, – und statt murmelnder Quellen, die kristallhell aus durstigen Felsen springen, statt der sanft über ihre Ufer tretenden Seespiegel und der in Tau schwimmenden Wiesen, gibt es hier zu viel Wasser. Es strömt nicht, es sucht sich kein Bett, es überschwemmt kein wartendes Feld, es ist nicht kühl. Kein Hauch bewegt es. Im modernden Dickicht der Wälder liegt es in trüben Teichen, oder leblose Ströme stehen, mattfarbig wie erloschene Perlen, zwischen grünen Uferwänden. Manchmal zerreisst ein Affenschrei die Stille, oder Papageien wiegen sich auf überhängenden Zweigen.

Das ist draussen, in der Wildnis. Marc dachte an sie, als er mitten in der Nacht erwachend das gleichmässige Regenrauschen hörte. Das feuchte Leintuch klebte ihm noch am Leib. Er befreite sich davon und fühlte, dass er fror. Aber es war das prickelnde Frieren nach einem Fieberanfall, welches schon die nächste Welle des Fiebers ankündigt. Er zog das Leintuch bis an den Hals, und lag still und lauschte auf den Regen. – «Oh Befreiung!», – dachte er. Aber obwohl er den belebenden Luftzug fühlte, und sein Atem leichter ging, wusste er, dass er log. Er war sehr ruhig und völlig wach. Mit dem schmerzenden Rückgrat folgte er seinen leisen, regelmässigen, wenn auch etwas stossweise erfolgenden Atemzügen, wie um sich seines Lebens zu vergewissern. Aber er hörte den Regen draussen auf den nackten Erdboden aufklatschen, wie im Traum, – und wie in einem Traum war er sich zwar seines eigenen Lebendigseins bewusst, aber er kannte sich nicht mehr. Ebensogut hätte sein Atemzug ein winziger Pulsschlag oder Windhauch sein können, der draussen eine Handvoll nasser Gräser bewegte, oder er hätte aufgelöst und riesengross wie von Blitzen zertrümmerte Wolken das ganze Weltall erfüllen, vom ganz warmen Dunkel des Weltalls umhüllt sein können. Oder war es nur seine Stirn, auf der das Wasser verdunstete und die Kühle sich sammelte, und die jetzt glatt und unversehrt sein musste, und wie Elfenbein leuchten. Er hätte einen Spiegel gebraucht, um sich wieder zu erkennen, – seine glatte, gewölbte, gar nicht unschöne Stirn, das frisch gewaschene, weich fallende Haar, und die bläulichen Schläfen, die er mit den Händen anfassen und gewaltsam eindrücken konnte, wenn er nur wollte …

«Denn ich gehöre mir noch», dachte Marc, in einem trotzigen, jäh wie Zärtlichkeit ausbrechenden Triumph. Er hatte einer Versuchung widerstanden, diesem Regen, dieser Erschlaffung, dieser Auflösung, und hatte sich wiedergefunden. Aber schon erschrak er. Er löste seine Finger und befreite seine Schläfen von ihrem grimmigen Zugriff. Es war ihr leise bebender Pulsschlag, der ihn so erschreckt hatte. «Selbstmörder», murmelte er, «kindischer Mörder!» – Suchte er sich Gefahren, nur um sie zu bestehen, Feinde, um sich zu brüsten, würde er sich so über den zarten Atem des Geliebten werfen, um ihn zu schützen und zu ersticken, – fürchtete er so die Wohltat, dass er sie hassen und zerstören musste!

Er starrte mit angstvollen Augen in die Dunkelheit, die sich geweitet und verdichtet hatte wie ein Nebelmeer. Er konnte nicht denken. Aber die Furcht, die ihn angerührt hatte, liess ihn nicht schlafen. Wenn er nur zu Jemandem hätte sprechen dürfen, oder sein Gesicht im Schoss bergen, im warm ihn umschliessenden geliebten Arm. Aber selbst dann noch würde er sprechen wie vor dem unbesiegten Antlitz des Engels. Und er begann:

«Soeben, als dieser kühle, wunderbar erfrischende Regen noch nicht eingesetzt hatte, da widerstand ich willig dem Bösen und jeder Versuchung, um nichts in der Welt hätte ich nachgegeben.»

«– Natürlich nicht», unterbrach man ihn, – «ein wenig Stolz, ein wenig Besinnung! – Du wirst doch nicht vierzehn Tage Hitze erliegen, dem ersten besten Feind, einem Pfeilhagel!» –

«– Dann kam der Regen, wie es uns längst versprochen war, denn man mutet uns nichts Unmögliches zu. Und ich konnte aufatmen. Aber so bald ich nachgeben und mich freuen wollte, war es mit meinen Kräften zu Ende, denn ich war schon erschöpft. Es war eine sehr zärtliche Erschöpfung, ich fühlte meinen Körper, meine Schmerzen, nicht mehr, und kannte keine Grenzen und war eins mit den Gräsern und Wolken.»

«– Und die Gräser haben Dir nichts angetan und die Wolken haben Dich in sanfte Winde gehüllt davongetragen –»

«Aber in der Liebe, die ich empfand, verlor ich mich. Meine Gedanken verwirrten sich, und meine Erinnerung war ausgelöscht, ich hatte sogar meinen eigenen Namen vergessen. Es war, als müsse ich alles, alles, was ich je gekannt und verstanden und besessen habe, alle meine Kräfte an eine einzige Umarmung geben und keinen Wunsch zurückbehalten, – als müsse ich in dieser zärtlichen Wohltat vergehen, vergehen ...»

– Welch wunderbare Umarmung! –

«Es ist wahr, dass ich keinen Feind mehr hatte. Erst, als ich meine Hände ausstreckte, hätte ich leicht, aus Versehen, meine eigenen Schläfen zerdrücken können. Wir sind so verletzlich, ein Zufall genügt, um uns zu töten, ein Nichts.»

«Ja, so leicht werdet Ihr zu Mördern!»

«Aber ich musste mich doch wiederfinden! – Ich musste mich zur Wehr setzen!»

Ein Lächeln antwortete ihm. Es war gleichmütig, ohne Hohn, und freundlich. Er beharrte:

«Man darf doch keinen Versuchungen erliegen! – Umarmungen, kühlen Winden! – Ach, jenen Wundern, welche immer über fernen Bergketten aufsteigen, deren Bläue leicht wie Schiffe ohne Kiel durch die Bläue des Weltalls streicht ...»

Sanft, beinahe erbarmungsvoll setzte die Stimme ein:

«Du beschreibst sie so gut, – jene Wunder, hast Du sie mit eigenen Augen gesehen?»

Er besann sich und suchte nach einem Wort. – «Sie gleichen den Frühstunden ...», wollte er beginnen. Aber es war schon zu spät. Die trübe Dämmerung, die das Zimmer erfüllte, erstickte die Stille. Vielleicht hätte er sonst noch die Frage gehört, – die Frühstunden, die Wunder, die Schiffe ohne Kiel, und die durch den irdischen Tau wandernden Feuer, – ist ihr Anblick tödlich, haben sie Dich versengt? –

[Fünfseitige Textlücke im Typoskript] sein Grossvater sie erworben hatte, um hier während ein paar belanglosen Jahren als politischer Flüchtling leben zu können. Marc's Grossvater war ein Edelmann und Revolutionär gewesen, der seine Heimat, seine Offizierskarriere, und sein schönes elsässisches Familiengut in der Nähe der Schweizer Grenze nach dem Ende des Siebziger Krieges aus Protest verlassen hatte. So hiess es in der Familienlegende, und Marc hatte nie über den Sinn dieses Wortlauts nachgedacht, den er schon als Kind auswendig wusste. Er hatte sich nie daran gestossen, dass sein Grossvater, – den er übrigens nie gekannt hatte, – zugleich Edelmann und Revolutionär gewesen sei, obwohl ein Edelmann in seiner Vorstellung lange Locken, einen Spitzenkragen und einen Degen trug, während das Wort Revolutionär ihn zu allererst an ein furchtbares und blutiges Bild erinnerte: Eines Nachmittags hatte man ihm und seinen Geschwistern erklärt, ein «Malerstreik» sei ausgebrochen, und man hatte ihnen verboten, den Garten ihres Stadthauses zu verlassen. An die Gitterstäbe des Einfahrtstores gedrückt, hatten sie die Strasse betrachtet, welche «Parkring» hiess und wie ausgestorben war, denn alle guten Leute hatten sich in ihre Gärten geflüchtet, und einige hatten sogar die Fensterläden ihrer Häuser geschlossen wie vor einem Gewitter. Dann war oben, in der letzten Kurve der leeren Strasse, ein Mann aufgetaucht, der ein weisses Übergewand trug, wie der Maler, der sonst mit seinen roten und grünen Farbtöpfen gekommen war, um die Eisengitter zu streichen, und der mit den Kindern gescherzt und sie mit seinem tropfenden Pinsel bedroht hatte, während er eine grosse Schale goldbraunen Milchkaffee aus der Küche trank. Aber obwohl die Kinder dem Mann in der leeren Strasse zuerst angstvoll verstohlene Zeichen machten, schien er sie nicht zu erkennen. Er lief langsam, und eigenartig schwankend, die Strasse hinab und hatte einen schmutzigen Verband um die Stirn gewickelt. Als er am Gartentor vorbeikam, und die Kinder sein fremdes, erschreckend bleiches Gesicht unter der blutigen Binde sehen konnten, begriffen sie in ihrer dumpfen Panik, dass ihre Eltern Recht gehabt hatten, ihnen die Strasse des «Streikers» zu verbieten, der ein Revolutionär, und ein Feind und Mörder war …

Aber wie gesagt, dieses Bild mischte sich nie mit dem Bild des Grossvaters, der sicher einen Degen geführt, und vielleicht dem jungen Dichter der «Marseillaise» ähnlich gesehen hatte, der, eine flatternde, zerrissene Fahne in Händen, einer durch Morast stampfenden, grauen Kolonne vorausgestürmt war, und sein junges, schönes, bleiches Gesicht dem Wind und unsichtbaren Feind zugekehrt, ganz allein eine Brücke in Italien gehalten hatte. Und er hatte gesungen! Triumphierend, der Gefahr lachend, vielleicht sterbend, das farblose Tuch des Fähnleins zwischen den Zähnen zerreissend, hatte er noch gesungen in triumphierendem Protest und die Augen zu den im Sturm vorbeieilenden Wolken aufgeschlagen … Nie hatte sich Marc als Knabe gefragt, wogegen sein Grossvater einen so flammenden Protest erhoben habe, – gegen Bismarck und den Kaiser, gegen die Politik, – oder gegen die Revolutionäre, gegen den blutigen, unheimlichen Mord, der ihre weissen Stirnen umwölkte? – Und warum hatte er seine Frau und seine Kinder verlassen, die dann, – soviel wusste Marc, – in die Schweiz gezogen waren und dort, in einem alten Haus zwischen Weinreben am See glücklich gelebt hatten wie früher im Elsass, und das Andenken des Grossvaters in Ehren gehalten hatten ... Auf dem runden Nachttisch in der Bibliothek war immer das Familienalbum gelegen, an dessen verblasste, bräunliche Bilder sich Marc so genau erinnerte, dass er sie jetzt manchmal mit den wirklichen Erinnerungen an das grossmütterliche Haus verwechselte. Es gab da eine im Frühling blühende Lindenallee, einen hohen, mit vier ungeduldig die Hälse biegenden Pferden bespannten Wagen vor einer kleinen, links und rechts anmutig zur schmalen, zweiflügeligen Haustür hinaufführenden Freitreppe (er wusste nicht, warum er sie eine «Freitreppe» nannte), grüne, gegen die heisse Sommersonne geschlossene Jalousien, – der Grossvater, ein junger Mann mit lachenden Augen und einem kleinen blonden Schnurrbart, sass in einem hellen Leinenanzug, steifen Kragen, und einem runden, steifen Strohhut auf dem hohen Bock und hielt ein ganzes Saitenspiel von schwer sich senkenden Zügeln in den Händen, die über den gespitzten Ohren der Pferde endeten. Ihr seidig gestriegeltes Fell glänzte vor Schweiss, unter dem Geschirr zeichnete sich weisser Schaum ab. Sie scharrten mit den sauberen und gefetteten Hufen im Kies, ihr Gebiss knirschte, und wenn sie den Fuss absetzten, lief eine bebende Welle von Licht und Schatten über ihre Haut, und ihre schmalen Fesseln zitterten in einer unnennbaren Erregung. Das Spiel von Licht und Schatten und tanzenden Sonnenflecken setzte sich im Garten fort, unter Kastanienbäumen, und neben dem Springbrunnen, wo es immer kühl war, und wo in einem schwarz und weiss gestreiften Sommerkleid die Grossmutter sass, ein Buch im Schoss, während in der Birnenlaube der Theetisch gedeckt wurde, mit einer gewürfelten Decke, dicken, gerimmten Tellern, Quittenspeck, Gugelhupf, und dem gebauchten, silbernen Samowar ...

Aber dieses Bild gehörte schon zu den Bildern von Marc's eigener Kindheit in der Schweiz. Die Trennung der Generationen verwischte sich, die Jahre waren ausgelöscht, die Legende ging in die Wirklichkeit über, und anstelle seiner guten Grossmutter war es jetzt das fröhliche, von Locken eingerahmte Gesicht seiner Mutter, das sich im silbrigen Schattenspiel einer alten Platane über den dampfenden Samowar neigte, und in Marc eine heisse Welle von Zärtlichkeit und die schmerzende Erinnerung an das Glück eines

Sommertags weckte. Obwohl es solche Tage längst nicht mehr gab, und die Jahre seither von anderen, schwer wiegenden Erinnerungen angefüllt waren, – und obwohl Marc jetzt unter einem anderen Himmel durch Tausende von Meilen von seiner Heimat getrennt lebte, war doch seine erste Erinnerung so wirklich und so nahe wie die letzte, und jeder Augenblick seiner in blauen Abendhimmeln vergehenden Vergangenheit war so unauslöschlich wie die gestrige Stunde. Er brauchte nur die Augen zu schliessen, – dort, zu Hause, bedeckten jetzt gelbe Blätter, reife Nüsse und platzende Kastanien den Kies der Gartenwege, die Wiesen waren feucht, und tiefgrün in der Morgensonne wie Smaragd, die Weinberge leuchteten goldig, und in der Ferne, über dem schwimmenden Pastell des Sees, schimmerte wie mit Kreide gezeichnet die zarte Kette der Schneeberge. Marc dachte an das Haus seiner Eltern, an das Haus seines Bruders, an das alte Haus am See, – an eine ganze Anzahl Häuser, die ihm vertraut, und wohlbestellt waren. Er dachte, wenn er nur in eines dieser Häuser einkehren könnte, morgen, oder bald, an einem Tag, der sich noch im Kalender bestimmen liesse. Er würde, wohlgemerkt, als Gast kommen, unangemeldet, ungebeten, vielleicht ohne Gepäck, und übrigens wusste er nicht genau, wohin er zuerst gehen würde. Aber was tat es, – vielleicht würde er es dem Zufall überlassen, oder er würde, wie früher, in ein Kaffee am Bahnhofsplatz gehen, einen Kirsch bestellen, in den illustrierten Zeitungen und im Telefonbuch blättern. Es war schon vorgekommen, dass er dann eine Seite mit Bildern entdeckte, Wüstensand, Bergketten, eine Herde wilder Pferde, – oder dass er ein paar Worte las, weisse Ebenen, hängende Brücken, – die ihm vertraut schienen, ihn an irgendetwas erinnerten, – und es waren seine eigenen Bilder, ein Aufsatz von ihm gewesen. Aber was tat es … er würde, in Zürich, in Genf, in Basel, durch die Fenster des Kaffeehauses auf den Platz hinaussehen, wo Taxis und Trambahnen sich im Regen kreuzten und ganz von selber würde er sich an Telefonnummern erinnern, die er jetzt vergessen hatte. Dann würde er zahlen (an der Grenze pflegte er immer genügend Kleingeld und Silber zu wechseln) – als habe er nie andere Münzen als diese guten Franken und Rappen in der Tasche gehabt, und er würde gehen, wie ein freier Mann, und seine Freunde aufsuchen. Ach, heute schon! – könnte er davongehen, und schon heute, wenn sie aus der Stadt heimkehrten, gegen Abend am Seeufer sein, auf der von der Sonne gewärmten Mauer vor ihrem kleinen, in Blumenranken gebetteten Haus. Er würde warten, er würde geduldig sein, das Wasser würde leise gegen die

Ufersteine schlagen, und er würde ohne sich umzuwenden lauschen, wie seine Freunde den Kiesweg von der Landstrasse herab kämen …

welche Überraschung! – Ja, er würde als Heimkehrer kommen! –

Oder würde er, bevor Jemand den Afrikafahrer erkannte, den Zug nehmen, und die Berge erreichen, noch am gleichen Abend? Dann würden, in der Tiefe, die Seen dunkel glänzen, die Schatten würden über die Schutthalden gleiten, in der Höhe, im grauen Fels, zwischen dem Föhrenwald und dem Firnschnee, würde lautere Klarheit und grosse Stille herrschen, und er würde im Talgrund durch weite Wiesen gehen, in welcher Gelassenheit, in welchem Schweigen!

Denn er würde, der Heimkehrer, nichts zu erzählen haben. Sie, die ihm vielleicht Fragen stellten, sie hatten, was er in der Fremde erlebte, nicht mit ihm geteilt, und was sollten sie damit, es waren ruhmlose Geschichten.

Marc empfand plötzlich ein seltsames Unbehagen. Es gab doch, in der Vergangenheit, leuchtende Stunden, glückliche Bilder, und er brauchte nur die Augen zu schliessen, um die mehr als sieben Herrlichkeiten und Wunder der Welt wie auf einem Teppich ausgebreitet zu sehen, und alles Ungemach, worüber er sich nicht beklagen wollte, alle Unbill, die er erlitten hatte, waren schon vergessen. Und die Begeisterung würde sich entzünden, die Freude würde wieder erwachen, er würde reden wie ein Buch, und vor Dankbarkeit würden ihm die Augen übergehen. Er würde die Heerstrassen bevölkern, den Strömen würde er folgen, und er würde die Tiere beschwören im Paradies der Savannen, Vulkane würden aus den Wolken hervorbrechen, blendend im Schein der Frühsonne und ihrer weissen Kronen. Dann würde er vom Urwald sprechen, vom Schrecken des Lebendigbegrabenseins …

Marc's Unbehagen wuchs. Würden sie ihm Fragen stellen, – dem Afrikafahrer, Amerikafahrer, dem Asienreisenden, würden sie ihm keinen anderen Empfang bereiten? – Sie, vor denen er nichts zu verbergen hatte, sie, die ihn kannten, würden sie ihn auch ausfragen und zur Rede stellen und jedes seiner Worte in Zweifel ziehen, wie die Fremden, die Polizeikommissare, Regierenden und Richter, denen er nichts verborgen hatte, und die ihn als Lügner behandelten?

Marc versuchte, sich ein Lächeln abzugewinnen: Da beklagte er sich also doch, über ruhmlose Geschichten? – Und er zählte sie sich auf, um seinen Zorn einzudämmen:

Zuerst hatten sie ihn nach seinem guten Willen gefragt, dann nach seinem Namen und seinen Papieren, und er hatte voll guten Willens geantwortet. Er war als Kind der Schweizer Demokratie aufgewachsen, und hatte gelernt, dass es immer Zeiten der Freiheit und solche der Unfreiheit gegeben hatte, «aber die der Freiheit waren stets die grösseren». Er hatte nie daran gezweifelt, dass der Mensch, so wie er, mit der Stimme des Gewissens begabt, das Gute erkenne und allem Bösen widerstreben wolle, auch nach der Krone der Freiheit strebe und sich gegen jede Tyrannei auflehnen müsse, und sei es unter dem Einsatz seines Lebens. – Die Polizeikommissare hatten ihm gesagt, er solle bei der Sache bleiben, und er hatte sich Mühe gegeben. «Das Wissen um Gut und Böse hat weder mit Rasse und Religion, noch mit der einen oder anderen Nationalität zu tun», hatte er geantwortet, «sondern mit der Herkunft des Menschen, und so ist auch die Sache der Freiheit ein ewiger Belang, der die ganze Menschheit betrifft. Die Frage der Nationalität hat für mich nie eine Rolle gespielt. Denn ich war zuhause von soviel Liebe umgeben und fühlte mich in der Heimat in Sicherheit», – (zur Sache, zur Sache!) – «vor meiner Mündigkeitserklärung optierte ich, ohne viel nachzudenken, für die Nationalität, die mein Grossvater erworben hatte, – denn nach der Familientradition sollte immer einer der Söhne oder Enkel diese Nationalität bewahren, und ein älterer Bruder war schon Offizier, während meine Vettern ...» «Ihr Grossvater war also Bürger dieses Landes? – Warum haben Sie dies nicht gleich gesagt?» –

Marc dachte nach. Sein Grossvater hatte seine Heimat und seine Frau und seine Kinder verlassen, offenbar, weil er das «Bürgertum» irgendeines unserer Staaten nicht mehr ertragen konnte, und er war nicht in ein anderes Land gegangen, sondern in die Wildnis. Übrigens hatte er auch diese afrikanische Kolonie und sein im Busch errichtetes Plantagenhaus bald wieder verlassen. Die Autoritäten wussten es. Und dann, – dann begann die Legende. Marc wusste nicht, wo sein Grossvater gestorben war. Die Legende erzählte von Mondbergen, die sich als schimmernde Kegel über dem Rand einer weiten, friedlichen Ebene erhoben. In ihren tiefen Kratern weideten auf sammetgrünen Wiesen seit den Tagen des Paradieses unschuldige Tiere.

Aber davon konnte Marc nicht sprechen, und übrigens hätte er sich lächerlich gemacht.

«Als der Krieg ausbrach, war ich kein Kind mehr», setzte er noch einmal an, – «ich hatte Spanien gesehen, und Prag, Danzig, Finnland, Griechenland, – sehen Sie, es sind die gleichen Namen, die wir jetzt nicht mehr ohne bittere Reue hören können, und ebensoviele Niederlagen, deren bitteren Geschmack jetzt Abertausende auskosten, die unschuldiger sind als wir. Denn was wussten sie! – Flugzeuge erschienen am Himmel, Bomben zerstörten ihre Dörfer und töteten ihre Kinder draussen auf dem Feld, und man schrie ihnen zu, was man ihnen nicht zu sagen brauchte: Es sei der Feind. Dann zogen, eines Morgens, irgendwelche Kolonnen ein, und obwohl sie es waren, welche die Flugzeuge geschickt hatten, verkündeten sie, dass sie im Namen der Befreiung gekommen seien, und man müsse sie mit Jubel begrüssen. Dann kamen andere Truppen und vertrieben die ersten, und pflanzten auf der Zitadelle eine andere Freiheitsfahne auf. In ihrem Namen verhafteten sie unter der Bevölkerung alle, die den Befehlen des vertriebenen Feindes Folge geleistet hatten, und jede Nacht wurden in den Kellern und im Hof junge Leute aufgestellt und erschossen, einzeln oder zu Hunderten. Dann brach Hungersnot aus, und dann kamen noch mehr Flugzeuge, und als die Bevölkerung sich zusammentat und die Fremden ermordete, die Brunnen vergiftete, und sich weigerte, die Felder zu bestellen, erschien ein neuer Befreier und hielt im Namen der Ordnung ein furchtbares Blutgericht.»

«Wo haben Sie solche Vorgänge beobachtet?», wurde Marc gefragt.

«In Armenien, im Kaukasus, – und in einem Fischerdorf in Spanien», –

«Und Sie wollen andeuten, dass der Krieg, in welchem wir uns befinden, mit jenen Greueln etwas zu tun habe, und dass sie unvermeidlich sind und auf beiden Seiten vorkommen können?»

Marc zog angestrengt nachdenkend die Brauen zusammen. «Es war immer der gleiche Krieg», sagte er, «er war schon lange unvermeidlich und hat sich mit Greueln deutlich genug angekündigt. Für mich zum Beispiel brach er 1933 aus, in Deutschland selbst, für die Tschechen ein wenig später. Damals, in Prag, war wirklich ein ganzes Volk bereit, seine Freiheit zu verteidigen. Eine Viertelstunde, nachdem durch das Radio, eines Abends gegen zehn Uhr, die totale Mobilisation bekannt gegeben worden war, gab es keine Kommunisten, keine Katholiken, keine Slawen, keine Juden und keine Erzfeinde mehr, und in den Versammlungslokalen, Hotelhallen und Kaffees hatten alle Diskussionen aufgehört. Die Strassen waren von wogenden Menschenmassen erfüllt, aber so still ging es zu, als hätte man die Worte nicht mehr nötig, um sich zu verstehen. Als ein Polizist seinen Posten verlassen musste, um zuhause seine Uniform anzuziehen und sein Gewehr zu holen, nahm ein Mann in Zivilkleidung seinen Platz ein und regelte den Verkehr. Die Privatwagen hielten an, um junge Leute einsteigen zu lassen und an ihren Stellungsort zu befördern. Die Frauen umarmten ihre Männer wortlos auf den Hausschwellen, und die Kinder weinten nicht, denn es herrschte keine Panik. Die ganze Nacht zogen Kolonnen vorbei …»

Man liess ihn reden, reden …

«Aber die Tschechen wurden verraten. Sehen Sie, wir haben sie verraten, wir! – In der Nacht, nachdem die Friedenserklärung von München bekannt geworden war, habe ich gesehen, wie das gleiche Volk sich in Massen zusammenrottete. Sie wollten sich rächen. Und dieses furchtbare Grollen der Menge, das uns das Blut in den Adern erstarren und das Herz still stehen lässt, – es galt nicht dem Feind. Herr Kommissar, in jener Nacht haben sie in Prag die Fenster des französischen und vielleicht auch des britischen Konsulats eingeschlagen.»

«Die Tschechen sind jetzt unsere Verbündeten.» –

«Und ebenso die Griechen, und ebenso die Kommunisten, und die Finnen kämpfen gegen uns mit dem Feind. Die Franzosen sind teilweise Freiheitskämpfer, teilweise Verräter, teilweise Martyrer. Den Deutschen bleibt keine Wahl mehr, sie stehen alle wie ein Mann hinter dem Führer, denn ihren Freiheitskämpfern hat Niemand die Hand geboten, und ihre Martyrer sind schon in Massen gefallen.»

Marc brach ab. Er wünschte, dass ihm jemand antworten, ihm beipflichten, oder nur ihn unterbrechen würde. Zu wem redete er eigentlich? – Dieses Schweigen ringsum war unerträglich.

Beinahe bittend sagte er: «Wir wussten es schon lange, nicht wahr, dass dieser Krieg kommen würde! – Wir alle wussten, dass wir eine Entscheidung treffen müssten, die sehr grausam ist und beinahe über unsere Kräfte geht. Denn wir sind doch, natürlich, nicht grausam, und natürlich wissen wir auch, dass ein Krieg immer mit Bomben und Tod und Zerstörung geführt wird. Wir wussten, dass wir sehr viel Schuld auf uns nehmen würden, indem wir uns ganz auf eine Seite stellten, so als mische sich nicht in dieser Welt und in jedem Menschen Gut und Böse. Aber sehen Sie, wir hatten uns in Wirklichkeit längst schuldig gemacht, und jetzt blieb keine Wahl. Denn unsere Seite kämpft trotz allem für die Sache der Freiheit, und er war daher nur nicht unvermeidlich, sondern er ist beinahe ein gerechter, und vielleicht ein versöhnender Krieg …»

Marc erinnerte sich später genau an diese Worte. Was war daran falsch? – Er hatte sie nicht nur einmal gesagt, sondern zehnmal wiederholt, vielleicht hundertmal. Verloren Worte ihren Sinn und ihre Wahrheit, weil man sie zu oft wiederholen musste, nützten sie sich ab wie der Geschmack von

Getränken, die Wirkung von Giften? – Oder galt die Wahrheit weniger vor Menschen, die sie nicht verstehen wollten, so wie eine Heilslehre vor den Ungläubigen nicht besteht, und wenn sie sie endlich annehmen, wird sie entstellt und verdorben? – Wenn man Marc jetzt, zum hundertsten Mal und noch einmal, gefragt hätte, «warum er in dieses Land gekommen sei», er hätte seine Antwort auswendig hersagen können, ja, aber sein eigener Wortlaut hätte ihn fast wie eine Lüge geekelt. «Habe ich gelogen?», fragte er sich, «vor dem Polizeikommissar, vor dem General, der zugleich der Vizegouverneur der Kolonie und der Oberbefehlshaber ihrer Streitkräfte ist (aber das wusste ich nicht einmal, als ich ihm, gleich am Tag meiner Ankunft, vorgestellt wurde), vor dem Zollbeamten, dem Arzt, der mich untersuchte, vor dem Pressechef, der mir Arbeit geben wollte, vor dem Soldaten, der mich fragte, ob ich ein Held sei, vor dem deutschen Gefangenen im Interniertenlager, und vor den Freunden, die ich in diesem Land, trotz allem, gefunden habe, – – – aber warum hätte ich denn lügen sollen, Gott im Himmel, was hatte ich zu verbergen!»

Und er wiederholte sich seinen Wortlaut. «Jawohl, mein General, ich bin als Freiwilliger gekommen. Ich bin mir der Verantwortung dieses Schrittes bewusst. Als Ihr Land in den Krieg gerissen wurde, und natürlich eine Niederlage erlitt, denn wie hätte es anders kommen können! – da war ich zum ersten Mal froh, Ihre Nationalität zu besitzen. Denn dieser Zufall machte es mir möglich, mich als Freiwilliger zu legitimieren und an Ihre Seite zu stellen. Im Grunde sind wir ja alle Freiwillige, nicht wahr, denn Jeder könnte sich weigern, zu kämpfen, selbst gegen das Gesetz und jede äussere Gewalt. Aber in meinem Fall war das noch deutlicher, denn keine äussere Gewalt hat mich gezwungen, die Schweiz zu verlassen. Dann wurde ich in Frankreich interniert. Sie wissen, dass ich nicht der Einzige war. Hunderte unserer Kameraden haben die gleiche bittere Erfahrung gemacht ...» (Marc liebte es, von seinen Kameraden zu sprechen und sein Schicksal in ein gemeinsames Schicksal einzuordnen) ... »Aber nicht alle waren so glücklich wie ich. Sehen Sie, da war eine furchtbare äussere Macht am Werk, und unser guter Wille und unser Recht, sie galten für nichts. Auch dass ich entkommen konnte, zählt für nichts. Denn es war ein Zufall, – so wie, wegen eines anderen Zufalls, unzählige Andere, die so unschuldig sind wie ich, noch dort sein müssen, in der Hölle jener Gefängnismauern, von früheren Kameraden bewacht, die zufällig unsere Feinde geworden sind. Dass ich also frei wurde und Lissabon erreichte, das war beinahe ein Wunder ...»

«Ja, es scheint mir beinahe ein Wunder», hatte der General geantwortet, und hatte ihm, dem Fremden, freundschaftlich auf die Schulter geklopft. Marc hatte kaum seine Rührung bemeistern können, denn hinter ihm lagen damals Monate der Einsamkeit, unter Feinden.

– «Dieses Wunder», hatte er gesagt, – «sehen Sie, ich wollte es nicht missbrauchen, etwa um in die Heimat zurückzukehren und mich in Sicherheit zu bringen. Ich hatte noch einmal die Freiheit erhalten, und das bedeutet, dass uns eine Wahl offen steht, nicht mehr und nicht weniger. Natürlich bin ich hierher gekommen ...» Und Marc war errötet.

Man hatte ihn dann, während der ersten Tage, oder waren es Wochen? – nach seiner Ankunft von einer Stelle zur anderen geschickt, und er hatte überall bereitwillig Auskunft gegeben. Der Polizeikommissar hatte ihn zur Geduld ermahnt, aber Marc war gar nicht ungeduldig gewesen. Der Pressechef hingegen hatte ihn gefragt, ob er erholungsbedürftig sei, was nach der Gefängniskur in Frankreich, der langen Reise auf einem überfüllten portugiesischen Schiff, und während eines ersten Aufenthalts im tropischen Klima, nicht erstaunlich wäre! – Marc hatte lächelnd geantwortet. «Ich bin kein Krüppel», hatte er gesagt, – «ein wenig Müdigkeit, ein wenig Hitze, was soll es mir anhaben? – Ich habe ganz Anderes hinter mir, – Kapitän, waren Sie einmal in Gefangenschaft?» – Aber dem gesammelten Ernst, dem fast leidenschaftlich gespannten, mageren Gesicht, und dem zugleich kühlen und eindringlichen Blick des jungen Kapitäns begegnend, hatte er es unnötig gefunden, weiterzufahren. «Sie fühlen sich also fähig, zu arbeiten? Acht, vielleicht zehn Stunden am Tag? – Denn wir haben sehr viel Arbeit. Sie lesen englische und deutsche Texte? – Gut, ich möchte Sie im Redaktionsbureau verwenden. Sie werden die Telegramme redigieren, die von unseren jungen Leuten, – Matrosen, Schwarzen, – nach den Morsesendungen der Agenturen aufgenommen werden, nicht immer sehr leserlich, nicht immer vollständig, und natürlich ganz wahllos. Sie werden Unnötiges weglassen, Wiederholungen streichen, Wichtiges hervorheben, und werden die so redigierten Nachrichten in verständlichem Französisch niederschreiben. Ich verwende dann Ihre Texte als Grundlage für die Nachrichten im Radio, die Pressebulletins, und die gesamte Propaganda. Wollen Sie morgen beginnen? – Oder ich lasse Ihnen drei Tage Zeit.» Und er hatte hinzugefügt: «Einen Mitarbeiter wie Sie habe ich seit Monaten gesucht. Einen Menschen, der sprachenkundig ist, der die Länder und Völker kennt, die sich mit uns im Krieg befinden, – der mehr kennt, als nur das Mutterland und die Kolonie, – der nicht nur in die Kolonie gekommen ist, weil er dazu gezwungen war, als Flüchtling, als Exilierter, der hier die Jahre absitzt, um dann … Weiss der Himmel, auf was sie dann hoffen, auf das gleiche, fette Leben, das sie früher geführt haben und übrigens haargenau hier zu führen suchen, mit den gleichen Fleischtöpfen, den gleichen Ehrenskalen, der gleichen faulen Sicherheit, die ihnen, schon einmal, durch einen einzigen Bombenregen, in Fetzen gerissen wurde! –» – Dann hatte er auf Marc einen freundlichen, klaren Blick gerichtet. «Sie werden mich bald verstehen, wenn Sie die Kolonie besser kennen. Aber man darf von den Menschen nicht zu viel erwarten. Sie leben wie sie können, und tun nicht immer ihr Bestes, – weil wir nicht immer fähig sind, das Beste in ihnen anzurühren. Lassen Sie sich also nicht enttäuschen. Sie haben sicher schon die Erfahrung gemacht, dass in sehr viel Enttäuschungen eine einzige Ermutigung genügt, um das Beste in uns zu bestätigen und unseren Mut fast unbesieglich zu machen. Übrigens werden Sie nicht allein sein. Es gibt hier Kameraden, – es sind fast immer Freiwillige, – die genau wissen, dass dieser Kampf zu Ende geführt werden muss, – selbst wenn wir uns manchmal fragen, zu welchem Ende» …

Marc wusste, dass er sich an diese Worte immer erinnern würde wie an seine eigenen, und dass er nichts geantwortet hatte. Nichts, nichts, – denn die Zweifel, die ihn sonst überfallen hatten, vor dem Polizeikommissar, vor dem Gouverneur, dem schwarzen Soldaten, – und die er dann so heftig ausgesprochen, diskutiert, und besiegt hatte, als gelte es, jene Leute, und jeden Fremden, zu überzeugen, so wie er sich selbst überzeugte, – in der Gegenwart des Kapitäns hatte er seine Zweifel schweigend ausgelöscht. Er war hart mit sich umgegangen. Er hatte nicht laut gesagt, dass er sich, während der Gefangenschaft, die Freiheit anders vorgestellt hatte als in einem engen Bureau unter dem bleiernen Tropenhimmel, in einer reizlosen Kolonialstadt, – dass er von Wüstenweiten geträumt hatte, und wie man die Not verachten, den Durst vergessen, der Gefahr nicht achten, und sich nicht fürchten würde, sein Leben zu verlieren, während man einem verwundeten Kameraden noch einen Schluck Wasser bringen konnte. Er hatte sich nicht einmal die Frage erlaubt, ob er fähig sein würde, im Dienst irgendeiner Sache täglich acht oder zehn Stunden lang Texte zu lesen, oder irgendeine andere Arbeit zu tun, die man von ihm verlangen würde. Man würde nicht mehr von ihm verlangen, anzuerkennen oder zu verwerfen, was sein Herz ihm untrüglich anzuerkennen oder zu verwerfen gebot. Er würde nicht mehr das

Recht haben, Zeugnis abzulegen, keine Zeit mehr, geduldig zu prüfen. Er würde nicht mehr in das Antlitz der Menschen blicken, die man ihm vorstellen würde als Feind oder Freund. Er würde nie mehr eine Stunde Zeit haben, um über das Ufer des afrikanischen Stroms, die Wildnis und die Fremde hinweg den weiten Himmel zu erblicken, – der sich noch immer, wenn er nur geduldig genug gewesen war, mit Sphärenmusik und den Bildern ferner Paradiese gefüllt, und sein ewig unruhiges Herz erhoben und versöhnt hatte.

Aber Marc hatte selbst die Erinnerung an solche Paradiese ausgelöscht, und hatte die leisesten Ahnungen ausgestampft. Denn sie glichen Befürchtungen, sie glichen dem Feind, und die einfache Gegenwart eines Menschen, der darum wissen musste wie er, oder vielleicht viel mehr gelitten und zu schweigen gelernt hatte, weckte in ihm ein neues, ein fast heldisches Verlangen, es ihm gleich zu tun und ihm seine Liebe zu beweisen.

Der junge Kapitän hatte ihm ein wenig Zeit gelassen. Marc war ihm zuvorgekommen, und hatte ihm entschlossen die Hand gereicht.

V. Kapitel

«Und dann? – was ist dann geschehen?»

Marc stellt sich selber die Frage, oder vielmehr, er hört sie, denn er muss sich trotz aller Einsamkeit doch eingestehen, dass er sich immer wieder oder immer noch, zuerst offen und endlich heimlich, an einen Freund richtet. Er verteidigt seine Sache vor einem alten Freund, den er wiederzusehen hofft, vor seinem eigenen Bruder, der ihn, trotz aller Entfremdung und Distanz, doch anhören wird und verstehen wie kein Anderer, vor einer Frau, deren Lächeln und ernster Blick ihn erwärmen und zum Reden ermutigen würde, obwohl sie ihm, sicher, keine Fragen stellte, oder vor einem noch Unbekannten, den er vielleicht morgen schon treffen kann. Und wie redet er! – Wie weiss er zu erklären, lebendig darzustellen und zu verteidigen, was nicht nur ihn, sondern Alle betrifft, wie wird er ohne Irrtum die Worte finden, um ihnen zu sagen, was ihm auf der Seele brennt! – Wie hat er gesprochen, vor dem Polizeikommissar und vor Jedem, und wie war er im Recht!

So versucht er jetzt manchmal, sich getreulich an den Gang der Ereignisse zu erinnern. Wie kommt es nur, dass es so schwer ist, dass sich alles so leicht verfälscht, sobald er so zu erzählen beginnt wie seine Zuhörer es von ihm erwarten würden. Freunde, Fremde, – er steht immer vor ihnen wie vor Richtern. Die nicht recht fasslichen Anklagen, die sich bei näherem Zusehen als Schimäre erweisen, die keiner ernsten Prüfung standhalten, und gar nicht von ihnen gegen Marc erhoben wurden, – sie sind da, sie führen ihr eigenes Leben, und sie scheinen doch zu genügen, um Marc auf die Anklagebank zu bringen. Aber dass er sich rechtfertigen muss, – ist es schon genug, damit er sich auch schuldig mache? – Denn man zwingt ihn, wahllos anzugreifen, dort, wo er angegriffen wird, und so schafft er sich Feinde, wo er sie nicht gesucht, und keine Feindschaft erwartet hat, und seine Freunde sind die, welche für ihn ein gutes Wort einlegen, obwohl er unschuldig ist und nach keinem Verteidiger verlangt hat. Aber selbst falls er schuldig wäre, würde seine Lage die gleiche sein. Denn sobald sein Verbrechen vor den Richter gebracht würde, und er also in Gefahr geriete, würde seine anfängliche Schuld mit dem Prozess des Richtens und Gerichtetwerden nichts mehr zu tun haben, und selbst wenn er anfänglich die bitterste Reue empfunden hätte, würde er doch fliehen, wenn er könnte, und auf der Flucht vielleicht gezwungen sein, einen Anderen zu erschlagen. Denn selbst der unschuldigste pflichttreue Polizist wäre ihm dann als sein Feind bestimmt worden. Und jetzt, wenn man ihm überhaupt zu Jemandem zu reden erlaubt, wird er, natürlich, reden, um sich reinzuwaschen. Und er wird zu Jedem reden, wo immer man ihn noch anhören will. Und er wird schliesslich alles vorbringen, was sie hören wollen. Ja, so wird es schliesslich enden ...

Und doch, und doch, er ist sich keiner Schuld bewusst, es muss doch möglich sein, wenn er nur frei und unbelastet, gewissermassen unparteilich und ganz sachlich die Tatsachen vorbringt, – dann muss doch die Wahrheit zutage kommen! – Und so beginnt er seine Chronik:

«Am Anfang war ich in dieser Stadt ein glücklicher Mensch ...», (schon zögert er) ... «Ich weiss allerdings nicht genau, was es heisst, glücklich zu sein, und ob ich heute unglücklicher bin als damals, – aber ich erinnere mich, wie ich an einem der ersten Tage allein, in einer der stündlich verkehrenden Vedetten über den Strom fuhr, in einem leichten Wind und vollem Sonnenlicht, so dass es schien, als werde Silber mit vollen Händen über das erglänzende, breite Wasser ausgeschüttet. Ich kannte bei meiner Ankunft hier Niemanden, – nur die Titel einer Reihe von Staatsbeamten, Polizeifunktionären, und hohen militärischen Persönlichkeiten. Ich war zum ersten Mal in Afrika, und auch dies nur zufällig, weil ich, wie ich es schon erklärt habe, gerade für diese Kolonie, die sich an unserer Seite im Krieg befindet, das Visum erhalten konnte. Die Stadt, mit ihren nüchternen, glühend heissen Strassen, ihren nackten Verwaltungsbureaux, und den mit geschmacklosen Waren gefüllten Läden der grossen Gesellschaften, machte auf mich einen ungünstigen, oder vielmehr gar keinen Eindruck. Aber ich sagte mir, dass man überall leben kann, wenn man nur frei ist ...», (wieder zögerte er) – «denn ich hatte Tausende in Gefängnissen leben sehen, gefangen ohne ihre Schuld, irgendeiner fremden, namenlosen Gewalt preisgegeben, und sie lebten doch. Für mich hingegen war die Zeit vorbei, da man der dumpfen Not hilflos und wortlos ins Antlitz sehen musste. Ich war in Ordnung mit den Behörden, ich konnte jedem Menschen frei ins Antlitz schauen, und ich nahm Teil, an allem Teil, an allem, an ihren Gesprächen, ihren Mahlzeiten, ihren Sorgen, und alle unsere Hoffnungen waren gemeinsam. Ich sah wirklich, damals, nicht nach rechts oder links, und die Zeit zu handeln schien mir gekommen ...»

Marc hatte Mühe, weiterzufahren, wieder einmal schienen ihm die Worte schal. – Die Zeit zum Handeln! – Das tägliche Echo des Radios, wer hatte noch Zeit, nur hinzuhören? –

«Täglich richtete man durch das Radio Stimmen an uns, und forderte alle Männer und Frauen guten Willens auf, ihre Pflicht zu tun, täglich verkündete man neue Feldzüge, Schlachten, Strafgerichte und bestärkte unsere Hoffnung auf den Sieg.

Der Kapitän hatte mir gesagt, dass man mich drei Tage, nachdem er mir die Stelle im Pressedienst angetragen und ich natürlich zugestimmt hatte, morgens um sieben Uhr abholen würde, um mich in meine Arbeit einzuführen. Zu meiner freudigen Überraschung war er es selbst, der mich in seinem kleinen, getarnten Wagen holte. Ich freue mich immer (ja, heute noch!), sein Gesicht zu sehen, denn es ist ein ehrliches, altersloses, ja schönes Gesicht, und es trägt die Zeichen von vielen Schmerzen und Erfahrungen, die er offenbar ohne Bitterkeit überwunden hat.

Der Kapitän führte mich in sein Bureau, das sich auf einer leichten Anhöhe über der Stadt in einem grossen, etwas zerfallenen Gebäude befindet, und stellte mich seinem jüngeren Bruder vor, der sein Mitarbeiter ist. Er hat grosse, sanfte, blaue, etwas verschwimmende Augen und sein Gesicht ist weicher als das des Kapitäns. Aber auch er ist ein schöner und ernster Mensch, und wenn ich ein Russe wäre, hätte ich ihn zur Begrüssung gern umarmt.

Der Kapitän fragte mich zuerst, wie mir die Stadt gefalle, und dann, ob es mir unangenehm sein würde, mich vier Wochen oder so allein zu beschäftigen. Ich verstand nicht gleich, auf was er hinaus wollte, und antwortete ihm, ich sei in meinem Leben schon mehr als einmal auf mich allein angewiesen gewesen, und schon länger als vier Wochen allein. – ‹Es würde Sie also nicht ängstigen, – oder sagen wir: Demoralisieren, wenn ich mein Versprechen, Ihnen sofort Arbeit zu geben, widerrufen, und Sie bitten müsste, einige Wochen Geduld zu haben?›

Ich gestehe, dass ich nichts zu antworten hatte. Ich habe dem Kapitän nie viel antworten können, denn er ist mein Freund und ich fühle, dass er meine Antworten im Voraus weiss, ja besser als ich für mich selber einstehen könnte. Ich hätte ihm sagen können, dass ich ihn um keine Arbeit gebeten hatte, sondern dass vielmehr er mir eine recht mühsame, recht undankbare Aufgabe zugedacht und sich damit entschuldigt hatte, dass er einen Mitarbeiter wie mich schon lange gesucht habe. Ich hätte ihm auch gern gesagt dass die Aussicht auf vier Wochen Freiheit mich nicht erschreckte, sondern fast mit Entzücken erfüllte, denn ich dachte natürlich an das Bild des silbersprühenden afrikanischen Stroms. Aber ich sagte mir, dass er mich gern, heute noch, in eine Arbeit eingeführt hätte, die sein Leben erfüllte, und vor allem, dass er sicher nicht der Mann sei, der gern ein Versprechen zurückzöge. Er musste sich mir gegenüber im Unrecht fühlen, und ich sah ihm an, dass er in Verlegenheit war. Er war sicher unschuldig, – und wie konnte er wissen, dass das Unrecht, das er mir zufügte, bedeutungslos war verglichen mit dem guten Impuls, mit den Kräften des guten Willens, über die ich verfügte, ja, mit dem Glück, das ich immer noch empfand! – Ich sage: Immer noch, – denn ich verberge nicht, dass mich eine dunkle Ahnung zukünftiger Niederlagen erfasste. Alle Zweifel und alle Befürchtungen, die ich in meinem ganzen Leben gekannt habe, waren auf einmal wieder lebendig, und es bedurfte meiner ganzen, noch ungeteilten, noch in jenem sonderbar fiebernden Glücksgefühl versammelten Kraft, um sie zu verwerfen, und vor dem Kapitän und seinem Bruder gelassen zu erscheinen. ‹– Was mich betrifft›, sagte ich, – ‹machen Sie sich keine Sorge. Ich habe mich noch nie gelangweilt. Wenn die Behörden, Ihre Vorgesetzten, meiner nicht sicher sind und ein paar Wochen Zeit brauchen, um Nachforschungen anzustellen, – das erscheint mir ganz natürlich. Aber ich brauche Ihnen nicht zu sagen, dass ich *gern* mit Ihnen gearbeitet hätte.› Die Beiden schienen erleichtert, und sagten mir, ich sollte sie von Zeit zu Zeit besuchen und sie wissen lassen, wie es mir gehe. Aber diese Besuche habe ich inzwischen eingestellt, denn ich bemerkte immer, dass sie sehr beschäftigt waren, und gleich beim Eintreten wusste ich, dass sie mir nichts Neues mitzuteilen hatten. Es war mir nicht möglich, sie gewissermassen zur Rede zu stellen, denn was gegen mich vorliegen mochte, ging nicht von ihnen aus, und sie wussten so wenig darüber wie ich. Ja, ich möchte nicht ungerecht sein:

Ich war sicher, dass der Kapitän und sein Bruder mir immer wohlgesinnt blieben, und dass es uns eigentlich bestimmt gewesen wäre, Freunde zu sein. Aber umso peinlicher musste es ihnen sein, mich als unwillkommenen Bittsteller auf ihrer Schwelle zu sehen. Darum gehe ich lieber nicht mehr hin, – und übrigens sind die vier Wochen Wartezeit, von denen sie mir sprachen, längst vorbei.

Natürlich hat man mir seither vorgehalten, ich hätte mich meiner Haut nicht genügend gewehrt und, zum Beispiel, die beiden Brüder nicht gezwungen, mit ihren Anklagen gegen mich herauszurücken, die sie, wenn nicht selber formuliert, so doch als erste laut werden liessen. Ich hätte nicht so stolz sein dürfen, oder nicht so schnell klein beigeben. Ich hätte jeden Tag hingehen und mein Recht fordern müssen, wenn auch natürlich nicht in herausfordernder Form, sondern demütig, als bedürfe ich einer Aufklärung, eines wohlmeinenden Rats. Aber wie kann ein Angeklagter im Ernst seine Richter zwingen, ihm Rede und Antwort zu stehen, als sei er der Kläger, und wie kann er Rechte fordern, die man ihm eben genommen hat, nämlich die Rechte eines freien, unbescholtenen Menschen. Und übrigens scheint mir, dass ich alles Nötige getan habe, ja, weit darüber hinaus, alles Menschenmögliche, was man von mir verlangen konnte. Ich wandte mich nicht an den Kapitän, sondern an seinen Vorgesetzten, wie man es mir geraten hatte: ‹direkt an die höchste Stelle.› – Allerdings war dies nicht leicht, denn von offizieller Seite war noch nichts gegen mich erfolgt, und genau genommen war noch kein Vorwurf gegen mich erhoben worden. Es handelte sich um blosse Gerüchte, – und es war mir peinlich, die Zeit einer so hochgestellten und stark beschäftigten Persönlichkeit wie die des Generals für so törichte und schlechthin unlautere Geschichten in Anspruch zu nehmen. Hätte auch nur ein Hundertstel davon auf Wahrheit beruht, – hätte man auch nur eine Erklärung, eine wahre Quelle für ein einziges dieser Gerüchte finden können, es hätte sehr schwerwiegend sein, und in der Tat genügen müssen, um mich als Verräter zu stempeln, mich ausweisen zu lassen, oder mich hinter Schloss und Riegel zu bringen. Aber wie konnte ich eine solche Erklärung beibringen, da es sie nicht gab! – Wie konnte ich solche Befürchtungen äussern, ohne mich dadurch für schuldiger zu erklären, als es von irgendeiner verantwortlichen Stelle bis jetzt ausgesprochen, auch nur angedeutet worden war. Und so ist es nur allzu begreiflich, dass ich meinerseits damals keinerlei solche Befürchtungen hegte, und vor dem General beinahe wortlos und etwas dumm dastand. Auch entliess er mich ziemlich kurz, und mit einem nachsichtigen Lächeln. Er sagte, es liege nichts gegen mich vor. Ich sagte ihm, es sei mir zu Ohren gekommen, dass man mich für einen Trinker halte, der für eine Stelle wie die beim Pressedienst nicht vertrauenswürdig genug sei, – dieses Gerücht könne nur auf eine kleine Szene an Bord des portugiesischen Dampfers zurückgeführt werden, wo allerdings der Gesandte der Südafrikanischen Union sich eines Nachts beschwert habe, weil wir, eine Bande von jungen Leuten, die bevorstehende Ankunft an der freien afrikanischen Küste gefeiert und auf Deck einen Champagnerpfropfen abgefeuert hätten, gerade vor dem Fenster seiner Luxuskabine. Aber hier in der Kolonie hätte ich, seit meiner Ankunft, des Klimas wegen keinen einzigen Whisky getrunken. Der General winkte ab, – es sei ihm ganz gleichgültig, ob ich Whisky trinke oder nicht, und seine Augen seien gut genug, um zu erkennen, dass ich kein Trinker sei. Wenn man mir die Stelle beim Pressedienst nicht gebe, so sei es, weil man es nicht für nötig halte. Falls ich hingegen Geld nötig hätte ...

Natürlich war es jetzt an mir, abzuwinken. Ich hatte, zufällig, damals noch genug Geld, und hatte mir nicht deshalb gewünscht, mit dem Kapitän im Pressedienst zu arbeiten. Übrigens hatte ich die Stelle nicht verlangt, und hatte – der General liess es mich deutlich genug verstehen – gar kein Recht, sie zu verlangen. Die ganze Unterhaltung war mir peinlich und ich fühlte mich, in der Tat, im Unrecht. Ich war froh, dass der General das Thema wechselte. ‹Nein›, sagte er mir, ‹um solche Gerüchte haben wir wahrhaftig keine Zeit, uns zu kümmern. Soviel ich weiss, stossen sich die Militärbehörden daran – ich, für meine Person, habe damit nichts zu tun – dass Sie das Visum für die Kolonie erhalten, und offenbar unbehelligt aus dem vom Feinde besetzten Gebiet entkommen konnten.› Ich fühlte mich natürlich erleichtert, – denn das waren endlich Tatsachen, auf die ich antworten, die ich erklären konnte. Aber der General hatte keine Zeit mehr, und übrigens interessierte es, wie er sagte, nur den militärischen Geheimdienst, zu dessen Chef er mich mit dem Rat schickte, meine Angaben genau und wahrheitsgetreu zu machen.

Die Militärbehörde empfing mich sehr freundlich. Ich ergriff die Gelegenheit, um sie zu fragen, warum man mich nicht schon früher aufgefordert habe, eine einzige Frage zu beantworten, und mich zu rechtfertigen, da man offenbar glaube, mir etwas vorhalten zu müssen. Wie zu erwarten, antwortete man mir überrascht und ein wenig kühl, man werfe mir gar nichts vor. Ich antwortete, dass der General der Meinung sei, man interessiere sich hier dafür, wie ich in dieses Land gekommen sei, und nichts sei doch leichter, als diese Frage aufzuklären. ‹In der Tat›, sagte man, ‹wäre es wünschenswert, von Ihnen einige detaillierte Auskünfte über Ihre Reise zu erhalten, denn viele junge Leute, die im gleichen Fall sind wie Sie und als Freiwillige versuchen, die Kolonie zu erreichen, geraten unterwegs in Schwierigkeiten, – sei es, weil sie von der Polizei in unserem eigenen, vom Feinde besetzten Land, oder von der internationalen Polizei in den Nachbarstaaten aufgehalten werden, oder aus Geldmangel und Mangel an Kenntnis, an Hilfe, an nötigen Empfehlungen.› Ich schrieb also zuhanden der Militärbehörde einen detaillierten und sorgfältigen Bericht, der sozusagen meine ganze Lebensgeschichte wiedergab. Da ich mir sagte, dass eine solche Lebensgeschichte schliesslich ein gut Teil Erfindungen enthalten könnte, legte ich besonderes Gewicht auf alle Angaben, die sich leicht nachprüfen liessen. So notierte ich genau, zu welchem Zweck ich meine früheren Reisen unternommen, welche Sorte von Artikeln ich geschrieben, welche Studien ich gemacht, und wann und durch welche Stelle ich jedes meiner Visas erhalten hatte. Das war schon eine mühsame Arbeit, denn ich hatte allein schon seit Kriegsbeginn mehr als ein Dutzend Grenzübertritte hinter mir, darunter mehrere des Britischen Weltreichs, und kurz vor dem Kriege hatte ich mich mehrmals in Ländern aufgehalten, die vom Feinde bedroht oder schon annektiert waren. Denn ich schrieb schon über Politik, und hatte politisch gefährdete Freunde in jenen Ländern, lange bevor die Behörden dieser Kolonie und ihres Mutterlandes an den Krieg dachten, oder auch nur wussten, wer der Feind sein würde. Ich musste in meinen Bericht daher einen Kurs über die elementare Geschichte der letzten Jahre einflechten, um ihnen begreiflich zu machen, warum ein junger Mensch in meiner Lage, – d.h. der einfach als junger Europäer –, schon so früh zu den Überzeugungen gelangt ist, die ich heute noch vertrete, und die mir selbstverständlich erscheinen.

Bei der Abfassung des zweiten, mehr sachlichen Teils meines Berichts fiel mir auf, dass ich während meiner Flucht aus dem französischen Interniertenlager in Frankreich, ja, schon während meiner Abreise aus der Schweiz, und bis zur Abreise von Lissabon, ziemlich viel Hilfe dank guter Empfehlungen und treuer Freunde erfahren hatte, – auch waren mir meine Kenntnisse der Sprachen und Länder zugute gekommen, – kurz, ich hatte in allem Unglück auch ein wenig Glück gehabt, wie sie sich im Leben jedes Menschen mischen können, nach gerechtem Mass. Jedenfalls schien es mir, ich hätte bisher keine ungebührlichen, oder auch nur ausserordentlichen Vorteile genossen, – es sei denn den einer gewissen, finanziellen Sicherheit. Nicht dass ich über hohe Summen oder gar ein eigenes Vermögen verfügt hätte, – das Gefühl meiner Sicherheit rührte vielmehr von einem Gefühl des Vertrauens her, von der schlichten Gewissheit, dass weder meine Eltern, noch mein Bruder, noch auch meine Freunde mich jemals im Stich lassen, mich jemals verleugnen würden, – was immer ich täte, was auch mit mir geschehe. Natürlich hätte ich meinerseits ihnen gegenüber nicht anders handeln können, und diese Form des gegenseitigen Vertrauens unter den Menschen scheint mir nicht ausserordentlich, sondern legitim, und solange es herrscht, bedeutet das letzte Stück Brot, das man teilt, gleich viel wie ein Vermögen.

– Übrigens ging es aus meinem für die Militärbehörde abgefassten Bericht hervor, dass ich wenn nötig auch fähig bin, meinen Unterhalt zu verdienen, denn wieviel braucht man schon, letzten Endes, zum Leben! – Und seitdem ich erwachsen bin, und meine Umgebung, und zuerst meine guten Eltern, mir ein volles Mass an Freiheit gewährten, habe ich mehr als einen Beruf vorübergehend ausgeübt. So war ich in Amerika einmal Bühnenarbeiter, einmal Lehrer in einer Gewerkschaftsschule in Cumberland-Bergen, (was ich der Militärbehörde, auf den Rat meiner Freunde hin, vorenthielt), – in Syrien und noch kürzlich in Afghanistan Assistent einer französischen und einer amerikanischen archäologischen Expedition, in der Schweiz vertrat ich den zum Militärdienst aufgebotenen Redakteur einer illustrierten Zeitschrift, und noch hier, im Kongo, wäre ich, wie man weiss, um ein Haar ein wohlbezahlter Mitarbeiter des Pressedienstes geworden. Seither kann ich hier allerdings keinen Centime mehr verdienen. Noch kürzlich schlug mir einer meiner neuen Freunde vor, ein paar Artikel für die lokalen Zeitungen zu schreiben, die mich, wie er sagte, beim Publikum einführen und in der Öffentlichkeit legitimieren würden. Dieser Mann ist der Vertreter der grössten ausländischen Macht, der Berater, und füglich beinahe der Propagandachef dieser Kolonie. Er fand meine Artikel sehr gut, und fragte mich nur, bevor er sie verwendete, ob es mir gleich wäre, dass sie ohne Nennung des Autors erschienen. Natürlich wandte ich ein, dass die Artikel dann ihren Zweck, mich in diesem Lande einzuführen, nicht erfüllen würden. Er antwortete mir, er sei ein wenig enttäuscht, denn in so ausserordentlichen Zeiten müsse man nicht auf den eigenen Ruhm bedacht, sondern froh sein, der guten Sache zu dienen. Ich erinnere mich, dass diese ‹jesuitische› Verdrehung mich sehr erboste, und so gab er mir schliesslich zu, dass er meinen Namen nicht verwenden könne, solange meine Identität und Persönlichkeit im geringsten angezweifelt seien. – Wozu dann, also, sein freundschaftliches, sein verlogenes und feiges Anerbieten, durch die Publikation meiner Artikel für mich einzustehen? – Dieser im Grunde gutmütige, in mich übrigens geradezu verliebte, und manchmal mit Ahnungen begabte, von Zweifeln heimgesuchte, – aber trotz allem schwache und unfähige Mensch war durch meinen Zorn sehr betroffen. Er versicherte mir mehrmals, dass er, persönlich, von meiner Integrität überzeugt sei, aber von Amts wegen, … ja, von Amts wegen …»

Marc hielt plötzlich ein. Nicht dass er diesmal fürchtete, einem anderen Menschen Unrecht zu tun, indem er Tatsachen vortrug, welche – ob er es wollte oder nicht – in sich selbst schon ein Urteil enthielten. Nicht dass er sich scheute, über jenen Menschen, den er gern gehabt hatte und vielleicht, im Grunde, immer noch ganz gern mochte, die Wahrheit und nichts als die Wahrheit zu sagen. Es war vielmehr ein leidiges Missbehagen, das ihn ergriff, etwas wie Langeweile, wie Ekel, wie eine grosse Ermüdung. Er hätte lieber geschwiegen. Die Affäre jener Artikel war unwichtig, selbst wenn sie nicht, wie es tatsächlich der Fall war, gut geendet hätte. Das Verhalten jenes Mannes war widerwärtig, aber nicht nur in jener belanglosen Affäre, sondern immer, und es war Marc's Schuld, wenn er jemals etwas Besseres von ihm erwartet hatte. Ja, er hätte lieber schweigen sollen. Warum hatte er dem Verlangen nicht widerstanden, seine Chronik mitzuteilen? Welche Erklärungen hoffte er zu finden? – Hoffte er, schwarz in weiss zu verwandeln und den Namen dieses Mannes (er hiess in Wirklichkeit einfach Gray) reinwaschen zu können? – Welche Bestätigung erwartete er und welches Verständnis war ihm nötig, um zu wissen, dass schwarz immer schwarz bleiben würde, und weiss weiss?

Und doch konnte er den Namen Gray in seiner Chronik nicht übergehen, die Tatsachen zwangen ihn, – ganz ähnlich, wie Jener von Amts wegen gezwungen gewesen war –. Wieder hielt Marc ein. Er spürte einen peinlichen Widerwillen, ‹jenen Namen› auszusprechen. Gut, er würde ihn fortan Green nennen, oder Schwarz oder Weiss. Diesem Green also hatte er einmal Rache geschworen. Ja, so tief verletzt, so zu innerst empört war er gewesen, dass er vor nichts zurückgeschreckt, mit blossen Fäusten gegen Mauern gerannt, rücksichtslos in sein eigenes Verderben gestürzt wäre, nur um sich zu rächen, für das Unrecht, das ein farbloser, ein beliebiger Green ihm hatte zufügen können, nicht einmal aus Böswilligkeit, denn – ach, der hatte ja nicht einmal einen bewussten Willen! –

Und jetzt sollte gerade Green ihn zwingen, ihn beim Namen zu nennen, gerade ihm sollte es gelingen, Marc als einen Beleidigten und Rachsüchtigen blosszustellen? – Wer war der Beleidiger, wer der Beleidigte, und wer der Schuldige in diesem lächerlichen und abstossenden Prozess um zwei Zeitungsartikel, eine Namensnennung? –

Man würde noch einmal glauben, was in der Kolonie alle von den Dächern gepfiffen haben: Dass Marc den Green besonders geliebt, in Green seine ganz Hoffnung gesetzt, und es ihm später nie verziehen habe, dass Green ihn fallen liess.

– «In Wirklichkeit», fuhr Marc mühsam fort, – «hat jener Mann zufällig meinen Weg gekreuzt, was mit seiner Stellung zusammenhing, die er übrigens recht und schlecht ausfüllte. Wie es in seinem Aufgabenkreis als ausländischer Berater der Propaganda lag, forderte er mich, wie jeden neu eintreffenden Journalisten, auf, ihn zu besuchen. Aber da ich anfänglich keine Hilfe brauchte, hatte ich es auch nicht nötig, irgendwelche Hoffnungen in ihn zu setzen. Ich sah Green fast täglich, denn er langweilte sich in der Kolonie und war mit seinem Posten unzufrieden. Wenn er in ehrlicher Laune war, gestand er auch, dass er mit sich selbst nicht zufrieden sei und mir schien immer, als erinnere er sich in seinen besten Augenblicken, einmal die Möglichkeit eines anderen und besseren Lebens gekannt oder doch geahnt zu haben. Das war es, warum ich diesem Mann Vieles nachsah, aber meine Sympathie für ihn äusserte sich fast immer in wahren Zornesausbrüchen. Denn wie ist es nur möglich, dass ein Mensch die einfachsten Dinge nicht versteht und hinter ihnen immer abwegige, ja unlautere Beweggründe vermutet! – So war es für Green eine Art Sensation, ein Thema unermüdlicher Neugierde, zu hören, warum ein Mensch im Besitz eines neutralen Passes und einer gewissen Geldsumme, seiner fünf Sinne und seiner Freiheit, – kurz, ein Mensch in meiner Lage, in dieses Land gekommen und in diesem Kriege eine Stellung bezogen habe, die ihn allen möglichen Gefahren aussetze. Immer wieder musste ich ihm sagen, dass ich schon vor Jahren und fast zufällig, auf die Vorteile meiner Nationalität und meines neutralen Heimatlandes verzichtet hatte. Wenn er es mir endlich zu glauben schien, brach er immer in den gleichen Ruf aus: ‹Welches Missgeschick für Sie! Denn wie kann ein Mensch Ihrer Herkunft gegen irgendeine Nation Stellung nehmen, die, in diesen Krieg verwickelt, zufällig die Rolle des Feindes spielt!› – Das klang weise, aber es war gar nicht weise, sondern falsch, und er wusste es und glaubte an seine eigenen Worte nicht. Denn für ihn, – ja für ihn und seinesgleichen war eine beliebige Nation, die seine Regierung ihnen wie in einem sportlichen Spiel als den Gegner bezeichnet hatte, ganz einfach der Feind, und sie waren sich wohl bewusst, dass sie nicht einmal ihren rechtmässigen Feind anders erkennen konnten als an den Knöpfen seiner Uniform, und dass sie nicht fähig waren, ihn zu hassen!

Wahrscheinlich habe ich mich schlecht ausgedrückt, als ich ihm in wachsendem Zorn zu erklären versuchte, dass ich mich nie und nirgends zwingen lassen würde, zu hassen oder auch nur zu kämpfen, – dass ich nicht eine Nation und keinen einzelnen Menschen hasse, sondern das zuweilen, zufällig so oder so verkörperte und zur Erde herabgestiegene Böse, und dass es kein

Missgeschick sei, sondern fast eine Erlösung und ein wahres Glück, einmal Stellung zu beziehen und den Feind beim Namen nennen zu können! – Jedenfalls verstand dieser Green nichts, obwohl ich Tag für Tag auf ihn einredete und mir fast die Fäuste blutig schlug, – ja, einmal, es war allerdings spät am Abend, habe ich mit Fäusten auf seine dicken, gleichmütigen Schultern eingehämmert. Ich schäme mich, daran zurückzudenken, – aber er schien mir ganz demütig, – ja sogar eine gewisse Freude zu empfinden, denn er legte mir den Arm auf die Schulter und sagte zu mir: ‹Wenn Sie eine Frau wären, Marc, würde ich Sie fragen, ob Sie eine Art neuer Jeanne d'Arc sind!›

Natürlich machten mich diese Worte nur noch wütender, denn Green schob mir durch sie eine lächerliche Rolle zu, – die Rolle eines eingebildeten Menschen, der sich für besser hielt als die Anderen. Meine Absicht wurde dadurch entstellt, denn ich bin nur als Freiwilliger in dieses Land gekommen, um wie alle Anderen an einem Krieg teilzunehmen, den Keiner von uns gewollt hat, und der doch über alle unterschiedslos hereingebrochen ist. Ich bin doch ein erwachsener Mann, und ich weiss, was ich tue. Aber an jenem Abend habe ich geweint, – ja, vor jenem Green habe ich geweint, und er war doch nur ein gewöhnlicher Zyniker. Er hat nicht einmal an mir gezweifelt, – weniger als alle Anderen, denn er kannte mich besser. Aber heute weiss ich, dass er noch, als mein Bericht der Militärbehörde vorlag, und als wir schon lange Freunde waren, öffentlich gegen mich aussagte. Natürlich tat er es, wie Alle, hinter meinem Rücken und er verbarg nie, dass er persönlich mein Freund sei. Er soll sogar gesagt haben, dass er für die Geschichten nicht einstehen könne, die er über mich hören liess. So sei er zum Beispiel kein Detektiv, und wisse nicht, ob die Geschichte erwiesen, und die drei Schwarzen wirklich verhaftet worden seien, die angeblich heimliche Briefe für mich über die Grenze befördert hätten. Dieses Gerücht allein hätte mir natürlich den Hals brechen können. Etwas später verbot ein Oberst, den ich nicht kenne, aber wohl trotzdem als meinen Gegner betrachten muss, seinen Untergebenen den Verkehr mit mir. Es war nicht seine Schuld, dass er mich hart damit traf, weil sich unter seinen Untergebenen, der Lieutenant F. befand, einer der wenigen Freunde die mir damals noch geblieben waren. Als F. die Gefahr auf sich nahm, von seinem Vorgesetzten eine Erklärung zu verlangen, kam ein unwahrscheinliches Gerücht zutage. F. und ich hätten uns, so hiess es, nicht erst in der Kolonie, sondern viel früher, wer weiss unter welchen Umständen, gekannt. F., der dem Geheimdienst angehört, hätte mich ins Vertrauen gezogen und mich, unter anderem, beauftragt, für ihn

Erkundigungen über einen geheimen feindlichen Sender einzuziehen, dem man gerade auf der Spur war. – Der Sender wäre in einer gewissen Nacht, in Nioki, gewarnt worden. Genau am Abend zuvor hätten F. und ich uns in einem benachbarten Ort gesehen.

Ich bin nie in Nioki gewesen, – es soll sich hoch oben an der Landesgrenze, in einem wunderbaren Gebirge mitten in den Goldfeldern befinden. Ich bin nie dort gewesen, – das wäre nur allzu leicht nachzuweisen, – und F. und ich könnten ebenso leicht beweisen, dass wir uns, als jener peinliche Vorfall sich zutrug, noch nicht gekannt haben. Und ihm, einem mit vertrauensvollen Aufgaben betrauten Offizier, müssten sie wohl glauben. Ich hingegen bin natürlich ein Verräter, wenn nur ein Haar dieses Gerüchtes sich bestätigen liesse. Aber inzwischen haben sie F. nach Ägypten versetzt, und dass ich gleichzeitig für mein Visum für Cairo nachsuchte, sprach unter diesen Umständen so stark gegen mich, dass es mir abgeschlagen wurde. Ja, es ist wohl klar, dass ich dieses Land nicht mehr verlassen kann. –

Ich muss um der Gerechtigkeit willen zufügen, dass der Oberst seinen Verdacht inzwischen wohl fallen, und übrigens sein Gerücht nie laut werden liess, so dass ich, und eine Anzahl anderer Personen, davon nur zufällig Kenntnis erhielten. Ich habe wirklich nichts gegen den Obersten, wenn er auch in der begreiflichen Erfüllung seiner Pflicht auf mich nicht viel Rücksicht nahm. Aber schliesslich herrscht Krieg, und er kannte mich nicht einmal. Green allerdings kannte mich gut, und ich kann nichts dafür, dass ich, weil er mich gern hatte und er es doch nicht wagte, von Amts wegen, und also öffentlich, über alle Zweifel seiner eigenen Person hinweg, für mich Stellung zu nehmen, – dass ich so, ohne sein Zutun und gewiss gegen meinen Willen, so etwas wie der Stachel in seinem Fleisch, und er sozusagen mein ‹Feind Nummer eins› werden musste.

Die Militärbehörde hat noch kürzlich erklärt, dass weder Green, noch der Oberst, etwas Bestimmtes gegen mich ausgesagt haben. Ich bin davon gern überzeugt, – wie übrigens von der strengen Unparteilichkeit der Militärbehörde, die nicht mehr als ihre Pflicht tut, nämlich auf der Hut und nicht vorschnell zu sein.

Nur weiss ich jetzt nicht mehr, wie zwischen Freund und Feind unterscheiden. Bei Gott, ich weiss es nicht mehr.»

VI. Kapitel

Marc hat seine Chronik nie fortgesetzt. Diese von ihm selbst gefundene Formel, dass er «zwischen Freund und Feind nicht mehr unterscheiden könne», gewann über ihn eine solche Macht, dass er sich fast von einem Tag zum anderen verwandelte und in ein Schweigen verfiel, welches allen seinen Bekannten, und unter ihnen gerade seinen Freunden durch die Ereignisse noch in keiner Weise gerechtfertigt schien. Man hatte ihm noch nichts angetan! – Ein Dutzend törichter Gerüchte waren über ihn in Umlauf gesetzt worden, deren Inhalt etwa von der Behauptung, er sei ein junger Abenteurer ohne Geld, oder ohne Heimat und Glauben bis zum Vorwurf variierte, er sei ein bezahlter Agent des Feindes. Marc muss sich wehren, heisst es! – Er muss sich die Meute einmal besehen, die gegen ihn losgelassen ist, und er wird, – der Himmel weiss es! – in schallendes Gelächter ausbrechen! – Was die Leute alles erfinden können! Hat er auch nur hingehört, sich einen guten Spass, eine lustige Stunde gegönnt? – Zum Beispiel ist er, auf der schmutzigen Strasse im Regen, einmal lang hingeschlagen und hat sich das Knie verletzt. Der junge Doktor, der ihm die Wunde verband, hat am nächsten Tag ausgesagt: «Wer weiss, was der Patient getrieben hat, um sich eine solche Schramme zu holen, – wollte er in ein Dach einsteigen, stieg er über eine Mauer? – Jedenfalls fiel er *von hoch*.»

Bei anderer Gelegenheit wurde Marc – zum hundertsten Mal – aufgefordert, zu erklären, aus welchem Grund er in die Kolonie gekommen sei, und eine genügende Anzahl Namen als «Referenzen» zu nennen. – Und wie, wenn Marc keine solchen Referenzen besass? – Denn es musste sich natürlich um berühmte, allgemein bekannte Persönlichkeiten handeln. Wie, er kannte den Kolonialminister nicht persönlich und hatte den Onkel des Königs nur bei einem Lunch getroffen, den Chef der Luftwaffe nie gesehen, und den Präsidenten der überseeischen Frauenvereine nur von Weitem?

Marc erklärte, dafür habe er Hitler die Hand gedrückt und mit Woroschilow einen Dichterabend im Hause von Maxim Gorki verbracht. Hitler habe ihm keinen Eindruck gemacht, doch habe Woroschilow ein angenehmes, beinahe charmantes Lächeln, während Kemal Pascha Atatürk, der vor seinen Augen in Ankara am 29. Oktober in zehn Minuten zwanzig Champagnergläser geleert habe, mit seinen stahlharten Augen unter der gemeisselten Stirn den Typus des Diktators verkörpere, ganz im Gegensatz zu Roosevelt, der die Journalisten mit gewinnender Einfachheit empfange. Reza Shah Pehlevi aber ... «Und der König von Ägypten hat wohl mit Ihnen beim Schweizer Käse Schmollis getrunken?» – «Nein», entschuldigte sich Marc, «er war damals erst siebzehn Jahre alt und trank selten Wein» ...

Mit diesen Antworten, hiess es, habe sich Marc allgemeines Misstrauen zugezogen, denn wer so auf seine hohen Bekanntschaften poche ... in der Tat habe der junge Mann auch die Gunst der Frau des Gouverneurs missbraucht, deren aus purer Freundlichkeit ihm gewährte Einführungsschreiben er auf Befragen vorgezeigt habe, um sich auf solche Art zu legitimieren.

Ein anderes Mal entschloss sich Marc, ein Abschiedstelegramm zu zeigen, das er in Lissabon von zwei ihm wie Geschwister nahestehenden Freunden erhalten, und seither zärtlich aufbewahrt hatte. Die Beiden, die das Telegramm nur mit ihren Vornamen gezeichnet hatten, waren die Kinder eines Nobelpreisträgers, und Marc musste später hören, es habe an massgebender Stelle Befremden hervorgerufen, dass er ein so nützliches Dokument so lange geheim gehalten habe.

Marc hingegen fragte sich später fast beschämt und in der Tat mit Befremden, wie er dieses Telegramm habe der öffentlichen Neugierde preisgeben und einen offenbaren Missbrauch damit treiben können. Hatte er sich so verändert? Brüstete er sich jetzt mit seinen Freunden und schlug Nutzen aus seinem zärtlichsten Besitz? – Und welchen Nutzen! – Worum schlug er sich eigentlich und gab seinen Stolz preis und machte sich verächtlich und verkaufte seine Ehre und trieb Verrat, ja ganz gewöhnlichen Verrat! – Dann wunderte Marc sich wieder über den heftigen Zorn den er empfand. Solche Worte wie Stolz und Ehre hatte er früher nie verwendet, und hatte vergeblich nach ihrer Bedeutung gesucht. Er hatte oft den Vorwurf hinnehmen müssen, er sei «feige» oder «schwach», weil er nicht einmal, sondern zehnmal einen Streitfall wieder aufgenommen, seinen Widersachern die Hand geboten, ja, sie geradezu um Verzeihung gebeten, ja, ihnen geradezu die Argumente geliefert hatte, die sie ins Recht setzten. Oder man hatte seine Versöhnlichkeit damit erklärt, dass er gleichgültig sei, in seinem tiefsten Inneren unberührt und unbeteiligt.

Marc besann sich. In seinem tiefsten Innern tat jetzt etwas weh, und er griff darnach, als müsse er die Finger in eine Wunde drücken. Ja, die Wirklichkeit, diese Streitfälle der Aussenwelt, sie hatten ihn noch nie verletzt und waren belanglos gewesen. Man hatte sich noch immer erklären können, unter Brüdern ... und der Stolz, – ach was hiess denn Stolz, ein Gelächter war er wert, ein Händedruck war stärker, ein Blick löschte ihn aus. Jetzt aber, jetzt aber … was bedrohte ihn, was trat ihm zu nahe? – Er verstummte, weil er ratlos war, und fühlte sich wie ein Kind, das über ein winziges Unrecht in untröstliche Tränen ausbricht, denn es ist nie wieder gut zu machen. Aber Marc war schon zu alt, um so leicht zu weinen, er war lieber still. Man gab ihm sein Telegramm nicht zurück, und er fragte nicht mehr darnach. Später, in Stunden furchtbarer Einsamkeit, wäre ihm dieses Blatt Papier allerdings bitter nötig gewesen, – ein winziges Stück Wirklichkeit, zwei Namen, – um ihm die Wirklichkeit seines eigenen, fragwürdig gewordenen Daseins wieder wachzurufen …

Aber lange bevor es dahin kam, und Marc das erlitt, was nach der Ansicht der meisten Menschen eine Niederlage bedeutet, war für ihn diese Niederlage schon besiegelt, unwiderruflich, und hat ihren Stachel verloren, ist nicht mehr der Rede wert. Green hat plötzlich keine Zeit mehr für ihn? – umso besser, er mag ihn nicht sehen, er mag kein Wort mehr an ihn verlieren, und er könnte ihm vielleicht noch einmal mit Fäusten ins Gesicht schlagen, das möchte er sich ersparen. Er erspart sich auch die Verlegenheit, den Kapitän anzutreffen, den General grüsst er nur von Weitem, und wenn man unter seinen Freunden anfängt, von seinem Fall zu sprechen, winkt er ab, oder bleibt wortlos, als gehe der Fall ihn nichts an und er könne dem Gespräch nicht recht folgen. Ebensogut könnten sie hottentottisch reden … Denn in Wahrheit hebt jetzt in Marc jener «wunderbare Prozess» an, der ihn eine Stunde lang im Dunkel vor einem Baum verweilen lässt, staunend, stumm, und beinahe glücklich. Während er Tag für Tag, und jetzt schon seit wieviel Wochen und Monaten Gerüchten nachspüren, Anschuldigungen entkräften, und Rechenschaft geben muss über sein Tun und Lassen, seine Herkunft, seinen Namen, seine Existenz, – während er damit voll beschäftigt ist, seine Ehre zu wahren unsichtbaren Gegnern gegenüber, während er so, überrascht und schon fast entwaffnet, vor einer Wirklichkeit steht, deren anonyme Feindschaft er nie gekannt, deren grausam überlegene Macht er nie gefürchtet hat, denn er war ein Kämpfer, ein Läufer über alle Hindernisse, ein Krieger mutiger und stolzer Rasse, ein Sieger ohne Tadel, ein Tänzer über Abgründen, ein Pfeifer und Spieler vor den Heeren, ein Hirt in der Morgenfrühe, ein Erbe, und hat das Fürchten nie gelernt, … jetzt fürchtet er sich auch nicht, denn diese Wirklichkeit, die ihn entwaffnet, dieser tausendschössige Baum, der vor ihm rasch wie ein Phantom aus der unschuldigen Erde geschossen und ihn zugedeckt und unter sich begraben hat, jetzt entzieht sie sich ihm schon, entschwindet seinen Augen, entgleitet seinen Händen, und wird leicht. In der unveränderten Nacht erhebt er die Stirn, wie lange hat er diesen Glanz nicht mehr gesehen, den die Sterne ausschütten wie eine Weihnachtsgabe, wie lang stand er nicht mehr am Ufer des Stroms, der von Anbeginn so breit und still war, und so gewaltig zwischen den wie Ozeane wallenden Urwäldern dahinzog, wie lang hat er den Ton nicht mehr vernommen, der in solchen Nächten wie auf einem himmlischen Saitenspiel herabsteigt und die Erde ins träumende Herz trifft, – wie lange hat er nicht mehr gelauscht. Nein, jetzt fürchtet er sich nicht mehr, der Lärm des Tags und Streites ist verstummt, aber ihm scheint, als sei er auf der Spur einer anderen Wirklichkeit.

Manchmal regte sich dann in Marc eine schüchterne Hoffnung. – Vielleicht werde ich dieses Land bald verlassen – dachte er, – und schon erfüllte ihn unbändiger Jubel. Er sah vor sich schwingende Brücken, die über weite, düstere, vom Rauch zahlloser Fabrikschlote verhüllte Niederungen hinweg in wallende, graue Wolken hinein führten und dem Blick entschwanden. Er dachte an dämmernde Wiesen im Norden, und an weisse Landstrassen, die wie Pfeile dem Mitternachtslicht entgegenschossen. Er erinnerte sich an eine Nacht in Funchal, wo sein hell erleuchteter Dampfer im Hafen einem fremden, schaukelnden Gestirn inmitten des weithin glänzenden Meeres geglichen hatte. Hinter dem Lichterkranz des Städtchens mit seinen rötlichen Klostermauern, seinen Blumengärten auf Terrassen und offenen Weinschänken auf allen Plätzen lagen im Dunkel die hohen, ernsten Berge der Insel, und aus der Stadt führten viele Pfade über die unsichtbaren Halden zu ihnen empor. Man sah nur die Lichter, und konnte ihren anmutigen Windungen folgen, vielleicht durch Reben, vielleicht an einsamen, schlafenden Gehöften vorbei, und bis in den Bereich hoher, karger Weiden. Dann endeten die Pfade, irgendwo zwischen Himmel und Erde, am Weltenrand, und stürzten sich wohl in das allumfassende Gewölbe der Nacht, ihre letzten, verschwebenden Lichter waren vielleicht schon Sterne …

«Wie lange habe ich nicht mehr daran gedacht», wiederholte sich Marc, und wie im Traum erblickte er die weite, in Mondlicht gebadete, von sanften Winden bestrichene Savanne, wo im tiefen Gras die zahllosen Tiere des Paradieses standen, lauschend, ruhig, und mit unschuldig glänzenden Augen.

Am nächsten Tag besann sich Marc nicht mehr auf seine Geschäfte. Eine Fahnenweihe fand statt, er hörte davon sprechen und hörte, gegen Mittag ein paar Schüsse und Trompetenstösse, aber er war, natürlich zur Feier und öffentlichen Parade nicht eingeladen. Er fragte sich, warum er es sich beinahe zur Pflicht gemacht habe, den Konsul einer befreundeten Macht noch einmal aufzusuchen und sich zu beklagen, weil einer seiner Untertanen vor mehreren anderen laut erklärt habe, Marc sei verdächtiger Abstammung und schon mehrerer verdächtiger Handlungen überführt. Der Konsul war ein freundlicher, übrigens kranker Mann, und wenn er auch, natürlich, ein Machtwort sprechen konnte, – warum sollte Marc ihn dazu zwingen? – Denn dieser rechtlich denkende Mann würde sicher nicht fähig sein, leichtfertig gegen sein Gewissen zu handeln, und Marc würde ihn also überreden und geradezu einen Zwang auf ihn ausüben können, mit seinem Ansehen und seiner Person für ihn einzustehen, für einen Verdächtigen, für einen Ausländer, für einen Unbekannten. Es war nicht des Konsuls Sache, Marc's Fall aufzuklären, wozu es jetzt schon einer entschlossenen Handlung, eines vollen Einsatzes an Zeit und Kräften bedurfte. Mit welchem Recht konnte Marc so viel von einem Fremden verlangen, mit welchem Recht durfte er den guten, wohlmeinenden Charakter dieses Mannes dazu missbrauchen, um für sich selbst daraus einen kleinen Vorteil zu ziehen. Wenn er sich dann irrte, wenn es Marc nie gelingen sollte, sich reinzuwaschen, dann hätte er einen Anderen, der gar nicht sein Feind war, zu seinem Mitschuldigen gemacht.

Und das war, wie gesagt, jetzt keine Kleinigkeit mehr. Marc fragte sich jetzt zuweilen, ob er nicht vielleicht wirklich schuldig war, – schuldig eines Vergehens, das er allerdings nicht kannte, und nach dem Wortlaut eines ihm ebenso unbekannten Gesetzes. Er hatte ja auch die Mächte nicht gekannt, die jetzt seine Richter waren und ihn jederzeit verurteilen konnten. Das allein war vielleicht schon gleich viel wie ein Verbrechen. Er hatte in dieser Welt gelebt, in einer Welt der Gesetze, Vergehen und Urteile, und hatte mit kühner, ja, mit vielleicht unverzeihlicher Unbekümmertheit nichts davon gewusst. Er hatte sein Leben mit anderen Menschen verbracht, die er in unverzeihlichem Leichtsinn keiner schlechten Handlung verdächtigt, ja, keiner Lüge für fähig gehalten hatte, so wenig wie sich selbst. Er hatte ihre Existenz hingenommen wie die von Brüdern, und wie seine eigene: Ohne Fragen zu stellen. Nie war es ihm in den Sinn gekommen, dass er ein Verräter, ein Verbrecher, ein Angeklagter sein könnte, oder ein Namenloser, ein Anderer als «er selbst». Nie hatte er sich darüber Rechenschaft gegeben, dass er, um sich auszuweisen, Papiere brauchte, und dass er diese Papiere nur besass, weil sein Name irgendwo eingetragen war, weil er der Sohn seiner Eltern war, weil man ihm eine Nationalität zugebilligt, weil man für ihn Gebühren bezahlt, und allerhand nötige Schritte unternommen hatte, – weil er nicht ein Niemandskind, sondern ein Täufling war, ein geliebter Sohn und Erbe, für den man eingestanden war von allem Anfang an. Natürlich waren sie alle für einander eingestanden, unter Brüdern, jeder für den anderen. Wie hätte Marc eine Ausnahme machen sollen! Aber sie waren untereinander einig gewesen, weil sie – wie Brüder an ihre gemeinsame Herkunft – an ihre gemeinsame, ihre fraglose Unschuld glaubten.

– Wenn einer von ihnen ein Mörder wäre – fragte sich Marc, in einer Ratlosigkeit, die ihn schon beinahe zum Lächeln zwang, und die der gelassenen Ruhe in der menschenleeren Stille der Nacht schon merkwürdig glich, –

– wenn einer von ihnen, die ich liebe, in der Nacht zu mir käme als Verfolgter, – ich würde ihn sicher nicht einmal fragen, warum er verfolgt wird. Und falls er des Mordes angeklagt wäre, –

Er brach ab. Die Frage, ob er ihn ausliefern würde, er hätte sie sich nie gestellt. Es lohnte sich nicht einmal, darüber nachzudenken. Mochten die Anderen, die ihn nicht kannten, sich immerhin abgeben mit solchen Fragen!

Aber dann musste Marc sich gestehen, dass er das Gesicht des Mörders, des Angeschuldigten, des Verfolgten, den er beherbergte, nicht deutlich vor sich sah. Dieser Mensch, den er jetzt in den Armen hielt, und der ihn, wahrscheinlich, mit sich in ein noch unbekanntes Verderben reissen würde, – hatte er ihn wirklich, früher geliebt oder auch nur gesehen? – Ja, (jetzt lächelte er wirklich) – dann würde er sich also eines unbekannten Verbrechens mitschuldig machen, und vielleicht war er selber längst schuldig, längst schuldig und auf einer abschüssigen Bahn, – aber wie sollte er sich vor einem unbekannten Verderben fürchten!

VII. Kapitel

In jenen Tagen, als Marc aus eigenen Kräften begann, sich vom Albdruck seiner chaotisch verwirrten Verhältnisse zu befreien, indem er sich weigerte, ihre Existenz länger anzuerkennen (ganz so, wie man ihm in der Kolonie sein Existenzrecht verweigerte), –

gerade in jenen Tagen tauchte in der Stadt ein Mann auf, der einflussreich, angesehen, und mächtig zu sein schien, obwohl Niemand über ihn genauer Bescheid wusste oder ihn auch nur schon früher gekannt hatte. Er hatte einen britischen Pass, aber er sagte, dass er die Staatsbürgerschaft des Britischen Weltreichs erst später erworben habe. Später, – das hiess wohl, nach seiner ersten Jugend, die in erregendes, geheimnisvolles Dunkel gehüllt blieb. Der Mann war auch heute noch jung, und unter dem Busch seines dichten, weissen, grob gelockten Haares leuchteten seine blauen, länglich geschnittenen, immer wie zu einem belustigten Lächeln zusammengekniffenen Augen in einem straffen, bartlosen, tief gebräunten Gesicht, – so, als habe er sein Leben lang nichts anderes getan, als im warmen Meersand zu liegen, frische Salzluft zu atmen, und mit Pfeil und Bogen zum Vergnügen nach Seeschwalben und Möwen zu schiessen. Er hatte so einen mächtigen Brustkorb entwickelt, für den die verwaschenen Polohemden, die er trug, immer etwas zu eng waren, und in seinen leichten Sandalen konnte man seine sehnigen Fesseln und unverbildeten, ebenfalls gebräunten Füsse spielen sehen, als sei er nie anders als über federnden Grasboden und Strand gelaufen.

Er war aber beileibe kein Polospieler, und als man ihn aufforderte, in den Golfclub zu kommen, habe er – so erzählte man in der Stadt – geantwortet: «Gern, auf ein Glas Whisky, denn für allen anderen Sport meiner Landsleute habe ich nie Zeit genug gehabt.» Man erzählte sich überhaupt viel über ihn. Er bewohnte im Grand Hotel die zwei besten Zimmer, und war Gast der Regierung, die ihm auch einen Wagen mit Chauffeur zur Verfügung stellte. Er besass zwei Pässe, von denen einer auf einen falschen Namen lautete und von einer neutralen Macht ausgestellt war, damit er jederzeit abreisen und sogar vom Feind besetzte Gebiete aufsuchen konnte. Sein eigener Name war Kagarian, – was auf kaukasischen, vielleicht armenischen Ursprung deutete. Einige Leute hielten ihn sogar für einen Juden, und wenn diese Personen auch notorische Defaitisten waren, so hätte ihre Vermutung doch erklären können, warum Kagarian besonders viel im Pressedienst, bei dem Kapitän und seinem Bruder verkehrte. Denn diese Beiden – es war ein öffentliches Geheimnis – hiessen eigentlich Baumgarten, und hatten ihren behauptungsweise elsässischen Namen übersetzt, während sie ihre Stellung ganz einfach dem Einfluss ihres israelitischen Taufbruders verdankten, der zufällig Minister in London war. Und dies auch nur, falls man es als einen Zufall bezeichnen konnte, dass gerade ein Jude rechtzeitig und unversehrt dem Feind ins Gesicht gelacht, und ins Ausland entkommen war, um sich der neugebildeten Regierung des nationalen Widerstands sofort, im ersten günstigen Augenblick, zur Verfügung zu stellen.

Natürlich besagten diese Tatsachen nichts gegen Kagarian, der ein über jeden Verdacht erhabener, durchaus unabhängiger Mann war. In der Tat war er ohne jede Empfehlung gekommen, und auf den ersten Blick konnte man ihm ansehen, dass er einer jener legendären self made men sein musste, auf die, fälschlicherweise, Amerika ausschliesslichen Anspruch erhob. Dieser Kagarian war sicher kein Amerikaner, nicht einmal Engländer war er, sondern offensichtlich ein Bursch einfacher Herkunft, ein Niemandskind, ein Sohn der Berge, der vielleicht in seiner zweifellos harten Jugend Karakulschafe gehütet hatte auf verlorenen, georgischen Weiden. Seine anspruchslose Visitenkarte gab ausser dem schlichten Namen «Jan Kagarian» die Adresse eines obskuren Handelshauses in London an, dessen Firma exotisch lautete und vielleicht ihren Sitz im Libanon, in Indien, oder in Sibirien hatte. Denn es ging aus Kagarians freimütigen Erzählungen hervor, dass er als Exporteur von Edelhölzern lange im Osten, dann in Estland und Russland, und sogar schon im benachbarten afrikanischen Gabon gewesen war. Viel früher, fast noch als Knabe, hatte er alle Härten des sibirischen Winters erlitten, und sein abenteuerlicher, als Einkäufer kostbarer Pelze durchgeführter Ritt von Peking nach Tula war eine wirkliche Odyssee, wenn er auch in seiner natürlichen Bescheidenheit davon sprach, als sei es nichts, wochenlang in von Läusen wimmelnden Wolfsfellen zu schlafen, gefrorenes Bärenfleisch zu essen, und über eisigen Ebenen in der Morgenfrühe das weisse, ewige Nordlicht zu erblicken.

Ob Marc es wollte oder nicht, er fühlte sich merkwürdig bewegt, als er zum ersten Mal von Kagarian sprechen hörte. Er wusste nichts von Sibirien, aber es grenzte, für ihn, an Tibet mit seinen den Alphörnern ähnlichen Klostertrompeten, und an die von riesigen Winden heimgesuchte Mongolei. Er dachte an den fernen, wiegenden Glockenklang der Karawanen im Osten, er kannte auch Georgien mit seinen Eichenwäldern und Rebenhügeln, und er könnte, mit Kagarian, vielleicht von Karakulfellen aus Turkestan, von Estland, und von den letzten Zedern Salomons sprechen, die er an einem glänzenden Wintermorgen, hoch über Beyrouth, auf einem weissen Schneefeld im Libanon gesehen hatte. Es war ihm, als könne er mit jenem Fremden, vielleicht, über Vieles reden, was ihn über diese schreckliche, den Atem erstickende, afrikanische Wirklichkeit hinweg führte und ihn, er musste es sich wohl eingestehen, mit einem Gefühl der Ohnmacht, und mit brennendem Heimweh erfüllte. – Warum hasste er Afrika! – Warum konnte er sich mit diesem Land nicht abfinden, das doch gross war wie irgendein Land, oder noch grösser, reich an Strömen, Wäldern, Wundern, reich an Fischen und Früchten, reich an Hügelzügen und noch unbekannten Gebirgen, und dessen Himmel so nahe, so gewaltig, so farbenprächtig, so überirdisch schön waren wie er es nie beschreiben könnte, und nie wieder sehen! – Marc besann sich: Hatte er nicht in anderen Gegenden, ja, genau so in Wüsten, und in gesegneten, milden Ländern, ähnliche, atemberaubende Verzweiflungen gekannt? – War er nicht einmal, in einem Garten in Afghanistan, zwischen der im Mondschimmer sich ausbreitenden Wüste und den hinter der langen, schweigenden, in Schatten getauchten Front eines alten Moghulenpalasts sanft und blau aufsteigenden Ketten des Hindukusch erwacht, wo er auf einer Terrasse aus gestampftem Lehm auf seidenen Kissen gebettet, den kühlen, von Pfirsichduft gesättigten Wind gespürt, und hoch über sich einen untadelig gewölbten, von Sternen funkelnden Himmel erblickt hatte, – war er dort, nicht dem Paradies nahe gewesen, hatte das stille Rauschen der Bäume gehört, das ewige Branden der Wüste Asiens, und das heitere Echo der aus den Bergen stürzenden Silberquellen, – und hatte er nicht, mit weit geöffneten Augen, diesen Himmel verschlungen und um ein Zeichen gebeten, um ein «Kreuz des Südens» das sich jetzt jede Nacht so deutlich über dem schlafenden Strom erhob, – und waren ihm nicht, damals, in der gewaltigen, gelassenen Ruhe die einsamen Tränen versiegt und die Schreie in seiner Brust erstickt? – Sollte, unter immer gleichen Gestirnen, ein durch Morgen und Abend kreisender Landstrich anders, und dem Paradies verwandter sein, als was sterbliche Augen in ungestilltem Hunger immer und überall zu fassen suchten? – Ja, warum meinte er, Afrika zu hassen!

Als Marc dann erfuhr, dass Kagarian ihn zu sprechen wünsche, ging er nicht hin, sondern vermied es, im Gegenteil, sorgfältig, ihn zu treffen. Was wollte Kagarian von ihm, dieser fremde Rosshändler, der zufällig zu Geld gekommen war, wer weiss wie, – dieser Günstling, der überall von Erfolg begleitet schien, so wie Marc von Misserfolg, und der das Zeichen seiner Freiheit jetzt unbekümmert wie ein Kainszeichen zur Schau trug! – Wer hatte Kagarian seine Rechte verbrieft, und woher nahm er das Recht, an Marc heranzutreten, um ihm seinen Schutz anzutragen, oder, wer weiss, vielleicht seine Gegnerschaft?

Marc hatte von ihm nichts verlangt, so wenig wie von den Anderen, jener Legion von Gleichgültigen, die jetzt seine Gegner geworden waren. Denn ihre Zahl umfasste jetzt jeden Einwohner der Kolonie, der von Marc's verdächtiger Existenz zufällig Kenntnis hatte. Ihre Feindschaft war Nichts wert, so wenig wie ihre Freundschaft ihm jemals noch etwas bedeuten könnte, die sie ihm, wahrscheinlich, eines Tages anbieten würden. Denn sie hassten ihn nicht einmal. Sie hatten keinen Grund, ihn für gefährlich zu halten, noch konnten sie im Ernst glauben, dass er ein bezahlter Spion, und also ein durchtriebener Lügner sei. Nie würden sie es wagen, ein solches Urteil über ihn auszusprechen, würden sie im Ernst vor die Frage gestellt. Nur handelte es sich, in ihren Augen, um keinen Ernstfall. Denn Marc war kein Feind, kein Sünder, kein Prophet, sondern ein gewöhnlicher, zufällig des Weges gekommener Fremdling, der keiner Fliege etwas zuleide getan hatte, und den man getrost steinigen konnte. Denn was würde er zu seiner Rechtfertigung vorbringen, welche Ankündigung einer Mondfinsternis oder eines nahen Gerichts, welche Heldentat? – Nein, er würde nichts tun können, um sich zu schützen, dreimal nichts. – Marc hätte den Ekel, der ihn schüttelte, nicht mehr von furchtbarem, ohnmächtigem Hass unterscheiden können. Früher hatte man ihn glauben gemacht, Hass sei ohne gekränkte Liebe nicht möglich, und für ihn war dieses peinigende und düstere Wort leer und gewichtlos geblieben, unbegreiflich. Aber jetzt, – ja, jetzt hasste er vielleicht, – hasste die Gleichgültigen, welche mit Steinen nach ihm warfen, hasste die Fremden, die ihm in den Arm fielen, hasste Alle, die ihm zu nahe traten und denen er kein Recht dazu gegeben hatte, ihn auch nur beim Namen zu nennen, den Mann auf der Strasse hasste er, der seine Schritte kreuzte, er hasste den Konsul, den Kapitän, den Green, und er hasste den Kagarian, den er nicht kennen, von dem er nichts wissen wollte. Aber diese dumpfe Orgie des Aufruhrs und der weissgott gerechten Empörung war schlimmer als eine Krankheit, und sie war beschämender als jede Betrunkenheit. Oh, Marc schämte sich bitter, und er legte die Hände vor die Augen, als müsse er sonst in einem Spiegel das Antlitz eines Menschen suchen, das man ihm entstellt und entfremdet hatte, und das er nicht mehr liebte. – Man soll mich in Ruhe lassen – murmelte er und biss die Zähne wie im Krampf aufeinander, – sie sollen mich in Ruhe lassen, in Ruhe lassen! – Seine Hände fielen herab, er warf den Kopf in den Nacken, und der zu weisse Himmel blendete seine weit aufgerissenen Augen …

VIII. Kapitel

Kagarian trat an einem der nächsten Tage bei Marc unangemeldet ein. Er sah sich im Zimmer um, warf einen Blick auf die Schreibmaschine und die ausgebreiteten Landkarten, legte seinen Tropenhelm weg, setzte sich in den einzigen vorhandenen Korbstuhl und begann, seine Pfeife anzuzünden. Er trug shorts, und bewegte sich trotz der herrschenden Hitze so leicht und frei, dass Marc glaubte, sich einem ganz jungen Menschen gegenüber zu befinden. Sein angenehmes, gebräuntes Gesicht schien alterslos. Als er zu sprechen begann, tat er es mit einem Ausdruck gelassener Heiterkeit, als sei er sehr alt und habe alle Erfahrungen hinter sich, während seine Augen weitsichtig und ohne Neugierde in der Ferne weilten.

– «Wie gefällt es Ihnen in Afrika», fragte er Marc.

– «Ich weiss es nicht», antwortete Marc, – «ich bin seit mehreren Monaten hier, aber ich kenne nichts, nur diese Stadt, und natürlich den Strom.»

– «Es ist wie ein Gefängnis», – fügte er hinzu.

Kagarian liess sich mit der Antwort Zeit. Vielleicht hatte er auch gar nicht hingehört. Er richtete jetzt seinen Blick auf Marc, und Marc konnte diesen vollen, warmen, festen Blick ohne Unbehagen aushalten. Er weckte in ihm dunkle Erinnerungen, denen er nachsann, fast als sei er allein. So war er schon früher Menschen gegenüber gesessen, deren Gesicht er zu entziffern suchte, an deren Lippen er hing, denen er Fragen stellen wollte, und sie nahmen die Antwort vorweg.

«Es ist eine neue Stadt», – sagte Kagarian, – «sozusagen das Experiment einer Stadt. Die Bewohner haben sich mehr oder minder freiwillig und zufällig hier zusammengefunden. Aber viele, wahrscheinlich die Mehrzahl von ihnen, fühlen sich hier recht wohl, und machen sich sogar einen Stolz daraus, legitime Bürger Afrikas geworden zu sein. Sie haben längst vergessen, warum sie hierher verschlagen wurden, – nämlich weil die Umstände sie dazu zwangen, oder, bestenfalls, weil sie hier Geld verdienen konnten. Und Sie, – ich vermute, dass für Sie Beides nicht zutrifft, – wo möchten Sie hin? – Was haben Sie vor? –» «Ich weiss es nicht», antwortete Marc. Er fühlte dass es eine törichte Antwort war, aber wie sollte er es tatsächlich wissen! – Wie sollte er Kagarian erklären, warum ihm alle Türen verschlossen waren! – Er würde, um auch nur das Nötigste zu sagen, stundenlang brauchen, und bis auf die Kinderschuhe zurückgreifen müssen. Und dann, – wie kam er dazu, diesem Kagarian Rede zu stehen! – Der alte Zorn erwachte in ihm. Was sollte er zum Schluss vorbringen, welchen Herzenswunsch? – Kagarian war nicht sein Schutzengel. Und selbst wenn er ihm alle Türen durch ein Zauberwort öffnen könnte, – was dann, was dann? – Würde Marc in Kairo soviel glücklicher sein als im Kongo, würde er in Freudentränen ausbrechen oder auch nur Dankbarkeit empfinden können, wenn man ihm, zum Beispiel, die leidige Stelle beim Pressedienst wieder anbieten oder ihn zum Fahnenträger machen würde? – Von Anfang an hatte er es gesagt, – und wie oft seither, wie deutlich, – dass er keine Ansprüche stelle, und nicht einmal Geld verlange, dass er, um in diesem Krieg der Sache zu dienen, sogar auf seinen Beruf verzichten und die Arbeit eines Wagenwäschers, Zeltmachers oder Samariters tun würde, – so wie er auf seine Sicherheit und auf sein Privatleben verzichtet, und ohne Zögern die Berge seiner Heimat mit dem Klima dieser trostlosen Uferstadt vertauscht hatte. Ja, dies alles hatte ihm nichts bedeutet, – warum sollte er jetzt lügen? – Warum behaupten, die Böswilligkeit einer gleichgültigen Behörde habe ihn seiner Ideale beraubt, sein Glaube nähre sich vom Schlachtenlärm, und man habe mehr angetastet als nur seine augenblickliche Bewegungsfreiheit, – nämlich seinen Lebensatem, seine innerste Hoffnung, und das Klima töte ihn? Wieder einmal schämte er sich, wieder einmal bäumte sein Stolz sich auf, und er fühlte sich getragen von einer verheerenden Welle des Trotzes.

«Ich bin als Freiwilliger gekommen», sagte er.

Als Kagarian nicht antwortete, fügte er hinzu:

«Ich weiss nicht, was jetzt aus mir werden soll, denn es scheint dass ich damit einen Irrtum begangen habe.»

Kagarian schwieg, und Marc sah ihn an, als müsse er ihn zu einer Antwort zwingen können. «Ich begreife es nicht», sagte er, «– wenn ich nur begreifen könnte, was falsch daran war. Wenn ich es nur wenigstens begreifen könnte!»

Kagarian schien über Marc's Ratlosigkeit eher belustigt.

«Sie haben sich also in die Hand ‹dieser Leute› begeben», stellte er fest, – «ich frage mich nur, ob Sie sich über den Ernst ihrer Lage klar sind?» – Marc neigte den Kopf, denn er wusste was jetzt zum ersten Mal, unweigerlich, ausgesprochen würde.

«Sie sind als Freiwilliger gekommen», sagte Kagarian, – «in ein Land, das von Ihnen die Ausübung Ihrer Bürger- und Soldatenpflichten nicht verlangt hat, und Ihnen jetzt sogar das Recht abspricht, diese Pflichten zu erfüllen. Da Sie andererseits auf Ihre Rechte und Pflichten in Ihrem anderen Heimatland freiwillig verzichtet haben, sind Sie jetzt ohne jeden legalen Schutz der Gesetzesmacht ausgeliefert, in deren Bereich Sie sich ohne Not begeben haben.»

«Aber meine Papiere sind in Ordnung», sagte Marc.

Kagarian fuhr fast ohne Pause fort. «Papiere bedeuten nicht viel. Sie haben, schliesslich, so wenig absolute Gültigkeit wie das Gesetz, das sie ausgestellt hat. Heute wird nicht nur mit Papieren, sondern mit Nationalitäten, Bürgerrechten, Vater- und Mutterschaften Handel getrieben wie in anderen Zeiten mit Banknoten. Aber schon zu allen Zeiten konnte ein Mann seine Papiere verlieren, zum Beispiel in einer Feuersbrunst oder durch Diebstahl, und wie konnte er seine Identität dann nachweisen, ausser mit seinem Fingerabdruck, oder weil zwei Taufpaten oder Dorfgenossen ihn erkannten und Lust hatten, für ihn Bürgschaft zu leisten? – Von Ihnen verlangt man das nicht einmal. Vermutlich zweifelt man nicht einmal an Ihrer Identität, aber man interessiert sich nicht dafür. So wenig, wie man daran zweifelt, dass Sie, am Ende aller Enden, von sterblichen Eltern irgendwo geboren wurden und auf irgendeinem Wege bis hierher gelangt sein müssen.»

«Warum will mich dann das Gesetz, das hier gilt und dem ich unterworfen bin, nicht anerkennen? – Warum werde ich wie ein Ausgestossener, wie ein Pestkranker behandelt?»

– «Und wenn Sie ein Pestkranker wären?», – fragte Kagarian, dessen Heiterkeit sich in eine merkwürdige, gleichsam unpersönliche Strenge, beinahe in Härte verwandelt hatte. – «Überlegen Sie gut! – Wie wissen Sie, ob Sie nicht morgen schon aussätzig sind, und wie kann ich es wissen, ob Sie nicht eine ansteckenden Krankheit in sich tragen, – warum soll ich Ihnen glauben?» – Marc hielt den Atem an. Es war, als wolle Jener ihn auffordern, einer anderen, unsichtbar gegenwärtigen Stimme zu lauschen, – als seien sie beide nicht mehr allein.

Kagarian fuhr nach einer Weile fort:

«Ich bin nicht Ihr Anwalt. Noch Ihr Ankläger, noch sind wir in irgendeiner Weise Partner. Sie sind mir keine Rechenschaft schuldig, und ich, – junger Mann, ich kenne Sie nicht einmal. Ich rede zu Ihnen nur, weil uns die Sprache gegeben ist, und weil wir uns vielleicht verwandt genug sind, damit wir einander verstehen.» Marc schwieg diesmal nicht aus Trotz. Er musste zuhören. Zum ersten Mal rührten Worte etwas in ihm an und weckten ein Echo, zum ersten Mal vernahm er Worte wieder wie Musik, die keine andere Absicht kennt als unmittelbar das Herz zu erschüttern, – ja, zum ersten Mal hatten Worte wieder ihren unverfälschten Sinn und erreichten den Anderen, und zum ersten Mal, seit wie langer Zeit, durfte man, musste man wieder reden ...

«Überlegen Sie gut», wiederholte Kagarian mit sanfter Eindringlichkeit, – «wenn das Gesetz Sie auszustossen wagte, nur weil sie ein Pestkranker wären, – regt sich in Ihnen kein Rechtsgefühl, bäumt sich nichts in Ihnen auf? – Und selbst wenn Sie ein sogenanntes Vergehen auf sich geladen hätten, wer weiss darüber die nackte Wahrheit ausser Gott und vielleicht Sie selbst?

Sie werden mir antworten, das Gesetz diene zum Schutz der Gesellschaft, und müsse daher befugt sein, unliebsame, gefährliche, oder nennen wir es ‹asoziale› Elemente auszustossen. Davon können, je nachdem, Einzelne, oder ganze Gruppen betroffen werden, zum Beispiel Juden, Christen, Pestkranke, oder Ehebrecher, – oder Verdächtige, etwa solche, deren Papiere verbrannt oder ihnen von irgendeiner Instanz entzogen und für null und nichtig erklärt wurden. Und wie, wenn Einer von Anfang an gar keine Papiere besass, weil seine Eltern nach Ägypten fliehen mussten auf einem Esel, oder weil er seinen Vater nicht kannte? – Weil er von Sklaven abstammt, weil er nicht Lesen und Schreiben lernte, weil er nie in den Tempel gegangen ist, weil er nicht für sich aussagen kann, – oder weil man ihm, einfach, keinen Glauben schenkt? Dass nämlich die Menschen einander noch glauben, das ist ein Geschenk, das über alle irdische Gerechtigkeit und Berechnung weit hinausgeht und an das Wunderbare grenzt. Aber auf Wunder kann man keinen Anspruch erheben ...»

Das Lächeln auf Marc's Gesicht erlosch. Er wollte den Stuhl zurückstossen, aufstehen, irgendeine Bewegung des Protestes machen, irgendetwas antworten. Er wollte dieser Unterhaltung ein Ende machen, die unnötig war, – denn was Kagarian auch sagen mochte, es war einfach und klar wie Wasser, und Marc wusste jedes Wort voraus. Hätte er noch antworten können, – hätte er einen Gegner vor sich gehabt, und sich verteidigen, ja, blindlings kämpfen können!

«Blindlings», dachte Marc, – «wenn ich noch blindlings nach Worten greifen könnte wie nach Steinen, aber es ist unnötig, denn er hat Recht, einfach Recht, und ich möchte es ihm ins Gesicht schreien, dass ich ihm dreimal, blindlings, Recht gebe, wenn er nur schweigen würde! Er redet und redet, als sei er der Engel des Gerichts, – in dessen Flammenblick ich wenigstens vergehen und hinschlagen und meine Stirn verbergen könnte, er aber ist nur ein Mensch, den ich nicht einmal kenne. Selbst wenn seine Wahrheit meine Wahrheit ist, – ich kann es ihn doch nicht merken lassen, in welcher Not ich bin. Was sollte er für mich tun? – Was vermag er? – Was gehe ich ihn an? – Welchen Trost verspricht er sich davon, mir die Wahrheit, nichts als die Wahrheit zu sagen? – Ich habe ihre Stimme manchmal gehört, wenn ich allein war, da gab es auch keinen Trost. Ach, nie war ich so allein. Es ist, wie wenn man in der Nacht neben einem Geliebten erwacht, und er schläft, und man wagt es nicht, ihn zu stören. Es ist noch schlimmer. Wenn ich noch einen Schlaf zu behüten hätte! Ja, wenn dieses Schweigen noch einen Sinn hätte! – Man würde sich schon zusammennehmen, und man wäre versöhnt, wie durch ein Wunder ...»

Kagarian hob in diesem Augenblick leicht die Hand, als wolle er Marc beschwichtigen.

«Ich wollte Sie nicht verletzen», sagte er. –

«Ich weiss», sagte Marc. Er zwang sich zu einem Lächeln.

– «Sie machen mich nur darauf aufmerksam, dass ich, wie irgendein anderer, in eine jener Rubriken fallen kann, die das Gesetz als gefährlich oder einfach als unliebsam bezeichnet.»

«Man hat sich sogar gefragt, ob Sie nicht ein bezahlter Spion seien.»

«Und warum sollte dies, übrigens, ausgeschlossen sein.»

«Vielleicht können Sie genügend Beweise liefern, um einen solchen Verdacht zu entkräften. Sie haben vielleicht einflussreiche Freunde. Oder Sie verfochten seit Jahren Ihre Überzeugungen auf der Plattform der Öffentlichkeit, – oder am Ende genügt es, wenn Sie nachweisen, woher Sie Ihr Geld beziehen ...»

«Und wenn ich zufällig diese Beweise nicht habe?»

«Es würde ohnehin nicht viel helfen, denn man glaubt Ihnen nicht», sagte Kagarian.

– «Und warum sollte man einem Verdächtigen glauben!»

Sie nickten einander zu, als sei die Unterhaltung zu Ende. Marc stand auf, um eine Flasche Bier aus dem Eisschrank zu holen. «Ich habe ganz vergessen, Ihnen etwas anzubieten», sagte er, während er die Gläser füllte. Dann ging er auf und ab und fuhr ganz allein für sich zu sprechen fort.

«Man kann mich also morgen ausweisen», sagte er, – «aber wohin, in aller Welt? – Ich bin Bürger eines Landes, das sich im Krieg befindet. Die Neutralen geben mir ohne guten Grund kein Visum. Es ist ein schlechter Grund, ausgewiesen zu sein. Die verbündeten Gebiete sind mir verschlossen, weil ich verdächtig bin. – Sie werden mich doch nicht dem Feind in die Arme jagen?»

«Es ist wahrscheinlicher, dass man Sie verhaftet und der Sicherheit halber in einem Lager unterbringt. Sie wären nicht der Einzige.»

Marc schien die Bemerkung kaum gehört zu haben.

«Ich war schon einmal eingesperrt», sagte er, – «ich weiss, was es ist, man stirbt nicht daran. Wir waren zu Hunderten dem Feind in die Falle gelaufen, dumm wie das liebe Vieh. Denn wir hatten, am Vorabend, noch nicht einmal gewusst, wer der Feind war. Aber das sind Worte, Worte, – und wir diskutierten damals nicht viel und hielten uns unsere Dummheit nicht vor, noch schimpften wir auch nur auf die sogenannten Verräter, die uns hinter den Stacheldraht gebracht hatten. Wir dachten nur nach, wie wir entkommen und dem Feind ein Schnippchen schlagen könnten, und jeden Morgen beteten wir zum lieben Herrgott in Frankreich. Denn es gab ihn noch, – und der Stacheldraht war nicht sehr hoch, wir konnten darüber hinweg die Felder sehen, man schickte uns sogar hinaus, um das reife Korn zu mähen, während unsere Wächter auf die Hasenjagd gingen und ihr Pulver verschossen, denn die armen Teufel hatten kaum besser zu essen als wir. – Was wollen Sie, die wussten auch nicht mehr Bescheid über Freund und Feind, das Ganze war einfach Pech, und manchmal, des Abends, redeten wir unseren Wächtern ins Gewissen, bis sie beinahe weinten, wegen Ihrer Frauen und Kinder, und auch, weil sie ein so unwürdiges Handwerk ausüben mussten. Uns bewachen! – Uns aufrufen mit Nummern statt bei Namen, und uns zur Arbeit führen mit Gewehren, als sei es Sträflingsarbeit! Wenn wir fluchten, fluchten sie mit uns, und wenn sie Wein bekamen, teilten sie ihn mit uns, und als sie Einen von uns, einen Juden, an irgendeine hergelaufene Kommission ausliefern mussten, wagten sie uns nicht mehr in die Augen zu sehen. Aber als ich, eines Nachts, endlich, die Bresche im Stacheldraht benützte, die wir schon lange vorbereitet hatten, sahen sie auch nicht hin. Ich blieb draussen im Mondlicht liegen, den Kopf in die Arme gedrückt, und rührte mich nicht, während die Scheinwerfer den Horizont absuchten und Sirenen ertönten und unsere Hunde bellten, als seien es Jagdhörner. Ich dachte einfach, wenn Einer hinter mir aufsteht wie ein Schatten, dann springe ich auch auf und wir werden uns an der Gurgel packen, und viel lieber werde ich sterben, als dass sie mir noch einmal die Hand auf die Schulter legen und den Mund und die Augen verbinden und mich abführen. Dieser Gedanke beruhigte mich. Man ist wenigstens noch frei, sich zu wehren. Es gibt noch einen Ausweg, und man kann Gott anrufen und seine Seele in seine Hände befehlen. Eigentlich war ich auf jenem mondhellen Feld wohl nicht sehr sicher, denn sie hätten mich, wie gesagt, leicht finden können mit ihren Scheinwerfern und Bluthunden. Aber ich fürchtete mich nicht. Ich war beinahe glücklich. Ich kann es Ihnen nicht beschreiben, Kagarian, – aber ich war so glücklich, sogar der Tod ängstige mich nicht mehr, von dem ich doch rings umgeben war. Nach einer Weile hob ich ein wenig den Kopf, gerade genug, um durch die Gräser hindurch in der Ferne den Himmel zu erblicken, der sich voll weisser Wolken zum Waldrand senkte. Ich sagte mir, dass ich, laufend, den Waldrand leicht erreichen könnte. Dann stand ich auf und ging, nicht einmal schnell, aber es war, als trage mich das schwellende Gras unter meinen Füssen.»

Kagarian hatte Marc aufmerksam zugehört. – «Da waren Sie also schon einmal in Feindeshand» sagte er, – «und die Erfahrung war, alles in allem, gar nicht so schlimm. Sie haben gelernt, dass der Unterschied zwischen Freunden und Feinden manchmal gering ist, – solange man zu seinen Mitmenschen nur in irgendeinem Verhältnis steht, und man sich zu seiner Person bekennen, sich um sein bisschen Leben wehren kann. Dann haben Sie, auf jenem Feld im Mondlicht, das Geschenk der Freiheit erhalten, – denn man ist frei, sogar wenn man mit Hunden gehetzt und vom Gesetz verfolgt wird. Das scheint Ihnen jetzt vielleicht merkwürdig, weil Sie noch nicht einmal verfolgt sind, und doch nicht mehr wie ein freier Mensch leben können ...»

«Wenn es noch Feinde wären ...»

Kagarian schüttelte den Kopf. – «Man hat im Leben weder Freunde noch Feinde, wenn man sie nicht mit Inbrunst sucht, oder in der Not gar erfindet. Sehen Sie diese Stadt an, deren Bevölkerung sich zusammentut, um sich im Namen des Gemeinwohls gegen Sie und andere Feinde zu schützen. Welche Erfindung der Not! – Glauben Sie, dass diese Menschen, die Sie nicht lieben und wie einen Pestkranken verfolgen, – dass sie sich untereinander aufrichtiger lieben, und besser wissen, warum sie einen anderen äusseren Feind hassen? – Aber sie halten zusammen im Namen des Gesetzes oder gar der christlichen Nächstenliebe, und durch den Kleister der öffentlichen Meinung. Gehen Sie der Sache nach, spüren Sie jeden Verleumder auf, antworten Sie jeder Anschuldigung mit einer Anschuldigung, belegen Sie jeden Ihrer Schritte, rufen Sie Zeugen auf, schlagen Sie Lärm, beweisen Sie, dass Sie an Gott glauben, schwören Sie auf die Regierung, lassen Sie Ihr gutes

Bürgertum auf die Probe stellen, und jedes Ihrer Worte auf die öffentliche Wagschale legen, – verteidigen Sie sich, Marc, wenn Sie wollen, – und sagen Sie nicht, die Mühe sei Ihnen zu gross, man verlange von Ihnen zu viel, – nur Geduld und Ausdauer führen zum Ziel, und Sie werden zum Ziel kommen. Man wird Sie in die Gemeinschaft aufnehmen und Sie noch wie einen verlorenen Sohn begrüssen. Das Gesetz wird Ihnen seinen Schutz gewähren, denn man wird Sie nicht mehr fürchten. Dann werden Sie endlich sehen, dass die Gesetze nur gemacht wurden, weil die Menschen sich untereinander fürchten müssen!»

«Ich werde mich nicht aufdrängen», sagte Marc. «Ich kann ohne den Schutz irgendeines Gesetzes leben, und sicher ohne diese Gemeinschaft.»

«Vielleicht», antwortete Kagarian heftig, – «vielleicht, junger Mann! Aber vielleicht ist es auch zu spät, denn Sie haben sich aufgedrängt, mit Ihrem Krieg, mit Ihrem Torenmut, mir Ihren Idealen! – Eine armselige Menschengesellschaft in einer in der Wildnis verlorenen Kolonie haben Sie dazu missbraucht, Ihnen als Namenschild zu dienen, – als hätten Sie diese Leute besonders geliebt oder sie auch nur gekannt! Die müssen Krieg führen, weil es über sie gekommen ist, und weil sie ihr Gold, oder vielleicht eines Tages ihr Leben verteidigen müssen. Die haben nichts anderes, verstehen Sie, als ihr Dach und ihr Auskommen, und die meisten von ihnen haben nie wählen können, denn sie wurden in die Taufgemeinschaft aufgenommen und unter den Schutz des Gesetzes gestellt, seit der Stunde ihrer Geburt. Und vermutlich haben sie das bisschen Schutz und Kirchenpflege bitter nötig gehabt, denn die Bruderliebe, – ja, Du lieber Gott, ich möchte wohl wissen, woher Sie Ihren unerschöpflichen Glauben daran beziehen, denn sie ist, schon seit Kains Tagen, ziemlich rar geworden!»

Es war jetzt Kagarian, der mit Worten wüst umging, als werfe er nach einem unsichtbaren Gegner mit Steinen, und Marc war es, der aufmerksam, ja angestrengt lauschte. – «Was geht nur vor», – fragte er sich, – «zwischen uns, die wir nicht einmal Partner sind. Wir schulden uns nichts, wir verlangen nichts voneinander, und doch habe ich ihm bitterer die Wahrheit gesagt als je einem Gegner, und doch scheint er mir etwas entgegen zu halten, was tief in seiner Seele brennt? –» – Er hatte sich in letzter Zeit daran gewöhnt, vor Anklagen zu stehen, die er nicht verstand, und da er nie hatte antworten können, hatten sie ihn schliesslich kalt gelassen. Er hatte sich immer gesagt, dass die gegen ihn erhobenen Klagen falsch, ja absurd und unglaublich seien, und statt sich aufzulehnen und mit Fäusten gegen diese Menschen vorzugehen, die doch stumm und unerbittlich bleiben würden wie Mauern, hatte er sich schliesslich abgewandt. Oft hatte er sich an einen Vorfall erinnert, der ihn mit brennendem Mitleid und einem Gefühl der Ohnmacht erfüllte, vor welchem sein eigener Kummer gering schien. Er hatte in einem Gefängnis in Indien eine kleine Chinesin gesehen, – oder vielleicht war sie Annamitin oder ein Nomadenmädchen aus der Mongolei gewesen, man wusste es nicht genau, denn keiner der Wärter, noch der Zeugen und Richter, konnte sie verstehen. Sie war des Mordes angeklagt, und man hatte sie aus dem Bordell, wo das Verbrechen sich zugetragen hatte, in das Gefängnis überführt und unter vorläufige Obhut gestellt. Obwohl der Unterschied des Aufenthaltsortes für sie nicht sehr gross sein mochte, und sie auch schon in öffentlichen Spitälern gewesen war, fühlte sie sich offenbar in Gefahr. Um sie zum Essen zu zwingen, mussten die Wärter sie vorher in einer Zwangsjacke fesseln, denn sie schlug und biss um sich wie ein wildes Tier, wenn man nur in ihre Nähe geriet. Marc, der das Gefängnis besuchte, kam gerade dazu, wie man sie, erschöpft, halb schon im Schlaf, in ihrer Zwangsjacke auf einem Bett festband. Er setzte sich zu ihr, und wollte ihr ein Stück Zuckerwerk geben, das er für die Gefangenen in der Tasche trug. Aber da ihre kleinen Hände in den langen, am Ende zusammengeschnürten Ärmeln der Zwangsjacke steckten, musste er ihr die Süssigkeit zwischen die geschlossenen Lippen schieben. Sie hob ein wenig den Kopf und öffnete die Augen, und sah ihn so eindringlich bittend an, dass er das Gesicht zu ihr neigte, und sie küsste ihn sofort, auf den Mund, auf die Wangen, auf das Haar. Sie lächelte, als er sich wieder aufrichtete, und begann rasch, halblaut, mit einer rauhen kleinen Stimme, zu reden, dann zu singen, offenbar ohne von ihm eine Antwort zu erwarten, denn sie unterbrach sich nie, sondern hielt nur ihren lächelnden, fragenden Blick fest auf ihn gerichtet. Dann kam ein Wärter, und Marc entfernte sich. Aber zwei oder drei Tage später, als er noch einmal in das Gefängnis zurückkehrte, sah er sie wieder. Sie befand sich im öffentlichen Saal, wo sich etwa hundert Häftlinge aufhielten, die noch nicht verurteilt waren, und einen infernalischen Lärm vollführten, wenn nicht gerade ein Wächter dazukam und die streitenden und schreienden Gruppen mit Fusstritten auseinander trieb. Die kleine Chinesin stand in ihrem Sträflingshemd allein an einer Wand, der schweren, eisenbeschlagenen Eingangstür gegenüber, die sich von Zeit zu Zeit durch einen Mechanismus lautlos wie eine Lifttüre öffnete, um ein paar Besucher einzulassen. Als Marc an der Kleinen vorbeiging, und unwillkürlich die Hand hob, um sie ihr auf die Schulter zu legen und zu ihr zu sprechen, schreckte sie zusammen, wich ein wenig zur Seite, sah an ihm vorbei, und klammerte sich wieder an der Wand fest. Sie hatte Marc nicht erkannt, und der Aufsichtsbeamte, der ihn begleitete, sagte ihm, sie stehe den ganzen Tag so da, schon seit Wochen, und rühre sich nur, wenn man sie mit Gewalt ins Bad oder zum Essen abführe. «Wahrscheinlich ist sie verrückt», fügte er hinzu, und deutete mit dem Finger auf seine Stirn. – Dann, als Marc das Haus verlassen wollte, hatte die Gefangene Besuch. Sie befand sich immer noch an der gleichen Stelle, vor der Eingangstüre, hatte aber die Wand um eines Schrittes Breite verlassen, und stand mit hängenden Armen und gesenktem Kopf vor einem schweren, älteren Mann, der offenbar ein Mischling war, und einem ehemaligen Boxer glich, der in der Eingeborenenstadt eine Schenke oder ein Bordell halten mochte. Er redete auf die Kleine ein, Marc wusste nicht in welcher Sprache, und da sie reglos und stumm zuhörte, war es auch nicht klar, ob sie ihn verstand. Dann kam der Wärter und bedeutete dem Besucher, es sei Zeit, zu gehen. Der Mann legte der Gefangenen einen Augenblick seine schwere Hand auf den Kopf und wandte sich dann, offenbar erleichtert, zur Türe. Aber als die Türe aufging, warf sich das arme Mädchen plötzlich lautlos nach vorne, umschlang den Hals des Mannes mit beiden Armen, und liess, ohne auch nur die Lippen oder Augen zu öffnen, ihren Kopf in den Nacken fallen. Diese Gebärde der Verzweiflung war es, die Marc nie mehr vergessen konnte. Der Mann hatte sich ohne Grobheit, beinahe sanft, von den Armen der Chinesin befreit, die Türe hatte sich hinter seiner schweren Gestalt geschlossen, und die Gefangene war rückwärts bis zur Wand zurückgegangen und dort stehen geblieben, wie vorher. Marc hatte, natürlich, nichts tun können. Aber es schien ihm damals wie jetzt, er habe in jenem kleinen, kindlichen, vor hoffnungslosem Schmerz wie erblindeten und stumm gewordenen Antlitz das Antlitz des Schmerzes selbst und die furchtbare Not der Menschen gesehen …

Seine Gedanken kehrten endlich zu Kagarian zurück. Er wollte das zwischen ihnen lastende Schweigen brechen, und hörte sich fragen: «Was werfen Sie mir eigentlich vor?» – Und diese Frage, die er seit Wochen und Monaten wer weiss wie oft sinnlos wie Kauderwelsch, gezwungen, und schliesslich voller Ekel wiederholt hatte, vor Hans und Kunz und Oberen und Richtern, jetzt stellte er sie freiwillig einem fremden Mann, der ohne gute oder böse Absicht bei ihm eingetreten war, und er erwartete die Antwort mit Zittern. Gern hätte er gesagt: «Ich muss wohl irgendwo schuldig sein, Ihnen gegenüber oder der Welt, die ich einfach lieben wollte, aber die mir fremd ist und unbegreiflich. Denn wie käme man sonst dazu, mir soviel Feindschaft zu gönnen, – und selbst wenn Sie und Jedermann mir mit purer Freundlichkeit begegneten, – wie dürfte ich, warum gerade ich, annehmen, ich sei besonders schuldlos, sozusagen Gottes Lieblingskind, und von der Erbsünde nicht betroffen?»

Ja, er hätte gern gehört, dass er ganz einfach schuldig sei oder mitschuldig, denn jeden Augenblick seines Lebens schien er zu büssen, jeder Augenblick forderte von ihm Mut und blinde Entschlüsse, und wenn er sich einmal gehen liesse, wenn er einmal seine Not bekennen würde, wenn er, ja, wenn er einmal anfinge, zu klagen, um alle Schmerzen, die er wortlos erlitt, um jedes Leid, das man ihm zufügte, – wenn er jeden, jeden beliebigen Menschen aufrufen und zur Rechenschaft ziehen und um Mitleid bitten, und Jedem seine Not vorwerfen würde: «Menschenbruder ...», – in welch bitteres Unrecht würde er sich verstricken?

Marc schwieg. Was Kagarian soeben, merkwürdig heftig, vorgebracht hatte, es ging Marc vermutlich direkt nichts an, aber es verriet eine Klage. Marc begriff, dass er in diesem Augenblick den Anderen mit seinen eigenen Klagen nicht überschwemmen dürfe. Er musste zuhören. Für einmal musste er schweigen. Der Andere war auch nur ein Mensch.

Kagarian sah ihn an. Seine Augen hatten wieder den alten, heiteren Glanz. – «Ihnen muss man auch alles mit Knüppeln beibringen», sagte er. – «Ich, – ich habe Ihnen gar nichts vorzuwerfen, wie käme ich denn dazu! – Es kränkt mich nur, – und gewiss ist es ein wenig lächerlich, dass es mich kränkt, denn was geht es mich an, – aber sehen Sie, ich bin auch nur ein Mensch! – kurz, es kränkt mich, dass ein braver junger Mann wie Sie den Michael Kohlhaas spielt und sich verderben lässt, nur weil der Arm des Gesetzes ihn zufällig einmal erreicht, und er, offensichtlich, vorher in einem Bereich paradiesischer Unschuld gelebt hat. Natürlich gibt es solche Bereiche, – mein Gott, um es nicht zu wissen, müsste man schon ein Sonderling, ein Monstrum, ein von bösem Gewissen Geängstigter sein, denn es genügt, Freund, dass wir vor die Stadt hinaus gehen, in die Wildnis, jene hellen Wiesen, wo die Gazellen schlafen und man das Stromrauschen hört wie zu Stanley's Zeiten!»

«Und dann?», fragte Marc begierig, denn er war jetzt bereit, sich an alle sanften Mondfelder der Erde zu erinnern, wenn er Kagarian nur zum Sprechen bewegen konnte.

«Und dann gehen wir hinaus und loben Gott», sagte Kagarian lächelnd, «und meinen, wir hätten eine neue Wirklichkeit entdeckt, – als ob sie nicht immer gegenwärtig sei, ein Lufthauch auf allen Schwellen, ein Ruf, ein wanderndes Licht, ... und die Schuld, unsere Augen und Ohren zu verschliessen, die Schuld der Verleugnung, sie treffe nicht uns allein!»

«Aber wenn man uns die Freiheit nicht lässt», fragte Marc, – «wenn man uns keinen freien Gedanken und keine Stunde Zeit lässt, uns auch nur zu erinnern, und wenn man unseren guten Willen auslöscht und uns sogar hinter Mauern sperren kann?»

Kagarian fragte: «Von welcher Gewalt reden Sie?»

Marc zögerte. Es schien ihm, Kagarian erwarte gar keine Antwort von ihm oder wisse sie schon voraus, – und doch, wie konnte dieser Fremde seine Gedanken teilen, da sie nicht einmal eine Erinnerung zusammen teilten, – wie sollten zwei Menschen sich jemals verstehen? – Marc dachte an sein hilfloses Schuldgefühl vor dem stummen Leid der gefangenen Chinesin, er dachte an den vergeblichen Aufruhr eines seiner Kameraden, der in jenem Lager in Frankreich gestorben war, er dachte an die Wochen und Monate, die er in dieser Stadt mit unnötigen Kämpfen verbrachte, verzehrt von Reue und Heimweh, und er dachte an das zerstörte Leben, an die Tränen von Abertausenden, die in diesem Krieg durch keinen noch so gerechten Triumph und durch keine Rache gestillt werden konnten. Aber Marc sagte nichts, denn Kagarian schien seinerseits in tiefes Nachdenken versunken, und Marc's Gegenwart vergessen zu haben.

«Unser Leben in dieser Welt», sagte er dann, – «es wird ein ewiges, und ewig vergebliches Streiten und Werben sein im Namen von Liebe und Hass und Furcht und Reue, und im Namen unserer Einsamkeit. Wir werden streiten bis zum letzten Atemzug, und unsere Werbung vermutlich auch dann noch erneuern, weil sie weit über die uns zugewiesenen Worte und Taten hinaus an eine unsichtbare Versöhnung gerichtet ist. – Aber die Ordnungen und Gewalten, denen wir hier manchmal fast ohnmächtig gegenüber stehen, – schauen Sie ihnen ins Antlitz, sind sie wirklich so furchtbar? – Sie müssten aus glücklicher Erfahrung wissen, was ich auf herbere Weise gelernt habe: Dass wir, Täuflinge, Heiden und Hirtenknaben, ausserhalb aller Gesetze geboren wurden, und frei ...»

In Marc erwachte ein jähes, starkes, glückliches Gefühl, er sah auf, um Kagarians Augen zu begegnen, und als sei die Welt ringsum ausgelöscht und in nächtliches Schweigen gesunken, so hing er an Kagarians Lippen: Als erwarte er von ihm, nur noch von ihm, eine Antwort.

– Kagarian fragte ihn: «Vielleicht haben Sie mehr von mir erwartet, einen

Trost, einen Rat? – Vielleicht haben Sie gerade in diese Stadt besondere Hoffnungen gesetzt, sich gerade von diesem Teil Ihrer Laufbahn einen Aufschwung, einen grossen Erfolg versprochen? – Und Sie können sich mit einer Niederlage, so geringfügig sie sein mag, nicht abfinden? – Ich habe, auf gut Glück, für Sie ein paar Briefe ins Ausland geschrieben, die ihren Zweck nicht verfehlen sollten, falls sie überhaupt ankommen. Telegramme hätten wenig genützt. Ich hätte, selbst an den König, nicht gut kabeln können: ‹Traf am Kongo zufällig reizenden Knaben …› – Denn wie offensichtlich das Unrecht auch sein mag, das man Ihnen zugefügt hat, – eine Klage rechtfertigt sich nur durch den Schaden, der durch dieses Unrecht entstehen könnte. Sie aber sind nicht einmal gefährlich!»

Kagarian zuckte die Achseln.

«Briefe hingegen dauern auf jeden Fall lang. Vielleicht interessiert es Sie bis dahin nicht mehr …»

Marc konnte die Frage nicht unterdrücken: «Aber warum haben Sie das getan?»

Kagarian richtete zum ersten Mal seit dem Anfang ihrer Unterhaltung wieder seinen vollen, warmen Blick auf Marc. – «Und warum hätte ich es nicht getan», antwortete er, – «aber im Übrigen kann ich Ihnen nur sagen: *Sie verlieren hier Ihre Zeit.*»

Marc antwortete nicht mehr. Er war müde. Er fragte sich, warum er Kagarians Zeit in Anspruch nehme. Dass er, seinerseits, hier dem lieben Gott die Tage stahl und schliesslich wohl die Nerven verlieren würde, er wusste es längst, und wie viel hatte es schon zu bedeuten?

Er versuchte, sich an irgend etwas zu erinnern, was ihn einmal mit gerechter Empörung oder mit Begeisterung erfüllt hatte, und mit dem warmen, kräftigen Strom des Lebens. Er versuchte an den Krieg zu denken. Aber dieser Krieg spielte sich irgendwo in der Ferne ab, und würde ohne ihn gewonnen werden. Und doch, wenn Alle so denken würden wie er? – Und doch, und doch, man hatte ihn zum Schweigen verurteilt, man hatte ihn beraubt.

«Wenn Sie den rechten Glauben hätten», sagte Kagarian plötzlich, – «dann würde keine Niederlage Ihnen etwas anhaben. Dann wären Sie aufgetreten wie Jeanne d'Arc, die mit einem dummen, polternden Hauptmann darum gestritten hat, eine Uniform tragen zu dürfen, als hänge das Heil Frankreichs und das Heil ihrer Seele daran. Ich habe es Ihnen schon gesagt: Sie können es noch versuchen. Und es ist nicht ausgeschlossen, dass Sie noch ein Held oder Märtyrer werden, oder, zum Beispiel, ein weltberühmter Journalist.»

«Und Sie», fragte Marc, – «Sie sehen auch nicht wie Jeanne d'Arc aus! – Wie haben Sie es dazu gebracht, dass man Sie anerkennt? – Man verehrt Sie ja geradezu, man umgibt Sie mit Legenden!»

Kagarian lachte. Zum ersten Mal lachte er so, aus vollem Hals, als habe er sein Leben lang nur Anlässe zu unendlicher Heiterkeit gekannt.

«Sehen Sie mich an», rief er, – «aber wie alt sind Sie, in welcher Welt leben Sie, wo haben Sie Ihre Augen? –» – Er hustete vor Lachen. «Ich, ich verdiene Geld! – Ich kaufe aus dem Gabon Edelhölzer, ich liefere Radioinstrumente aus Amerika, und werde vielleicht Millionen verdienen! – Wie soll das Einer nicht verstehen!»

Er hustete noch ein bisschen. Dann fuhr er ernster fort:

«Sie können natürlich nicht wissen, diese Leute, dass ich anderswo, zum Beispiel in Brasilien oder Alaska, viel bessere Geschäfte gemacht hätte, und dass dieses sogenannte Geschäft in der Kolonie mich Millionen kostet. Aber das ist meine Sache. Es ist mein Krieg, Marc, wie es der Ihre ist, und der Krieg eines Jeden, der noch zu denken versteht und den furchtbaren Engeln der Heimsuchung offen ins Antlitz zu blicken wagt. Man muss dem Bösen widerstehen, Marc, – das ist unser Erbteil, davon nährt sich unser Stolz, daher allein beziehen wir unsere Freiheit. Wir sind keine Opfertiere. Wir wissen Bescheid ...

Aber kein lautes Wort darüber! – Wenn es bekannt würde, dass ich Millionen verliere, mein Kredit müsste schwinden, – und dass ich sie auch noch freiwillig verliere, es müsste mich geradezu verdächtig machen, – denn so weitsichtig sind in unserer Welt nur Idealisten!»

Marc lachte auch. Denn da tauchten wieder alle Worte auf, mit denen er sich wie gegen Windmühlen geschlagen hatte, – Krieg und Kredit, freiwillig und verdächtig, Idealismus und Krieg, – und wie konnte er sie noch hören, ausser wenn er wie über ein Wortspiel darüber in Gelächter ausbrach! –

Aber er war doch kein Zyniker. Und er fühlte wohl, dass er, wenn Kagarian ihn jetzt verliesse, in hilflose Tränen ausbrechen würde. Er fürchtete sich so davor, dass er gern ein Wort gefunden hätte, um ihn zurückzuhalten. Er tastete nach Worten, aber er verstrickte sich, tief entmutigt, wie in einem dunklen Chaos in solchen Wendungen wie: «Ich bin in Not! – Lassen Sie mich nicht allein! – Sagen Sie noch etwas, sagen Sie noch etwas!»

Aber was war *seine Not*, – wie konnte er sie noch in Worte fassen! – Und er gestand sich ein, dass er sich allein vielleicht in die Dunkelheit vergraben würde, die inzwischen herabgesunken war, ja, dass er in Schlaf fallen würde, und sich dann, mitten in der Nacht, träumend von tiefen Brunnen, aufrichten würde und mit wachen Augen das Frühlicht erwarten, so wie jeden Tag. – Aber wie lange noch! –

Kagarian war aufgestanden. Er schenkte die Biergläser voll.

«Nehmen wir an, wir wären etwas freier», sagte er.

«Und ich würde Ihnen vorschlagen, dass wir morgen zusammen in die Mongolei verreisen. Es gäbe Flugzeuge. Ich habe viel Geld. Es bliebe Ihnen nichts als Ihre Handtaschen zu packen. In der Dämmerung würden wir aufsteigen und hoch über dem Fluss nach Osten fliegen, tausend Meilen weit. Unter uns bliebe der Urwald zurück wie ein verebbendes Meer, und bald würden wir die Berge im innersten Afrika erreichen. Sie gleichen keinem anderen Gebirge und scheinen nicht von dieser Welt zu sein, sondern schweben wie Mondberge in der Höhe und spiegeln sich in den weiten, träumenden Savannen. Nur ihre Gletscher zerfliessen wie der schmelzende Fuss von Zuckerhüten, sobald sie den heissen Boden der Erdentäler berühren. Dann folgen wir ausgetrockneten Flussbetten und überfliegen die lodernden Wüsten, zwischen denen wie ein gläserner Arm das rote Meer liegt. Wir sehen auf reglose Fischersegel herab, und auf die Ebenholz-Knaben, die am Strand von Aden das Salz durch ihre Finger rinnen lassen wie Silber. Dann, wenn wir das schwarze Felsentheater der Küste Arabiens verlassen, tragen uns grosse Winde über den von Schaumkronen und blitzender Bläue sprühenden Indischen Ozean. – Kennen Sie die Städte Indiens? – Die Marmorkuppeln, die rosenroten Moghulenpaläste, die Gartenteiche aus Alabaster? – Die durch Hügelländer und Ebenen wie Ströme dahinziehenden Landstrassen, die immer in den Staub von zehntausend Ochsenkarren wie in Nebel gehüllt sind, und immer nach Norden weisen, zu den Gebirgswällen am Rande Asiens? – Und die letzten grünen Täler von Kaschmir, die Smaragdweiden und funkelnden Seen, der Glanz der Schneeflächen, und die ehern gekrönten, königlichen Zinnen im riesig sich öffnenden Blau! Hören Sie die Töne nicht, Karawanenglocken, Hirtenschreie, Vogelfittiche, das Rauschen der letzten Bäume im Bergwind? – Wenn wir die Passhöhe überschritten haben, wenn die Winde sich wie Reiterscharen in die Steppen werfen, und die glänzende Sonne wie einen Schild vor sich hertragen, dann sind wir an der Schwelle der Mongolei ...»

«Träumen Sie nicht», sagt Kagarian in die Stille, – «sehen Sie mich an! Da weinen Sie nun, als hätte ich Ihnen das Paradies an die Wand gemalt. Und es gibt sie doch, diese Steppen, wie es die Meere und glücklichen Inseln irgendwo am Weltrand gibt, und Sie werden sie eines Tages erreichen, so, wie Sie jetzt Ihre Hand in das Wasser des Kongostroms tauchen können.»

Marc blickte auf. Seine Augen schwammen wirklich in Tränen. Er hatte soviel Pein, Demütigungen und Ratlosigkeit ertragen in letzter Zeit, ohne jemals zu klagen und auch nur eine Spur von Schwäche zu zeigen. Was in aller Welt vermochte ihn jetzt so zu rühren? –

– «Es ist nur der Klang des Namens», sagte er sich, – «nur das Wort Mongolei», – aber daran zu denken genügte, damit er noch einmal ein heiss aufsteigendes Schluchzen zurückdrängen musste.

Er hörte die ernste, wie von weither kommende Stimme Kagarians, und war froh, nicht sprechen zu müssen.

– «Ich weiss schon, dass ich Sie jetzt nicht in Verführung führen sollte», sagte Kagarian, – «und dass wir vielleicht, auch nach diesem Krieg, nie mehr frei genug sein werden, auch nur einen Plan zu machen und in die Tat umzusetzen. Es wird uns vielleicht keine Zeit bleiben, und wir werden vielleicht, wie die meisten Menschen, vergessen, woran unsere Seele eigentlich hängt. Wir werden vielleicht so abgestumpft sein, und so müde, dass wir uns an nichts mehr erinnern und wunschlos sterben, und wahrscheinlich werden wir Beide, Sie und ich, so beschäftigt sein, dass wir solche Gespräche ganz von selber nicht mehr führen werden.»

«Nein», sagte Marc, – «nein», in raschem, blindem Protest.

«Also nein», gab ihm Kagarian lächelnd zu, – «und ganz recht, Sie haben sich bis jetzt ganz tapfer gewehrt. Noch kein Haar hat man Ihnen gekrümmt. Sie sehen noch immer aus wie ein Kind. Und Sie können noch weinen ...»

Jetzt war er es, der im Zimmer auf und ab ging, ruhelos, und mehrmals vergeblich zum Sprechen ansetzte. Marc folgte ihm mit den Augen. Ja, sie redeten seit Stunden! – Und sie waren Beide erschöpft.

Unsicher, fast ängstlich fragte Marc:

«Sie meinen, – ich hätte noch keiner ernsten Probe standgehalten? – Ich sei, immer noch, ziemlich frei, wenn man auch, während eines Kriegs, weniger Bewegungsfreiheit hat und mehr von anderen Menschen, Instanzen, und höheren Beschlüssen abhängt? – Aber mit solchen – Ausnahmezuständen – mussten wir doch immer rechnen, jede Bombe, jeder schlechte Politiker konnte sie auslösen, und sogar das Gesetz hat sie immer vorgesehen. Jedermann weiss, dass er in jedem Augenblick zum Beispiel als Soldat einberufen werden, oder auf irgendeine andere Weise vom Gesetz, oder von einem Gebot der Stunde, erfasst werden kann. Wenn wir deswegen verzweifeln sollten! – Wenn davon unser Seelenheil abhinge!»

«Ja, wir wären arm daran», sagte Kagarian. – «Ja, und ja, und ja. Und doch, junger Mann, – mich haben sie als Kind mit Steinwürfen vom Feld meines Vaters gejagt, und hätten mich leicht töten können, – nur weil mein Vater ein Christ, und der Hirte eines christlichen armenischen Herrn war. Allerdings haben jene Verfolgungen nicht lange gedauert. Aber als ich nachher zurückkehrte, wäre ich wieder fast gesteinigt worden, in meinem eigenen Dorf, weil ich nicht getauft war. Denn die Brunnen im Dorf waren vergiftet, und sie suchten die Schuldigen, und weil ich ein Hergelaufener war, einer, der nicht einmal lesen und schreiben konnte, einer, der die Messe nicht kannte, und Einer ohne Waffen, fielen sie natürlich über mich her ...»

Marc lauschte.

«... Sehen Sie», fuhr Kagarian mit einer ermatteten, fast tonlosen Stimme fort, – «das Elend in dieser Welt hat vielleicht nicht immer gleich laut zum Himmel geschrien wie heute. Aber der Unterschied, glauben Sie mir, ist gering. In meiner Heimat haben sie die Gläubigen verfolgt, in anderen Ländern die Ungläubigen, einmal starben sie im Namen der Blutrache, dann töteten in Bürgerkriegen die Söhne ihre Väter, und jetzt, ja, jetzt kämpfen wir noch einmal in Christi Namen um unsere Freiheit. Wenn Sie kämpfen wollen, Marc, – die Felder waren immer reif. Denken Sie, meinetwegen, an Zola. Denken Sie, immerhin, an die barmherzigen Samariter. Und fragen Sie sich, wie es möglich war, dass Sie jemals gleichzeitig den Klosterhörnern und Hirtenklängen der Mongolei Gehör schenken konnten? –»

«Die Mongolei!» –

Marc lächelte und schloss die Augen und träumte in die Ferne.

«Mag es für mich, und Sie, immerhin die Mongolei sein. Aber denken Sie, – wie hat Irgendeiner in dieser Welt, wie hat der junge Mozart in aller Erdennot und in Gottes Namen seine Töne noch aufschreiben können? – Wie haben sie nur noch in Frieden gelauscht?»

Kagarian blieb plötzlich stehen und legte Marc seine Hand auf die Schulter. – «Es ist spät», sagte er, «und ich muss gehen. Es kann sein, dass ich schon in den nächsten Tagen verreise. Falls Sie mich dann erreichen wollen, – falls es Ihnen bis dahin noch nützlich sein kann ...»

Er brach ab.

«Danke», sagte Marc, – «es würde wohl leicht sein, Ihre Adresse zu erfahren.»

«Aber vergessen Sie meinen Rat nicht», sagte Kagarian, – «versuchen Sie, dieses Land zu verlassen. Es ist unnötig, dieses Werben und Streiten, und es steht Ihnen nicht. Ich möchte Sie nicht entmutigen, – aber versuchen Sie nicht, sich beliebt zu machen als Drachentöter, wo die Menschen das Böse noch nicht einmal erkannt haben. Sie erschrecken sie nur. Den Drachen muss man allein entgegen gehen, auf freiem Feld, wo man auch die Botschaft der Hirten empfängt. Fürchten Sie sich nicht so sehr vor Ihrer Einsamkeit.»

Marc antwortete, als müsse er Kagarian beruhigen. «Ich habe noch nie Angst gehabt», sagte er.

Dann zündete er das Licht an. Wie gewöhnlich, hatte sich draussen die feuerfarbige Dämmerung unerwartet rasch in tiefe, klare Nacht verwandelt, und die Vorhänge wurden durch einen leisen Luftzug wie Segel geschwellt.

Kagarian und Marc lauschten einen Augenblick in die Dunkelheit. «Es ist eine heimatlose Welt», sagte Kagarian, – «es kann sein, dass Leute wie Sie und ich sie nach allen Richtungen durchkreuzen, bis uns kein Hafen und kein Name eines Schiffes mehr unbekannt ist, und doch werden wir, wie man es ausdrückt, keinen Fleck finden, um unser Haupt zu betten. Und doch genügt uns ein Zelt, ein nackter Stein.»

«Und immer hat man Heimweh.»

– «Wohin?», fragte Kagarian, – «etwa nach der Mongolei?»

«Aber wenn man zurückfinden könnte!», fuhr er fort, – «Und wenn wir uns nie aufhalten liessen, – es würde genügen, immer das gleiche Tal zu erreichen, wo die Menschen um ein Herdfeuer sitzen, und sich Geschichten erzählen aus alten Zeiten, und wo die Gletscher im Mondlicht leuchten und der frische Tau auf den Wiesen liegt in der Morgenfrühe, und die frommen Herden zur Tränke gehen. Dort braucht man keine Gesetze. Man frägt Sie nicht einmal nach Ihrer Herkunft, denn es herrscht noch die Gastfreundschaft, und Sie können ein Fremdling sein, man empfängt Sie doch wie einen Bruder.»

Er ging zur Türe, und Marc trug ihm seinen Tropenhelm nach.

Ende des ersten Teiles

II. Teil

Die Entlassung

IX. Kapitel

– Jetzt wird man ihn wohl fragen, ob er viel gelitten habe. –

– Nein, – wird er antworten, – ich habe nicht viel gelitten, ich müsste lügen. –

Und dann? – Ich kann mich nicht beklagen. Die Pflege war gut, das Essen erträglich, eigentlich hat mich Niemand gequält. Falls Sie das meinen? –

– Aber die Langeweile? – Der Mangel an frischer Luft? –

Marc zuckt die Achseln. Ja, es gab den lieben langen Tag hindurch nichts zu tun, man erlaubte ihm nicht, seine Schreibmaschine zu haben, und im Schlafsaal gab es nicht einmal eine Uhr. Von ihm aus hätte auch die halbe Stunde Spaziergang wegfallen können, denn im verzweifelt eintönigen Ablauf von Tagen und Nächten zählte es kaum, das bisschen Kühle unter den Palmen, und die hinter der gelben Mauer der sogenannten Festung versinkende Röte des erlöschenden Tropenhimmels, und die leuchtende, zuerst blaue, dann schwarze Trauer der Nacht. Ja, der Abendwind war manchmal wunderbar kühl, Marc fühlte noch die feuchte Frische im Rücken, und wie man den Kopf zurück warf, wie um die Augen im Sternenlicht zu baden. Aber dann war man gleich wieder auf seinem Bett ausgestreckt, wie leblos, denn das Atmen fiel schwer. Durch die offenen Türen sah man im Gang die Schwarzen in Uniform vorbeilaufen, lautlos, auf blossen Füssen. Sie trugen das Essen herein, mit einem Tuch zugedeckte Emailschüsseln auf einem blechernen Tablett, oder sie lauerten nur. Man wusste nicht, während man mit dem Nachbar ein paar Worte wechselte, ob sie einen verstanden. Übrigens war es so gleichgültig …

Marc hält unwillkürlich den Atem an. Natürlich war es ein Martyrium, diese ständige Überwachung. Wenn man sich erhob, um bis zur Toilette zu gehen, oder um im Gang den Bocciaspielern zuzusehen, einfach weil man die lähmende Stille, dieses reglose Warten vor dem Vorüberziehen der Zeit hinter den dämmernden Drahtgittern nicht mehr aushielt, – wenn man sich so erhob, wie Einer nach Luft schnappt oder nach einem Glas greift oder irgendeine Bewegung macht, irgendein Wort hinwirft, – schon erhob sich der lautlose Schatten eines schwarzen Soldaten, und folgte einem, wenn nötig mit einer Laterne, und hockte im Hof, während man nicht wusste, ob man die Hände falten oder die Fäuste ballen oder die Arme ausbreiten wollte. Schliesslich stand man bewegungslos, und schloss die Augen, als könne man damit die Dunkelheit trinken und wie einen leisen Strom in das rastlos glühende Innere lenken. Oder man bückte sich schnell, und strich mit der Hand über ein Büschel von taufeuchtem Gras, oder umschloss mit den Fingern zufällig ein Stück kühler, weicher Erde, und warf es wieder fort. Dann ging man zum Pavillon Nummer fünf zurück, und der Schwarze folgte bis zur Saalschwelle, und es blieb nichts, als möglichst gerade aufgerichtet, möglichst sicheren Schrittes, bis zu seiner Schlafstelle zu gehen und sich wieder auszustrecken. Manchmal zog man trotz der Hitze die wollene, rote Decke bis zum Kinn und rollte sich hinein, denn man fror im Rücken und hatte sogar Schmerzen. Die wollene Decke, obwohl man in Schweiss geriet, war eine Wohltat. Man hatte, vermutlich, wieder Fieber. Aber so einzuschlafen, in Schweiss gebettet, war nicht schlimm, die Nacht verging trotzdem. Dann brach immer gleich die bleischwere, lichtlose Dämmerung an, draussen hörte man das rhythmische, gleichsam wider Willen aus rauhen Kehlen gestossene Heulen der Schwarzen, – Gefangene oder Soldaten, die aufgerufen, eingeteilt, zur Arbeit abgeführt wurden. Manchmal, wenn sie im Hof arbeiten, oder warten mussten, schwollen die Stimmen zu einem wilden, schreienden Gesang an, der wieder versank und wieder anhob, unaufhörlich, bis man panisch erstickt darauf wartete, und hoffte, einmal würden sie aussetzen. Natürlich nützte es nichts, sich die Ohren zu verstopfen, und entfliehen konnte man auch nicht. Gleich beim Erwachen begann es, man sah den jungen Menschen im Nachbarbett aufgerichtet sitzen, das schweissige, flachsblonde Haar in die Stirn geklebt, sah seinen noch von Träumen irren, fassungslosen Blick. Dort stand, in der Dämmerung, wie gewöhnlich, der Schwarze auf der Schwelle, im Gang huschte eine in weisse Gewänder gekleidete fromme Schwester vorbei, sie trug ein Glasbecken mit Spritzen, oder Verbandstoffe in der Hand, und nickte lächelnd im steifen Rahmen ihrer Halsbinde. Und während man noch unter der feuchten, heissen Decke ausgestreckt lag, und sich wie zu einem Gebet ein wenig zu sammeln suchte, hallte der Gang von Schritten, Stimmen, Klagen, zornigen Befehlen, im Saal wurden die Betten zur Seite geschoben, die Kranken schlichen in ihren Baumwollhemden umher, standen unter den offenen Türen oder an die vergitterten Fenster gelehnt, wie nachher den ganzen Tag. Und so begann die Zeit, und verging wohl tropfenweise, sehr, sehr langsam, und setzte niemals aus und kam zu keinem Ende. Man wartete auf nichts mehr. Dass der Arzt zuweilen kam, ein paar Fragen stellte, oder einfach vorüberging, – oder dass die Inspektionsoffiziere ihre Runden machten, diese schwerfälligen, brutalen Gesellen in kurzen Khakihosen, den Tropenhelm in den rotblonden, fetten Nacken geschoben, – es war nur eine Störung. Meistens hatten die Letzteren es eilig. Sie grüssten nicht einmal, schrien bloss die schwarzen Wärter an, rüttelten an den Fensterrahmen, offenbar um sich zu überzeugen, dass die Gitter noch hielten. Im Gang rauchten sie immer, und zogen auf der Saalschwelle vor den Augen der Gefangenen und Kranken zerknüllte rote und blaue Zigarettenpakete aus der Brusttasche. Dann hielt man einen Augenblick den Atem an. Man sagte sich, dass man abends, während des Spaziergangs, zwei Zigaretten rauchen würde. Und während dieses Augenblicks der Spannung, während ein Wunsch erwachte und vorläufig erstickt werden musste, während man beim Anblick der davongehenden Offiziere so etwas wie Ekel, einen fast triumphierenden Zorn empfand, – während sie nachlässig ihren Schlüssel aus der tiefen Hosentasche holten wie die Schwestern aus ihrem Schoss oder Brustlatz, und die Türen aufschlossen und, Gottseidank, den Gang verliessen, um ins Freie zu gehen, in die im Hof spielende Sonnenhitze, in das weisse Tageslicht, in die Morgenfrische, oder die durch das ferne Gras streichende Kühle des Abendwindes, – während dieses kurzen Augenblicks hatte die Zeit wieder einen Sinn. Man wartete. Sie würden sich davonmachen. Man würde die Türe ins Schloss fallen hören. Um sich gegen diesen empfindlichen Schmerz zu verschliessen, um nicht zusammenzuzucken, – um nicht, in letzter Sekunde, aufzuspringen, als könne man jenen Kerl dort erreichen, ihm die Fäuste in den Nacken jagen, ihm die Gurgel zudrücken, die Türklinke aus der Hand schlagen, – um keine solche Torheit zu begehen und der erstickend aufsteigenden Qual rechtzeitig zu begegnen, schloss man die Augen und liess den Atem verebben, und sandte rasch die Gedanken aus in alle Windrichtungen. Alles war gut, alles versöhnend: Ebenso gut hätte man die Hände vor das Gesicht schlagen, an den Himmel denken, Gott anrufen können.

Zwischen dem Zelt seiner Allmacht und allen, allen, in fast unerreichbarer Sanftheit sich ausbreitenden Fluren schien es keine Grenzen zu geben. Man konnte durch das Fenster hinter den über die Festungsmauer emporstrebenden Palmen einen blauen Hügelrücken sehen, dahinter Wolkenballen, die schon vom Meer getränkt schienen, und ein leiser, diese greifbar nahen Palmwipfel bewegender Windhauch mochte ein Gewitter ankünden, das sich fern über dem drohenden Urwald entladen, und seine Kühle bis zu einem unbekannten Felsenufer ausstreuen würde. Dort schaukelten vielleicht Schiffe, und der Ozean leuchtete aus grünen Tiefen. Über smaragdgrünen Hügeln, die er spiegelte, drehten Segelmühlen in einer frischen Brise, und in den in die Abhänge gebetteten Mulden schäumten braune Ackerschollen hinter dem schweren Huftritt und silbernen Pflug …

«Gott im Himmel!», denkt Marc, – «so leicht war die Versöhnung, und so schnell der Übergang von aufsteigendem Leid zu reiner, überquellender Freude!» – Er schüttelt den Kopf, als habe ihn Jemand zur Rede gestellt. «Nein», denkt er, «nein, ich habe nicht sehr gelitten, und war nicht viel unglücklicher als gewöhnlich. Aber wie könnte ich es erklären, denn es war doch ein Martyrium, ich war ein Gefangener, und lebte nicht wie andere Menschen, sondern wie ausserhalb der Welt, und alle Wege waren im Dunkeln und unerreichbar wie Sternbahnen. Wie unter einer riesigen Glasglocke lebte man, die Sonne kreiste ihren Rand entlang, ihre Brände waren ausgelöscht, die Wolken und Winde waren stumm. Durch ein Fenster sah man alles vorüberziehen, ohne Eile, ohne Aufruhr, Ströme und Gezeiten in einem ewigen Gleichmass. Man wusste nicht, ob nicht vielleicht alles längst zum Stillstand gekommen war, und wir es seien, unser rastlos vom Morgen zum Abend und zum nächsten Morgen gleitendes Zimmer, unsere von einer Wand bis zur anderen gehenden Füsse, und unser immer im gleichen Rund wandernder Blick, die noch ein bisschen Bewegung vortäuschten, und uns glauben machten, wir seien noch lebendig. Aber wir liessen uns meistens nicht täuschen. Die Ruhe breitete sich aus wie ein weisses Tuch, und über alle Störungen, alle Geräusche, und jede noch aufflackernde Regung des Begehrens hinweg, über alle im Keim erstickten Wünsche und alle Schreie des Aufruhrs hinweg hob sich das Schweigen wie eine leichte Wolke, die sich von unseren gepeinigten Gesichtern löste. Sie schwebte dort oben, in der tönenden Glockenkuppel, wie in Himmelshöhen, und während wir mit aufgeschlagenen Augen lauschten, fühlten wir uns sinken und sinken, wie tief …»

Marc hält ein. Denn das ist alles längst vorbei. Wenn er daran zurückdenkt, läuft über seine Haut ein kalter Schauer. Es ist vorbei, es ist vorbei, und er wird vergessen sein. Und übrigens hat ihn Niemand gefragt. Was sollte er schon erklären, Pein und Seligkeit, die Not und die Nichtigkeit, ja die Nichtigkeit der Gefangenschaft. Wie erklären, was nur sein Nachbar weiss, jener weisse, flachsblonde Knabe mit den in Träumen aufgerissenen Augen, wie die ewige Dämmerung erklären, jenes furchtbar lautlose Gericht, die zwischen Tag und Nachtgleiche hängende Stunde, worin er den Knaben zurückliess, ein geliebtes, schon lange stumm gewordenes Antlitz ohne Klage und Tadel. Wie von jenem Sonnenstrahl sprechen, der eines

Morgens, als man im dumpfen Schauer eines langen Regens beinahe fror, und geduldig die gewohnte Ausschau hielt, ohne irgendeine Wohltat zu erwarten, – der im ohne Hoffnung verlaufenden Morgen goldfarbig hereinbrach, belebend, warm und seidig wie ein Fell, sanft spielend wie das Augenlicht unschuldiger Tiere, und so vertraut, als spiegelten sich darin ganze Heimattäler, Seen, die blitzenden Frühlichter über Gletschern, Gebirgskronen, Schneefeldern, sammtenen Morgenwiesen … Wie jemals davon sprechen wollen, wie man eines Tages in jenem Gefängnis dem Feind gegenüber zu stehen glaubte, einem Arzt, einem Inspektor, einem Schwarzen, einem Büttel, einem Knecht, einem jener Maskengesichter, – wie man zuschlagen wollte, als sie einem das Sprechen verboten. Wie es erklären, dass sie einem lächelnd die Hand auf die Schulter legten, lächelnd, lächelnd, und ungestraft, und dass man sich nicht wehrte! – Dass man sich fürchtete! – Dass man einen Zigarettenstummel unter dem Kopfkissen versteckte, aus Furcht, denn man wäre gestraft worden! – *Wie es erklären!* – wie man eines Tages, als man mit vor der Brust geballten Fäusten, von Angst geschüttelt, vor irgendeinem Vorgesetzten stand, weil im Saal ein Schuldiger gesucht wurde, der eine Glühbirne, eine Glasscherbe gestohlen hatte, um sich vielleicht die Adern durchzuschneiden, – und man war, wohlgemerkt, unschuldig, und fürchtete sich doch, denn könnte nicht, zufällig, ein Stück Glas sich in seiner Tasche oder unter seinen sieben Sachen verbergen, – und als könnte man nicht, zur Not, auch ein paar Tage lang ein Paar Handschellen ertragen oder strafweise ohne Tabak auskommen, – wie man dort stand, und schweigend in die Augen des Vorgesetzten starrte, und an seinen Lippen hing, und jedes Wort erstickte, und sich nicht verteidigte, und sich immer noch fürchtete, – und wie man plötzlich abliess. Wie erklären, dass man die Hand sinken liess, und ein Gefühl der Ohnmacht empfand, ganz, als hätten die Finger einem zärtlichen Druck nachgegeben. Der goldene Strahl lief bebend durch das Zimmer und hielt ein, die Augen verfingen sich darin. Die Stirn wurde gestreichelt, Tauperlen hingen wie ein frischer Kranz im Haar, die Schläfen atmeten leicht …

Marc kann an jenen Augenblick nicht ohne das Bewusstsein zurückdenken, dass sich damals in ihm ein entscheidender und wunderbarer Prozess vollzogen habe, ein Prozess, den er schon damals staunend und mit einem nie gekannten Gefühl der Dankbarkeit empfunden hat. Äusserlich geschah nichts Bemerkenswertes. Er stand, wie mehrmals täglich seit seiner Internierung, vor einem Vorgesetzten, der ihm ein paar Ordnungsfragen stellte, ihn für irgendein Vergehen zur Rechenschaft zog, ihm irgendwelche Massnahmen und Behandlungen ankündigte. Marc durfte nicht antworten, ausser mit dem Ja und Nein, das der Vorgesetzte von ihm erwartete. Er durfte nicht fragen, warum und auf wessen Befehl er interniert worden sei. Übrigens wusste er alles Nötige. Er war schwer krank gewesen, und hatte sich geweigert, ins Spital zu gehen, aus Furcht, sich damit den Behörden auszuliefern. Eines Abends hatte er dann getrunken. Er hatte, allein in seinem Zimmer, Pläne gemacht, wie er das Land verlassen würde. Er hatte sich gesagt, dass er ganz allein aufbrechen und dem Strom folgen würde bis in ein anderes Land, wo Niemand ihn kennen würde. Dazu hatte er getrunken, und war schliesslich an seinem Tisch eingeschlafen, den Kopf in seinen verschränkten Armen. Dann war der junge Arzt zurückgekehrt, und hatte Marc geweckt. Er hatte ihm gesagt, jetzt sei es genug, und er werde Marc in das Spital bringen lassen. Marc hatte nicht gleich verstanden. Aber dann hatte er, an der Türe, eine Reihe von Schwarzen gesehen, die dort warteten. Zwei der drei von ihnen waren in weiss gekleidete Krankenwärter gewesen, die anderen, in blauen Drillanzügen und roten Fez, wahrscheinlich Polizisten. Marc war aufgesprungen.

Er hatte geschrien. «Wissen Sie denn, was Sie tun?», hatte er geschrien. Der Arzt hatte geantwortet: «Das können Sie mir überlassen. Diesmal übernehme ich die Verantwortung.» Die Schwarzen an der Türe hatten sich nicht gerührt. Marc auch nicht. Er hatte gespürt, dass von jetzt an alles vergeblich sein würde, und als er versucht hatte, noch etwas zu sagen, um seine starre Angst zu überwinden, hatte er tonlos geflüstert: – «... Aber das ist unmöglich!», und dann hatte er gebeten und gefleht, er schämt sich, nur daran zu denken. Der Arzt war in seinem Rücken gestanden. Dann musste er mit der Hand ein Zeichen gemacht haben, denn die Schwarzen hatten sich in Bewegung gesetzt. Langsam, lautlos, auf ihren nackten Füssen, waren sie näher gekommen, und Marc hatte zugesehen, wie sie ihn umstellten. Das Zimmer war sehr gross erschienen, und er hatte Zeit gehabt, blitzschnell zu überlegen, ob er nicht entfliehen könnte. Durch das Fenster hinter dem Bett, wenn er mit der Faust das Moskitogitter durchschlug, dann wäre er in einem dunklen Gang gewesen, aber er mündete auf die Terrasse, wo die Gäste sassen, und sie würden ihn jagen. Wenn er im Gang bliebe, würden sie ihn wie ein Tier von einer Ecke in die andere jagen und sich schliesslich auf ihn werfen, er würde nur noch sein Gesicht mit den Händen schützen können. Oder wenn er an den Schwarzen vorbei zur Türe liefe, in den Mondschein hinaus? – Wenn er liefe und liefe und Haken schlüge im Labyrinth der

Stadtstrassen, und sich in einem Garten verbergen könnte, oder die Wildnis erreichen, wo das Gras tief war, oder sich über die Uferböschung, dort an der Bucht, wo die Schiffe lagen, in den Strom hinab gleiten liesse? – Aber sie hatten Scheinwerfer, sie hatten Wagen mit heulenden Sirenen, und sie waren zahlreich, sie würden ihn umstellen. Sie hatten ihn schon umstellt. Marc hatte sich umgesehen und ganz leise, vorsichtig, nach Atem gerungen, denn er war wie gelähmt, vielmehr erstarrt, fast leblos gewesen. Er war gerade gestanden, still wie ein Baum, und hatte gefühlt, dass er, wenn sie ihn anrührten, umfallen und am Boden zerschlagen würde. Sie hatten ihn nicht angerührt. Während Sekunden oder Minuten, während er den Atem anhielt, und die Zeit ausgelöscht, das Leben an einem Faden zu hängen schien, hatte er seine Augen von einem auf den anderen gerichtet, und schliesslich auf den letzten, und hatte nach einer Frage, nach irgendeinem Wort gerungen.

«Denkt an meine Mutter!» –

Ach! – Solche Bitten, welche Verzweifelte noch hervorstossen, vermochten nichts, man hörte nicht mehr hin als auf Wutschreie, Flüche. Auch hatte er geschwiegen. Ein wenig Schaum war auf seinen Lippen getreten, während er den letzten Mann in der Reihe angeschaut hatte, ein dunkles, dumpfes Gesicht, wulstige Lippen, und sich weissgott gefragt hatte, was sich hinter dem nackten Weiss dieser Augen verberge …

Welche Armut! – Marc neigt sich nach vorne, die blosse Erinnerung schüttelt ihn, er möchte sich winden vor Schmerzen. Hätte er, in jenem Augenblick, nicht das rechte Wort finden können? – Waren sie nicht Menschen, die ihm damals, endlich, die Hand auf die Schulter gelegt, ihm Handschellen angelegt hatten, hätte nicht ein Wort genügt, hätte nicht ein Blitz dazwischen fahren, ein Sturm sie auseinanderreissen können, gab es nicht Stimmen?

«Ich gebe Ihnen drei Minuten», hatte der Mann hinter ihm gesagt, – «kommen Sie freiwillig mit, seien Sie vernünftig, sonst muss ich andere Mittel anwenden.» Marc hatte sich umgewandt, und wieder hatte er in ein Gesicht gestarrt, in ein ganz junges, freundliches, unbewegliches, das er schon kannte. Nicht dass es ihm Wut eingeflösst, oder er auch nur Zeit gefunden hätte, sich etwas Hoffnungsvolles auszudenken. Aber er hatte sich vorwärts gestossen gefühlt, noch diesem Gesicht entgegen, er hätte diese Hand umklammern und küssen mögen, die sich ihm nicht entgegen streckte, aber sich jeden Augenblick heben und ein anderes, vernichtendes Zeichen geben konnte, er hatte gefühlt, wie alles Leben in ihm und alle Kraft sich sammelte und seine Augen füllte, als müssten sie durch diese Stille brechen und einen Strom von Licht und Tränen und Bewegung auslösen. Es schien ihm, der Blick des Anderen fülle sich schon mit Wärme, werde unsicher und seine helle Stirn röte sich, wie vor Scham. – «Geben Sie mir Zeit!», hatte er gesagt, – «eine Stunde Zeit!» – aber so tonlos war seine Stimme gewesen, denn er hatte gleich begriffen, dass zwischen einer Stunde und drei Minuten kein Unterschied sei, und dass eine Minute schon vergangen sein müsse. Er hatte sich plötzlich so kraftlos gefühlt, dass er nach der Lehne seines Stuhles gegriffen und sich hatte setzen müssen.

Dann waren sie gekommen. Der Mann hinter ihm hatte nichts mehr gesagt, sondern ihn nur am Arm ergriffen, und er hatte sich losgerissen und war auf die Füsse gesprungen und hatte Jemandem die Faust zwischen die Augen geschlagen. Und sie hatten geschlagen, geschlagen, und als er die Hände vor das Gesicht heben wollte, hatten sie ihm die Ellbogen zusammengebunden, und er hatte sich vornüber geworfen, und als sie ihn an Armen und Beinen aufhoben und durch die Türe hinaus schleiften, und er sich wand, um mit den im Rücken gefesselten Handgelenken einen Türpfosten zu erreichen, war etwas in seinem Innern zerrissen und tat so weh, dass er schrie, und der volle Schein des Mondlichts war auf sein Gesicht gefallen. Er hatte die Augen schliessen müssen.

Das war alles. Während der folgenden Tage war er im Halbdunkel, auf einem Bett ausgestreckt. Er wartete und wartete, und die Qual wurde nicht geringer und er wunderte sich manchmal, dass er nicht starb. Er richtete manchmal den Blick auf das trübe Fenster und mass die Gitterstäbe. Als sie ihm die Hände frei liessen, legte er sie an seine Schenkel an. Der Wärter neben seinem Bett, der ihm manchmal zu rauchen gegeben hatte, schob ihm die Zigarette zwischen die Finger, und er empfand es seltsam erlösend, dass er die Hand heben und zu den Lippen führen konnte. Als er allein war, kam Jemand herein und nahm ihm die Zigarette weg. – «Woher haben Sie das?», wurde er gefragt. Er öffnete die Augen und nickte gegen die Wand, wo auf einem kleinen Tisch ein angebrochenes Zigarettenpaket lag. Dann bemerkte er, dass seine Füsse, weit gespreizt mit Lederriemen am Bett festgebunden waren, aber er sagte nichts. Er sah, wie sie einander zunickten, und dann sah er, während sie damit beschäftigt waren, auch seine Hände wieder zu fesseln, im Türrahmen das Gesicht des Schwarzen, der neben ihm gesessen und ihn bewacht hatte. Er war ein ganz junger Mensch von vielleicht vierzehn, höchstens sechzehn Jahren. Das weisse Wärterkleid bauschte sich wie ein Hemd unter dem Gürtel um seine langen, kindlichen Hüften. Er hatte den Kopf mit dem geschorenen Wollhaar an den Türpfosten gelehnt, seine rosa Lippen waren geöffnet, und er sah Marc stumm und eindringlich an, – gleichzeitig abwartend, beinahe nachdenklich, bereit zu lächeln. Marc begriff, dass der Knabe ihn auffordern wollte, nicht zu verraten, wer ihm die Zigarette gegeben habe. Er öffnete auch wortlos die Lippen, und sie tauschten ein Lächeln aus.

Später ging Marc frei durch die Säle und im Gang des Spitals der Internierten umher. Vorher, als er noch auf sein Bett gefesselt war, kam einmal der Arzt. Er kam nur bis zur Türe, und fragte freundlich: «Wie geht es heute? – Ist man ruhiger?»

Marc antwortete nicht. Er sah diesen Mann an, der ihn aus irgendeinem Grund, vielleicht nur aus Bequemlichkeit, hierher gebracht und einer namenlosen Gewalt ausgeliefert hatte, und zum ersten Mal glaubte er, die furchtbare Macht des Hasses zu erkennen. Der junge Mann fuhr zu reden fort: «Das Fieber ist schon gesunken, bald wird man Sie in den Saal nebenan überführen können, dort werden Sie sich wohler fühlen.» Aber sein Blick flackerte unsicher, und er verstummte. Marc wusste, dass er nichts antworten konnte. Er war gefesselt, und es wäre eine vergebliche Anstrengung gewesen, auch nur den Kopf zu heben. Während er den Arzt ansah, dachte er daran, dass er ihm eine Reihe von Fragen hatte stellen wollen. Ob er interniert sei, oder nur ein Patient, – in welchem Spital er sich befände, an wen er sich wenden dürfe, ob man ihn nicht vielleicht von diesen völlig unnötigen und sehr schmerzhaften Fesseln befreien könne. Aber die Fragen zerrannen auf seinen ausgetrockneten Lippen. Er hatte keine Zeit. Er hing an diesem gehassten Gesicht, aber seine Gedanken eilten darüber hinaus und erschreckten ihn. «Jetzt weiss ich, was es ist, einen Mord zu begehen», dachte er. – «Es ist nichts. Es ist nur eine Geste. Man fürchtet sich nicht mehr.» – Das dachte er, während die Gefängnismauern, die ihn umgaben, ihn immer noch mit Panik erfüllten. Lieber sterben, dachte er, – aber seine Gedanken verwirrten sich. Lieber sterben, als mit dem Blick immer noch hoffnungslos diese Mauern abtasten, – lieber ins Dunkel versinken, als noch länger verweilen auf diesem Antlitz, das man nicht mehr anrufen, nur noch töten kann.

Einen Augenblick schien es ihm, sein Leben sei zu Ende. Denn dieser Augenblick, dieser verzehrende Hass, der keine Antwort mehr brauchte, der alle Kräfte aufsog wie zu einem letzten, tiefen Atemzug, es musste das Ende sein. Der Andere würde fallen, ohne Geste, lautlos.

So verharrten sie, während um sie ein allmächtiger Strom brauste, die Erde sich drehte, der Tag seinen Kreislauf verkündigte und sie mit sich riss, bis ihnen schwindelte.

Der Arzt schien Marc's Blick nicht länger aushalten zu können. Er wandte sich um, wie um eine Schwester zu rufen, einem Wärter eine Anweisung zu geben. Aber sie waren alle verschwunden. Marc wollte seine Augen senken, aber es gelang ihm nicht. Er hörte sich mit einer leisen, fast tonlosen, und ihm fremden Stimme sagen: «Würden Sie mich bitte allein lassen.» Gleichzeitig fühlte er in sich einen so grossen Schmerz, dass er glaubte, ohnmächtig zu werden. Der Andere sagte kein Wort, und war offenbar froh, davongehen zu können …

Man liess dann Marc lange auf seinem Bett liegen. Er hustete viel, und da er sich während der Rauferei mit den Wärtern etwas in der Leistengegend gezerrt haben musste, und sich in seinen Fesseln nicht zusammenkrümmen konnte, tat ihm das Husten und sogar das Atmen weh. Er wusste nicht, wieviel Zeit seit seiner Einlieferung vergangen sein mochte, aber er dachte schliesslich, man habe ihn vergessen. Zuerst war es ihm nicht einmal unangenehm. Die Türe seiner halbdunklen Zelle hatte einen viereckigen Ausschnitt, durch den man ihn beobachten konnte. Manchmal sah das weisse Haupt einer frommen Schwester hinein, manchmal das glänzende Gesicht und die länglichen Augen eines Schwarzen. Manchmal blieb auch ein Gefangener vor dem Türausschnitt stehen, Marc wusste noch nicht, ob es sich um Kranke, um Verrückte, um Verbrecher, Sträflinge, oder einfach um Internierte handelte. Auch war es ihm noch nicht klar, dass er zu ihnen gehörte, und dass er schon ähnlich aussehen musste wie sie. Sie schlichen vorbei, ohne den Kopf zu bewegen. Das ungekämmte, schweissige Haar klebte ihnen in der Stirn. Später lernte Marc, dass ihr eigenartig steifer Gang davon herrührte, dass sie grosse Bastpantoffeln trugen, die nicht an den Füssen festgebunden waren, sodass man sie mühsam mit sich schleifen musste. Dass sie den Kopf nicht bewegten, sodass ihr Blick ausdruckslos und starr schien, rührte von ihrer Furcht her, dem beobachtenden Blick des Aufsichtspersonals zu begegnen. Hingegen scheuten sie sich nicht, ihren neuen Mitgefangenen anzusehen. Ganze Gruppen von ihnen blieben vor seiner Türe stehen, um mit unverhohlener Neugierde sein Gesicht, seinen mühsam zum Atmen geöffneten Mund, und seine gespreizt gefesselten Beine und Arme zu betrachten, bis irgendein Geräusch im Gang sie verscheuchte.

Marc bemerkte sie kaum. Er dachte an den Arzt, und nach dem kalten, erschreckenden Gefühl des Triumphs und Hasses, das er empfunden hatte, als er Jenen gezwungen hatte, seine Schwelle zu verlassen, blieben seine Nerven aufs Äusserste gespannt. Er war noch nie misshandelt worden. Was er im Interniertenlager in Frankreich ertragen hatte, zusammen mit seinen vom gleichen Missgeschick betroffenen Kameraden, war nichts gewesen als eine Mutprobe, eine Prüfung, ein wenig Hunger, ein wenig Härte und Zorn. Man hatte seine Feinde mit schweigender Verachtung gestraft, oder man hatte mit ihnen geredet, sie waren auch nur Menschen. Sie hatten sich manchmal damit belustigt, die Gefangenen unnötig zu quälen, und man hatte ihnen ins Gesicht gelacht. Oder sie waren gezwungen gewesen, feige und grausame Handlungen zu begehen, und man hatte sie fast bemitleiden müssen. Und wie hatten sie sich geschämt! – Es war ein wahres Wettrennen gewesen, eine Konkurrenz von Stolz, Grossmut, Opferbereitschaft, und christlichen oder spartanischen Tugenden. Sogar die gelungene Flucht war kein Wunder gewesen, sondern so etwas wie ein glücklich gewonnenes Los, wie es den Einen oder Anderen eben treffen kann im Kriegsspiel. Man hatte Bauern gefunden, die einem ein trockenes Hemd und ein Stück Brot und Käse gaben, andere, die einem über die spanische Grenze halfen. Wäre die Flucht misslungen, dann hätte man wohl auch noch ein Jahr ausgehalten oder länger, nicht viel anders als wie man im Leben ein bisschen mehr oder weniger Missgeschick immer wieder mutig erträgt und sich immer wieder an eine Hoffnung klammert.

Übrigens war sich Marc immer bewusst gewesen, dass er noch kein wirkliches Unglück erfahren hatte. Ein Abschied, ein Tod, der Verlust eines Vermögens, das Ende einer Liebe, – man schrieb darüber Romane, und er hatte Menschen daran sterben sehen. Aber er hatte nie einen Roman geschrieben, immer war ihm etwas zuvorgekommen, das Lächeln eines Fauns, das Bedenken eines Engels, oder einfach ein ernstes Auge, das sich in erdrückendem Leid schweigend auf ihn heftete. So hatte er immer wieder geschwiegen, seine Niederlagen, seine Zweifel, seine Schmerzen verborgen, und seinen Siegen keine Bedeutung beigemessen. Unter Menschen, die sich beklagten, immer nur beklagten, hatte er sich gefragt, ob er das Recht habe, mitzureden, und ob er, der noch den ungebrochenen Trotz und eine ungemessene Geduld in sich spürte, leichtfertig die Stimme erheben dürfe wie zum Lobe des Herrn.

Aber jetzt hatte ihn ein Unglück betroffen, das er nicht erklären, und nicht absehen konnte. Die Menschen, denen er ohne Grund in die Hände gefallen war, hatten ihre Befugnisse überschritten. Leichtfertig hatten sie ihm etwas auferlegt, ohne zu bedenken, ob er es ertragen könne. Damit seine Stimme sie nicht erreiche, die Stimme der Klage, hatten sie ihn gefesselt, und an einem sicheren Ort untergebracht. So dachten sie, würde der Tag vorbeigehen wie irgendein anderer Tag, und nach einer Reihe von Tagen würde man ihn losbinden, oder ihn auch einfach vergessen, wie einen Toten. Er aber lebte. Sein Mut war nicht gebrochen, sein Atem ging wie vorher, die Fesseln konnten ihm nichts anhaben, mit der blossen Kraft seiner Augen hatte er seinen Hass wie eine Waffe ausgesandt und jenen feigen und schlechten Menschen von seiner Schwelle vertrieben. Sie hatten ihn gedemütigt und geschlagen und ihn in seiner Not noch verlacht, aber er würde diese Schmach nie ertragen und würde gegen sie Zeugnis ablegen, und wenn er Berge versetzen müsste. Er bewegte seine Fussgelenke ein wenig in den Lederriemen, und er sah sich liegen, fast wie ein Gekreuzigter ausgestreckt. Der blasphemische Gedanke an den Gekreuzigten erschreckte ihn so, dass er stöhnte. Was hatten sie mit ihm vor! – Was hatte er ihnen getan! – Mein Gott, was hatte er ihnen getan? – Sein gepeinigter Körper dehnte sich und bäumte sich auf, als wolle er sein Rückgrat zerbrechen. Aber es war sinnlos. Er liess sich erschöpft auf das Bett zurückfallen. Als könne er sich damit beruhigen, flüsterte er: – «Aber ich bin unschuldig, unschuldig, unschuldig ...»

Gleichzeitig, während er Atem schöpfen musste, schien es ihm, seine Stimme schwelle an, und erfülle den Raum und die Gänge mit einem Brausen, das als Echo von den Wänden zurückkam und sich draussen vor den Fenstern fortsetzte und über die Wiesen rollte und fern, fern, in der Wildnis verebbte. Er lauschte. Dann glaubte er, Schritte zu hören, und begann zu zittern. – «Wenn sie die Türe öffnen», dachte er, – «wenn sie mir wieder zu nahe kommen, wenn sie mich noch einmal anfassen und verhöhnen wollen, – ich werde schreien, und bis zum letzten Atemzug werde ich ihnen die Wahrheit ins Gesicht schreien.» – Und er fühlte, dass seine Stimme immer wieder einsetzen, immer wieder anschwellen würde, und Mauern würden fallen.

Einc Schwester trat ein. Sie schien in Eile zu sein, und beugte sich, ohne Marc anzusehen, über seine Fesseln, die sie zuerst mit den Händen abtastete, dann vorsichtig lockerte und löste. «Aber das muss Ihnen weh getan haben», sagte sie, und zog die Brauen zusammen, wie in leichtem Ärger. – «Nicht so sehr», sagte Marc, – «ich frage mich nur, warum es überhaupt nötig war, mich anzubinden wie einen Verbrecher!» – Die Schwester lächelte ein wenig, die Falte zwischen ihren Brauen verschwand. – «Und wenn Sie ein Verbrecher wären», sagte sie beschwichtigend, «warum sollte man Sie unnötig quälen? – Sie sind hier ohnehin an einem sicheren Ort. Wir haben männliche Wärter, und sogar Soldaten, die jeden Patienten, und alle Ausgänge bewachen. Und wir sind hier, um Sie zu pflegen, – nicht um Sie zu bestrafen. Wir wollen Ihr Bestes.» – Marc atmete kaum. – «Mein Bestes», wiederholte er, – «in der Tat, mein Bestes!» – Er richtete sich auf, und griff mit seiner jetzt freien Hand nach dem Zigarettenpaket, das immer noch auf dem Tischchen lag. Die Schwester folgte seiner Bewegung mit den Augen, und zog eine Schachtel Streichhölzer aus ihrer grossen Schurztasche. – «Eigentlich ist es nicht erlaubt», sagte sie, – «auch müssten Sie jetzt etwas essen?» – Marc zog tief den Rauch ein, und legte den Kopf zurück. – «Jetzt fühlt man sich doch wieder wie ein Mensch», sagte er. Die Schwester ging hinaus und kam mit einem Napf Suppe zurück. Während sie ihm Löffel um Löffel einflösste, und er hastig zu schlucken versuchte, fragte sie ihn:

– «Aber was haben Sie bloss gemacht, um in diese Lage zu geraten!» –

– «Ich weiss es auch nicht», – antwortete Marc. Er schluckte. – «Warum lüge ich», dachte er, – «es wäre doch nicht schwer, zu erklären!» – In der Dauer eines Augenblicks sah er alles deutlich vor sich ausgebreitet, sein ganzes Leben wie ein grünes, von vielen, weissen Strassen durchzogenes Gemälde, an jeden Hügel konnte er sich erinnern, an jeden Baum, an jede Stadt, an jedes Bett, worin er geschlafen hatte, an jedes Gespräch, an alle Spaziergänge, an jeden Krug Wein, den sie zusammen geleert hatten, in fernen, glücklichen Tagen. Und wie er hierher gekommen war, wie er zum ersten Mal die morgendlich glänzenden Ufer des Stroms erblickt hatte, wie er voll Freude gewesen war, und von afrikanischen Abenteuern geträumt hatte, und wie sie anfingen, ihn zu verleumden, und er hatte sich nicht darum gekümmert, und sie hatten ihn gequält, und er hatte seine Qual nicht laut werden lassen, und sie hatten gelogen, und er hatte immer weiter die Wahrheit gesagt, und als sie ihn nicht mehr anhören wollten, hatte er noch seine eigene Stimme erstickt und sich keine Klage erlaubt, und dann waren sie gekommen und ihm in den Rücken gefallen, und sie waren zu zehnt gewesen. Er verzagte. Die Schwester sass neben seinem Bett und bewachte seinen Atem, und schien so still, als könne kein Wort sie jemals erreichen. Und die Dauer eines Lebens würde nicht ausreichen, um das Gemälde, das er vor seinen Augen sah, für einen Anderen sichtbar werden zu lassen. Und doch ging davon eine so sanfte Verführung aus, der kein Mensch widerstehen könnte, Tränen flossen darüber hin und verwandelten sich in seinem goldenen, dunklen Glanz in zarte Wolkenkronen, die heiter über allen Hügeln schwebten!

In diesem Augenblick hörte man draussen einen so furchtbaren Schrei, dass man nicht zu glauben wagte, er gehöre einer Menschenstimme an. Der Schrei dauerte und schien durch den Gang zu wandern, sich an Wänden zu stossen, sich zu verirren, und kehrte zurück, immer gleich laut und doch ersterbend, denn so konnte kein lebendes Wesen lange schreien. Gleichzeitig hörte man eilige Schritte, das Zusammenprallen von Körpern, erschrecktes Wimmern und erstickte Rufe. Etwas wurde an Marc's Türe vorbeigeschleift. Dann breitete sich eine grosse Stille aus. Man hörte draussen Vögel zwitschern, und das leise Flattern kleiner Fittiche. Dann setzte der Schrei wieder ein, aber von weither diesmal, wie ein Echo, hinter hundert Türen. Und er hielt an, er hielt an, an einen Ort gebannt, an einer Mauer sich brechend. – «Es ist nichts, es ist nichts», sagte die Schwester, – «ein junger Offizier, ein armer Mensch, der aus dem Krieg zurückgekehrt ist und seither an Verfolgungswahnsinn leidet. Man hat ihn zu uns gebracht, weil er im öffentlichen Spital nicht genug überwacht werden kann.» – «Ach so», sagte Marc, «hier haben Sie also Freund und Feind beisammen, Verrückte und Kranke und Internierte.»

Die Schwester nickte. «Wir kennen keine Unterschiede, für uns sind sie alle nur arme, leidende Menschen.» – «Und wenn ich Ihnen einen Rat geben darf», fügte sie hinzu, – «kümmern Sie sich nicht um Andere. Stellen Sie keine Fragen. Wenn ihre Zimmernachbarn vertraulich werden sollten, wenn sie anfangen sollten, zu klagen, – hören Sie nicht zu. Was um Sie her geschieht, geht Sie nichts an. Sie geraten nur in Schwierigkeiten. Je ruhiger Sie sich verhalten, umso schneller wird man Sie entlassen.»

«Und dann?», fragte Marc.

Die Schwester lächelte. «Sie fragen mich zuviel. Mich geht es nichts an, was Sie verbrochen haben. Wahrscheinlich wird man Sie in ein Lager überführen. Dort werden Sie sich schon viel wohler fühlen als hier.»

Marc sah die Schwester an. Es war ihm, als sei es seine einzige Aufgabe, dieses weisse, weder schöne noch hässliche, nur fremde, nur gleichgültige Gesicht anzusehen, jede Ader, die über die frommen gesenkten Wimpern, die schmalen Lippen, das kaum merkliche Atemholen der Schläfen. Es war weit furchtbarer, an diesem Gesicht zu hängen, als vorher den Blick des Arztes auszuhalten, den er hasste. Er fühlte wieder die fast unbezähmbare Lust, zu morden. Denn diese Frau, die jeden Augenblick aufstehen und weggehen würde, ohne dass er, der Gefangene, sie zurückhalten konnte, – sie schämte sich nicht einmal, ihm, der um seine letzten Kräfte rang, zu antworten mit ihren belanglosen, geläufigen, sanft klingenden und trostlosen Worten. «Ein armer Mensch ...», hatte sie gesagt, mehrmals, schamlos. Und er bäumte sich auf. Wie wagte sie es, diesem fremden Offizier, der nur ein Mensch war und in seiner offenbar unerträglichen Qual um Hilfe geschrien hatte, wie wagte sie es, ihn zu beleidigen!

– «Und Sie», fragte Marc, – «sind Sie nicht vielleicht auch arm? – – oder sind Sie so glücklich, in diesem Land, in diesem von Unglück schreienden Haus, – können Sie sich die Ohren verstopfen, bringen Sie es fertig, inmitten von soviel Not und schreiendem Unrecht zu leben? Es stinkt zum Himmel! – Und Sie bieten die Hand, und fühlen sich zufrieden, weil Sie einen Verband angelegt, oder zum Beispiel mir zum Beispiel eine Fessel gelockert haben? – Und Sie bleiben bei Appetit und schlafen ungestört? – Wenn Sie nicht gewusst hätten, dass ich ohnehin nicht entfliehen kann, weil zwischen mir und dem Ausgang hundert Türen sicher verschlossen sind, – hätten Sie mir die Fesseln gelockert? – Sie hätten sich wohl gehütet! – Ach, gefürchtet hätten Sie sich!» Er warf plötzlich die Hände vor das Gesicht. – «Ach, gehen Sie», murmelte er, – «lassen Sie mich allein. Dass Sie sich nicht schämen, ... ach, dass Sie sich nicht schämen!» ...

Einen Augenblick zuvor hatte er noch nichts anderes gewollt, als dass sie ihm antwortete. Jetzt waren sie beide so still, als dürften sie einander nicht stören. Als Marc nach einer Weile aufblickte, hatte die Frau dort, auf dem Stuhl, sich ein wenig nach vorne geneigt, als wolle sie sich in ihre weissen Gewänder hüllen wie in eine Decke. Und sie begegnete seinem Blick so ruhig, als sei sie blind, denn ihre Augen schwammen in Tränen.

«Hören Sie mir zu», sagte er, – «sehen Sie mich an. Ich werde mich wehren. Ich kann es in diesem Gefängnis nicht aushalten, und ich werde noch heute Abend davongehen.»

Die Schwester, wieder gefasst, murmelte: «Wenn Sie so zur Oberin reden, wird man Sie wieder festbinden.»

Marc schüttelte den Kopf. Die Hoffnung bäumte sich in ihm auf. Er sprach mit glänzenden Augen und lächelnd. – «Ich warne Sie!», sagte er, – «ich werde davongehen.» – Er sah die soliden Gitterstäbe des Fensters, die verschlossenen Wände an, seine Augen glitten durch den trübe erleuchteten Gang. – «Ich weiss allerdings nicht, wie es möglich sein wird», sagte er, – «aber dass ich hier bleibe, das ist unmöglich, unmöglich ...»

Als sie nicht antwortete, bat er fast: «Es ist unmöglich, Schwester! – Geben Sie es doch zu! – Sie, die Sie Kranke pflegen, Sie müssten es wissen. Es gibt Dinge, die man nicht ertragen kann, so wie es zu grosse Schmerzen gibt. Dann wird man ohnmächtig, oder man muss sterben wie an gebrochenem Herzen. Irgend etwas muss einem zu Hilfe kommen!» – Aber sie schien nicht zuzuhören. – «Ich werde Ihnen jetzt helfen, sich anzuziehen», sagte sie, – «man wird Ihre Sachen in den Saal bringen, wo Sie heute Nacht schlafen. Sie sind dort mit lauter ordentlichen Leuten zusammen. Sie werden sich bald ganz wohl fühlen.» – Sie reichte ihm seine Khakihosen, sein blaues Hemd, seine weissen Schuhe. Am Hemd fehlten ein paar Knöpfe, die man ihm am Abend zuvor, während des Kampfes abgerissen hatte. – «Noch meinen Gürtel, und meine Uhr», sagte Marc. Er hatte Mühe, sich anzuziehen. Als er in seine Taschen griff, merkte er, dass seine Streichhölzer, sein Geld, und sein Messer verschwunden waren. Und seine Papiere! – Die Schwester beobachtete ihn. – «Gürtel darf man hier nicht tragen», erklärte sie. «Ihre Sachen sind alle im Bureau, machen Sie sich darum keine Sorgen.» –

– «Aber meine Streichhölzer?» – Marc erinnerte sich plötzlich, dass er lange nicht mehr geraucht hatte. Er stellte sich das Vergnügen vor, eine Zigarette anzuzünden und ein paar lange, tiefe Züge zu tun. Er würde sich auf das Bett setzen und warten, was sie als Nächstes über ihn beschliessen würden. Er würde ganz ruhig sein. «Eine Zigarette», bat er «dann reden wir weiter.» – «Nein», sagte sie, «hier wird im Prinzip nicht geraucht. Es ist aber möglich, dass man es Ihnen erlaubt.» Sie zögerte. – «Dann wird Ihnen die diensthabende Schwester an der Ausgangstüre die Zigarette geben. Sie hat auch die Streichhölzer.» Marc antwortete nichts mehr.

Er hatte beobachtet, dass draussen im Gang das elektrische Licht angezündet wurde. Er ging bis zur Türe, und musste seinen Atem sammeln.

Das war kein Wunder. Er war sehr schwach. Er hatte vermutlich noch Fieber. Den ganzen Tag hatte er nichts gegessen ausser ein paar Löffeln Suppe. Wie er die Nacht vorher verbracht hatte, daran wollte er lieber nicht denken. Es trieb ihm den Schweiss auf die Stirn. Sie hatten ihn gemartert. Man musste es möglichst schnell vergessen, und seine fünf Sinne beisammen halten. Man musste aufrecht gehen, diesen endlosen grauen Gang entlang vor den Blicken der Schwester, die ihm folgte. Er ging und ging. Seine Füsse trugen ihn. Als er in den kleinen Vorraum der Eingangstüre kam, sah er, dass an jedem Ende der drei hier einmündenden Gänge ein schwarzer Wächter stand, breitbeinig, drohend, nur das aufgepflanzte Bajonett fehlte. Aber man liess Marc ungehindert vorbei. «Gehen Sie nach links», hörte er die Schwester sagen. In der Tat, dort war kein Gang, sondern eine Art Wohnzimmer. Korbstühle waren den Wänden entlang ausgerichtet, in den Ecken standen ein paar verstaubte Palmen, auf einem Tischchen, auf einem Zeitschriftenstapel, schlief zusammengerollt eine Katze. «Kommen Sie», sagte die Schwester, «setzen Sie sich ein wenig. Das Essen wird um sechs Uhr aus dem Haupthaus gebracht.» – Der Schwarze auf der Schwelle sah ihn an, wie er bis zum Tischchen ging. Er hatte seine Hand auf den weich schimmernden Rücken der Katze legen wollen. Er hielt an. –

– «Wird das immer so weiter gehen», fragte er sich. Aber er sollte erst später den ganzen Schrecken der Worte «Konstante Überwachung» begreifen.

Vorläufig befand er sich in einer seltsamen, fast freudigen Spannung. Der Wächter wandte sich, offenbar gleichgültig, ab. Während Marc wartete, ohne genau zu wissen, was er im nächsten Augenblick tun würde, öffnete sich in der den Fenstern gegenüber befindlichen Wand eine Türe, und eine fromme Schwester kam heraus, die ein mit einem Tuch verdecktes Becken trug. In dem beinahe dunklen Raum sah Marc einen Greis auf einem Bett liegen, weisshaarig, mager, der vor sich her sang. Ja, er sang. Er wandte sich hin und her, von einer Seite auf die andere, als suche er nach einem besseren Plätzchen, und er sang mit seiner brüchigen Stimme und einem glücklichen Lächeln, als habe ihn seine eigene, rastlose Bewegung endlich in Schlaf gewiegt. Marc's Herz schlug zum Zerspringen. Er vergass die Schwester und ging an dem Schwarzen vorbei in den Vorraum hinaus. Durch die kleinen Fenster neben der verschlossenen Haupttüre sah man die Dunkelheit. Vor dem Telefonbrett, den Rücken ihm zugekehrt, sass eine Schwester, die sicher die Oberin sein musste. Sie wandte ein wenig den Kopf, und schien ihn mit einem freundlichen Lächeln zu begrüssen. – Marc verbeugte sich ein wenig, und griff verlegen, unwillkürlich in seine Tasche. Zu seinem Erstaunen fand er ein zerknülltes Zigarettenpaket, das sie vorher, offenbar, vergessen hatten. Die Oberin lächelte wieder, und reichte ihm ein brennendes Streichholz. Dann überliess sie ihm die Schachtel, vielleicht aus Nachlässigkeit, denn auf dem Schaltbrett leuchteten zwei Lichter auf, und sie griff nach Stöpseln und wandte sich von ihm ab.

Marc rauchte. «Ihr Saal, Nummer fünf A, liegt zuhinterst», hörte er sagen. Und er ging.

Später fragte er sich, wie oft er an diesem Gang entlang gegangen sei. Etwa fünf Türen mündeten hinein. Es mussten Türen von Einzelzellen sein, und sie standen offen. Die Zellenbewohner lagen auf ihren Betten und warteten vermutlich auf das Abendessen. Marc erinnerte sich später nicht an sie. Und doch hatte jeder Einzelne von ihnen ihn mit Schrecken erfüllt. Ein ganz Junger, in der zweiten Zelle, der mit verworrenem Haar über irgendwelche Briefe gebeugt sass, hatte ihm zugelächelt. Marc war stehen geblieben und hatte zurückgelächelt. Der junge Mensch hatte daraufhin ein Couvert in der Hand erhoben, wie um Marc zum Lesen einzuladen. An den Satan, meine Mutter, helfe mir, – stand darauf. Dann hatte der Junge obszöne Gesten gemacht.

Am Ende des Ganges war Marc umgekehrt. Er hatte jetzt alles mit den Blicken gemessen, die Höhe der Wände, die winzigen Fenster, die Dunkelheit draussen. Es musste bald sechs Uhr sein. Schwarze würden kommen, um das Essen herein zu tragen, und man würde ihnen wohl die Türe öffnen müssen. Er ging bis zur Türe und rüttelte daran. Die Oberin wandte sich nicht um. «Schwester Oberin», sagte er, – er zerdrückte seine Zigarette in einem Aschenbecher, der auf dem Telefonbrett neben ihr stand. – «Kann ich den Arzt erreichen.»

– «Es ist Samstag. Die Ärzte kommen nicht vor morgen Abend.»

– «Morgen ist es zu spät.» –

Er erhält keine Antwort. – «Könnte man nicht telefonieren? – Es ist dringend. Ich muss irgend jemanden erreichen.» –

Er beginnt, auf und ab zu gehen, dann bleibt er wieder neben der Oberin stehen. – «Kann ich telefonieren», fragt er. Sie hebt ungeduldig die Schultern. – «Patienten dürfen das Telefon nicht benützen», sagt sie, «ich werde dem Arzt mitteilen, dass Sie ihn zu sehen wünschen. Übrigens hat er heute bei Ihnen einen Besuch gemacht. Was wollen Sie eigentlich?» Marc möchte das Gespräch am liebsten fallen lassen. Aber dann? Was bleibt ihm dann noch? – Er antwortet fest: «Ich will fort.» – Aber es ist, als habe er nichts gesagt. Etwas würgt ihn in der Kehle. Er zwingt sich, mit leiser, ruhiger Stimme zu reden. Die Wände beginnen um ihn zu kreisen. – «Ich sage es zum letzten Mal. Ich muss heute Abend noch fort. Wenn ich das Telefon nicht anrühren darf, dann sprechen Sie für mich. Sie müssen doch irgend jemanden erreichen können.»

Es gibt verantwortliche Ärzte, es gibt Direktoren, Polizisten, Konsuln, und Anwälte, die man bezahlt. Er ist bereit, zu bezahlen. Er hat nicht darum gebeten, dass man ihn hierher bringt, sondern hat vom ersten Augenblick an dagegen protestiert. Er verlangt auch jetzt nichts. Er bittet nur, dass man ihn anhört. Wenn man ihm nur eine Minute Gehör schenkt, wird er versichern, dass er Niemandem einen Vorwurf macht und keinen Hass hegt. Er wird nie auf sein Recht pochen. Er denkt nicht daran, sich zu rächen. Er wird für alles aufkommen. Er wird der gleiche sein wie früher. Er hat keine Verletzung davongetragen. Er will nichts. Er wird sich allein helfen. Wenn man ihn nur entlässt, – dann soll alles vergessen sein …

Während er so redet, schamlos und demütig wie ein Bittsteller, und die Schwester, über irgendwelche Schreibereien gebeugt, ihm nicht einmal antwortet, fühlt er zum ersten Mal die würgende Qual der Niederlage, die sich nähert. Es hat keinen Sinn, es hat keinen Sinn! – Und er möchte nachgeben, hinstürzen, sein Gesicht für immer verbergen. Wenn ihn sein Bruder so sehen würde, – aber er sieht ihn Gottseidank nicht …

X. Kapitel

Unter den Schwarzen, welche die Türschwellen zwischen den Gängen und dem kleinen Vorraum bewachen, macht sich eine Bewegung bemerkbar. Die Oberin sieht auf. – «Es ist sechs Uhr», – sagt sie. Marc ist einen Schritt zurückgewichen und bleibt möglichst reglos neben der Ausgangstüre stehen. Durch das vergitterte Fenster in seinem Rücken spürt er von draussen das kühle Wehen der Dunkelheit. Die Oberin, als sehe sie ihn erst jetzt, wendet sich kurz zu ihm. «Es ist sechs Uhr», wiederholt sie, «– man wird gleich das Essen bringen. Während der Verteilung darf man sich im Vorraum nicht aufhalten. Es ist besser, wenn Sie jetzt in Ihr Zimmer gehen.» – Er geht sofort, an dem Schwarzen vorbei, der ihm Platz macht. Aber im Gang bleibt er wieder stehen, horchend. Er hört einen Schwall von Stimmen. – «Sie schreien», – denkt er, – «weil sie wissen, dass man ihnen das Essen bringen wird.» – Aber er schreit nicht, und hat, natürlich, keinen Hunger. Er wird bis zum Saal Nummer fünf gehen, und versuchen, sein Bett zu finden. Er wird sich ausstrecken. Aber eine Hand legt sich auf seinen Arm. «Sie schlafen heute Nacht noch allein», sagt jemand hinter ihm. Es ist die Schwester, die er schon kennt. Sie fügt nichts weiter hinzu, aber wie er sie ansieht, ansieht, erinnert er sich, dass sie ihn gewarnt hat, er hätte nicht zur Schwester Oberin sprechen sollen. Während er ihr zur Einzelzelle folgt, die ihn, zu hinterst im Gang, zur Rechten, erwartet, denkt er, – wenn er ihr nur sagen könnte, wie gleichgültig ihm dies alles ist. Er tritt ein, und sieht sofort, dass das schmale Fenster hier doppelte Gitter hat. Er ist inzwischen eine Art Schwerverbrecher geworden. Man kann trotzdem hinaussehen, und er steht eine Weile und sieht draussen eine von Nebel verhüllte Wiese, die sich senkt und verschwindet, als sei dort die Welt zu Ende. Vielleicht liegt in der Tiefe der Strom, oder ein Tal der Wildnis hebt an, von Palmen gefächelt. Vor dem Fenster geht eine Nachtwache auf und ab. Marc wendet sich um, und lächelt die Schwester an. Sie sagt: «Wollen Sie sich nicht ausziehen? – Ich bringe gleich das Essen», – er dankt, und als sie gegangen ist, lauscht er wieder. Dort, am Ende des Ganges, schliesst jetzt die Oberin die verschlossene Türe auf. Aus dem nebligen Dunkel kommen die Schwarzen herein, jeder mit einem verdeckten Tablett. Es ist sechs Uhr, die letzte Gelegenheit. Und Marc muss sich entschliessen. Schon lange wusste er, dass er noch irgendeine Hoffnung hatte. Dass sie um sechs das Essen bringen würden, und also die

Türe öffnen mussten, hatte er gehört. Es galt, den Wächter auf der Gangschwelle zur Seite zu stossen, an der Oberin vorbei zur Türe zu stürzen, und rücksichtslos einen Sprung in die Dunkelheit zu tun, nur rasch, nur jetzt, – und dann, während ein Tablett oder mehrere klirrend zu Boden fielen, dann laufen, laufen!

Aber wird er den Mut haben? –

Er presst die Zähne zusammen. Gut, seine Zähne werden zerbrechen, und er wird hinstürzen, über den ersten Schwarzen auf der Schwelle wird er stolpern, und sie werden ihn im Nacken packen, und er wird doch gehen. Er verlässt sein Zimmer und geht langsam den Gang entlang zurück bis zum Vorraum. Dort haben sie einen langen Tisch aufgestellt, und die Oberin überwacht und zählt die Schüsseln, die abgestellt werden. Und die Haustür ist weit offen.

Marc bleibt an die Wand gelehnt stehen und versucht, hinaus zu sehen. Der Schweiss rinnt ihm über das Gesicht. Seine Fäuste, die er ballt, sind feucht und ganz klein. Die Dunkelheit draussen, die Dunkelheit! Er versucht, den unsinnigen Schmerz zu bezähmen, der in ihm schreit, diese unheilbare Sehnsucht, das aufstöhnende Begehren nach Freiheit. Jetzt! – und er schreckt zurück. Eine Kette von Schwarzen tritt durch den Eingang, vielleicht sind sie die Letzten. Aber sie sind zu viel, wie die zehn, die ihn am Abend zuvor umringten und fingen. Noch einmal diese Hände im Nacken …

«Als ob ich mich jemals gefürchtet hätte», sagt er sich, und macht einen Schritt vorwärts und schöpft tief Atem. Als ob er nicht laufen könnte! – Der Schwarze auf der Schwelle spreizt die Beine, und sagt auf Englisch: «You better step back in your room.»

Marc geht zurück. Er hat Mühe, bis in sein Zimmer zu gelangen. Es ist ein weiter Weg, sechs oder mehr Zellentüren entlang, und seine Beine tragen ihn nicht mehr. Er sinkt in seinen Stuhl. Die Schwester kommt herein, und breitet eine Serviette über seine Knie. Sie deckt die Schüsseln ab, und der Dampf von Gemüse und Kartoffeln steigt auf, und er greift nach dem Löffel. Sie geht wieder fort. Er hebt den Blick und sieht bis zum Bett, einer schmalen Pritsche, über der zusammengebunden das Moskitonetz hängt. Er stellt sich vor, dass er sich gleich dort niederlegen wird. Sein Rücken schmerzt ihn. Seine Knie zittern, seine Hände zittern, und dann seine Lippen. Es ist nur natürlich. Er ist erschöpft. Er kann nicht mehr.

Aber wie er aufstöhnen, seine Hände in seinem Haar vergraben möchte, und seine Zunge stösst sich am Gaumen und der Geschmack ist fad und er bringt kein Wort mehr hervor, irren seine armen Augen noch über die Wände und Eisengitter. Nichts! – und wenn er schrie, nichts, nichts, und er hört schon sein Echo und hält sich die Ohren zu und sein Gesicht liegt auf seinen Knien, und sein halb ohnmächtiger Körper wird geschüttelt, und alles ist vergebens, alles schmerzt nur.

Denn sie haben ihn geschlagen, und er kann nicht mehr. Sie haben Wände aufgerichtet und er kann nicht mehr. Sie haben ihn allein gelassen, und er schreit und die Wände antworten nicht und er kann nicht mehr. Als weine er, murmelt er: «Ich habe doch einen Bruder!» – Aber was soll es, und die heissen Tränen, die er erstickt, versengen ihn.

«Herrgott», murmelt er, so wie man flucht.

Nichts regt sich in der Stille. – Wenn ich mich niederlege – denkt er. Es muss eine Grenze geben des Schmerzes. Ich werde dort liegen, mit ausgebreiteten Armen und Beinen, ohne Fesseln, und mein Atem wird leicht sein, und ich werde für immer die Augen schliessen. Die Decke wird immer höher und höher werden, und ich werde durch meine geschlossenen Lider hindurch das Licht spüren. Ich werde liegen und sonst keinen Schmerz mehr spüren, und das Bild draussen, der Freiheit, das wellende Fluten der Dunkelheit, ich werde es vergessen haben. Denn es gibt eine Grenze des Schmerzes. Nicht wahr, lieber Gott.

Er bemerkt plötzlich, dass er laut geredet hat. Er redet also noch immer und lauscht nach allen Seiten. Er will nicht begreifen, dass der Glaube nicht Berge versetzt, und dass keine Hilfe kommt. Nicht einmal eine Türe kann er öffnen. Die Totenstille einer Gefängniszelle kann er nicht begreifen. Er lauscht so angestrengt, ein Blatt würde er fallen hören, und doch regt sich nichts. Er hat trotz allem immer wieder geglaubt und ausgehalten und Hoffnung geschöpft. Was hat er getan! Woran hat er geglaubt! Auf welchen Stern hat er sich verlassen! Und jetzt ist es zu spät. Er öffnet den Mund, er sucht nach Worten, und findet sie nicht, und er öffnet weit die Augen, und die Wände und die Decke zerfliessen. Er sitzt auf seinem Stuhl, seine Hände liegen auf seinen Knien, und er ist so matt, er wird nie mehr auch nur tief Atem schöpfen können. «Du hast mich verraten», denkt er. Er richtet sich ohne Scheu an Gott.

Marc sollte sich später an diesen Augenblick immer erinnern. In einem Augenblick, der ihm verzweifelt erschien, hatte er ein Urteil ausgesprochen, das nur blasphemisch sein konnte. Sein Leben lang war er davor zurückgeschreckt, Urteile zu fällen, die ihn als unschuldig stempelten, und einen Anderen zum Schuldigen machten. Und noch die scheinbar blindeste Anklage, die sich gegen ihn richtete und für die er keine Erklärung fand, hatte ihn so betroffen, dass er fast gebeten hatte: «Warum bin ich ein Lügner, warum ein Falschmünzer? Womit habe ich es Euch schwer gemacht, womit Euch verletzt?» – Und er hatte es doch nie nötig gehabt, Münzen zu fälschen. Aber es schien ihm schon genug, dass er Anstoss erregte, sodass ein Anderer seinetwegen weinte.

Nie hatte er zu glauben gewagt, dass er unschuldig sei. Und da er Vieles in der Welt nicht begreifen konnte, und da er die Grenzen seiner Kräfte kannte, so, wie die begrenzte Masskraft seines Augenlichts, hatte er sich nie aufgelehnt, sondern wohl an Gottes höhere Pläne geglaubt. Aber jetzt, weil er in Not war, glaubte er an nichts mehr. Er stellte Gott verzweifelt zur Rede. Und es tat nicht gut! Denn wenn er keine Antwort erhielte, was würde dann aus ihm. So todmüde war er, er würde dort, auf jenem Bett, liegen, und sein Herz würde vielleicht brechen, und er würde vielleicht weiter leben müssen.

Er fühlte jetzt ein nie gekanntes Mass an Ergebung, das sich mit einem scheidenden Schmerz mischte. Das war die Reue. Denn so plötzlich begriff er, dass Gott seine eigenen Wesen nicht verraten konnte, – das war Menschengerede, armes Gestammel, – aber dass er Gott verraten hatte. Immer wieder geglaubt hatte er, dass die Menschen ihn freundlich anhören und ihm Glauben schenken würden, immer wieder gebeten, sie sollten ihn doch verstehen, immer wieder seine Hoffnung erneuert, ein Gesicht würde ihm begegnen, welches die ehernen Züge eines Engels tragen und sein Freund sein würde, geworben hatte er, sein Mass an Liebe hinausgeschleudert und in alle Winde zerstreut, und dann hatte er geklagt, weil das erste Lächeln ihm nicht antwortete. Hatte er in diesem ewigen Streiten und Werben auch nur Zeit gehabt, an Gott zu denken, der sich vielleicht in Nachtwolken und im Schatten eines Baumes verbarg?

Und doch hatte Gott ihm manchmal die Hand geführt und die Augen geöffnet, ihm, einem Armen. Er hatte ihm das Herz berührt, und sein Herz war damals noch empfänglich gewesen. Wunder hatten sich damals vollzogen. Türen aus Erz waren aufgesprungen. Im Silberlicht des Mondes waren Ströme über ihre Ufer getreten, und Hügel waren zur Seite gewichen. Der untrügliche Atemzug der Seligkeit hatte sich lautlos ausgebreitet.

Keine Reue würde jetzt ausreichen, so lange war es her. Marc würde nur noch warten, und ohne Hoffnung. Bald würden seine Augen erstarrt sein.

Nie mehr auflehnen würde er sich. Übrigens hatte er dazu die Kraft nicht mehr.

Da stand er auf. Später wird er nie erklären können, was mit ihm geschah. Er hatte sich allen eigenen Willens entkleidet, und es war, als werde ein anderer Wille mächtig in ihm. Da er auf nichts mehr lauschte, und die Augen geschlossen hielt, erreichten ihn vielleicht Zeichen und Stimmen, die er vorher in den Wind geschlagen hätte. Da er so schwach war, dass seine Knie und Hände ihm den Dienst versagten, gehörten sie ihm wohl nicht mehr an, und alle Schmerzen verliessen ihn. Sein Atem wurde ganz leicht. Wolken teilten sich vor ihm, und dann die Wände, und in der unerhörten Stille, die ihren Schrecken verloren hatte, erkannte er sich nicht mehr, sondern schien körperlos, aufgelöst, eins zu sein mit den Schauern einer wunderbaren Klarheit.

Aber was war diese mystische Verschmelzung. Wie konnte eine Kraft sich seiner bemächtigen, die ihn, einen fast Blinden, jetzt durch ein chaotisch weltliches Labyrinth wie durch ein Dorngebüsch führen würde, eine Kraft, die er nicht verstand, und die doch aus anderen, dem Tod und der unbekannten Seligkeit benachbarten Gefilden stammen musste.

Aber es war so. Er kann nicht lügen. Es war, als ergreife eine Hand ihn im Rücken und zwinge ihn, sich aufzurichten, dann aufzustehen, und bis zur Türe, dann über die Schwelle, und in den Gang hinaus zu gehen. Als er zögern wollte (... «aber es ist unmöglich, sie lauern, sie haben schon ein Auge auf mich, und sie sind zu viert, zu zehnt, und ich habe den Mut nicht, ich kann nicht einmal laufen ...»), – als er sich nur eine Sekunde umblicken wollte, ob er nicht eine Waffe finden würde, nicht etwas Wichtiges vergessen habe, – da trieb es ihn an, denn es war keine Zeit zu verlieren, und wenn er sich fürchtete, dann war alles verloren. Was war verloren? – Er wusste es nicht. Und er ging. Er glitt, nicht einmal schnell, an der ersten, dann der zweiten Türe vorbei. In der ersten sah er die weisse Haube der Oberin, die sich über einen Kranken neigte, und ihm den Rücken zuwandte. Es folgte eine Reihe von Türen, die offen standen, und die er nicht mehr zählte, Kranke, Gefangene und Irre, starrten ihm blicklos nach. Am Ende des Ganges stand kein Wärter. Marc hatte keine Zeit, sich darüber zu erstaunen. Im Vorraum würde eine Schwester am Telefonbrett sitzen, und die anderen Wärter würden sich von vorne und hinten auf ihn werfen, und es galt, nicht daran zu denken. In der Tat sah er zur Linken, breitbeinig auf der Zellenschwelle, die nackten Arme gegen die Türpfosten gestemmt, einen Mann, der ihm, wie vorher die Schwester, den Rücken zuwandte. Es war, als habe man ihnen allen befohlen, sich abzuwenden und ihn vorbeigehen zu lassen. Der Vorraum war klein. Marc konnte in einem Satz die Ausgangstüre erreichen. Aber wenn der Mann nun Geräusche hörte, dann konnte er ihn im Nacken greifen. Einen Augenblick lang wollte Marc der Furcht nachgeben. Keine Gewalttat!, – denn er würde sie nicht mehr ertragen. Und übrigens war die Türe doppelt verschlossen. Wie überwand er die Furcht? Er weiss es nicht mehr. Er glitt an dem drohenden Rücken vorbei und war sich bewusst, dass er ihn hätte mit der ausgestreckten Hand berühren können. Als er zur Haustüre kam, griff er blindlings nach dem Schloss und der Schlüssel steckte. Trotzdem dachte er noch: «Und wenn der Schlüssel knirscht, wenn sich die Tür nicht so leicht öffnen lässt?»

Aber er war schon draussen. Er hörte das Zuschlagen der Türe wie von ferne. Er ging im dreieckigen Lichtschein einer Lampe, nicht zu schnell, denn er sagte sich wohl, dass er schwach sei und seinen Atem sparen müsse. Zu beiden Seiten sah er wallende Dunkelheit. Und welche Stille, welche Kühle, welche Freiheit! –

Nur den Klang seiner Schritte vernahm er. Aber der war so dröhnend, dass der Boden zu zittern schien, und da jetzt überall Türen aufgingen, Sirenen ertönten, Lichtkegel kreisten, und hundert Stimmen auf einmal schrien, wich er vom Weg ab und schlug sich mit vor dem Gesicht gekreuzten Armen in das Gebüsch, und lief, bis er nicht mehr konnte. Er brauchte nicht nachzudenken. Als sein hämmernder Herzschlag versagte, warf er sich nach vorne. Und wie still er dann lag, die Stirn in die feuchte Erde gepresst. Mochten sie jetzt kommen!

Lange lag er so. Sie kamen nicht. Ihre Füsse liefen hart an ihm vorbei, manchmal glaubte er, ihren Atem zu spüren, manchmal presste er die Zähne aufeinander und dachte, es sei unmöglich, dass sie ihn nicht fänden. Gleichzeitig traf ihn ein sanfter Wind, der die Gräser fächelte, und der sich leise, fächelnd, fortsetzte in Weiten hinaus, die er nur ahnte. Denn er lag in tiefe Dunkelheit gebettet, und das brausende Kreisen der Erde erreichte sein Ohr, aber die Gefahr war nahe. Manchmal verzog sich sein Mund wie zu einem Lächeln. – Aber wenn sie kommen! – dachte er, – wenn Einer sich hinter mir aufrichtet, über Menschen gross, und den Schatten seiner Hand über mich wirft, – ich werde meinen eigenen Atem ersticken. Ich werde eine dünne Eisfläche erfinden, darein presse ich meinen fest geschlossenen Mund. Und Gott wird so gnädig sein. Was sonst bleibt mir. – Und sie kamen nicht. – Halte mir ihren Schatten fern! – Nicht einmal ihr Schatten kam.

XI. Kapitel

Ein paar Tage später, in der dumpfen Hitze seiner Einzelzelle, beginnt Marc sich zu fragen, ob er das Glück der Freiheit jemals wieder ertragen könnte. Glück und Freiheit waren für ihn früher nur Worte, die von den meisten Menschen leichtfertig missbraucht wurden. Jetzt weiss er, dass er einmal frei war, aber er wagt es nicht, sich daran zu erinnern. Und er hatte doch ein solches Glück empfunden! So leicht war er gegangen, er hätte singen, er hätte seinen Atem verschwenden können. Seine Stirn war ganz kühl gewesen, und als er durstig wurde, warf er den Kopf in den Nacken und öffnete die Lippen, um die Nachtluft zu trinken, und sie hatte wie Tau geschmeckt. Mit jedem Schritt, den er tat, war ihm etwas entgegengekommen, eine Handvoll Blütenduft aus den Büschen, ein schläfrig flatternder Vogel, eine weiche Welle von Gras, und rings um ihn hatte alles gelebt. Er hätte nur die Hand auszustrecken brauchen, dann hätte er das Sammethaupt oder den zarten Rücken einer Gazelle gespürt, oder er hätte sich niedergelegt, und die glatte Rinde eines Baumstamms hätte sein Gesicht berührt. Aber er war nicht stehen geblieben, denn die Sehnsucht, die ihn trieb, war zu gross. Zuletzt war er auf ein Feuer zugegangen.

Da man die Distanz in der Wildnis nicht messen kann, hatte er es für einen Waldbrand gehalten, dann für ein nahes Hirtenfeuer, und als es versank, dachte er, dass er sich getäuscht habe. Denn vielleicht lohte über dem Weltenrand einfach der Horizont. Dort stiegen phantastische Wolken auf, die sich mit den blauen Hügelzinnen mischten. Manchmal schien der Himmel nur ein schmaler Streifen, wie eine schwarze Landbrücke, die in das Meer hinausgreift, – und die Erde, die vor seinen Füssen dahinwallte, und deren Ende er nicht absehen konnte, schien das unaufhörlich brandende Weltmeer zu sein. Trotzdem ging er weiter, denn sicher hätten ihn seine Füsse auch über das Wasser getragen. Und dass er müde werden könnte, es kam ihm damals nicht in den Sinn. Er fühlte sich wie der Bruder von Hasen und Füchsen, er konnte in der Nacht sehen und sich von Himmelsbrot nähren. Während er weiterging, dachte er, ob er nicht einen Elefanten sehen würde. Er würde ihn nicht fürchten, sondern ihm die Hand auf den Rücken legen. Und so ging er und ging er, in seiner grossen Seligkeit. Als ob der leise durch die Gräser rauschende Wind ihn ein wenig über den Boden und über alle Hindernisse hinweg hebe. Die Schalmeiträger und Hirten hätte er herbeirufen mögen, ein wenig Musik. Denn sein Herz verlangte nach unendlichen Tröstungen, das Lachen eines Engels hätte ihm kaum genügt. Dann waren Holztauben gekommen, und er selber hatte gelacht, und gelaufen war er jetzt, und weinen hätte er mögen.

Wie hatte er nur endlich den Schritt angehalten. Wann hörte das Glück auf. Wann begriff er, dass er in die Gefangenschaft zurückkehren müsse. Denn natürlich blieb ihm keine Wahl. In der Wildnis konnte er nicht bleiben. Er wäre verdurstet. Die Sonne und das Fieber hätten ihn getötet, oder ein Raubtier hätte ihn angefallen. Er konnte in kein Dorf gehen, ohne dass die Polizei ihn aufgespürt hätte. Es gab keine Grenze, die er hätte erreichen können. Übrigens hätten sie ihn auch jenseits der Grenze festgehalten und ausgeliefert. Er war an jenem Abend schliesslich in die Stadt zurückgekehrt, und in den Strassen hatte ihn Niemand erkannt. Denn sicher hatte er noch den Glanz der Freiheit auf seiner Stirn getragen, und seine Augen mussten geleuchtet haben vor Jubel. Auch war er nirgends stehen geblieben. Wenn er jetzt daran zurückdenkt, sagt er sich, dass es schon die Furcht war, die ihn getrieben hat. Denn wenn er sich noch frei glaubte, war er doch schon in den Händen der Menschen, die ihn verfolgten. Schon im Spital, vor seiner Flucht, hatte er begriffen, dass es nutzlos sei, sich dagegen aufzulehnen. Er hatte sich an Gott gewandt, und Gott selbst hatte ihm geholfen. Es war wie ein Wunder gewesen, aber Wunder wiederholen sich nicht, und er darf sie nicht zu seinen Zwecken missbrauchen. Sie kommen und gehen, und neigen sich manchmal zu den Menschen, das ist eine grosse Gnade, und manchmal wehen sie vorüber, und nur ihren Hauch zu spüren ist auch eine Gnade. Aber man kann sie nicht vor den Richter rufen, so wenig wie man ein Stück Brot damit backen und eine Krankheit damit heilen kann. Und wenn man es doch versuchte … Wenn man einen Arzt riefe und zu ihm sagte: «Schau, ein Wunder hat mich geheilt», – wäre er deshalb ein Kurpfuscher? – Und wenn man den Richter anriefe: «Rühr mich nicht an, denn ein Wunder hat mich befreit, und ich bin unverletzbar», – wäre man dann freigesprochen, müsste er seinen Gesetzeslaut ändern? – Aber das Antlitz des Wunders, das man entstellen wollte, und das wahrhaft unverletzlich ist, es würde sich schweigend abwenden.

In seiner Zelle schlägt sich Marc mit Erinnerungen herum wie mit Albträumen. Sogar die noch frische Erinnerung an «das Glück» steigt nur wie ein

Schmerz auf und verwirrt ihn. Was er damals empfand, es muss eine tiefe Rührung gewesen sein. An die nächtliche Wildnis denkt er zurück, als sei er dort auf der Schwelle des Paradieses gestanden. Vielleicht wegen der schlafenden Tiere, die ihm nichts antaten, und ihn nicht fürchteten, wenn sein vorübereilender Schritt sie weckte und sie ihre sanften Häupter aus Träumen erhoben. Er war ihrem rührenden Blick begegnet im gleichen Sternenlicht, das seine weisse Bahn bis zu den lohenden Horizonten der Zukunft vorauswarf. So sicher, so geborgen, so voll unschuldigen Mutes war er gewesen, ein Kind Gottes.

Aber er konnte nicht, er allein, ein Kind Gottes sein. Und da alle Anderen ihn verfolgten, konnte er nicht den Stärkeren spielen und musste nachgeben. Nachher hatte ihn ein freundlicher Richter gefragt: «Aber Menschenskind, – wenn Sie dies alles wissen, warum sind Sie überhaupt davongelaufen? – Sie haben doch Ihre Lage nur verschlimmert.» Er hatte nachgedacht, als müsse er zuerst seine Zunge üben. «... Wenn Sie mich schon einsperren wollen ...», hatte er schliesslich hervorgebracht, «– dann müssen Sie mich besser bewachen.» – Der Richter hatte gelacht: «Dafür ist gesorgt. Man hat zwei Wärter entlassen, und eine Schwester ins Kloster zurück versetzt. Sie war ohnehin viel zu jung. Man nahm an, Sie hätten sie bestochen?»

«Ich hatte kein Geld.»

«– Nun gut, wir wollen es glauben –»

«– Herr Richter, wenn Sie einmal eingesperrt würden, wenn Sie ins Unglück gerieten, und Sie wüssten nicht wie, – würden sie nicht versuchen, zu entkommen? – Wenn Keiner Sie mehr anhören würde! – Wenn Sie verloren wären! – Wenn Ihnen sonst nichts mehr bliebe. Und eine Türe stände offen. Würden Sie Bedenken haben?» ...

– «Ich kann mir nicht vorstellen, dass ich mich in eine solche Lage begäbe».

– «Und die Hundert», schreit Marc auf, – «und die Tausend, was weiss ich, wieviele, die täglich und vielleicht Jahre lang in Ihren Gefängnissen leben, – und denen keine Türe offen steht, haben Sie es sich vorstellen können? – Die haben keine Stimme wie ich! – Die fürchten sich einfach! – Die fühlen sich einfach verurteilt, – und wer hat sie verurteilt? – Und solche Urteile können töten, – aber Sie, Sie schlechter und feiger Mensch, hören Sie sie auch nur an, diese Armen?» – – –

... «Beruhigen Sie sich», hatte der Richter gesagt, und ihm eine Zigarette angeboten. Marc hatte schnell darnach gegriffen, und mühsam zu lächeln versucht. Noch gedemütigt hatte er sich! «– Sehen Sie, ich bin auch nicht unverletzlich. Ich sehe ein, dass ich mich gegen Ihre Gesetze vergangen habe und meine Strafe absitzen muss. Fürchten Sie nicht, dass ich noch einmal davonlaufe! – Ich sehe alles ein. Nur machen Sie mir das Leben einigermassen erträglich»,

(wie geläufig er redete, wie unbedenklich, wie beinahe schamlos, in Worten wie ‹einigermassen›, nur um sich verständlich zu machen. Und wie log er! – Denn er war ja gar nicht verletzt! – Er dachte ja an ganz andere Dinge! – An Paradiese, deren Hauch ihn noch umwehte, aber der Andere wusste nichts davon)

– «zum Beispiel», fuhr er fort, – «wenn ich meine Schreibmaschine haben könnte?» –

Man hatte ihn in den Vorraum zurückgeführt, in dem er sich freiwillig, vor einer Stunde oder so, eingefunden hatte. Er setzte sich erschöpft in einen Korbstuhl und wartete. Sie kamen bald, zwei Wärter, ein junger Offizier, und er folgte ihnen bereitwillig. Er fragte sich, warum sie ihn von beiden Seiten am Arm fassten, als könne er nicht allein gehen. Sie führten ihn mehrere Gänge entlang, und er nährte eine Hoffnung. – «Er hat es doch begriffen», dachte er, – »er ist ganz menschlich, dieser Richter. Denn sicher führen sie mich in eine sogenannte bessere Abteilung wo es ein bisschen mehr Licht, und vielleicht Bewegungsfreiheit gibt. Ich bin schliesslich kein Verbrecher. Ich werde schreiben oder lesen. Ich werde mich schon einrichten. Ich werde rauchen dürfen.»

Einen Augenblick später musste er einsehen, dass er sich grausam getäuscht hatte. Sie stiessen eine zweiflügelige Türe auf, und in dem dunklen, von dumpfer Treibhausluft erfüllten Gang, durch den sie ihn führten, begann Marc sich plötzlich zu fürchten. Die Schrecken, die ihn erwarten konnten, waren doch nicht neu für ihn. Vielleicht war es ein wenig heisser, ein wenig dunkler. Die Gefangenen, die den Wänden entlang standen, trugen gestreifte Hemden. Da es weder Stühle noch auch nur eine Bank gab, sah es aus, als hielten sie sich an den Wänden fest. Und als Marc an ihnen vorbeigeführt wurde, wandten sie nicht einmal den Kopf, um ihm nachzublicken. Er zögerte wie ein widerstrebendes Tier, und wollte sagen, es müsse sich um einen Irrtum handeln. Aber seine Wächter drehten ihm die Handgelenke um, und er gab sofort nach. Der Schweiss brach ihm aus. Am Ende des Ganges durfte er noch einmal stehen bleiben, und während sie eine Türe aufschlossen, begann er hastig zu reden. Er möchte lieber nicht wissen, was er geredet hat. Sie stiessen ihn vorwärts, und er hörte die Türe ins Schloss fallen. So plötzlich befand er sich allein, dass er zuerst weiterredete. «Es muss sich um einen Irrtum handeln, es muss sich um einen Irrtum handeln», und so fort. Dann «ich habe nichts getan», und dann «lasst mich heraus», bis sich seine Stimme überschlug.

Er mag nicht mehr daran denken. Er weiss jetzt auch nicht mehr als damals, aber was hat es für einen Sinn, sich an vergangene Schrecknisse zu erinnern. Vor allem darf man sich nicht fürchten. Es tut nur weh. Man hat Mitleid mit sich, und man schreit, als könne man mit seiner Stimme die Wände brechen. Wenn man laut genug schreit, kommt vielleicht ein Wächter und man wird bestraft. Oder man wird für krank erklärt und in eine andere Abteilung gebracht. Und wenn man dann Atem schöpft und wieder zu schreien beginnt, wird man immer weiter bestraft. Zuletzt wird man wahrscheinlich nachgeben. Die Strafe kann dann auf drei Jahre Gefängnis oder zehn Jahre Irrenhaus lauten, man wird, weil man nicht mehr anders kann, trotzdem nachgeben. Man wird in die Stille eingehen und seine Stimme nicht mehr brauchen und sich selber vergessen, weil sie einen ausgelöscht und zum Schweigen gebracht haben. Man wird nie mehr das Sonnenlicht sehen. Aber seinen Frieden wird man haben. Hingegen wenn man Glück hat, – dann hört einen Keiner. Man kann ganz allein schreien, und schliesslich weinen, zusammengebrochen, über seine Hände gebeugt, wie in der Mutter Schoss.

Wenn es nur nicht immer dieselben Worten wären. «Lasst mich hinaus. Ach, lasst mich hinaus!»

Marc hat keine Uhr. Aber er weiss genau, dass Andere jahrelang gefangen sind und auch nicht sterben. Und sogar wenn er jetzt weint wie ein Kind, leise, den Mund in seine geballten Fäuste gepresst, damit man ihn nur nicht höre, – so glimmt doch in ihm eine untrügliche Hoffnung. Es wird besser werden. Der Schmerz wird nachlassen, oder er wird ihn ertragen lernen. Sein Stolz zählt nicht mehr, sein Mut vermag nichts mehr, und dass er einmal geliebt wurde und glücklich war und lächelnd und weit ausschreitend in den Schoss der Welt sank, es ist vorbei. Dass er noch lebt, was geht es ihn an. Es ist nur sein Herzschlag, und dass ihn vielleicht trotz allem seine Füsse noch tragen, und dass er ja gar nicht leben will. Sie sollen doch kommen, immer noch einmal, mit ihren Drohungen. Noch ein wenig Dunkelheit, noch ein Kerker? – Ebensogut ihm das Augenlicht ausstechen. Er fürchtet sich nicht.

Er geht nur den Wänden seiner Zelle entlang, die er mit ausgebreiteten Händen streift. Da er ganz erschöpft ist, flüstert er nur noch leise «– ach, man soll mich herauslassen!» ohne viel nachzudenken, er wiederholt nur sein eigenes Echo. Aber während er weitergeht, behutsam, leise, der Wand entlang, hört er draussen die Anderen. Es sind seine Mitgefangenen, und sie schreien auch. War er bisher taub? – Es sei, als sei die Welt inzwischen still gestanden, und jetzt bewege sie sich doch, und ein Rauschen und im Kreis laufendes Brausen erhebe sich, ein Sturm, der die Blätter von den Bäumen reisst und die Stämme biegt, ein Orkan. Marc lauscht entsetzt. Wie sie schreien! – Er unterscheidet Stimmen und Worte, und sie machen sein Blut gefrieren.

Tag und Nacht, drei oder mehr Tage lang, wird er fortan dieselben Worte hören. «Lasst mich heraus!» – manchmal verebbend, aus Müdigkeit, dann zornig anschwellend und aufbegehrend, und demütig, flehend, ja winselnd, vergebens. Manchmal schreien sie: «Du hast den Schlüssel. Gib ihn heraus.» Oder sie weinen nur noch, «Mutter, was tun sie mir», und oft drohen sie «Ihr Büttel, Ihr Knechte», – und immer wieder das Geräusch hastiger Füsse, zuschlagender Türen, erstickter Gurgeln, als ob eine Hand sie zugepresst habe, ein Körper davongeschleift würde. Dann schwillt es wieder an, ein Meer von Ratlosigkeit. Und Marc verstummt, auch er wie erstickt, von Mitleid und Schmerzen.

Oder erstickt seine Stimme nur im Chor, der ihn rings umgibt, und der immer die gleichen Worte wiederholt? – Glauben sie überhaupt noch an den Sinn ihrer Schreie, diese Armen, – und wenn ja, wen rufen sie eigentlich an? – «Ich bin unschuldig!» – aber wer hört denn hin. «Lasst mich heraus!» – als ob dann Türen aufsprängen. – Und «ich kann nicht mehr» – als wüsste man im Voraus, wieviel man ertragen kann.

Ein britischer Agent, oben in einem Himalaya-Posten, hat Marc einmal von einem Feldzug der Engländer gegen aufständische Stämme im letzten Jahrhundert erzählt. Der Winter brach herein, die Weiden lagen unter Eis, und die Pferde verloren den Boden unter den Hufen, stürzten hilflos in die Abgründe, und starben vor Hunger und Kälte. In einer Nacht erfroren Fünfhundert. Aber die Männer hielten drei Tage länger als die Pferde aus. Und als alles verloren war, liessen sie die Kanonen und Pferde und Gewehre zurück, und schlugen sich durch den Sturm und tiefen Schnee, dreissig Tage lang. Die letzten von ihnen las man auf.

Ja, wir halten mehr aus als Pferde, und vermögen viel, wenn wir es nur wollen, und unseren Willen kennen und ihn einsetzen, als gehe es um unser Leben. Die erstaunlichen und fast unbegrenzten Kräfte, über die wir dann verfügen, müssen der Kraft des Glaubens ähnlich sein, und auch der Demut.

Denn wir können ja über das Ende unseres Lebens nicht bestimmen, und wissen nicht, wohin unsere Handlungen uns führen. Wir wissen nur, was gut und böse ist, und in unbeugsamem Trotz verlangen wir darnach, unser Leben immer wieder einzusetzen. Als könnten wir es nicht nur einmal verlieren, sondern zehnmal, und als sei dieser Preis, die Gefahr, gering, denn was ist unser Leben. Unsere beflügelten Kräfte eilen weit darüber hinaus …

Marc lauscht wieder zögernd. Die Gefangenen draussen bitten nicht einmal um ihr Leben. Was sie dazu brauchen, ist nicht viel, und man gewährt es ihnen: Ihr Essen, ein Obdach, eine Schlafstatt, Kleider, ein bisschen Bewegung und Unterhaltung. Zwar fehlt ihnen die Freiheit. Aber so wie die meisten von ihnen in der sogenannten Freiheit leben, – Gesetzen unterworfen, eingeengt in ihren Städten, angebunden an ihre Pflichten, von Schulden und Sorgen geknechtet, abhängig von ein wenig Geld, einer Bankenkrise, einem Krieg, abhängig von Familienvätern und Vorgesetzten, abhängig von einer Krankheit, ein wenig mehr Gunst oder Ungunst, und ohne Urteil und Gnade der nackten Notdurft ausgeliefert, – ist der Unterschied mit dem Gefängnisleben so gross? Marc hört sie schreien, und hält sich jetzt nicht mehr die Ohren zu, obwohl, was sie schreien, das Echo seiner eigenen Klagen und jeder armen Menschenstimme ist. Sie können nicht mehr! – Er kann auch nicht mehr, dann lasst eure Tränen versiegen, schliesst die Augen, gönnt eurem Herz Frieden. – Gnade, Erbarmen! – Sie schleudern es anderen Menschen, jedem Nachbar, jedem Eintretenden entgegen. Die verfügen über keine besonderen Kräfte, höchstens erschrecken sie, und wenden sich ab. Und: – «Lasst mich hinaus». – Aber von wem verlangen sie, verschlossene Tore aufzustossen, wenn doch Jeder nur genug hat um seine eigene Notdurft zu decken.

– Wenn jetzt ein Arzt einträte, denkt Marc, – sie würden alle still werden. Ihre Augen würden an ihm hängen, als bringe er die Erlösung. – Arzt, auf ein Wort, – würden sie alle murmeln, wenn er an ihnen vorüber ginge. Und wenn er nur stehen bliebe, wenn er ihnen eine Hustenmedizin verschreiben oder gar eine Zigarette schenken würde, – wie ruhig sie dann wären, überfliessend vor Dankbarkeit, und demütig, demütig. Und man kann doch ohne Zigaretten leben. Man kann viel mehr aushalten, als was man uns hier zumutet. Von nackter Notdurft kann man leben. Und wenn man daran sterben würde, – dann noch sterben sie lautlos, die Tiere. Und wir? – Ach, dieses ohnmächtige Geschrei! –

Denn sie schreien schamlos, in diesem Gefängnis und Irrenhaus. Tag und Nacht geht es gellend, brünstig, rücksichtslos zu, und die Wachthabenden,

Weisse und Schwarze, die schon abgestumpft sind, scheinen es kaum mehr zu bemerken. Tränen sind billig, sogar Männer weinen leicht. Aber dass Einer daran stirbt, ist selten. Und wenn sie sterben wollen? – Welche Frage. Erstens ist vorgesorgt. Um sich zum Beispiel zu erhängen, braucht es einen Strick, und keiner hier besitzt auch nur eine Pijamaschnur, einen Gürtel, ein Streichholz, oder ein Messer. Es ist beinahe komisch, dass Einer nicht einmal eine Glasscherbe finden soll, und dass er sich nicht die Adern durchbeissen kann, weil man ihn ständig überwacht. Wenn sie dann doch sterben, weint ihnen wahrscheinlich Keiner eine Träne nach. Denn gegen den Tod ist kein Kraut gewachsen.

Marc empfindet ein seltsames, unbekanntes Leid, während er solchen Gedanken nachhängt. Es sind zynische Gedanken, und er vermag es doch nicht gleich, sich zu schämen. Denn er sieht sich einem der Ärzte und Richter oder einem Gefangenem oder irgendeinem Menschen gegenüber stehen, und seine Sache verteidigen. Und sie sind hart, oder vor lauter Armut wie mit Blindheit geschlagen, und dass sie sich nicht einmal schämen, treibt ihm die wütende Scham ins Gesicht. Er kann sich auch an anderes erinnern als an die vielleicht besondere Not dieses Gefängnisses. Und es treibt ihm die gleiche Schamröte ins Gesicht. Zum Beispiel sass er einmal, an einem friedlichen Sonntag Abend, auf der Terrasse des grössten Hotels der Kolonie, alle Tische waren mit Militärs und Zivilisten besetzt, eine Flagge hing über dem Balkon im ersten Stock, wegen irgendeiner fernen Siegesfeier, und man trank Bier und Limonaden und Whisky wie gewöhnlich. Zwischen den Tischen gingen, ebenfalls wie gewöhnlich, schlichte, hochgewachsene Senegalesen in ihren langen, weissen Gewändern umher, um Gegenstände aus Elfenbein, Schiffchen, Götter, Fetische, Elefanten, und Leoparden zum Verkauf anzubieten. Ein Alter, der fast blind war, und den Alle schon kannten, ging an einem Tisch vorbei, wo ein junger Mann in Khaki ihm winkte. Der Alte stellte eine ganze Elefantenherde auf den Tisch. Es waren lauter verschieden geschnitzte Tiere, in allen Grössen, mit zierlich wie trompetend erhobenen Rüsseln und riesigen Ohren die einen, andere friedlich fächelnd durch Savannengras schreitend, noch andere, Mütter, die auf vier Beinen wie auf Säulen standen, die Fänge gesenkt, und ihre plump spielenden Jungen bewachten. Es gab auch ein komisches Leittier, das der Alte ganz zuletzt, wie eine Kostbarkeit aus der Hand gab. Die Ohren lagen am kurzen, gestemmten Rücken, als lache der Elefant. Der eingeklemmte, kleine Schwanz glich dem eines Schweins. Der freundliche Rüssel stieg wie ein Kerzenhalter empor, und er stand so gerade und furchtlos auf seinen dummen Beinen …

Der Offizier in Khaki fegte, vielleicht in plötzlichem Zorn, zuerst den alten Elefanten, dann die ganze Herde mitsamt dem Tischtuch, mit einer Handbewegung hinweg. Die Elfenbeintiere fielen auf den Boden. Der alte Senegalese beugte sich über die bauschenden Falten seines Gewandes, um seine teuren Figürchen aufzulesen. Einigen waren die Ohren, die Rüssel, und die zarten Fangzähne abgebrochen.

Und dann? – Hätte Marc Skandal schlagen sollen, oder den Offizier zu einer Antwort, zu einem altmodischen Duell herausfordern? –

– Natürlich hatte er geschwiegen. Nur erinnerte er sich …

Der Alte war schweigend davongegangen. Es war ihm Unrecht geschehen. Er musste es wissen, so gut wie die Zuschauer an den Tischen. Aber er versuchte nicht einmal, sich gegen die Gewalt aufzulehnen und sein Recht zu verfolgen. Übrigens wäre es ihm wohl schlecht bekommen. Aber wie dem auch sei, – wie schlecht, wie unvollkommen, wie fragwürdig es auch um unsere Rechtsprechung bestellt sei, – der alte Neger sah nicht gedemütigt aus, als er davon ging, die verletzten Tiere sorgfältig in seinen zitternden Händen tragend. Was hätte ihn auch demütigen sollen?

Marc erinnert sich an einen anderen Fall, den er kürzlich in der Zeitung gelesen hat. In einer Provinzstadt im Innern hat eine Gerichtsverhandlung gegen den Frontkämpfer P. stattgefunden, der einen aus dem Interniertenlager entlassenen ehemaligen Oberarzt feindlicher Nationalität mit einem groben Schimpfnamen belegt hatte. Um es genauer zu sagen: P. hatte sich eines Abends spät, vermutlich leicht angetrunken, auf der Haustreppe des Arztes eingefunden und laut «Sie schmutziger Makkaroni», geschrien, und der Arzt hatte eine Beleidigungsklage eingereicht. Der Fall erregte Aufsehen, und der Prozess gegen den Frontkämpfer P. nahm riesige Dimensionen an. Wie es in Kriegszeiten begreiflich ist, wurde daraus eine symbolisch-patriotische Angelegenheit. Der Angeklagte erklärte, dass er in gerechtem Zorn gehandelt habe, denn er hatte seit Monaten keine Nachrichten von seiner Frau und seinen Kindern, die im vom Feind besetzten Mutterland geblieben waren. Er erinnerte auch an seine Verwundung während des letzten Weltkriegs, die so wenig vernarbt war wie die Leiden des Volks. Der Arzt als Kläger wies darauf hin, dass P. einen alten Groll gegen ihn hege, weil er ihn einmal, als Arzt einer Grubengesellschaft, deren Angestellter P. damals gewesen war, untersucht, als völlig gesund erklärt und ihm einen Erholungsurlaub abgeschlagen hatte. Wenn diese Behauptung des Arztes auch wahr sein mochte, wirkte sie doch in diesem Augenblick so zynisch, dass ein allgemein sich erhebendes Gemurmel der Empörung den Kläger am weiteren Sprechen verhinderte. Daraufhin ergriff P.s Verteidiger das Wort. Seine Rede nahm in den aus drei Seiten bestehenden Tageszeitungen der Kolonie zwei volle Seiten ein. Denn der Verteidiger, ein noch junger Mann, verstand es, gründlich vorzugehen und weit auszuholen. Er hob den Fall aus der Sphäre des Zufalls in die der allgemeinen und symbolischen Gültigkeit. Er hielt sich nicht an den Buchstaben des Gesetzes, sondern wandte sich an das gerechte Volksempfinden. Er wies zum Beispiel nach, dass der fragliche Arzt schon seit mehr als zehn Jahren in der Kolonie, die seiner Obhut anvertrauten Angestellten oft hart behandelt, und seine politisch zynischen Gefühle nie verborgen habe. Sogar gegen die Machthaber in seinem eigenen Heimatland habe er sich oft abfällig geäussert, dann wieder sogenannte Misstände im Gastland schonungslos gegeisselt. Es gab Zuhörer, die erregt von den Bänken aufsprangen und sich als Zeugen meldeten. Man musste sie natürlich hören. Einer hatte vor Jahren im Haus des Arztes ein Inventar aufnehmen müssen, und der Arzt hatte ihn weggeschickt, ihm gesagt, er möge morgen wiederkommen, denn als Arzt habe er Wichtigeres zu tun als die Bestecke zu zählen. Als der Mann darauf hingewiesen hatte, dass die Bestecke und Möbel der Regierung gehörten, habe der Arzt abfällig geäussert, die Regierung könne warten, die Kranken hingegen nicht, und ihm sei es gleich, ein Stück Käse und Brot mit dem Messer zu essen und auf Heu zu schlafen. – In diesem Augenblick unterbrach die Menge den Zeugen mit dem Ruf: «Dreckiger Schweizer Kuhhirte!», – und der Gerichtsvorsitzende musste streng um Ruhe bitten und darauf hinweisen, dass es sich um einen Irrtum handle, denn der Arzt war ja gar kein Schweizer. Aber es wurde immer besser. Der Zeuge hatte, natürlich, den Arzt auf seine Pflicht gegenüber der Regierung aufmerksam gemacht, und der Arzt hatte geantwortet: Die Macht der Regierung sei schon recht, aber das Recht des Einzelnen gelte auch, dieses Recht habe er schon in seinem eigenen Land vertreten, – und wenn es ihn den Hals koste, so werde er sich doch jetzt, und zwar sofort, seinen wartenden Kranken widmen. – «Er hatte eine Kundschaft von Schwarzen», fügte der Zeuge hinzu. Kurz, der Arzt hatte die Regierung verhöhnt, sie der Regierung seines eigenen, diktatorisch verrotteten Heimatlandes vergleichen, und ihm, dem Zeugen, praktisch die Türe gewiesen. Andere Zeugen sagten aus, dass andere Ausländer, nachgewiesen brave Menschen, ohne zu klagen in

Konzentrationslagern sässen, – und warum sei dieser also frei? Weil er zehn Jahre in der Kolonie gewesen sei und eine angesehene Stellung habe? –

– Ob es denn kein Recht mehr gebe? –

Dann ergriff der Verteidiger wieder das Wort. Er sprach glänzend, viel besser als alle Zeugen. Die Sache des Klägers – der inzwischen dem allgemeinen, öffentlichen Gefühl entsprechend der Angeklagte geworden war – liess er grosszügig und kurzerhand fallen. Es handelte sich schliesslich um den Frontkämpfer P. –, der bleich, seit dem letzten Kriege gealtert, aber als unveränderter guter Patriot in seiner Loge sass.

Der Verteidiger begann sachlich, die Anklage laute auf Beleidigung, wegen der auf einen feindlichen Ausländer angewandten Bezeichnung «Schmutziger Makkaroni». – Aber diese Bezeichnung, so fuhr der Verteidiger fort, ist seit Kriegsbeginn durch den allgemeinen Volksgebrauch legitimiert worden, um nicht zu sagen: Geheiligt. Denn sie bezeichnet den Feind. Den Feind, der sich zu allen Zeiten und schon vor zehn oder dreissig Jahren gegen uns, gegen jeden Einzelnen unter uns, gegen die Volksgemeinschaft, und auch gegen den Frontkämpfer P. erhoben hat. Den Feind, den wir vielleicht nicht immer beim Namen zu nennen wussten, – aber heute, – heute bluten die Narben, heute leiden Frauen und Kinder, nicht nur des P., sondern eines Jeden von uns. Und wer hört sie? – *Wir!* – Wir allein, die wir für sie, mit ihnen leiden, sind zur Rache berufen. Der Krieg ist hereingebrochen, es ist gleichgültig, wie. Aber um ihn zu bestehen, muss das patriotische Gefühl geweckt, muss die Empörung zum Sieden gebracht werden. «Nur in der Exaltation werden wir siegen. In dieser heiligen Exaltation hat der verwundete Frontkämpfer P. gehandelt, als er ein beliebiges Individuum, das aber zu unseren Feinden zählt, einen schmutzigen Makkaroni nannte. Sollen wir ihn dafür bestrafen? – Soll er büssen für seine Grossmut, seine Tapferkeit, seine schon erprobte Opferbereitschaft, – soll er für seine erlittenen Wunden büssen? – Dann Scham über unsere Gerichte! Soll P. ein einfacher, rechtlich denkender Mann unseres Volks, – soll er zum Märtyrer werden? – Ich appelliere!» –

Die öffentliche Meinung des Volks hatte P. freigesprochen. Sein Triumph war schon sicher, als die Zeitungen, kurz vor Redaktionsschluss, erfuhren, dass der Frontkämpfer P., angeklagt wegen Beleidigung, zur symbolischen Strafe von einem Franken in Kolonialwährung verurteilt worden war.

Marc fragt eine vorübereilende Schwester: «Kann ich eine Zeitung haben?» – «Nicht in dieser Abteilung, es tut mir leid», antwortet sie. Dann bleibt sie stehen und streift ihn mit einem Blick. «Ich werde Ihnen unser Exemplar leihen», sagt sie, – «aus dem Bureau. Aber geben Sie acht, damit man es Ihnen nicht wegnimmt oder zerreisst.» –

Er wirft seinerseits einen Blick auf seine Mitgefangenen. Sie schreien jetzt nicht. Sie gehen umher, die Hände auf dem Rücken verschränkt. Oder sie stehen vor dem Fenster und starren durch das Gitter, wie um den Flug von unsichtbaren Vögeln zu verfolgen. Einige sitzen am Boden, und reden vor sich hin, und machen grosse Gesten. Mit seiner Zeitung installiert sich Marc auf seiner Bettstatt, die Beine gekreuzt. Er fühlt sich zufrieden, und hat noch nicht zu lesen begonnen. Da haut Einer, im Vorübergehen, mit der Faust in das geöffnete Blatt und zerschlägt es. Die Schwester läuft herbei und nimmt Marc die Zeitung aus den Händen. – «Da sehen Sie es», murmelt sie, – «ich hatte Sie gewarnt!» – Er ist ein wenig erstaunt, und blickt dem Gefangenen nach, der verrückt sein muss. Aber woran erkennt man einen Verrückten! – Marc muss sich plötzlich sagen, dass er noch nie, in diesen drei, oder wieviel Tagen, mit einem Anderen ein Wort gewechselt hat. Sie sehen allerdings alle aus wie Fremde, Portugiesen, Australier und Buschneger. Das sagt er sich, und korrigiert sich gleich: Portugal ist das berückend grüne, wie ein smaragdenes Eiland leuchtende, mit Wein und Brot gesegnete, von weissen Bauernhöfen, Stierpaaren, rollenden Schollen, Segelwindmühlen, und prachtvoll gezinnten Hügeln wie mit Sternen übersäte, das mit Felsen, Schwemmland, Sandstrand, und uralten Burgen kühn in den Ozean ragende, und so sanft schimmernde Vorland, das erste, von Jubel, Bauern- und Fischergesängen und Dorfkirchenglocken hallende Ufer Europas! Australien muss reich, und sehr fern sein, er hat seine grossen Städte, seine Häfen, seine tief in das Gesträuch der Wildnis vorstossenden Ländereien nie gesehen. – Und noch die Buschmänner! – Was weiss er von ihren Savannen, wo sie mit Pfeil und Bogen jagen und vielleicht aus Kürbissen trinken, und Feuer in ihren nackten, kleinen Händen entfachen. Sie seien immerhin Menschen, sagt man, – und ihre Kinder hätten dunkle, sanfte Gazellenaugen, und Pfeilgift verletze sie.

Marc zittert, auf seinem Bett zusammengekrümmt. Es wird Abend. Sie werden die Lichter anzünden. Sie, – das sind die Wächter, die Unbekannten draussen vor den dreifach verschlossenen Toren, wahrscheinlich nur Schwarze, die einem Befehl gehorchen und auf einen Knopf drücken und davongehen. Falls sie das Licht nicht andrehen, oder falls das Elektrizitätswerk in der Stadt versagt, – dann wird man hier im Dunkeln bleiben, und ganze Abendgesellschaften draussen, etwa beim Gouverneur, werden vielleicht, oder nicht, ein paar Kerzen finden. Was würden sie im Dunkeln tun? – Stimmen sind dann so fürchterlich laut, und jedes fallende Blatt hat seinen Ton, und Kieselsteine im Garten erschrecken wie Schritte. So wie hier, wenn Schritte laut werden. Aber des Nachts ist es still, die Wächter schlafen an den Türen, das Mondlicht erhellt das Fenster, der Himmel ist fern, und dass die Lampen ausblieben, es wäre eine Wohltat. Wohltat auf den Gesichtern der Schlafenden, die am Boden liegen, die sich in ihre eigenen Arme krümmen, und die aus schrecklichen Albträumen aufwachend dieses sanfte Dunkel, ein wenig Mondsilber, ein wenig Himmelstrost fänden.

– Aber daran sind sie nicht mehr gewöhnt. Nur noch an Angst sind sie gewöhnt, und sie warten, warten, – bis, zum Beispiel, das Licht aufflammt. Da wenden sie ihre in lange Dämmerung gebadeten Augen wie versengt, und sie stürzen gleich vorwärts. – Ist es Zeit? – Hat eine Glocke geschlagen? – Bringen sie das Essen? – Kommt der Arzt? – Müssen wir tief atmen, den Mund öffnen, die Zunge zeigen, oder schleppt man uns ab und reisst uns noch unser Hemd vom Leib? – Stürzen sie uns in die Wohltat eines lauwarmen Bades? – – Denn es ist heiss, so heiss! – Und wir warten schon so lange, wir warten, wir warten! – Und es ist uns versprochen, ein gelobtes Land, und wir können uns erinnern, wir Gefangenen, an seine selig im Morgenlicht erglänzenden Fluren, als Kinder sind wir mit nackten Füssen durch das kühle, feuchte Gras gegangen, die Mutter hatte uns, ob ihr es glauben wollt, unser Haar gekämmt. Und wir bitten euch, wir bitten! – – –

Die Gesänge und Klagen, die so Tag und Nacht in den Nachbarzellen ertönen, kennt Marc jetzt so gut, als habe er sie auswendig gelernt, und sie verfolgen ihn bis in seinen unerquicklichen Schlaf. Wenn er aufwacht, und nur ein Wort, fast nur einen Schrei hört, kann er den Satz vollenden, und wenn er ihn ausspricht, kommt er als Echo zu ihm zurück. Es ist, als ob diese Menschen, die untereinander wenig reden und beinahe den Gebrauch der Sprache vergessen haben, sich auf ein paar Formeln geeinigt hätten, die alles ausdrücken, was ihnen wichtig ist. Aber sich zu einigen, hatten sie nicht einmal nötig, denn allen scheint das Gleiche wichtig zu sein. Und da sich Jeder nur um sein eigenes Leid, und Keiner um den Anderen kümmert, reden sie alle in Monologen, die zu eintönigen, grässlichen Chören werden. Sie fürchten sich, sie wollen ins Freie, und rufen nach Hilfe. Meistens rufen sie irgendeine Person an, die gar nicht erreichbar ist, so als wüssten sie im

Voraus, dass man ihnen ohnehin nicht antworten würde. Manchmal, wenn ihr Atem erschöpft ist, erfinden sie eine neue Klage, nur um sich wehren, und in Verzweiflung ausbrechen zu dürfen. Denn sie sind wohl alle verzweifelt, alle am Rand ihrer Kräfte, und sie versuchen, wenigstens den Aufruhr in sich, die Empörung zu nähren, um nur zu wissen, dass sie noch leben. So schreit Einer plötzlich «man hat mich gequält», und ein Anderer flüstert seinen Nachbarn zu, dass die Suppe vergiftet sei, noch ein Anderer hat im Hof während der Nacht Schüsse gehört. Das alles ist nicht wahr, aber es ist wohl wahr, dass ihnen Unrecht geschah, und sie wollen gehört werden.

Übrigens wird die Frage von Recht oder Unrecht selten aufgeworfen. Vielleicht haben die Meisten vergessen, warum sie in dieses Gefängnis und ihre jetzige Lage geraten seien. Das Leben hier ist so unerträglich, dass ein wenig mehr oder weniger Ungerechtigkeit keine Bedeutung mehr hat. Als einmal ein Mann eingeliefert wurde, über den das Gerücht ging, dass er ein Mörder sei, erregte sein Fall ein bisschen Aufsehen. Er war ein blutjunger Portugiese aus Angola, mit bleichem, pockennarbigem Gesicht, der als Handelsagent irgendwo im Dschungel einen Laden für Eingeborene geführt, und dann seinen Arbeitgeber erschossen hatte. Der Streit, hiess es, sei um eine schwarze Geliebte, eine sogenannte Ménagère, ausgebrochen. Solche Fälle waren im Urwald keine Seltenheit, und da der junge Mensch sich abseits hielt, und offenbar schwer krank war, bemerkte man ihn nicht mehr weiter. Auch wurde er bald in das Spital überführt. Ein anderes Mal wurde ein Häftling eingeliefert, dessen Strafe auf sechs Monate Gefängnis wegen Diebstahl lautete. Er schien es als besondere Gunst zu empfinden, dass man ihn vorübergehend im den Internierten reservierten Teil des Gefängnis-Krankenhauses untergebracht hatte. Er war erst siebenundzwanzig Jahre alt, und man interessierte sich für ihn, weil er trotz seiner Jugend, und seines zarten, unschuldigen, beinahe schönen Gesichts ein gebrochener Mann zu sein schien. Er war Mechaniker, und stammte aus Schweden, und sicher hatte er nie auch nur einer Fliege etwas zuleide getan. Marc erfuhr bald, dass jener Jan schon vor Monaten, behauptungsweise als feindlicher Agent, verhaftet worden war. Er hatte gerade das Land verlassen wollen, um auf einem der letzten noch abgehenden Dampfer in seine Heimat zurückzukehren. Man hatte ihn auf dem Schiff festgenommen und in ein Lager verbracht. War er wirklich ein feindlicher Agent? – Jan lachte gerade heraus wie ein Kind, und versicherte, nie habe er sich für Politik interessiert. Nur zu wenig! – Aber er hatte alle Leute gern gehabt, und viel über kommunistische Ideen nachgedacht. Da er gut verdiente, während die meisten seiner Kameraden in jenem afrikanischen Posten mobilisiert waren und für einen roten Heller arbeiteten, hielt er sich immer einen ordentlichen Vorrat an Getränken und lud sie alle ein, die Abende bei ihm zu verbringen. Er hatte auch ein Radio, und sie hörten Neuigkeiten aus New York, aus Stockholm, und sogar aus Moskau. Das hatte man ihm später vorgehalten. Ein Richter hatte ihm gesagt, dass er denunziert worden sei. Aber von wem? – Jan meinte, vielleicht seien einige neidisch gewesen … Auch erinnerte er sich, eines Abends, während im Radio eine Niederlage und eine recht schmähliche Erklärung der Regierung bekannt gegeben worden war, da habe er sich heftig geäussert, sozusagen eine Rede gehalten, vielleicht sogar ein wenig gespottet über ihre ausländische Ordnung. Oder nur von seiner Heimat gesprochen, denn er habe an Heimweh gelitten und sich schon längst mit dem Gedanken getragen, zurückzukehren, wo alle ihn kannten und ‹Du› zu ihm sagten, und ihn um nichts zu beneiden hatten. Er war der Sohn eines Bergmanns, im rechten Glauben erzogen. Aber in seinem Dorf, bei einem Krug Bier, hatte man frei vom Herzen weg reden können, immer. Alle hatten ihn gern gehabt, obwohl er ein ziemlich fauler Bursche gewesen war und es zu nichts Rechtem gebracht hatte. Jetzt, wenn er daran zurückdachte, an seinen Vater und seine gute Mutter, tat es ihm leid …

Im Lager hatte er sich zuerst gut gehalten. Da man ihn kannte, und er ein guter Mechaniker war, hatte man ihm Wagen zu reparieren gegeben und ihm ziemlich viel Freiheit gelassen. «– So hatte ich immer noch Hoffnung –», erklärt Jan, – «ich dachte an nichts Böses, und hatte auch keine Fluchtpläne. Alle Leute waren freundlich zu mir. Im Lager konnte man miteinander reden, und draussen, wenn ich einen Wagen abliefern musste, trank man manchmal ein Glas Bier mit alten Kameraden. Sie behandelten mich wie früher. Darum liess ich mich täuschen. Nicht dass ich glaubte, sie würden mir helfen. Man darf von Menschen nicht zu viel erwarten, und sie hatten vielleicht andere Sorgen. Aber sie kannten mich wenigstens. Sie wussten alle, dass ich ihr Land nicht gern hatte und hier nicht leben konnte, und nach Hause wollte, und sonst nichts. Sie wussten alle, dass ich ehrlich bin und gegen Niemanden eine böse Absicht habe. Es war immer mein Fehler, sagt man, zu viel zu reden, aber wir standen alle wie Brüder zusammen.»

Es ist wahr, dass Jan jetzt nicht mehr viel redet. Er sitzt meistens schweigend da, und sieht so müde aus, als könne er die Hand nicht mehr heben.

Seine gebräunten, durch die Mechanikerarbeit wohlgeformten und starken Hände liegen neben ihm auf der Bank, als gehörten sie nicht zu ihm. Sein Blick ist noch lebendig und wandert umher. Aber er scheint an allem vorbei zu sehen, über alles hinaus, als müsse er alles vermeiden, und nichts gehe ihn etwas an. Zu Marc redet er manchmal, – vielleicht weil Marc seine Sprache besser versteht, oder weil er einmal in Schweden gewesen ist. – «Oh, Sie kennen Schweden!», – entschliesst sich Jan zu sagen, das ist alles, und er wechselt das Thema und kehrt zu seiner Gefangenschaft zurück. Darin lebt er eingeschlossen wie im Bannkreis einer schweren Krankheit, die ihn seines Gehörs und Augenlichts, und fast seiner Sprechkraft beraubt hätte. Er erinnert sich immer nur an die gleichen Worte, und sobald er sich regt, und eine Anstrengung macht, bricht immer das gleiche Fieber aus, die gleichen Visionen und Ängste suchen ihn heim. –»Ich hatte immer noch Hoffnung», sagt er, – «ich lebte immer noch fast wie früher, das will heissen, wie ein freier Mensch. Natürlich wusste ich jetzt, dass einer oder sogar mehrere unter meinen früheren Kameraden mich bei der Polizei verraten hatten, sodass sie also schuld waren, dass ich im Lager sitzen musste. Sie hatten also gelogen, falsche Aussagen gemacht, aus Neid, oder Bosheit, was weiss ich, – mir ist es unbegreiflich. Ich habe schon viele Menschen beneiden müssen, weil sie reich waren, oder eine schöne Frau hatten, weil sie so glücklich schienen und wie Prinzen umhergingen … Aber nein, das ist schon wieder falsch. Ich versuche jetzt so sehr, zu verstehen, warum die Anderen so oder so handeln, dass ich schon ihre Worte gebrauche. Dann wird es falsch und ich lüge geradezu, und dann bin ich wie verloren und verstehe gar nichts mehr …»

Jan versinkt wieder in sein armes, hoffnungsloses Schweigen. Aber wenn er dann wieder den Kopf hebt und Marc's Augen sucht, lächelt er immer. – «Fangen wir von vorne an», – sagt er. –

«Wenn ich Menschen jemals beneidet habe, dann war es, weil ich sie bewundern musste, und ich schloss sie ins Herz, das ist alles. Wenn meine Kameraden, wie man mir sagt, mich beneidet haben, dann war es, weil ich mehr Geld verdiente als sie. Aber das war doch nicht meine Schuld, und sie wussten es, und den Krieg haben sie so wenig gewollt wie ich. Mein Land kann trotzdem morgen in Krieg geraten, dann wäre ich auch mobilisiert, oder gefangen, oder heimatlos. Und dann, nur weil wir im gleichen Unglück wären, dann wären wir wieder Kameraden? Und vorher verraten sie mich? Aus Bosheit? –»

Er hält wieder an. Einen Augenblick hält er seinen ratlosen Blick so fest auf Marc gerichtet, als wolle er für einmal eine Antwort erzwingen. Dann lässt er ab. Seine Augen wandern wieder umher. «Aus Bosheit!», sagt er, kopfschüttelnd, leise, – «– einfach aus Bosheit? Dieses Wort ist chinesisch für mich. Ich verstehe es nicht. Ich kann nichts damit anfangen.»

Dann erzählt er, irgendwann, das Ende seiner Geschichte. Er lebte während mehreren Monaten im Lager, und da jeder Tag wie der andere war, verging die Zeit schnell. Er reparierte Wagen, erhielt für sein ruhiges Betragen besondere Vergünstigungen, und hatte weiter keinen Grund, sich zu beklagen. Andere waren elender dran als er. Es gab Männer, welche die Hitze und die Untätigkeit nicht ertragen konnten, oder sie dachten Tag und Nacht an ihre Frau und ihre Kinder, die in anderen Lagern untergebracht waren, und von denen sie keine Nachricht bekamen. Es muss schwer sein, an kleine Kinder zu denken, die man aus ganzer Seele liebt, – die vielleicht Mangel am Nötigsten leiden, an gutem Essen, frischer Luft, an Zärtlichkeit, und wenn sie weinen, wissen sie nicht warum, und man kann nichts für sie tun, weil man gefangen ist, und sie leiden sozusagen für die Sünden ihrer Väter. – Als die heisse Jahreszeit anbrach, ging Jan trotz allem langsam die Geduld aus. Er hatte schon zahllose Briefe, und sogar ein paar Telegramme abgeschickt, und er begann zu zweifeln, ob sie überhaupt einmal in Schweden ankommen würden, oder bei seinem Konsul, oder ob man sie auch nur befördert habe. Natürlich konnte er darüber keine Auskunft erhalten, und als er erst einmal zu zweifeln begann, musste er sich wohl sagen, dass er trotz allem seine Hoffnung auf diese Briefe und Telegramme gesetzt habe, auf Postverbindungen, die er nicht einmal kannte, und die den wilden Zufällen des Krieges unterworfen waren, – kurz, auf unberechenbare Zufälle, und auch auf die Tatsache, dass er, schliesslich, unschuldig, und nur das Opfer eines Irrtums, einer Böswilligkeit oder Kurzsichtigkeit sei. Aber sein Recht wollte er gegen solche Zufälle gar nicht verteidigen, das hiesse ja gegen eine Mauer rennen und schauen, was härter war, sein Kopf oder der Stein. Nur hätte er, wenigstens, wieder frei sein wollen. Dann hätte er nie mehr eine Klage erhoben, nie mehr eine Hilfe verlangt. Lieber verhungert wäre er, und hätte sich die Zunge ausgerissen, – da er jetzt wusste, dass Worte so leicht entstellt werden konnten, dass zwischen Menschen weder Vertrauen noch Freundschaft herrscht, und dass er immer zuviel geredet hat ... «Gebt mir doch eine einzige Chance», hatte er gedacht, (nicht mehr laut), – aber das war der alte, verlachte Irrtum. Niemand würde ihm eine Chance geben. – «Chance? –», fragte er Marc, – «das heisst Gelegenheit, Glücksmöglichkeit?» – Marc nickt. – «Nun gut», sagt Jan freundlich, – «ich werde vielleicht nie mehr glücklich sein. Glück, – wissen Sie, das ist auch ein chinesisches Wort. Das von Menschen verlangen, – wie käme ich bloss dazu? – Es sind Zufälle, Möglichkeiten, wie sagen Sie? – Chancen. Von jedem meiner Schritte kann es abhängen. Aber was gehen meine Schritte die Anderen an?» …

Jan hatte sich schliesslich zu handeln entschlossen. Er hatte es nicht gern getan, und hatte sich gesagt, dass er sich vielleicht ins Unglück bringe. Aber er hatte es tun müssen. – «Denn so wie im Lager konnte man nicht leben», versuchte er zu erklären, – «ich hatte mein Essen und mein Auskommen, das ist wahr, und Andere hielten es auch aus, die es weniger gut hatten als ich. Die sogenannte heisse Jahreszeit fing an. Man konnte nachts nicht mehr schlafen. Man hatte Fieber, Dysentherie, alles Mögliche. Wenn man aufstehen musste, oft fünfmal, zehnmal während einer Nacht, wurde man von der Wache beschimpft, die einen hinausbegleiten musste. Nicht, dass man das bisschen Krankheit, ein paar Ungelegenheiten fürchtete. Jedenfalls wurde es immer wieder Morgen, nur dass dann die Hitze wieder ausbrach. Man ging zum Appell. Während der Arbeitszeit konnte man immer noch das Werkzeug handhaben. Aber wie! – Ob eine einzige Schraube noch hielt! – Das Benzin liess man aus dem Vergaser gedankenlos über die Finger rinnen, so schwach war man. Man lebte nur noch halb. Aber es war nicht das Klima, und es fehlte nicht am Essen. Ich weiss nicht, woran es lag. Ich habe früher nie darüber nachdenken müssen. Aber jetzt bin ich sicher, dass der Mensch nicht von Brot allein lebt, sondern von irgendeiner Hoffnung, selbst wenn er sie nicht kennt …»

Jan sagte, er sei immer ein ruhiger, ja fast ein gleichgültiger Mensch gewesen. Er hatte es nicht weit gebracht, weil er nicht ehrgeizig war. In der Schule war er faul gewesen, aber mit allen Schülern war er gut ausgekommen, und hatte sich sogar mit seinen Lehrern befreundet. Wenn er später nicht arbeiten musste, war er froh, und wenn er arbeiten musste, war er mit dem Lohn zufrieden, den man ihm anbot. Er hatte nie aufbegehrt, nie Fragen gestellt, und Andere nie kritisiert. Immer hatte er angenommen, sie müssten für das, was sie taten, gute Gründe haben. Denn er tat selber auch nichts Böses, und dachte nichts Böses, und hätte, was er tat und dachte, immer erklären können. – Aber jetzt fragte er sich, ob er nicht vielleicht unter allen seinen sogenannten Freunden wie ein Einsiedler, wie ein Dummer gelebt und keinen einzigen von ihnen richtig gekannt und verstanden habe. Denn als man ihn kürzlich, nach seiner Flucht aus dem Lager, vor Gericht stellte, haben zwei seiner ehemaligen Freunde gegen ihn ausgesagt, dass er ein Dieb sei, und schon vorher hatten sie behauptet, er sei ein feindlicher Agent, und dann, er sei ein Kommunist, und alle wussten es, nur er selber nicht. Vielleicht hiess er nicht Jan, sondern Hans, und seine Taufpapiere waren falsch. Was wusste er! – Dass er ein Dieb sei, wusste er nicht. Das schien ihm viel schlimmer als ein Kommunist oder chinesischer Agent zu sein, und Hans zu heissen. Und doch ist er ein Dieb. Zeugen haben es ausgesagt, im Gesetzbuch hat man es nachgewiesen und ihm vorgelesen, und dann haben die Richter ihn, den Dieb, zu sechs Monaten Gefängnis verurteilt. Mildernde Umstände hatten, so hiess es, mitgewirkt. Er hätte sonst zwei oder drei Jahre bekommen, mindestens. Er musste sehr dankbar sein, auch für das Fieber. Denn es war furchtbar im Gefängnis. Jetzt darf er, solange das Fieber anhält, im Spital bleiben ...

Marc lauscht und lauscht, – was dieser Jan erzählt, klingt ihm so vertraut, sogar die Worte kennt er, die der Andere gebraucht. Würde Jan, der vielleicht Hans hiess, nicht zum Schluss ausrufen «ich bin unschuldig!»? – Oder ist er es, Marc selber, der einmal so schrie? Und er wartet gepeinigt auf das Echo dieses Schreis, der doch schon lange schamvoll verstummt ist. Er versucht, nachzudenken. – «Ich bin ja nicht einmal angeklagt», sagt er sich, – «sondern stehe nur unter irgendeinem törichten Verdacht, und habe hier keine Freunde, die mich verteidigen können. Der Jan hingegen ist wegen Diebstahls verurteilt worden, in einem Land, wo ihn seit Jahren Jedermann kannte. Und da sein Vergehen feststeht, würde ihm sein bester Freund nicht mehr helfen können. Natürlich muss sein Fall, so wie meiner, auf einem zufälligen Irrtum beruhen, denn dass er kein Dieb ist, sieht man ihm an. Er ist gut und jung und unschuldig, und keines bösen Gedankens fähig. Sicher ist er viel unschuldiger als ich ...»

Marc zögert erschreckt. Warum schreit dieser Jan nie, warum wendet er sich nie an ihn, einen Freund, warum hat er nie seine Unschuld erklärt, und man muss ihn fast zum Sprechen zwingen! – Und warum hat er, Marc, so aufbegehrt, bevor man ihn auch nur angeklagt hat. War er, während er sich so wütend verteidigte, wirklich so schuldlos? – Gewiss, er ist kein bezahlter Agent, und zufällig kein Feind dieses Landes, sondern sein Bürger. Und Taufscheine hat er, und ist voll guter Absichten, geradezu edelmütig, freiwillig, bereit zu kämpfen, und gesund. Der Jan hingegen sagt selber, freimütig, er habe nie kämpfen wollen, sondern nur arbeiten um sein bisschen Brot. Nur zu wenig habe er sich um Politik gekümmert, und nichts von der Welt gewusst, gesteht er ein. Das ist sicher ein Fehler, vielleicht sogar unentschuldbar, aber macht es ihn zu einem schlechten Menschen? – Er ist gutwillig, und ein gescheiter Bursche. Wenn man ihm erklären würde, dass es nicht genügt, ein Mechaniker zu sein, um sein Brot in Frieden zu verdienen, er würde wenn nötig sicher auch das Handwerk des Schiessens erlernen. Es kommt hinzu, dass er von den Menschen, mit denen er lebte, nie etwas verlangt hat. Er war nicht neidisch, und nicht ehrgeizig. Er hatte sie gern, und wäre sicher mit seinem Blut für sie eingetreten, so wie er sein bisschen Geld mit ihnen geteilt hat. Nicht einmal den Zins seiner verschwendeten Liebe hat er verlangt. – Von Geschäften verstand er wenig. Marc hingegen hat soviel erwartet! – Einen gemeinsamen Kampf, Blutsbrüderschaft mit Jedem, welche Sprache er immer redete, – denn Worte wären ja überflüssig. Wahrscheinlich hatte er Viele durch sein Schweigen verletzt, Andere durch sein Reden. Er habe sich aufgedrängt, hatte ein gewisser Kagarian behauptet.

Jan hatte mit seinem Reden und mit seinem Schweigen nie einen Menschen beleidigen oder herausfordern wollen. Und die Schuld des Menschen beginnt mit dem Wissen um Gut und Böse.

Aber wie war Jan bloss dazugekommen, einen Diebstahl zu verüben? – Jedes Kind weiss, dass man nicht stehlen soll, und die geringste Vorsicht verlangt, dass man, wenn man ohnehin in schwieriger Lage ist, solche groben Fehltritte vermeidet.

… «Aber ich habe ja gar nicht gestohlen», sagt Jan. Er sieht an Marc vorbei, und als Marc nicht gleich antwortet, fährt er gelassen fort: … «Oder ich habe gestohlen. Was weiss ich. Es wird schon so sein.» Aber Marc denkt an etwas Anderes. Ob dieser junge Mann gestohlen hat oder nicht, was geht es ihn an. Er hört sich noch selbst: «… Die geringste Vorsicht verlangt …, in Ihrer Lage …», und hört dann die Stimme eines Fremden, dem er erst kürzlich gegenüberstand, und der aus irgendeinem Grund sein Vorgesetzter war. – «Versuchen Sie, sich in meine Lage zu versetzen», hatte Marc geschrien, – und der Fremde hatte abweisend und kalt erwidert: «Ich kann mir nicht vorstellen, dass ich in eine solche Lage gerate.»

Und Marc hatte geschwiegen, wie jetzt der junge Jan. Nicht aus Furcht hatte er geschwiegen, nicht, weil er nicht antworten konnte, sondern weil er in jenem Augenblick über ein fast unendliches Wissen verfügte. Er hätte es nie mitteilen können, weil der Fremde ihn nicht befragte, um die Wahrheit zu hören, sondern als Richter. Wenn Menschen jemals bereit sein wollten, die Wahrheit, und nichts als die Wahrheit zu lernen, dann müssten sie sich zuerst all ihrer Titel und Ehren entkleiden, ihrer Talare, und sogar ihrer

Pflichten. Sie müssten vergessen, warum sie in diesem Augenblick an diese oder jene Stelle berufen zum Zuhören gezwungen seien. Jeder Absicht müssten sie sich entäussern. Und mit ihrem Namen, den sie ablegen würden wie ein altes Kleid, würden sie ihr Dasein, ihr Alter, ihre Narben, ihre Rache, ihre Hoffnungen vergessen. Für einmal würden sie sich wirklich zum Antlitz des Anderen neigen, den sie ihren Bruder nennen. Für einmal würden sie dem Kerker des sogenannten Alltags entfliehen, der siebenfachen Rüstung, die ihren einsamen und armen Körper umschliesst. Sie würden lauschen, wie auf Himmelsmusik, denn jedes Wort kann heilig sein, das sich sonst leicht in einen Fluch verkehrt. Die Falten ihres gealterten Antlitzes würden sich glätten. Sie würden nicht streiten. Frieden würde sich ausbreiten von ihnen zum Anderen, der sich dann nicht mehr fürchten würde. Und der, – eben noch ein Armer, Geknechteter, Verfolgter, der alle Listen braucht, um seinen Feinden zu entgehen, und alle Lügen, um dem Mächtigen, vor ihm, zu gefallen, – der würde sich auch beruhigen. Wie vor dem Antlitz eines Engels würde er stehen, so furchtlos. Frei würde er vom Herzen reden, zum Beispiel von seiner Liebe zu Rahel. – Und wenn nötig, – würde er sagen, – will ich mit Dir kämpfen! –

XII. Kapitel

Jan sieht auf.

«– Aber dass Sie mich auf für einen Dieb halten!», sagt er.

«Keine Rede davon», lächelt Marc schnell, – »ich habe an etwas ganz Anderes gedacht, verzeihen Sie mir.» –

– «Ach so», sagt der Andere, wieder so hoffnungslos, so matt. –

Es ist ihm ganz gleich, woran ich denke, sagt sich Marc. Dann zweifelt er. Vielleicht hat Jan, ganz im Gegenteil, gemeint, dass er ihm zuhöre. Und Marc bemüht sich:

«Jan», sagt er, – «was geht es mich an, ob Sie gestohlen haben. Was weiss ich, ob Sie es allenfalls getan haben. Und was ändert es. Ich kenne Sie ein bisschen.»

«Sie kennen mich nicht.»

«Nein», räumt Marc ein, – «aber ich sehe Sie vor mir. Einen jungen Mann, und ich habe Sie gern. Ich kann kaum älter als Sie sein. Wir befinden uns hier in der gleichen Lage, sind sozusagen Kameraden.» – Sozusagen! – Nur ist der Andere aus Schweden, er aus der Schweiz. Der Andere geht ins Gefängnis, und wird nach sechs Monaten wieder frei sein, während er nicht weiss, was aus ihm wird. Nur sitzen sie hier zufällig auf einer Gefängnisbank zusammen, vor einer eisern verschlossenen Tür, und werden vielleicht nie mehr, in der Freiheit, zum Beispiel auf einer Bank in einem öffentlichen Park zusammensitzen, oder würden sich, dann vielleicht nicht mehr erkennen? – «Hören Sie zu», sagt Marc, wie nach Atem ringend, – «Sie glauben doch nicht ...»

und der Andere unterbricht ihn wie sein zurückkehrendes Echo: «... dass ich ein Dieb sei?»...

Marc schreit. «Was heisst das überhaupt, – Spion und Mörder, – wer hat sich erlaubt? – Habe ich so etwas behauptet? – Als ob ich nicht töten könnte! – und nicht das Recht hätte, zu töten!»

Der Andere erwidert viel ruhiger: «Ich habe nicht Spion gesagt, auch nichts von Mördern. Dass ich ein Dieb sei, sagte ich. Hören Sie doch zu!»

– «Und wenn Sie ein Dieb wären?»

Jan scheint so gelassen. «Kommen Sie», sagt er, wie um fortzufahren: «folgen Sie mir, Bruder, auf das Dach meines in die Wüsten weisenden Hauses. Meere beherrscht es. Alle Winde kühlen es. Über Marmortreppen steigen im goldenen Abendlicht die Fischer hinauf, schüchterne Knaben, die nicht viel anders aufgewachsen sind als ich und Sie, und sie tragen grosse, silberne Fische in den Armen. Geld möchten sie damit verdienen. Eine Kette oder Brautstatt dafür kaufen. Für ein paar grosse Meeresfische, begreifen Sie es auch nur? – Eine Braut! – Sie haben die Fische mit Angeln gefangen oder mit Netzen, und sie in ihren geschickten braunen Händen getötet, – an ein Schiff, – sie wissen schon, mit rostbraunen oder rosa Segeln, – sie hätten nicht einmal daran zu denken gewagt! –»

«Natürlich nicht», sagt Marc. Er denkt – was weiss er, an was, an den Preis von Schiffen, die er, als er noch viel jünger war als jetzt, kaufen wollte, in Versuchung gejagt von fliegenden Fischen, karibischen Inseln, den friedlichen Flotten von Hawaii, den Kreidefelsen des Nordens, den spiegelglatten Nächten des Mittelmeers im Dezember, den aus sanfter Bläue aufsteigenden, weissen, ja strahlenden Säulen der Akropolis.

«Hören Sie mir doch zu», sagt Jan. Und Marc ist wie erlöst und hört zu. Die Stimme kennt er schon. Er senkt den Kopf.

«Es ging soweit gut», sagt Jan, – «Gott allein weiss, wie es zuging, dass man von Tag zu Tag immer noch weiterlebte. Mir nämlich ging jeden Morgen, schon beim Erwachen, und Mittags, und Abends, der Atem aus, obwohl es noch leichter war als während der Nacht, denn die Stunden füllten sich mit irgendetwas. Wieviel Wagen ich repariert habe, ich kann es nicht zählen. Aber die Nächte. Geben Sie es doch zu, dass Sie nichts davon wissen. Wissen Sie, es sind winzige Qualen. Schlechte Kissen, ein Loch in der Strohmatratze, und dass man den Nachbarn stört, wenn man sich nur bewegt. Denn man hat Nachbarn. Ich wollte nicht viel über sie nachdenken, aber Menschen sind sie wie Du und ich. Als ich dann nicht mehr konnte, – ich sage *dann*, denn es geht immer noch einmal, noch einmal vorüber, und dann, siehst Du, lieber Gott, einmal kann man nicht mehr. Da stand ich auf. Es war nur ein Entschluss. So, jetzt kann ich nicht mehr, und ich stehe also auf und lasse mein Bett und alles zurück und gehe. Natürlich bewachte man mich auch nicht sehr gut, denn man hatte Vertrauen zu mir, das benützte ich. Sehen Sie, so wird man, schlimmer als ein Tier. Um meine Flucht vorzubereiten, habe ich an jenem Tag mehr gelogen, und mehr niederträchtige Handlungen begehen müssen, als vorher während meines ganzen Lebens. Aber was hätte ich anderes tun können. Ich hatte ihnen sicher zehnmal gesagt, dass ich fort müsse. Sie glaubten mir nicht. Wenn Menschen einander nicht mehr glauben, sehen Sie, das ist furchtbar. Es hat dann gar keinen Sinn mehr, zu leben. Jeder lebt dann nur noch für sich, und nur weil er, sozusagen aus Gewohnheit, isst und schläft und ein paar Handgriffe tut, die er gelernt hat, automatisch. Das kann man nicht lange aushalten. Aber wenn ich ihnen sagte, dass ich es nicht aushalten könne, lachten sie mich nur aus, und ich musste ihnen wie ein Idiot vorkommen, weil ich trotzdem weiterlebte. Aber sie brachten mir doch nicht dazu, an mir zu zweifeln. Nicht dass ich von mir irgendeine besondere Meinung habe, ich weiss nicht viel über mich, und habe kaum jemals über mich nachgedacht. Aber ich kann mich nicht für einen Idioten halten, so wenig wie ich mich für verrückt halten kann, wenn Dich doch spüre, dass ich da bin, mit gesunden Gliedern und meinen Augen, meinem Gesicht, meinem Atem, und soviel Kräften, die jeden Tag wieder mit mir erwachen. Sehen Sie, man hat mir nicht geglaubt, und man hat mich ausgelacht, nur weil ich weiterlebte, so wie ein Mensch eben lebt, trotz allem Kummer. Aber ich, er ich so weiter lebte, ob ich es wollte oder nicht, – ich konnte nicht glauben, dass ich verloren sei …

Wir hörten jeden Tag Flugzeuge über unseren Köpfen. Es hiess, sie kämen von überall her, einige sogar aus Amerika. Mir genügte es, an Südafrika und Ägypten zu denken, an irgendein anderes Land, mit anderen Sprachen und Sitten, einem anderen Klima, und wo Keiner mich kennt. Sie interessierten mich nicht, diese Länder. Aber ich dachte, die Menschen würden dort auch anders sein, und man würde neu anfangen können. Man würde unter lauter Fremden zuerst ein Gesicht aussuchen, das einem gefiele und freundlich wäre, und man würde es ansprechen. Das wäre dann sozusagen der erste Mensch, den man natürlich wie seinen eigenen Bruder lieben müsste. Und das wäre der Anfang von allem …

Eigentlich wollte ich ja nur nach Hause. Aber das war nicht so einfach. Allein Afrika ist schon so gross. Das man nicht zu Fuss durch den Urwald gelangen kann, und dann durch die Wüste, und über die Grenzen von Kriegsgebieten, so viel wusste ich. Und auch, dass mir im Lager, und im Ort, Niemand helfen würde. Und ich musste doch fort! – Aber wenn Gott selber mich gerufen hätte, um fort zu gehen, sie hätten es mir auch nicht geglaubt.

Es war gut, dass ich die Flugzeuge hörte. Es machte mir Mut, und erinnerte mich daran, dass die Welt noch da ist, so wie ich selber noch da war und lebte. Dann fuhr ich auch fast jeden Tag die reparierten Wagen in den Ort. Es war nicht weit, und meistens wurde ich von einer Wache begleitet. Aber der Weg führte über ein offenes Stück Savannengras, man sah einen blauen Hügelzug in der Ferne und konnte den Wind spüren, und die Sonne rollte am Abend durch das Gewölbe. Ich musste mir immer wieder sagen, dass es kein Traum sei, sondern so wirklich wie die Baracken im Lager, und dass ich es sei, dessen Hände auf dem Steuerrad lagen. Und dass mich ebenso gut meine Füsse tragen würden. Dass man handeln kann, das ist es, was ich während jener Fahrten nie ganz vergass.

Am Tag meiner Flucht bestach ich dann die Wachen, die keinen sehr starken Charakter hatten, mit ein wenig Geld und guten Worten, damit sie mich ohne Begleitung einen Wagen in den Ort bringen liessen. Beim Lagerkommandanten, der mir den Urlaubsschein für den Abend ausstellte, sagte ich, dass ich ein Auge auf zwei andere Internierte haben würde, die tagsüber im Ort arbeiten mussten, und denen man nicht recht traute. Ich sagte, ich würde sie zu einem Glas Bier einladen und sie aushorchen. Das waren meine beiden Kameraden, die dann mit mir flohen. Aber am Morgen war ich ihrer noch nicht sicher. Und, – sehen Sie, wenn sie nicht mit mir geflohen wären, – und wenn es nötig gewesen wäre, sie beim Kommandanten zu verraten, ich hätte es sicher getan. Denn an jenem Tag sagte ich ihm alles, was er hören wollte, nur um ihm angenehm zu sein. Wenn es nötig gewesen wäre, hätte ich ihm gesagt, welche Wachen sich bestechen liessen. Mich selber hätte ich wenn nötig preisgegeben. – Trauen Sie mir nicht! – hätte ich gesagt, – denn ich lüge Sie an. Ich rede nur, weil ich fort will. Denn Sie gefallen mir nicht, Sie sind ein ziemlich harter Mann, und wenn ich nicht dazu gezwungen wäre, würde ich mit Ihnen kein Wort sprechen. – Aber er glaubte mir. Er und alle anderen, an jenem Tag. Ich nahm den Wagen, – es war ein grosser, prächtiger Wagen mit starkem Motor, der einem Major in der Stadt gehörte. In der Garage liess ich Benzin füllen. Ich hatte es eingerichtet, dass der Motor nicht gut lief, und der Mechaniker liess sich überzeugen, dass es nötig sei, den Wagen noch einmal in die Werkstatt im Lager mitzunehmen. Dann traf ich die beiden Andere, wie es verabredet war, zu einem Glas Bier. Der Wache, die sie ins Lager zurückbegleiten musste, sagte ich, sie sollten mit dem Camion und den übrigen Gefangenen vorausfahren. Die Beiden kämen mit mir, sagte ich, als sei das eine Garantie für ihre Sicherheit. Und die Wache glaubte mir. Sehen Sie, ich hatte keine Angst. Mein Plan, wie ich fliehen wollte, war vielleicht nicht gut, – genau genommen, hatte ich ihn mir kaum richtig ausgedacht. Aber wenn ich nachgedacht hätte, dann wären mir höchstens Bedenken gekommen. Die beiden Anderen hatten auch keine Angst. Nur fort wollten sie. Der Eine hiess Carlo. Er stammte irgendwo aus den

Bergen, im Piemont, und war ein sogenannter Waldenser. Bei seinem Vater, sagte er, und bei allen Leuten in ihrem Tal, hätten die Häuser grosse Keller, und die Keller seien voll Wein. Aber er selber trank keinen Wein, und war sehr fromm. Er sagte mir, Gott habe ihm schon oft geholfen. Man müsse beten, und warten, bis die Zeit reif sei. Ich verstand ihn nicht gut, denn er konnte kaum französisch. Aber wenn wir zusammen redeten, fiel es uns nicht einmal auf, dass keiner die Sprache des anderen verstand. Gott weiss, wie wir es anstellten. Ich erklärte ihm, dass ich fort müsse, selbst wenn er jetzt ins Lager zurückginge und mich verraten würde. Ich glaube, ich sagte ihm auch, dass es mir gleich sei, wenn er mich verrate, denn vielleicht empfand er es als seine Christenpflicht, und ich wäre trotzdem fortgegangen. Trotzdem, verstehen Sie, und um jeden Preis. An die Gefahr dachte ich nicht. Aber ich rede, als ob ich betrunken sei. Und so war es damals auch. Sie kennen diese Betrunkenheit, wenn man sich ganz nüchtern fühlt. Es ist, weil man in einer Art Betäubung lebt, die vom Alkohol, aber auch von übermässiger Müdigkeit, oder von einer Liebe oder von einem starken Schmerz, – von irgendeinem sehr starken Gefühl herrühren kann. Man mag nicht sprechen, die Zunge ist wie gelähmt, fast alles, was man sonst sagen würde, scheint überflüssig. Und das Gehör und die Augen sind betäubt, weil man an Anderes denken muss. Man fühlt Kälte und Hitze, Hunger und Durst nicht mehr, ja, seine eigene Haut fühlt man nicht mehr. Man vergisst sich. So begeht man wahrscheinlich Morde. Denn der Tod eines Anderen geht uns nichts an, und da man nicht selber tötet, da man sich vergessen hat, – sondern nur die Hand hebt … Ja, was glauben Sie, wie leicht man dann tötet! Denn man fürchtet sich nicht. Ebenso leicht würde man sich töten lassen. Denn über meinen eigenen Tod bestimme ich auch nicht. Wenn ich erst anfinge, meinen eigenen Tod zu fürchten, – ihn vermeiden zu wollen, – immer nur auf mein bisschen Leben bedacht zu sein, – ein Sklave wäre ich, ein ganz Elender. Im Lager wäre ich geblieben, denn zu essen und zu trinken und zu leben hatte ich. Und schämen würde ich mich, nur für das bisschen Essen und Notdurft zu leben.»

Jan schweigt eine Weile. Dann setzt er, ohne eine Antwort zu erwarten, seinen sanften Monolog fort. – «Vorher habe ich auch nur für meine Notdurft gelebt», sagt er. «Sogar ein bisschen Liebe kann zu unserer Notdurft gehören, sogar das Sternenlicht. Nur fragen wir nicht, wenn wir fromm sind, und tun doch das Nötige, und dass Gott selbst uns dann seinen Beistand schickt, Engel oder Himmelsvögel, oder sei es ein Erntesegen, – oder die Geduld, irgendein Unglück zu ertragen, – das muss für die Frommen die Offenbarung sein. Aber sie kann mir auch zuteil werden, und ich habe nie vermutet, dass ich ein Frommer sei. Carlo hingegen sagte ganz schlicht, er sei fromm. Dieses Wort war so fest wie ein Anker, und er kam immer darauf zurück und hielt sich daran fest. Ich, sehen Sie, hätte höchstens gesagt: ‹Ich bin kein Dieb.› –Dann bewiesen sie mir, dass ich genau das bin, nämlich ein Dieb. Wenn man mich sonst ins Gefängnis geworfen hätte, so wie den Daniel in die Löwengrube, vielleicht hätte das bisschen mehr Not im Gefängnis mir nichts angetan. Der Carlo, hätte er unschuldig leiden müssen, er hätte sich an seiner Frommheit festgehalten. Aber wenn man ihm bewiesen hätte, dass er nicht fromm sei, sondern ein Ketzer. Wenn, meinethalben, seine eigenen Lehrer oder Kirchenpfleger, oder die Waldenser in seinem Tal, ihm entgegengeschrien hätten, er habe sich, durch die Umstände gezwungen, oder durch einen unausrottbaren Fehler in seinem Charakter, geirrt und gegen sie gekehrt, und die Hölle erwarte ihn. Wissen Sie, was dann geschehen wäre? – Mein Carlo hätte nicht mehr die Hand gerührt, so entsetzt und vernichtet wäre er gewesen. Er hätte nicht mehr gegessen und keinen Schlaf mehr gefunden …

Aber lassen wir das. Carlo ging mich nämlich, genau genommen, nichts an. Und dann, – wozu hätte ich ihn bekehren sollen? – Wenn ein Mensch nur standhalten kann, – aber, verstehen Sie, jeder Versuchung, – wenn er ausserhalb jeder Gefahr ist, – wenn kein Meerwunder oder plötzlicher Sturm ihn verwirren kann, – wenn man seinem friedlichen Antlitz ansieht, dass er ohne mit der Wimper zu zucken, auch einem Engel entgegen gehen würde, furchtlos, – dann würde ich ihn wahrscheinlich am Arm fassen. – Bruder –, würde ich in meiner Not sagen, denn alle Menschen sind Brüder. – Hilf mir, – würde ich sagen. Aber sein Heil, das so sanft wie Honig von seinen Lippen flösse, und seine wie Taubenfittiche rauschende Erkenntnis,

– Marc! –»

– Und Marc hebt erschreckt das Haupt. –

«– Marc! – würden Sie jenen Menschen, sogar wenn er Ihr Bruder sein sollte, auch nur verstehen? –»

Und: «Jedem sein Heil», denkt Marc, der in seiner Einsamkeit, als Lauschender, gefangen ist. – «Erst in letzter Minute, – erst wenn die Panzer schmelzen und die Mauern fallen und die Posaunen ertönen, erst wenn Blei nicht schwerer ist als Wasser und die Kerker sich öffnen, erst wenn mein eigener Herzschlag, den ich nur in der Stille furchtbarer Nächte vernehme, nur wenn er verstummt und eingegangen ist in das himmlische Konzert, – dann», sagt er sich, «würde ich nach der ausgestreckten Hand des Bruders greifen, wie ich, dann, dem Tod entgegen gehen würde, furchtlos. Dann, Carlo, würde Deine freundliche Stimme und sanfte Sprache, Deine Jugend würde nicht mehr mein Herz berühren, denn Deine durch soviel Leiden geläuterte Stimme, und mein durch ebensoviel oder mehr Leiden zur Furcht erwachtes Herz, – in welcher Seligkeit würden sie sich dann noch begegnen! –» …

Aber Jan, der seiner Vision eines in aller Not und Gefahr nahen, und furchtlosen Bruders versonnen nachgeblickt hatte, wandte sich jetzt mit einem Ausdruck herber Entschlossenheit wieder an Marc. – «Einen Anderen ganz zu verstehen», – sagte er, – «nein, das darf man nicht verlangen. Es ist schon viel, wenn man ihn ein bisschen lieben kann. Früher habe ich gemeint, alle Menschen zu lieben, die Kameraden, die Fremden, und die Leute zuhaus. Ich habe es mir leicht gemacht, sehen Sie, denn ich verlangte ja nichts von ihnen, und sie konnten mein Gefühl für sie nicht auf die Probe stellen. Vielleicht hatte jener Carlo mit seinem Christentum Recht. Er sagte mir nämlich, die Liebe beginne erst, wenn man seinen Feind lieben könne. Aber wo sind sie, meine Feinde. Dieses Wort ist auch wieder chinesisch für mich. Ist Einer mein Feind, zum Beispiel, weil er mir nicht gefällt? Oder weil er eine andere Sprache redet, eine andere Uniform trägt, und andere Sitten hat als ich? – Oder vielleicht, weil er mir etwas angetan hat? – Lassen Sie mich nachdenken, – wenn ich eine Frau hätte, die ich sehr liebe, sodass ich ohne sie nicht mehr leben kann. Und Einer käme, und sie würde aufstehen und mein Haus verlassen, um mit ihm zu gehen. Und ich könnte sie nicht zurückhalten, denn jener liebte sie auch, und hätte alle Listen angewandt, um sie zu verführen. Ich müsste ihn natürlich hassen. Selbst wenn er sie so liebte, dass er ohne sie nicht mehr leben könnte, und also so gut wie gezwungen wäre, sie um jeden Preis für sich zu gewinnen, ohne Rücksicht auf mich. Ja, ich würde ihn wohl hassen, und er würde wie mein Feind handeln. – Aber selbst wenn er sich gar keine Mühe gegeben, und keine Künste angewandt hätte, und sie würde ihm einfach nachfolgen und mich verlassen. Wenn er einfach der Sieger wäre. Oder wenn er sie gar nicht so lieben würde, aber sie, sie könnte nicht mehr leben ohne ihn. Hätte er dann auch als mein Feind gehandelt? – Und doch würde ich ihn hassen …

Schauen Sie, meine Wärter hasse ich, die nur ihre Pflicht tun. Den Richter hasse ich, weil er mich verurteilt hat. Die Fremden hasse ich, die die Gesetze geschrieben haben. Die Kameraden, die mir nicht zu Hilfe kamen, und die, die mich verraten haben. Vielleicht ist einer meiner Briefe nach Schweden gelangt, und dort kann man nichts für mich tun, oder man hat mich vergessen und es lohnt sich die Mühe nicht, für einen einzelnen, vergessenen Mann. Wenn ich das genau wüsste, dann würde ich zuletzt die Leute zuhaus wohl auch hassen. Nicht wahr? – So geht es zu in der Welt. Man hasst den, der einem in den Arm fällt. Den nennt man seinen Feind. Aber wenn sie alle meine Feinde wären, – zuviel Ehre für mich. Auch für sie zuviel Ehre, aber sie würden nur lachen. Es ist viel natürlicher, dass man sogenannte Feinde hat in der Welt, als sogenannte Freunde. Denn es ist eine Welt, in der man sich wehren muss um sein bisschen Haut. Zuschlagen muss man, in den Arm fallen, oder noch besser gleich angreifen. Immer an erster Stelle stehen, und in der vordersten Reihe. Immer den Ereignissen voraus sein, und den Gegnern zuvorkommen. Nicht wahr? – Wenn ich noch handeln könnte, – sehen Sie, wenn sie mich nicht schon getroffen hätten, dem ersten Besten würde ich ins Gesicht schlagen, der behauptet hätte, ich sei ein Dieb.

Denn ich bin kein Dieb. Ich heisse Jan, und bin jung, und möchte leben. Aber ich habe mich nicht zu wehren verstanden.»

Während der junge Jan sprach, – schon seit Tagen, – hat Marc vergessen, dass dieser Mensch ein Verurteilter ist. Sechs Monate Gefängnis, aber das geht vorbei, die Dauer einer heissen Jahreszeit. Es könnte ein Zwischenspiel sein, – «denn ich», sagt sich Marc, – «schon mehr als sechs Monate bin ich in diesem Land, und habe noch keinen freien Schritt getan und viel schlimmere Verleumdungen erfahren als dies bisschen Diebstahl. Vielleicht steht mir noch viel Schlimmeres bevor. Ich kann es mir jetzt noch nicht ausdenken. Aber selbst wenn dann meine Kräfte nicht ausreichen, – wenn ich, wie man so sagt, zusammenbreche, oder wenn es einfach zu lange dauert, und ein Fieber mich heimsucht, und ich müsste hier sterben, – ich wäre vielleicht ratlos. Aber der Ratlosigkeit habe ich immer ins Auge blicken können. Ich habe mir einfach gesagt, dass meine Kräfte, allerdings, gering seien. Dass meine Augen nicht weit reichen, obwohl doch hinter dem noch blau und tröstlich aufsteigenden Horizont ganz andere, vielleicht milde, vielleicht von wunderbaren Winden bestrichene Länder liegen müssen. Ich habe mir auch gesagt, dass mein Gehör, das manchmal Sphärenmusik vernimmt, sich leicht verwirren lässt, dann erkenne ich nicht einmal mehr eine vertraute Stimme im Strassenlärm oder einen Vogelschrei vor dem Fenster. Und meine arme Seele, wie sie sich in ihre Ratlosigkeit weitet, dem Heil entgegen!» …

Aber falls man ihn aufstehen, und davongehen lässt!

– Er darf es nicht ausdenken, es wäre ein solches Fest, und wenn er es nur mit den Wölfen und Füchsen teilen müsste, oder mit Lerchengesang feiern! – «Jan», ruft er aus, – «– die Welt ist mit einem Richterspruch nicht zu Ende! – Sie Tagedieb, Sie Lümmel, Sie schwedischer Bauer, – Sie fürchten sich doch nicht! – Womit hat man Sie eigentlich verletzt? –»

Dieses Schweigen des Anderen ist unerträglich. Wenn Marc es nicht schon gesehen, am eigenen Leib erfahren hätte, wie der Kummer, der Zorn, eine böse und harte Falte auf einem Antlitz sich glätten, und sich verwandeln kann, durch beinahe nichts, ein Streicheln, einen Windhauch! Dazu muss man sagen können: «In Gottes Namen», – und Gott wird sich nicht erzürnen, denn in seinem Namen glätten sich Meere und lächeln in jedem Frühjahr die Fluren! – «Jan!»

Aber dieser tief bekümmerte, schweigsam gewordene, dieser fast mit grausamer Unerbittlichkeit an die Menschen denkende Jan kann nicht mehr lächeln. Den haben sie gebrochen, der doch so unschuldig an sie glaubte, nichts von ihnen erwartete, und seine mit so viel rüstigen und treuen Menschenkräften begabte Liebe an sie verstreute.

«Jan, es gibt Vögel, und Lieder!» –

– Aber der hört nicht mehr zu. Den haben sie ins Herz getroffen, jetzt zählt seine Denkkraft nicht mehr, ausgelöscht sind sein Gehör und Auge, er will nicht mehr. – «Also lasst mich in Frieden», sagt er, – ebenso gut könnte er sagen (denn daran denkt er) «– lasst mich in meinem Gefängnis, auf meinem Bett, in meinem Elend, lasst mich sterben, nur lasst mich allein.» –

In seinem traurigen, so müden Gesicht ist doch kein Hass. Marc schämt sich fast, auf ihn einzureden. Denn er sagt: – «Hör doch die Vögel, und die Lieder», – und denkt, vielleicht, an Mozart, und an die still wie Erinnerung, jedoch gegenwärtigen, heute noch leuchtenden Felder seiner Heimat in der Morgenfrühe. Aber dort leben auch Menschen, – und die Lieder, die beinahe an sein Ohr klingen, und deren heitere, himmlisch kräftige, über alle Schmerzen zu sanft triumphierendem Jubel aufsteigende Melodie ihn so rührt, – wer schrieb sie? – Es waren nicht die Engel, denen er zu begegnen sucht, sondern es waren Menschen, die wie er suchten, und vielleicht bittere Tränen gossen, bevor dieses verklärte Gesicht ihre Herzen und Hände segnete, – und ihr Kummer, wer kümmert sich noch darum, er ist namenlos geblieben, – aber die Melodie! – Wie sie aufsteigt! – Unbekümmert, unbekümmert wie Lerchenklang, sündenlos, heiter, der Seligkeit des Himmelsblau entgegen! –

«Vielleicht», muss sich Marc eingestehen, – «denke ich weniger an die Menschen als er.» – Denn was könnte den Jan sonst so getroffen haben. Der hat im Menschenantlitz, das er liebte, die Spuren von Gottes Antlitz erblickt. «Der hat mehr geliebt als ich», sagt Marc laut, «und ist deshalb unschuldiger, und wehrloser, und sie haben ihn verletzt.» Und er wendet dem Jan seine jähe, von Schuld und Reue beladene Liebe zu.

Zum ersten Mal, seit wie langer Zeit, vergisst er alles, was ihm selber widerfahren ist, er vergisst seine Umgebung, die Gefangenschaft, und fühlt sich in seinem Eifer, zu handeln, fast wie ein freier Mensch. Vielleicht könnte er den Jan überzeugen, dass ein bisschen mehr oder weniger Ungerechtigkeit in dieser Welt nichts zu bedeuten hat, denn die Liebe ist grösser und vermag Wunden wunderbar zu heilen. Vielleicht kann er ihm sagen, dass unser aus geheimnisvollen Quellen genährter, immer wieder versöhnter und der grossen Liebe zugewandter Wille uns mit unverletzten Füssen über feurige Kohlen trägt. Vielleicht vermag er es, den Jan ein wenig zu trösten und zu erheitern.

Jan, der seine letzten Worte gehört hat, scheint auch Marc's überschwängliche, von eifernder Freude getragenen Gedanken zu erraten. –

«Ich bin nicht krank», sagt er, – «und Niemand hat mich verletzt. Sie haben mich einmal gefragt, dort, als man mich aus dem Gefängnis holte und vor den Richter stellte, ob die Wächter zu mir grausam gewesen seien, mich etwa geschlagen hätten, oder ob ihr Verhalten korrekt gewesen sei. Man war immer korrekt zu mir. Die Wächter, diese armen schwarzen Teufel, haben mir manchmal Zigaretten zugesteckt. Geben Sie sich um mich keine Mühe. So wehrlos bin ich nicht. Wenn ich wollte, könnte ich aufstehen und Einen erschlagen, um mich zu rächen. Ich könnte wahrscheinlich auch versuchen, einen Prozess zu führen, nachher, wenn ich die sechs Monate abgesessen habe. Was sind sechs Monate! – Ich kann dann auch davongehen und, wie man sagt, den Staub von den Füssen schütteln. Wenn ich noch wollte ... Glauben Sie nur nicht, dass ich unglücklich bin. Und wenn ich es sein sollte, – was geht es Sie an! Ich habe niemandem etwas vorzuhalten. Diese Welt ist von weit schlimmerem Elend erfüllt als von meinem bisschen Verzweiflung. Sie haben mich zum Reden verführt, – und warum? – Warum können Sie mich nicht in Ruhe lassen? – So jung sind Sie nicht, – haben Sie vor fremdem Kummer keinen Respekt? ...»

Marc hört ihm zu. Seine Freude erlischt, und es ist fast ein Entsetzen, etwas wie Panik, was ihn ergreift. – «Ich habe Dir nichts getan», möchte er sagen, – «könntest Du nicht ein bisschen weniger grausam sein?» – Aber

Jan, der ihm wohl nicht zuhören würde, fährt unbeirrt fort: «Aber wenn ich nicht mehr kann, – verstehen Sie, das ist ein Entschluss. Ich sehe mir die Welt an, der ich nichts vorzuwerfen habe, und ich vermag natürlich über die Gefängnismauern hinauszusehen und es mir leicht auszudenken, wie dort draussen, allerorts, die sogenannte Freiheit schmeckt. Ich könnte im Gefängnis wohl dreissig Jahre leben, in bester Gesundheit und bei vollem Bewusstsein, und draussen könnte ich in Ehren leben und mir vielleicht ein Vermögen erwerben. Der Krieg wird ein furchtbares Ende nehmen, und die Menschen, die guten Willens sind, werden vielleicht, soweit sie sich unter den Siegern befinden, einzigartige Gelegenheiten erhalten. Und ich könnte dazu gehören, nicht wahr, wenn ich mir nur guten Willens ein wenig Mühe gebe. Wenn ich nur nicht so kalt wäre.»

Marc, der sich schon an Vieles gewöhnt hat, spürt auch diese schreckliche Kälte im Rücken, die einem in diesem Tropenklima beim geringsten Lufthauch wie Fieber schüttelt. – «Es ist das Tropenklima ...», sagt er sich schnell, – «man darf sich nicht erschrecken lassen, man muss es ertragen ...». Er gibt sich Mühe, dem Jan zuzuhören.

Daran klammert er sich, an die Stimme des Jan, und an das, was in der nächsten Minute geschehen und ihn in Anspruch nehmen könnte, so wie ein verzweifelter Schwimmer sich immer an das letzte Stück Holz klammert und den Ozean mit den Augen nicht mehr ermisst.

Jan sagt traurig und langsam: «Ich habe den Carlo verführt, mit mir zu fliehen. Er sagte mir, er sei ein Waldenser, – ein Frommer, wie ich es Ihnen schon erklärt habe. – Später sagte man mir, er sei vor allem ein Antifaschist gewesen, und deshalb schon lange ein Flüchtling, ohne Pass. Es scheint, dass man nicht fromm, und gleichzeitig ein guter Faschist sein kann. Echte Fromme, scheint mir, sind einfache, ruhige Leute, die viel Geduld haben, und sich mit den grausigsten Dingen abfinden, ohne in Verzweiflung zu geraten. Sie schwimmen, sozusagen, ohne ein Stück Holz, und die echten Frommen unter ihnen brauchen kein Bild, um es anzubeten. Sie beten in der Stille, offenbar aus tiefstem Herzen, in einer Art Leere, die kein Windhauch, Sturm oder Feuer mehr erreicht. So war der Carlo. Er kam aus der Stille seiner Waldenser Gebete in die Welt zurück, und verstand nicht, warum seine Faschisten zuhause so schrien. Die versuchten nämlich, Stürme zu überschreien, und es scheint, dass sie manchmal nicht nur laut waren, sondern auch sehr tapfer, um bis zum letzten Atemzug laufend irgendein Hindernis und immer neue Hindernisse zu überrennen, von denen die Welt natürlich voll ist. Sie schrien laut, um die

Stimme des Nachbarn zu erschlagen, – so wie Reiter im Rennen mit der Peitsche manchmal auf die Nase des anderen Pferdes schlagen, das sie überholen wollen. Es ist ein grausiges Schauspiel …

– denn, die rennen ja alle, um ihr Leben, oder um einen Preis, der über ihre nächste Zukunft, ihren Ruhm, und vielleicht über ihr Leben entscheidet. Und so rede ich jetzt zu Ihnen. Ich verstehe mich selber nicht mehr. Als ob der Preis, den ich über Sie davontrage, wenn ich dieses Gespräch gewinne und Sie endlich zum Schweigen bringe, – als ob man mich noch glauben machte, damit sei irgendetwas geändert. Übrigens habe ich die Welt nie ändern wollen, der Carlo auch nicht. Er stand nur da in seiner Frommheit, als Antifaschist, und war so unschuldig, so unschuldig, wie ich es Ihnen nicht erklären kann. Aber verführt habe ich ihn, bei einem Glas Bier. Ich sagte ihm, dass es unwürdig sei, so zu leben wie wir im Lager. Ich appellierte an Gott, und sagte ihm, um ihn zu verführen, ich sei auch ein guter Protestant, in Schweden von christlichen Eltern geboren. Aber was mein Vater wirklich von Gott dachte, oder von der protestantischen Religion, das weiss ich wahrhaftig nicht. Trotzdem, sagte ich dem Carlo, kann Gott es nicht lange mitansehen, dass soviel Unrecht geschieht, und dass Du und ich, oder ein einziges Weizenkorn im Wind, verloren gehen sollen. Ich sage Ihnen, ich schämte mich, während ich sprach. Andere handeln mit Reichtümern, käuflichen Geldern, Bankwerten, Versicherungen, schönen Frauen, was weiss ich mit welchen Seligkeiten. Aber ich … und sehen Sie bloss, ich bin nicht besser. Carlo, der nur seine Frommheit hatte, um zum Beispiel Antifaschist zu sein, oder gegen das Böse in der Welt aufzustehen, – der glaubte mir. Mir, so gut, und warum, wie einem jedem anderen. Es war so leicht. Gott hilft dem, der die Kraft, und den Glauben, und den Mut trotz allem zu handeln nicht verliert. Denn natürlich kann Gott Meere austrocknen und Heere vernichten. – Aber wissen Sie, als er schwieg, der Carlo, – ja, da erschrak ich. Vielleicht vor der Verantwortung, obwohl, was ich ertragen kann, der Carlo sicher auch ertragen kann. Aber was man selber erträgt, es ist immer leicht. Aber auf der geliebten Stirn des Anderen der geringste Schmerz, – man möchte vergehen, Gott verleugnen. Denn wie kann er dem Schmerz gegenüberstehen, als sei er hilflos. Aber als der Carlo Bedenken zu hegen schien, da ging ich gegen ihn an und erwärmte mich. Was wollte ich eigentlich, – ja, jetzt frage ich mich, – ihn oder mich retten? War nicht in jedem Augenblick, als er sprach, und wir die Fluchtpläne erwogen, meine eigene Furcht, das Gefängnisleben nicht mehr zu ertragen, schon wie ausgelöscht? – Denn ich sprach mit solchem Eifer, – eine Nacht mehr, in der erstickenden Hitze unter stän-

diger Bewachung, – es wäre nichts gewesen, und ich hätte leicht dem Carlo versprochen, das sei nichts, noch hundert Tage und Nächte würde ich es ertragen. Aber glauben Sie mir. Wissen Sie, ich hatte ja, sozusagen, recht. Krieg ist Krieg. Ein Antifaschist, wie er war, muss die Fackel hochhalten können. Denn ob er daran denkt, oder nicht, und nur ein Frommer ist, zufällig eingekerkert, – zu ihm werden die vom Krieg und der Plage befreiten Menschen aufblicken. Damit erschreckte ich Carlo. – ‹Du trägst Verantwortung›, – schrie ich ihn an. – ‹Du darfst nicht, einfach, in einem afrikanischen Gefängnis verkommen, wie irgendein Elender! – Gott hat Dir die Fackel, und die Kraft Deiner Hände anvertraut.› – Nie werde ich vergessen, wie er, von Zweifeln geschüttelt wie von Fieber, sein Bierglas umklammerte. So hielt ich, eine Stunde später, mit Händen, die eigentlich zittern wollten, mein Steuerrad, eines Wagens, der nicht einmal mir gehörte. Und ich fuhr, und fuhr, denn dazu hatten wir uns entschlossen, wie zu einem friedlichen Spaziergang in der Savanne, den man uns auch verboten hätte. Am Mutigsten war übrigens Carlo, er sah nicht einmal auf die Benzinuhr. Und ich, – sehen Sie, wenn ich einmal ganz ehrlich sein soll, – ich fuhr, weil ich im Grunde den Tod nicht achte, es wäre eine Erlösung gewesen, aber wenn ich mein Bestes nicht getan hätte? – Wenn ich an den Benzinzeiger und an alle Strafen der Welt gedacht hätte, – wenn ich leichtfertig gedacht hätte, der liebe Gott, dort oben, nicht über dem heissen, afrikanischen Wolkenbett, sondern über der sanften, so geliebten Weite, etwa des Heimathimmels, der werde dazwischen fahren und den uns vielleicht mit Armeen und Hunden verfolgenden Feind ersäufen, – sehen Sie, wenn ich den jungen, unschuldigen, und von mir verführten Carlo nicht so sehr geliebt hätte, um ihn retten zu wollen, –
ich hätte, weissgott, in meiner Müdigkeit am ersten Hindernis das Steuerrad fallen lassen.

Dann hatten wir kein Benzin mehr. Wir liessen den Wagen stehen, und in der nächsten katholischen Mission, weil wir uns Goldpapier auf die Achselklappen geklebt hatten, aus einer Schokoladeschachtel, die der Dritte zufällig in der Tasche hatte, – gaben sie uns ihr Camionette mit einem Schwarzen, und wir fuhren, bis etwa zwanzig Kilometer vor der spanischen Guineagrenze. Dort ist alles Urwald, als ob die Welt zu Ende sei. Wir schickten den schwarzen Chauffeur zur Mission zurück, und waren allein.

Wir wollten nicht auf der Strasse bleiben, aus Angst, bald den Grenzwächtern in die Arme zu laufen. Zwanzig Kilometer ist nicht viel, und wir dachten, wir würden Waldpisten finden und noch während der Nacht auf die andere Seite der Grenze kommen. Aber als wir uns einmal ins Dickicht geschlagen hatten, verloren wir uns. Es war nicht, dass wir die Richtung verloren. Wir folgten einem Elefantenpfad, und gingen immer vorwärts, und es war leichter, als wir geglaubt hatten. So leicht war es, dass der Dritte anfing, sich zu fürchten. Er sagte, er sei wegen eines schweren Verbrechens vorbestraft, und wenn sie ihn jetzt auf der Flucht fingen, würde man ihn zur Zwangsarbeit ins Innere verschicken wie einen Schwarzen. Wie konnte er nur daran denken, jetzt, da wir keine Wahl mehr hatten, und schon beinahe frei waren. Er sagte, Carlo und ich hätten ihn zur Flucht verführt, und er werde vor Durst sterben. Aber lieber wolle er im Dschungel mit einem Leoparden kämpfen, als noch einmal den Menschen in die Hände fallen. Sehen Sie, mit einem Leoparden kann man nicht kämpfen, und alle, die ihn kennen, zittern vor ihm wie vor einem Geist. Dass wir Durst hatten, ist schon richtig. Aber wenn man um seine Freiheit kämpft und daran hängt wie an seinem Leben, dann will man lieber vor Durst vergehen als den Kampf aufgeben. Am Anfang, während wir liefen, hörten Carlo und ich nicht auf den Dritten. Es war so still, und so leicht zu gehen, und ein wenig Mondschein erhellte den Pfad, wir vergassen alles. Oder wir sagten uns, die Grenze müsse, hier in der Wildnis, doch nur eine künstliche Linie sein wie auf dem Meer der Äquator. Sogar im Schlaf, dachten wir, könnten wir uns am nächsten Morgen auf der anderen Seite befinden. Wir redeten immer von der anderen Seite, Carlo und ich. Sie wissen schon, es gibt im Leben zwei Seiten, und die Einen sind immer auf der Seite des Glücks. Die Anderen kennen das Glück nicht einmal. So ging es uns. Wir träumten von der Seite jenseits der Grenze, und verwechselten Glück und Freiheit und unsere Zukunft, und alles, was wir uns jemals, seitdem wir Kinder waren, erträumt hatten. Wir gingen und gingen, der Carlo dachte nicht einmal mehr daran, eines seiner Gebete zu sprechen, und ich dachte nicht mehr an Schweden. Wir hätten, glaube ich, unsere Seligkeit verkauft, wenn wir es gekonnt hätten, und wenn es der Preis gewesen wäre, um noch ein Stück Wildnis, das über die Grenze führen musste, hinter uns zu bringen. Dann wurden wir müde, und der Mond ging unter. Der Dritte wollte gegen die wilden Tiere ein Feuer anzünden, und wir stritten uns mit ihm, und er ging zurück. Carlo und ich dachten, wenn er nur fort sei, würden wir wieder aufstehen und unseren Mut wiederfinden. Ich weiss nicht genau, was uns fehlte, aber wir fühlten uns wirklich verloren. Die Wildnis schien uns nicht mehr so schlimm. Wahrscheinlich wäre es uns Beiden auch gleich gewesen, zu sterben, nur wollten wir es uns nicht eingestehen, – wahrscheinlich Jeder, um den Anderen nicht zu kränken. Wir sagten uns, wir brauchten nur ein bisschen Schlaf, und Carlo sagte mir noch, dass Gott gnädig sei. Ich war froh, dass er so dachte. Aber als sie kamen, eine ganze Truppe schwarzer Soldaten, mit zwei Weissen, und Hunden, und uns weckten, da war es Carlo, der weinte, und nie habe ich einen Menschen so weinen sehen.

– Er war also kein Held, mein Carlo. Aber das sogenannte Heldentum, – ich weiss nicht, ich schenke es auch den Chinesen. Jeder Mensch hat nur sein begrenztes Mass an Hoffnung und Mut. Ich hatte den Carlo verführt, alles auf eine Karte zu setzen, und die Karte war falsch. Dass er jetzt wieder, und dann immer wieder, seine Gebete an Gott hätte richten sollen, es ist leicht gesagt. Ich jedenfalls, der ich ihm hatte helfen wollen, und ihn verführt hatte, ich durfte ihm einen solchen Ratschlag nicht geben, ich hätte kein Recht dazu gehabt, und er hätte sich nicht einmal wehren, mir nicht mehr ins Gesicht spucken können. So gingen wir schweigend nebeneinander her, und er weinte noch lange. Dann trennten sie uns, bei der nächsten Station, wo wir von weitem den Dritten sahen. Er winkte uns noch. Ich glaube, sein Verrat tat ihm leid. Aber er hatte sich ja nur gefürchtet, und uns gar nicht verraten wollen. Den Carlo führten sie gleich ab. Vielleicht haben sie ihn, weil er ein Frommer war und ein Antifaschist, seither begnadigt und entlassen. Denn ich erklärte natürlich gleich, dass ich der Anstifter sei, was sie mir lange nicht glauben wollten. Dann fragten sie mich, warum ich wenigstens nicht allein geflohen sei, sondern mich auch noch mit feindlichen Elementen zusammentun musste, wie jenem Carlo. Ja, so ging es im Gericht zu. Die Person des Carlo, sagten sie, sei eine besondere Belastung für mich. Ich sagte ihnen, alle Gefangenen reden die gleiche Sprache. Nur die Richter reden Kauderwelsch, es lohnt sich nicht hinzuhören. Sie sagten, ich sei frech, und ich hätte gestohlen. Gestohlen hatte ich, so behaupteten sie, den Wagen des Kommandanten aus der Mission. Und da soll ich noch hinhören. Ich sagte noch, wenn man gefangen sei, versuche man, zu fliehen. Und um fliehen zu können, benütze man jedes Mittel, sogar einen Wagen, der einem nicht gehört. – So –, sagte ich, ich habe den Carlo verführt, und so habt Ihr mich vielleicht sogar zu einem Dieb gemacht. Da fragten sie, ob ich im Notfall auch auf einen Wächter geschossen hätte, und ich antwortete, ich hätte keine Pistole besessen.

Sie wissen den Rest. Sie verurteilten mich wegen Diebstahls zu sechs Monaten. Aber ich gäbe noch mehr darum, wenn ich wüsste, wozu sie den Carlo verurteilt haben. Der mag vielleicht ein falscher Waldenser sein, was weiss ich, oder gar kein echter Antifaschist. Aber sehen Sie, er war nicht sehr mutig, und sein Glaube hat ihm vielleicht nicht immer geholfen. Deswegen sorge ich mich um ihn. So, wie er geweint hat … und sehen Sie, so wie ich kannte ihn Keiner.»

Marc fragt sanft, beinahe ängstlich: «Jan, – wenn Sie noch so viel Liebe zu vergeben haben, wie für jenen Carlo, – und die Welt ist so arm, und Sie wissen darüber so viel, – würden Sie nicht leben wollen, sich ein bisschen Mühe geben, würde es sich nicht lohnen?» –

Der Andere sieht ihn nicht an. – «Sie haben, was Sie wollten», sagt er, «ich habe Ihnen alles erzählt. Warum? – Ich frage mich. Ja, ich frage mich. Es war ein bisschen Schwäche, und Sie werden es wahrscheinlich benützen, später, in der Welt. Vielleicht rühren Sie Jemanden damit. Oder bilden sich ein, Sie seien ein guter Mensch gewesen im Gefängnis.»

Da Marc natürlich schweigt, blickt Jan auf.

«Sie sind kein schlechter Mensch», sagt er, «aber einsehen müssten Sie, dass das noch keine Entschuldigung ist. So leicht ist gegen das Böse kein Kraut gewachsen. Es gibt sicher nicht viel schlechte Menschen, und kaum Einen, der nicht von irgendeinem Anderen hoffnungslos geliebt wird. Und dieser Eine, – ja, der verzeiht dem Anderen alles, sogar seine Schlechtigkeit, so wie ich dem Carlo seine feigen Tränen, und er mir, sicher, meine Verführungskünste, die ihn wahrscheinlich ins Unglück gebracht haben. Mir hat es genügt, schauen Sie. Ich brauche keine andere Versöhnung, und will mich nicht mehr wehren. Und wenn sie mich eines Tages aus dem Gefängnis entlassen, werde ich mich auch nicht viel glücklicher preisen.» …

Nach einem langen Schweigen fragt Jan: «Wollen Sie jetzt gehen?»

Seine umherwandernden Augen bleiben an Marc's Zellentüre hängen, wo seit einer Weile eine Wache steht. – «Ich glaube, man will Sie in eine andere Abteilung überführen. Sie werden vermutlich bald frei sein. Sie sehen weissgott nicht wie ein Verbrecher aus.» – Und er lächelt freundlich. Marc folgt seinem Blick, und muss aufstehen. Er weiss, dass er gehen muss, und dass man ihn in eine bessere Abteilung, oder vielleicht zum Direktor führen wird, denn er wartet schon seit Tagen und ist kein Verbrecher, und sein Fall wird einmal eine günstige Wendung nehmen müssen. Der Direktor wird wahrscheinlich freundlich zu ihm sprechen, und ihm eine Zigarette anbieten. Falls er nicht sofort gehen will mit der Wache, wird man ihn zwingen. Vielleicht wird er bald frei sein, und dann für den Jan ein gutes Wort einlegen können. Er will ihn nach seinem vollen Namen fragen. Aber wie er sich zu ihm wendet, erstickt es ihm den Atem.

XIV. Kapitel

Der geschlossene, einem kleinen Omnibus gleichende Wagen bleibt an irgendeiner Stelle der langen, geraden, in die Stadt hineinführenden Avenue stehen, halb im Gras, am äussersten Rande der breiten, rechten Fahrbahn, die durch ein erhöhtes, mit Zement eingefasstes Band von der linken Strassenseite getrennt ist. Ganz am Ende der Avenue sieht man ein modernes Monument, eine Art Obelisk aus weissem, oder vielleicht rötlichem Sandstein, der sich gegen den noch hellen, von Wolken beschwerten Nachthimmel abhebt. Zu beiden Seiten davon kann man in einem matten Lichtkreis ein paar Gebäude vermuten, – wahrscheinlich Wohnhäuser in Gärten, vielleicht auch ein Kaffee, oder das Hotel mit offener Terrasse. Da, wo der Wagen hält, ist die Strasse dunkel. Erst in einigem Abstand bezeichnen trübe Laternen die Kreuzungspunkte, wo andere Strassen, in schräger Linie aus den nächtlichen Gärten, oder aus dem belebteren, wahrscheinlich ganz nahen Stadtinneren kommend, in die breiten, verlassenen Fahrbahnen münden. Solange der Wagen in Bewegung war, schien die durch die von klappernden Holzleisten umrahmten Fensteröffnungen einströmende Luft beinahe kühl, und Marc hatte sie tief eingeatmet und sich das Gesicht fächeln lassen, während er wie im Halbschlaf so etwas wie eine afrikanische Landschaft vorbeigleiten sah, ein bisschen schilfiges Savannengras, wucherndes Gebüsch, in dunkeln Laubkronen wie Sterne leuchtende, grosse Blüten, dazwischen Ausblicke auf ein in schwaches, milchiges Mondlicht gebadetes Feld von in die Ferne davoneilender Wildnis. Dann Gärten, erste, vereinzelt einen Erdwall am Strassenrand säumende Häuser, schliesslich feucht glänzende Wände von Hecken, Baracken, Läden, langen Mauern, und wieder Gärten.

Es war Nacht, und er war frei, und er wusste nicht, wohin der Wagen fuhr, der ihn nach seiner Entlassung aus dem Spital hinweggeführt hatte, quer durch den Hof, an der Wache vorbei, die das Tor öffnete und das Gewehr präsentierte, über eine holprige Wiese, an deren Rand längliche Backsteingebäude standen, und die noch zum Areal des Interniertenlagers gehörte, – und dann eine von Bambus erfüllte Mulde empor in die grosse, von blendenden Scheinwerfern weithin wie von Wellen bewegte, in tiefe Dunkelheit weisende Allee, die irgendeiner Landstrasse, irgendwo in der Welt glich. Marc hatte sich beruhigt zurückgelehnt. Durch das vorbeirauschende Laub der Bäume hatte er den klaren, von Sternen übersäten Himmel erblickt. Als sie den Anfang der Stadt erreichten, hätte er sie wiedererkennen sollen, und er wusste in der Tat, dass zu seiner Linken der Strom liegen musste, und zwischen dem Ufer und der Strasse die Häuser seiner Bekannten, ein paar Konsulate, dann die Post, und am gleichen Platz, im Freien, die Tische eines beliebten Kaffees. Aber er dachte nicht nach. Ihm war, als schliefe er, und die Dunkelheit, und die kühl wehende Luft waren eine Wohltat. Im Spital hatte er zuletzt in einem grossen Saal geschlafen, wo immer Licht brannte. Sogar im Schlaf hatte er den Blick des Wächters an der Türe auf sich gespürt, und erwachend war er diesem Blick, oder den matten, oder fiebernden, gequälten Augen seiner Mitgefangenen begegnet. Er hatte zuletzt selten ein Wort gesprochen. Die Tagesordnung hatte er auswendig gekannt. Dem Arzt, und den Vorgesetzten, die ihn manchmal rufen liessen, hatte er mit einem ja oder nein geantwortet, wie sie es wünschten, und was sie ihm zu sagen hatten, hatte ihn nicht mehr interessiert. Er hatte, wenn man ihm keine Beschäftigung gab, stundenlang auf seinem Bett liegen können, oder neben dem Fenster stehen, oder an eine Wand gelehnt, und an irgend etwas denken, so stark, dass ihm manchmal die Augen brannten, als habe er ohne mit den Wimpern zu zucken in die Sonne gesehen, oder als treibe ihm ein heftiger Schmerz ungewollte Tränen hervor. Oder er hatte gelächelt, und hatte mit geschlossenen Augen eine Art von Verklärung erblickt. Das hatte er zum ersten Mal erlebt, nachdem man ihn von Jan getrennt, und dann den Jan mit Handfesseln und in Sträflingskleidern über den Hof davongeführt hatte. Marc hatte Jans Namen geschrien, und sich am vergitterten Fenster festgehalten, und Jan hatte nichts gehört, und nicht den Kopf gewandt. Dann hatte Marc gefragt, den Direktor zu sehen, und man hatte ihn, natürlich, abgewiesen. Am nächsten Tag, nach fast vierundzwanzig Stunden, war der Direktor gekommen. Marc hatte gefragt, was mit Jan geschehen würde. Der Direktor hatte geantwortet, das gehe ihn nichts mehr an, und er rate Marc, sich um seine eigenen Angelegenheiten zu kümmern. Einen Augenblick hatte Marc auffahren, dann sich bezwingen, und mit ruhiger Stimme erklären wollen, dass er den Jan kenne, dass er bereit sei, für ihn zu bürgen, dass man auf seine Kosten nach Schweden telegraphieren könnte, – und dass Jan, wenn man ihn wie einen gemeinen Verbrecher behandle und ins Gefängnis zurückschicke, dass er, ein ganz unschuldiger und wehrloser Mensch, dann verloren sei, für sein ganzes Leben, für immer …

Er hatte das Bild des an den Händen gefesselten Jan vor sich gesehen, und die Mahnung seines jungen, harmvollen, abweisenden Gesichts, und leidenschaftlich hatte es ihn darnach verlangt, dieses Gesicht noch einmal zu erreichen, zu trösten. Aber als er begonnen hatte, zum Direktor zu sprechen, den er überzeugen, und zum Mitleid und zum Handeln bewegen musste, da hatte er eine Sekunde lang den Blick dieses Mannes ausgehalten, der gelangweilt, überlegen, und kalt über ihn hinwegging. Marc war verstummt. Mitten im Satz hatte er aufgehört, als seien ihm die Worte entfallen oder die Stimme erstickt. Und in der plötzlichen Stille war es ihm zumute gewesen, als habe er den Schmerz in seinem Inneren mit den eigenen Händen erfasst und zerbrochen.

Aber während so etwas in ihm wie Glas zersprungen war, hatte er gleichzeitig eine riesige Befreiung gefühlt, die in Strömen von seinem Herzen nach allen Seiten ausging und sich durch keine Hindernisse mehr aufhalten liess. Zum Beispiel waren diese zugleich sanften und starken Ströme durch die Person des Direktors gegangen, als sei auch er nur aus Glas, und sie hatten Marc's soeben noch gequälten und stockenden Atem mit sich hinweggetragen, durch das vergitterte Fenster, durch die Wände, durch die schwere, heisse, unbewegte Luft, die er nicht mehr spürte, und in Weiten hinaus, die er lange vergessen hatte. Das war die Befreiung gewesen. Und Marc hatte dem wunderbaren Prozess mit einer Rührung gelauscht, die ihm die Tränen in die Augen trieb, während er ohne es zu beachten lächelte …

Das mochte mehrere Wochen her sein, vielleicht einen Monat. Die Zeit hatte nachher für Marc keine Rolle mehr gespielt, und er hatte voraus gewusst, dass er, wann immer sie ihn entlassen würden, frei und unverletzt sein würde wie schon jetzt. Man hatte ihm vielleicht ziemlich viel angetan, sogenanntes Unrecht, und Demütigungen, und man hatte ihn so schlecht und so menschenunwürdig behandelt wie seine Leidensgenossen, und wie es in allen Gefängnissen üblich ist. Warum hätte es auch anders sein, oder warum gerade ihn nicht treffen sollen. Und war die Not, die er jetzt täglich mitansah, eine andere Not als die in tausend Kehlen täglich erstickte, als der von Abertausenden immer wieder zum Himmel emporsteigende Schrei?

Auch riefen sie alle nach der gleichen Befreiung, und Marc, der in der Nacht die vergeblichen Klagen von Kranken und Gefangenen hörte, erinnerte sich, dass es auch draussen in der Welt so zugegangen sei. Sie waren verirrt, sie brauchten Hilfe, sie wandten sich an Jeden, hörten noch auf ihr eigenes Echo, und gingen wie gefangene Tiere im Kreis. Ihre Klagen, ihre Flüche, ihre Gebete, konnte man sie noch unterscheiden? – Welches Stimmengewirr!

Marc erinnerte sich auch an seine Flucht aus dem Lager. Damals hatte er das Gewicht von Mauern, die Stärke von Eisenstäben, und die Macht der Menschenfurcht abgewogen, und hatte ihre Gewalt fallen sehen, nur von einem Windhauch gestreift, den in einem gnädigen Augenblick nur er vernommen hatte. Dieses Wunder hätte ihn lehren sollen, die Gewalt der Menschen so wenig zu fürchten wie die von Stein und Eisen. Aber wie lange hatte er, dort draussen in der Wildnis, noch geglaubt, das Wunder sei gewesen, dass ein Tor sich geöffnet habe, und wenn sie ihm nahe kommen, ihm die Hand auf die Schulter legen, ihn ins Gefängnis zurückführen sollten, dann könnte er es nicht ertragen und würde lieber seinem Leben ein Ende machen. Und dann? – Dass wir sterblich sind, dass ein Unglück uns treffen, ein Stein uns erschlagen kann, und dass den Menschen immer wieder eine furchtbare, irdische Gewalt über ihre Brüder gegeben ist, soll es uns auslöschen, und mit uns die Glut, die Rührung, das gläubige Begehren unserer Seele? – Sie hatten ihn nun also wieder hinter Gitter gesperrt, und hatten vor seinen Augen dem Jan sogar Ketten angelegt. Immer seither hätte er den anderen Gefangenen die Hand auf die Schulter legen und ihnen zureden mögen, sie sollten sich weniger fürchten, und die gläserne Wand ihres Aufruhrs und ihres Leides durchbrechen. Er selber hatte in jener Zeit keinen Schmerz mehr empfunden, und hatte sich oft gefragt, auf welche unsichtbaren Ziele seine Kräfte gerichtet seien, die sich in ihm regten. Aber wenn die Anderen ihm manchmal zuhörten, wenn Irgendeiner kam und mit ihm reden wollte, dann dachte Marc daran, dass Jan sich wortlos von ihm abgewandt hatte, ohne seine Verzweiflung zu zeigen, oder auch nur stolz zu erscheinen. Und er konnte es nicht vergessen. –

– Jetzt ist Marc frei. Der Direktor hat ihm am Morgen seine Entlassung fast schonend, und sehr höflich mitgeteilt. – «Ich beglückwünsche Sie», – sagte er, – «Ihre Akten stehen glänzend. Soviel ich höre, liegt absolut nichts gegen Sie vor, und Ihr Fall wird als erledigt betrachtet.» – Als Marc diese Nachricht ohne besondere Erregung hinnahm, fügte der Direktor hinzu: – «Natürlich habe ich Ihr vorzügliches Betragen hier, wie auch Ihre allgemeine Beliebtheit, gebührend erwähnt. Auch der ärztliche Befund ist durchaus zufriedenstellend. Die erzwungene Ruhe hat Ihnen gewissermassen gut getan. Jedenfalls darf ich doch hoffen, dass Sie an den Aufenthalt bei uns keine zu schlechte Erinnerung bewahren werden.» – Marc sagte sich, dass der Direktor von der Aufrichtigkeit seiner Worte wahrscheinlich überzeugt sei, und dass er in der Tat nicht wissen könne, was die erzwungene Ruhe für den einen oder anderen seiner Gefangenen bedeute. Marc wusste jetzt, dass der Mensch nur in der Freiheit gedeiht, dass sie ihm nötiger ist als Brot und Wasser, und dass er ohne sie verdirbt, so wie er in der Lüge verdirbt und verloren ist. Er wusste jetzt, dass ein Mensch vor einem Gitter oder einer Wand stehen kann, oder nur vor einem unerbittlichen Wort, vor irgendeinem Zwang, und dass der hilflose Aufruhr ihm wie ein zu grosser Schmerz das Herz brechen, ihn töten kann. Ja, der Anlass mag gering sein, vielleicht eine verweigerte Zigarette, ein Nichts, eine zufallende Tür ... Aber Marc wusste jetzt auch, dass den Menschen eine Freiheit gegeben wurde, welche Mauern zerbricht, als seien sie aus Glas, und welche grösser ist als Knechtschaft und Furcht, viel grösser.

Als der Wagen am Rand der Strasse anhält, schreckt Marc zusammen. Er hat doch nicht geschlafen. Er hat, im Gegenteil, mit weit geöffneten Augen, dem Wagen und der schimmernd in die Dunkelheit weisenden Strasse vorauseilend, den Himmel erblickt, der irgendwo am Ende stand, ein riesiges, Meere, und Wolkenheere umschliessendes Gewölbe, das von seinen unbeweglichen Wänden Sternbahnen hinausschleuderte, und ganze Silberströme von rauschendem Licht. Er hat das Vorübergleiten der Gräser und Büsche, das leise Luftsausen vernommen, und das bisschen Nachtfrische liess ihn erschauern. Und immer hat er an die Freiheit gedacht, oder sie erfüllte ihn vielmehr, sie trug seinen Herzschlag und hob seinen Atem. Er brauchte nicht mehr zu denken, keine Frage bedrängte ihn, keine Furcht rührte ihn an. Was so bewegt, in scheinbar so verwirrender Eile an ihm vorüber strich und zurückblieb, die von Wildnis, Feuern, Kämpfen und Schlaf bedeckte nächtliche Erde, es ging ihn nichts an. Hätte er, was er hörte und sah, beschreiben sollen, er hätte die Worte nicht gefunden, aber er versuchte es nicht. Als gehe er ganz allein, im Traum, oder eine Fackel in den Händen, einen von keinem Hauch gestörten, unbezeichnet durch unendliche Weisse dahinziehenden Weg entlang, so lebte er, versunken, in tiefer Ruhe.

Erst in der plötzlichen Stille hört er sein Herz wieder schlagen. Die Luft ist so schwer, die Nacht so lautlos, es ist, als habe die Erde ihren Lauf unterbrochen, im nächsten Augenblick wird aus ihrem Innern, das nach Atem ringen muss, eine riesige Flamme hervorbrechen, die Savannen und Wälder werden sich in ein einziges, lohendes Meer verwandeln, die rote Glut wird ringsum den Himmel erleuchten, die Berggipfel werden wie brennende Schiffe in den Wolken zergehen, und steigende Wasser werden alles überschwemmen, die Sandwüsten, das knisternde Geäst des letzten, stürzenden Baums. Marc wartet, er presst die feuchten Hände zusammen, seine Schläfen pochen. Der Mann neben dem schwarzen Chauffeur auf dem Führersitz wendet sich um, und frägt in das Innere des Wagens hinein: «Wo wollen Sie aussteigen? – Haben Sie eine private Adresse, oder kann ich Sie bis zum Hotel bringen?» – Er zündet sich eine Zigarette an, und reicht Marc das Paket, dann ein brennendes Streichholz. Und Marc greift darnach, und beginnt den Rauch einzuziehen, nur um einer alten, wiedererwachten Gewohnheit zu folgen, und es wird ihm besser. Er kann jetzt seine Gedanken ordnen, er kann sie sogar in Worte fassen. – «Richtig», sagt er sich, – «ich bin jetzt frei, ich muss einen Entschluss fassen, ich kann tun, was mir beliebt.» – Aber dieser Gedanke, dass er frei ist, ist jetzt nur ein Notbehelf, wie die Zigarette, nach der er soeben unwillkürlich gegriffen hat, und er ist so verwirrt, dass er, was er jetzt tut oder denkt, mit dem eben noch so starken Bewusstsein seiner Freiheit nicht mehr in Einklang bringen kann. Es ist ihm, als müsse er seine Handgelenke, seine Hüften, seine Schläfen anfassen, um sich zu vergewissern, dass er, der jetzt aus dem Wagen aussteigen und als freier Mann die Strasse entlang gehen wird, noch der Gleiche ist, der während der vergangenen Wochen selbstvergessen gelebt hat und so allein, dass kaum Jemand seinen Namen kannte. War er dort, wo soviel weissgott irdisches Elend herrschte, etwa ausserhalb der Welt? – Denn jetzt scheint es ihm, dass die Welt, – die doch erst aus einem dunklen Strassenrand, einer Welle von Hitze, und dem Eingang einer Stadt besteht, – dass diese Wirklichkeit sich von allen Seiten aus Hinterhälten auf ihn stürze, und er müsse die Hände heben und sein Gesicht schützen, das er so lange Zeit wehrlos und unbekümmert einer Flut von Lächeln oder Tränen ausgesetzt hat. – Marc wirft seine Zigarette in den Sand und steigt aus. – «Gut», – sagt der Mann auf dem Führersitz, – «wie Sie wollen. Wir werden Ihr Gepäck morgen ins Hotel bringen lassen.» – Er grüsst, und der Wagen rollt davon. Marc folgt ihm mit den Augen. Er hört neben sich, hinter einem Gartenzaun, den er mit der Hand erreichen kann, die Blätter eines grossen, von weissen, sternförmigen Blüten übersäten Buschs rauschen und wartet, ob der Luftzug sein Gesicht nicht berühren werde. Seine Brust dehnt sich in einem unwillkürlichen Gefühl der Befreiung, und er begreift, dass dieses Gefühl, das einmal die gläsernen Wände seiner Not durchbrochen und sein Herz bis zum Rande mit Hoffnung gefüllt hat, jetzt seinen in dieser Nacht vereinsamten Körper überschwemmen, und ihm vorauseilen wird, auf allen Wegen, allen fremden Strömen entgegen, um sich mit ihnen zu vereinen.

Ende des zweiten Teiles

III. Teil

Die Stufen des Unendlichen

XV. Kapitel

Auf dem schmalen Diwan ausgestreckt, die weit offenen Augen auf das viereckige Drahtnetz des Fensters gerichtet, durch welches das milchige Nachtlicht ein trügerisches Versprechen von Kühle hereinträgt, versucht Marc, seine Gedanken auszulöschen, die bunt wie Kugeln spielenden Bilder der letzten Stunden zu vergessen, und endlich einzuschlafen. Es muss sehr spät sein. Im Interniertenlager hat er sich daran gewöhnt, ohne Uhr zu leben, obwohl die Nächte dort nicht immer schnell vergingen, und oft schlaflos, und nicht weniger heiss waren als hier. Auch war er dort nicht allein. Jetzt liegt er in einem fremden, leeren Zimmer, er kann aufstehen und umhergehen. Niemand beobachtet ihn. Draussen, erinnert er sich, führt ein schmaler, dunkler Gang in ein anderes Zimmer, von dort kann man auf die Terrasse, und eine gedeckte Treppe hinab ins Freie gelangen. Bananenblätter neigen sich über dem Gartenzaun. Auf dem weissen Sandweg geht manchmal lautlos ein barfusser Schwarzer vorbei. Die Nachbarhäuser sind weit, und hinter Wänden von Grün versteckt. Der Sandweg führt nicht in die Stadt, sondern in die träumende Wildnis hinaus, an die sich Marc, als er gefangen war, oft erinnert hat, mit welcher Sehnsucht. Er will nicht mehr daran denken. Wenn er nur schlafen könnte. – Er lauscht nach dem anderen Zimmer. Dort ist es jetzt still. Das Radio hat er selber abgestellt, und die Frau geht nicht mehr hin und her. Marc glaubt, sie atmen zu hören. Sie hat ihr schwarzes Kleid ausgezogen. Sie hat endlich ihre Tränen getrocknet, und liegt auf ihrem Bett in einem Mantel von Seide. Ihr blondes Haar, aus der Stirn geworfen, ist über das Kissen gebreitet. Ihre zarten Schläfen beben wie die Flügel von Schmetterlingen, wie vom Herzschlag eines kleinen Vogels bewegt, ihre Lippen haben ein wenig Farbe wiedergewonnen, sie sind weich gebläht wie reife Früchte, und fest geschlossen. Ihr Mantel ist offen, ihre Brust kühl wie Marmor, und ihre schmalen Knie hat sie im Schlaf aneinandergeschmiegt. Sie atmet so leicht, – Marc kann beruhigt sein. Sie wird nicht mehr rufen. Er hat ihr die Schuhe ausgezogen, und ihr das Glas aus den Händen genommen, während er immer an ihrem Mund hing, seine weit offenen, übermüdeten Augen auf sie richtete, und ihren rauhen Klagen lauschte, die er nicht verstand. Ihre Stimme war fast heiser, und brach manchmal, dann weinte sie, in so hilflosen, hohen Tönen, und ihr zuerst stossweises Schluchzen klang, als versuchte sie noch, ein paar arme Worte hervor zu bringen, aber es gelang ihr nicht. Oft schien sie dann zu verstummen, oder sie besann sich einen Augenblick, während die Tränen noch über ihr Gesicht liefen, und sie begann wieder rauh zu reden, leidenschaftlich, unverständlich, pausenlos. Man hatte Marc gesagt, dass sie Spanierin sei, und eine deutsche Mutter habe, aber selbst wenn sie deutsche, oder spanische Worte gebrauchte, klang es fremd. Dachte sie überhaupt daran, dass ihr Jemand zuhörte? – Oder wollte sie einfach ihre Not wie eine Flut aussenden, die sie am Ende tragen würde, – so wie sie in ihren kleinen Schuhen rastlos im Zimmer umher ging, den Kopf in den Nacken gelegt, die Augen geschlossen, und die Arme mit den weit geöffneten Händen ausgebreitet, wie um ein Gleichgewicht zu finden? – Mehr als einmal war sie doch vor Marc stehen geblieben, und hatte ihn geradezu angeredet. – «Mein Mann, ein englischer Flieger –», hatte sie zu erklären versucht, – «er ist abgestürzt. Man hat mich nicht zu ihm gelassen, ich wollte nach Cairo, ich wäre zu Fuss gegangen, dann hätte er mich noch einmal gesehen. Und sie haben es mir verboten.» – «Sie haben es mir verboten!» –, das wiederholte sie oft, und brach dann in dieses arme, fast wimmernde Schluchzen aus, bis es ihr die Worte erstickte und sie überschwemmte. – Was hätte Marc zu ihr sagen sollen. Er stand meistens an die Wand gelehnt, oder er ging bis zum Fenster, und versuchte, in die Nacht hinauszusehen, wo die verschleierte Helle der Milchstrasse sich zusammen mit dem Mondlicht silbern über die Erde breitete, und wo es jetzt sehr still sein musste. Er stellte sich vor, dass man jetzt lautlos über die weichen, feuchten Wiesenpfade gehen könnte, dort, im offenen Land, wo die ruhigen Atemzüge der Wildnis die Hitze verteilt, und die Luft geläutert haben mochten. Das Weinen der Frau drang an sein Ohr, und ihre rauhe, kleine Stimme schien ihm nicht fremd, es war ihm, als lausche er seit Stunden oder Tagen auf nichts anderes, oder als habe er sie schon früher, vor langer Zeit, gekannt: Er brauchte sich nur umzuwenden, und er würde ihr kleines, jetzt von Tränen verwüstetes Gesicht, und ihre jetzt trostlos auf ihn gerichteten Augen wiedererkennen. Auch das Zimmer, worin er sich mit ihr befand, kam ihm vertraut vor. Er sah durch das Fenster über das schwere, feucht glänzende Grün der Bananenbäume und Bambusbüsche hinweg in den lichten, beinahe blendenden Ausschnitt des Himmels zwischen zwei Palmwipfeln, und es war, als hätten seine Augen Abend für Abend den afrikanischen Himmel nur als dreieckigen Ausschnitt über dem tiefen Dunkel dieses Gartens gekannt. Er wartete auf ein wenig Regen, und fragte die Frau, ob sie sich in einen Korbstuhl auf der Terrasse setzen, und ein wenig Luft schöpfen wollte. Sie antwortete ihm, dass sie Durst habe, und er ging durch den Gang und das zweite Zimmer bis zur Küche, zündete das Licht an, und nahm eine Flasche Wasser aus dem Eisschrank. Die Frau hatte zwei Gläser mit Whisky auf die Brüstung der Terrasse gestellt, und er füllte sie im Dunkeln. Dann sassen sie nebeneinander, und der Himmel, der auf dieser Seite des Hauses frei und weit vor ihnen lag, war von einem Heer kleiner, weisser Wolken wie von wandernden Eisbergen bedeckt. Die Frau war jetzt still, und er hörte sich sprechen. Obwohl er seit langer Zeit zum ersten Mal so redete, in zusammenhängenden, langen Sätzen, und selbstvergessen, als sei er allein, – und doch so eindringlich, so glühend, als müsse er eine noch unsichtbare und namenlose Gegenwart anrufen, – obwohl er den Klang seiner Stimme, und wohl auch die meisten Worte beinahe vergessen hatte, schien es ihm jetzt, jeden Abend sei sie so ins Dunkel getragen worden, so gedämpft, so massvoll, voll trauernden Ernsts. Nicht dass er einen Anlass zur Trauer hätte. Nichts beschwerte ihn, nichts erwartete ihn, keine Sorge. Die Welt war so leer und still wie vor ihm der weisse Himmel. Es war nur seine Stimme, die sich befreite, als gehöre sie ihm nicht an, und in der stillen, leeren Weite schwebte, zusammen mit sich im Schlaf auf ihren Flügeln wiegenden Nachtfaltern und Vögeln. –

– «Warum haben Sie so geweint», – sagte er, – «überall auf der Welt weinen jetzt Frauen wie Sie, um ihren Mann, ihren Bruder, und ihre Söhne. Wer hört es. Und wenn Einer es zufällig hört, so wie ich, – er müsste sich die Ohren verschliessen. Denn wie könnte man soviel Leid ertragen. Es ist eine Flut, seit dem ersten Tag dieses Kriegs, und wohl seit allen Zeiten, von allem Anfang an. Immer Mütter, die ihre Söhne opfern, immer Söhne, die ihre Väter verraten, das Schwert über zerstampften Äckern führen, ihr Erbe vertun und Tränen aussäen, immer hungernde Kinder. –

– Weinen Sie jetzt, weil dieser Krieg ungerecht ist und Unschuldige tötet, weil die Flut des unschuldigen Leides steigt? –

– Wie haben wir, früher, einen Tag zubringen können, den Frühling begrüssen, die zärtlichen Gesten der Liebe tun ohne Tränen. – Wie haben wir Erntefeste und Brunnensegen feiern, Wein trinken, und die Geburt des Kindes begrüssen können, ohne dies zu bedenken –. Wie haben wir nur, während die Todesengel umgingen, den friedlichen Schlaf gesucht.» –

Sie antwortete nicht, und Marc bemerkte nicht, dass sie neben ihm im Dunkeln wieder leise zu weinen begann.

– «Ich will Sie nicht trösten –», fuhr er fort, «– wie könnte ich es! Ich weiss Ihren Kummer nicht, und kann ihn nicht teilen, mir hat dieser Krieg noch nichts angetan. Mein Land ist nicht verwüstet. Ich habe keinen Bruder im Feld. Nicht einmal Soldat bin ich, obwohl ich kämpfen wollte. Zwar sagen sie, dafür sei es nicht nötig, eine Uniform zu tragen, und Jeder müsse nur seine Pflicht tun und seinen Platz ausfüllen. So wie in Friedenszeiten, nur ein bisschen bewusster, mutiger und getreuer. Als ob nicht jede Stunde von uns den allerletzten Einsatz forderte, als ob man die Tugend messen könnte, – ja, als ob unser Mut sich jemals erschöpfen könnte, als ob er jemals genügte! – Das gilt im Krieg und im Frieden, nicht wahr, die Anstrengung ist immer die gleiche, immer auf die gleiche Weise wissen wir zwischen Gut und Böse zu unterscheiden, immer streben wir nach dem Guten, und kennen immer die gleiche, bittere Reue. –

– Jetzt frage ich mich manchmal, ob ich wirklich kämpfen wollte. – Ob der Wille, diesen Krieg fast wie einen Freund zu begrüssen und mit der Waffe in der Hand bis zum siegreichen Ende zu führen, ob er so über alle Zweifel erhoben, so unerbittlich war wie unser innerstes, zweifellos dem Unsterblichen zugewandtes Streben. Ob wir so sicher zwischen Freund und Feind zu unterscheiden wissen, wie seit dem Sündenfall jedes Kind zwischen Unschuld und Schuld? – Haben wir nicht vielleicht unsere menschlichen Masstäbe an die Stelle von göttlichen gesetzt, um unseren Mut blindlings zu stärken, und uns einen Augenblick der Ratlosigkeit, die Reue vor Gottes Antlitz zu ersparen?

Aber wenn dem so ist, dann sind wir keine Gottesstreiter, sondern Verführer. –

– Zwar führen wir den Krieg gegen einen Feind, der das Zeichen des Friedensbrechers auf seiner Stirn trägt. Er hat Heere aufgestellt, und ganze Völker gewonnen im Namen eines falschen, auf Furcht und Gewalt gegründeten Friedens, darum nennen wir ihn unseren Feind, und man hat es sogar gewagt, ihn den Antichrist zu nennen. Das erschreckt mich. Denn werden wir auch den Engel so leicht erkennen, der ihm entgegentritt? –

Dass viele Andere dem Betrüger geglaubt haben, oder ihm zumindest gefolgt sind, beweist vielleicht nur, dass sie an die Worte des Rechts und der Freiheit nicht mehr glaubten, die er durch die sichtbare, nackte Gewalt des Schwertes ersetzt hat, und dass auch unsere sogenannten Gottesworte keinen verkündenden Segen mehr trugen.

Gegen wen der Feind sich dann wandte, das war wohl Sache des Zufalls, strategischer Gründe, schlauer Berechnung. Von Antlitz zu Antlitz kämpfen nur Engel und Helden. Und wären unter uns Helden gewesen, sie hätten das Antlitz des Feindes schon lange erkannt, und wären ihm selbst mit einer Schleuder in der Hand entgegengegangen. –

Statt dessen griff er an. Und uns allen, deren Felder brannten, deren Kinder und Brüder getötet wurden, uns blieb keine Wahl mehr. Wir brauchten kein Losungswort, keine Verführung. Unseren Mut mussten wir in die Bresche werfen. Das ist der Krieg. Seine Gesetze sind immer die gleichen. –

– Aber ist es nicht genug, dass uns keine Wahl gelassen wurde, nicht den Völkern, noch den Einzelnen, weder den Schuldigen noch den Unschuldigen? – Genügt es noch nicht, dass Einer aufstehen und den Frieden verletzten konnte, und dass dann Alle, über die der Krieg hereingebrochen war, aufstanden und dem Ruf zu den Waffen folgten, ohne auch nur zu fragen, warum der Friede so schlecht gehütet wurde? – Sie kämpften, wie Menschen zu allen Zeiten zu kämpfen verstanden, tapfer und ergeben, wenn nötig auch ruchlos. Wer sie angriff, war der Feind, und wer sich, aus welchen Gründen immer, an ihre Seite stellte, den begrüsste man als Bruder. Und alle Schrecknisse nahm man hin, lud Bluttaten auf sich, und vergass, dass man einmal im Namen der Bruderliebe getauft worden war. Man ging, und tat seine Pflicht, man hatte nur noch Waffenbrüder. Ist es nicht genug? –

– Warum legt man den Menschen, die man ohne Erbarmen auf die Schlachtfelder schicken musste, Fragen in den Mund, die sie in ihrem frommen, einfältigen Mut gar nicht gestellt haben. Man sagt ihnen, dass sie nicht nur ihr Leben und ihre Freiheit gegen den Feind verteidigen, sondern im Namen des Rechts gegen das Unrecht, und für ihre unterdrückten Brüder kämpfen, und dass Gott auf ihrer Seite ist. Und als genüge es nicht, dass sie sich mit dem Tod abfinden mussten, der über Nacht auf sie zukam und ihnen alles nahm, – sagt man ihnen, ihr Tod werde gerächt werden. Ich habe es selber gehört, als fünfzig Unschuldige erschossen wurden. Es war so grausam, so unerbittlich, so unwiderruflich, es schien, als ginge ein Seufzen untröstlichen Kummers über die Welt. Man schien auch zu vergessen, dass täglich Ungezählte ebenso unschuldig, und wehrlos, dem Tod, dem Feind, irgendeiner namenlosen Gewalt überliefert werden, ohne dass eine Hand sich hebt … aber der Tod dieser Fünfzig, ja, er rührte an alle Herzen. Aber dann, was taten sie! – Als gelte es, dieses rührende Bedenken der Menschen auszustampfen und es der Gewalt gleichzutun, die sie in einem Augenblick des Schreckens erkannt hatten, so rief man sie an, ermunternd, finster, triumphierend. ‹Seid unbekümmert›, hiess es,

– ‹für jeden jener unschuldigen Toten werden wir zwei, wenn nicht zehn Unschuldige töten!› –

Ich weiss, es war nur ein Versprechen, und vielleicht ein falsches, das man nie halten wird. Auch wird die Sprache der Vergeltung von vielen anderen Führern nur vorsichtig, und massvoll verwendet. Zum Beispiel versichern sie den Ihren, dass auf ihrer Seite ritterlich und ohne Grausamkeit gekämpft werde, sogar gegen einen ruchlosen Feind. Und sie versprechen, dass nach dem Krieg ein gerechtes Gericht gehalten werde, und dass sie selber, die jetzt kämpfen, dann die Richter sein würden. Sie glauben nicht an die Rache, sondern an die Strafe. Ein Kapitän, der sein Schiff verliert, sagen sie, wird bei uns vors Kriegsgericht gestellt. Warum nicht auch ein Staatsmann, und warum nur für Verbrechen, und nicht auch für Unterlassungssünden, Fahrlässigkeit? – Sie sagen ferner, dieses Gericht werde sich nicht nur auf die Führer und Herrschenden ausdehnen, und nicht nur auf die Kriegsteilnehmer, sondern auf jeden Sterblichen, denn Jeder habe ein Gewissen, schulde Rechenschaft, trage Verantwortung.

Im Namen dieser gewaltigen Gerechtigkeit wurde kürzlich im Parlament Protest erhoben, als man die Häftlinge eines Interniertenlagers in die Heimat entlassen wollte. Es handelte sich um in Abessynien festgenommene Zivilisten. Im Wortlaut des Protestes wurde die Frage gestellt, ob man sicher sei, dass keiner der Zivilisten sich während des Krieges oder in den vorangegangenen Jahren einer Grausamkeit gegen einen abessynischen Eingeborenen schuldig gemacht habe. Da man in der Tat nicht sicher war, behielt man eine grosse Zahl der Gefangenen zurück, um sie nach dem Krieg vor Gericht zu stellen. –

Diese Geschichte wurde mir von einem sanften und gerecht denkenden Gewährsmann erzählt. Ich fragte ihn natürlich, ob man mit den eigenen Soldaten, Zivilisten, und Verbündeten auch so gründlich verfahren würde, und er antwortete mir ‹gewiss, nach dem Masstab des Möglichen.› – Dann fragte ich bestürzt, wer in diesem gigantischen Prozess die Richter bestimmen würde, und ob auch nur ein Mann gewillt sein werde, eine solche Verantwortung zu übernehmen. Aber da dieser Krieg nicht enden kann, bevor sich die Kräfte der Gewalt erschöpfen, die ihn heraufbeschworen haben, – so muss es notwendig die gerechte Sache sein, die endlich den Sieg davonträgt und den erschöpften Menschen den Frieden diktiert. Und es schien dem

Mann selbstverständlich, dass das Volk der Sieger dann nicht nur den besten Frieden auf Erden bestimmen und auf die Dauer von Generationen hinaus die Polizeigewalt ausüben, sondern auch zum Richter berufen sein würde.

Ich war darüber sehr bestürzt. Immer hatte ich geglaubt, der Feind sei der, der sich die Gewalt über andere Menschen anmasse. Das Zeichen des Friedensbrechers, woran man ihn erkenne, sei, dass er seine angemasste Gewalt dazu benütze, den Menschen ihre angestammte Freiheit zu rauben und ihnen verschiedene Stempel auf die Stirnen zu drücken. Dann liess er sie, je nach ihrem Zeichen, als Juden oder Christen behandeln, als Herrenmenschen, Knechte, Starke, Schwache, oder Verbrecher, und sie konnten sich untereinander nicht mehr als Brüder erkennen. Es war für die Menschen immer schwer, die Freiheit und das Recht unter Brüdern gegen die Willkür des Stärkeren aufrecht zu erhalten, aber nach jeder Niederlage haben sie die Reue gekannt, und trotz aller bitteren Reue wieder mutig das Haupt erhoben, und auf alle dunkeln Zeiten der Unfreiheit sind glücklichere Zeiten der Freiheit gefolgt. Der Glaube daran ist ein Teil unseres Erbes, – wie der Glaube, dass wir keinen Stein aufheben sollen, weil uns das Gericht nicht zusteht.

Ist das alles nicht mehr wahr?

Kein Krieg hat jemals die Herzen der Menschen verändert, und kein noch so grosses Verderben hat je die Stimme unseres Gewissens gebrochen. Wir haben immer nur ein Heil gekannt, und haben seine erlösende Stimme nie von der Stimme der Liebe unterschieden. Warum verleugnen sie es? – Was richten sie an! –»

Marc verstummte, als müsse er einem Gedanken nachsinnen, den er nicht auszusprechen wagte. Schon lange war ihm zumute gewesen, als spreche er nicht, sondern lausche nur. Seine Worte, die er wie im Traum ausgesandt hatte, kamen aus dem Dunkel zurück, als seien sie nicht in seinem Inneren, sondern erst dort laut geworden. Vielleicht waren sie auf einen Felsen gestossen, sodass ihr Echo wie ein Gongschlag ertönte, oder sie hatten sich von den im leisen Wind dahinwallenden Gräsern, vom aufsteigenden Tau, vom starken Duft der Büsche in jener Wildnis genährt. Vielleicht stand auf ihrem Weg auch ein Mensch, der sie aufgefangen und ihnen seinen Atem eingehaucht hatte, und die Stimme, die Marc so verwundert vernahm, war nicht mehr seine eigene. Er fühlte sich erschöpft, und versuchte vergeblich, sich alles Gesagte zurückzurufen. Ob die Frau neben ihm im Dunkeln ihn gehört hatte? – Hatte er sie gekränkt, oder ermüdet? – Sie hatte lange und bitter geweint. Er hatte zu ihr reden wollten, um ihre Einsamkeit, und die Wand ihres Leids zu durchbrechen. Aber sie weinte um einen toten Geliebten, und vielleicht wollte sie nicht gestört werden, um ihn wenigstens in Gedanken keinen Augenblick zu verlassen. Vielleicht hatte sie rings um ihn die gläserne Wand ihrer Tränen aufgerichtet, damit Niemand an sein Gesicht rühren konnte, welches sie in diesem kummervollen Schutz immer noch wie in einer Umarmung erkannte.

Und Marc wagte nicht, eine Frage an sie zu richten.

Sie weinte nicht mehr. Aber wie hätten es seine Worte sein sollen, die sie getröstet hatten. Er hatte, während er sprach, fast ihre Gegenwart vergessen. Wahrscheinlich, fast sicher, hatte er von etwas geredet, was ihn einmal bewegt hatte, vielleicht in jenem Gefängnis, oder während eines längst vergessenen Gesprächs, oder weil ein Antlitz, ein fremdes Schicksal ihn gerührt hatte, oder viel, viel früher, als er noch ein Kind war, und glücklich, und freien Herzens über Wiesen ging, und überall Glocken und Zeichen und Stimmen vernahm. Vielleicht hatte er eine solche Erinnerung ausgelegt, so wie man versucht, einen Traum aufzuschreiben. Man glaubt ihn so gut zu kennen, die hängenden Brücken sind beinahe greifbar, die blauen Berge neigen sich ihnen über den Abgrund entgegen, in der Tiefe schäumt Wasser und steigt bis zu den riesigen Kelchen goldener Wiesenblumen und dann über die Ufer, bis die Ebenen schwimmen. Der Purpurglanz eines Mantels schwebt über einer Brüstung, in einem vertrauten Gemach spielt eine Frau auf dem Teppich mit Käfern und hebt die Hand zu den Lippen, in den Nacken, und eine Flut von Zärtlichkeit zerbricht wie Sonne auf ihrem seidenen Haar. Und man neigt sich zu ihr, und man beginnt zu sprechen, und die Kehle ist wie verdorrt, und die Worte vergehen, ungehört.

Wenn man dann aufwacht, ist man noch im Traum befangen, betäubt vom Duft, den man soeben noch atmete, geblendet vom Antlitz, das man soeben noch liebte, auf den geschlossenen Augen liegt noch Himmelslicht, und die sammtenen Töne von Glocken schwingen noch. Das ist alles noch greifbar, man sinnt nicht nach, wie die weidenden Tiere der Sternbilder heissen, die gelassen am Rand des Traumes gehen, und denen man im weiten Talgrund, im glänzenden Widerschein der Schneeberge, ohne Furcht die Hand auf den Rücken legen kann. Man frägt sich auch nicht, ob diese das Herz mit frommer Ahnung und Entzücken bewegenden Bilder die Seligkeit bedeuten.

Aber sobald man wach ist, taucht dieser Gedanke wie ein Schlangenbiss auf. Wie man in einen Apfel beissen würde, spricht man das erste Wort aus. Man erschrickt erst, wenn es laut geworden ist, und dann ist es schon zu spät. – «Sagte ich Blüten, gelber Kelch, Glockenblumen?», – frägt man sich, – «um jene über morgenfrische Weiden eilende, über sanfte Ufer sich neigende Verklärung zu bezeichnen? – Es war falsch, war es nicht Silber, nur sprühender Tau?» – Aber während man sich besinnt und das richtige, treffende Wort sucht, ist jene ahnungsvolle, wortlos verkündete Seligkeit wie der Rauch eines Hirtenfeuers aufgestiegen und in der hohen Bläue zergangen, und die in die schönen Augen getroffenen Tiere bäumen sich in stummer Empörung, brechen in die Knie, verenden unförmig im Sand.

– «Was habe ich getan!» – In bittere Reue versucht man vergeblich, den Traum zurück zu rufen …

– So ging es Marc, als er im Dunkeln seiner Stimme nachlauschte. – Worte –, sagte er sich, müssen ein eigenes Leben haben, eine eigene, selten segnende, fast immer zerstörende Kraft. Natürlich glauben wir, über die Sprache zu verfügen, so wie über unsere Stimme, und unsere Gedanken. Wir glauben, sie sei ein Teil von uns, und wir gebrauchen sie, wie wir unsere Hand heben. Aber es ist nicht wahr. Denn es gibt unter den Menschen nicht zwei mit gleichen Händen, und Niemanden, nicht einmal unter Brüdern, der die Gedanken des Anderen teilen kann, aber wir reden alle die gleiche Sprache, um uns wenigstens notdürftig zu verständigen. Und doch muss die Sprache mehr sein als ein von den Menschen erfundenes Instrument, mehr als ein Notbehelf. Ich rede, wenn ich allein mit mir bin, oder vor einem Baum, dessen dunkles Rauschen und in Schweigen versunkenes Dasein ich begreifen möchte. Es ist, als seien wir im Augenblick unserer Geburt nicht nur aus dem Mutterschoss, sondern aus dem wie Seligkeit anmutenden Dunkel einer grossen Einigkeit und Liebe in die Welt gestossen worden, der wir jetzt, Jeder allein, gegenüber stehen. Es drängt uns, die furchtbare Trennung zu überwinden, darum versuchen wir, die Welt wieder zu erkennen, jeden Baum und Windhauch, und jedes Antlitz beim Namen zu nennen, jede Stimme anzusprechen, überall ein Echo zu vernehmen, mit dem wir uns verschmelzen. Ja, das erste Wort muss mit uns geboren worden sein wie der Schrei nach Erlösung. Aber während wir unsere Werbung fortsetzen, und diesen Schrei immer erneuern, erinnern wir uns an das frühe Dunkel, streben ihm durch alle Umarmungen wieder entgegen, und wissen wohl, dass es Tod und Seligkeit bedeutet, und dass wir dann wieder stumm sein werden wie vor allem Anfang!

Wir haben soviel Ursache, die Sprache zu hassen, wie wir manchmal unser Leben zu hassen glauben, und es wegwerfen möchten, denn beide müssen wir überwinden. Und soviel Liebe, die uns notwendig ist, um jedes Wort in uns aufzunehmen und zu begreifen, – und jeden Windhauch und Baum mit uns zu verschmelzen, – und jedes Menschenantlitz wie das von Brüdern und Schwestern zu erkennen, – soviel Liebe lassen wir aus unseren Händen rinnen. Dann gehen wir mit Worten und Taten um wie mit Steinen, die wir hassvoll auf die Schleuder legen. Ja, dann fragen wir nicht, wen wir ins Herz treffen. Nur schuldig machen wir uns, und klagen unsere Notdurft an und den Rauch der Erde, Brot und Salz. Tränen stampfen wir aus, wir, und ganze Heerscharen der Empörer, und die Ähren schwelen. So muss es dann zugehen, und die missbrauchte Sprache schreit zum Himmel, so, wie der Rauch aufsteigt von vergessenen, hinausgeschleuderten Gottesgaben …

Marc hatte sich im Gefängnis daran gewöhnt, stundenlang so in die Stille zu lauschen und seine übermüdeten Augen ins Leere zu richten. Er hätte dort kein lautes Wort gesprochen, weil der Klang seiner eigenen Stimme ihn erschreckt haben würde, und auch, weil er keinen Gedanken gefasst, keine Frage gestellt, keine Antwort erwartet hatte.

Manchmal hatte er dann geglaubt, hinter der Mauer, weit draussen in der Wildnis, wandernde Waldbrände zu sehen, oder er hatte dicht unter dem Fenster die schüchternen, sanften Töne vernommen, die dem Gesang von Grillen gleichen und von den Schwarzen auf ihren kleinen Handzitthern angeschlagen werden. Fast immer hatte er sich getäuscht, es waren nicht wirkliche Feuer, und nicht wirkliche Töne gewesen. Er hatte seine Augen überanstrengt, sodass sie sich wie an einem blendenden Wüstenrand an der Leere brachen, und sie mit fernen Spiegelbildern füllten, oder mit einem Brand, der nur ihn allein verzehrte. Er hatte so gespannt in das Dunkel des Weltraums gehorcht, dass er manchmal das Sausen der sich jagenden Sphären vernehmen konnte, und manchmal die frei darin schwebenden Töne noch nicht niedergeschriebener Melodien. Und so wach musste er damals gewesen sein, dass er keine Müdigkeit spürte, ja, das Bewusstsein seines Daseins verlor, und, die Füsse noch auf der festen Erde, in die Ruhe und das Erlöschen des Schlafs hinüberglitt, und mit offenen Augen träumen konnte.

Um solche Zustände hatte sich im Gefängnis Niemand gekümmert. Er war dort allein, und sich selber überlassen gewesen, und so frei, dass er in Gedanken die Wildnis erreichen, sich im Sphärenflug wiegen, König und Bettler spielen, und Verkehr mit den Engeln üben konnte, Niemand hätte ihn dabei gestört, Niemand Anstoss genommen, und den Stunden war kein Ende gesetzt.

– Ja, er hatte schliesslich geglaubt, er sei unverletzlich geworden. Die wirklichen Wände des Gefängnisses hatte er nicht wie Glasscheiben mit der Faust zertrümmert, aber sie waren wie Berge im Abendlicht vor ihm zur Seite gewichen, und die aus seinem Herzen tretenden Wasser hatten alle Ufer überschwemmt und die rauhen Gebilde der Wirklichkeit in einen weiten, ebenen Mondspiegel verwandelt. In der Nacht hatte er die Seelen mit jungfräulichen Fischleibern durch den Frieden des Weltalls fluten sehen, dann als gleitenden, bis in dunkle Tiefen dringenden und ungestört wieder aufsteigenden Schein.

Aber jetzt fragte sich Marc, ob er dort, wo die Stierhäupter der Versuchung am Mauerrand schliefen, und er wie am Rand zwischen Leben und Tod durch sonst wohl nur von Engeln bevölkerte, leere, und lautlose Felder getragen wurde, – ob er dort nicht ausserhalb der Welt gewesen sei. Jetzt blickte sie ihn an, richtete sich vor ihm auf als Palmbaum, Blätterrauschen, Nachtschwüle, und erstickende Einsamkeit. Wie würde er bestehen! – Wie nur noch eine Hand rühren, die Sprache wiederfinden, ohne sich zu vergreifen, ohne irgendeinen Frieden, das Gesicht eines Schlafenden, einen Baumschatten oder träumenden Wasserspiegel zu stören! –

Marc war deswegen nicht entmutigt. Aber er sagte sich, dass die Stille der Nacht, deren blauen Grenzen er mit den Augen folgen konnte wie am Tag den Grenzen der Ebenen, den Hügelkämmen, – dass dieser stille Umkreis in Wirklichkeit nicht existierte, sondern nur wie der runde Widerschein einer Lampe von seiner eigenen, in leisen Wellen sich ausbreitenden Ruhe bestimmt und erfüllt war. Aber die Nacht gehörte nicht ihm, so wenig wie eine einzige Frucht am Ast eines wilden Baums, so wenig wie ein Wind, der sich plötzlich aufmachte und sein Gesicht kühlte, so wenig wie ein im Schlaf aus seinem Nest fallender Vogel, den er in seinen Händen auffinge. Und ein vom Himmel fallender Stein konnte die Stille stören, so wie wahrscheinlich schon hinter der nächsten Wegbiegung Feuer flammten und das Dunkel zerrissen, und wie nicht weit, ringsum, Gewitter die Ozeane erschütterten und Weltenbrände lohten. – Es war Marc, als greife eine Hand nach seinem

Herzen und er könne nicht mehr atmen. Die Stille brauste in seinen Ohren. Er dachte an kristallene Wasserfälle, an Meerschaum, und hohe Klippen, über die er sich in die kühle, starke Brandung werfen könnte. Was hatte seinen Frieden gestört, seine heitere Unverletzlichkeit. Was war geschehen. Warum wurde das Schweigen so lastend.

Da begann im Dunkeln die Frau neben ihm zu sprechen.

Sie neigte sich vor, um ihm ins Gesicht zu sehen, und Marc hielt den Atem an. Sie hatte blondes Haar, das sich wie eine seidene Welle in ihren Nacken schmiegte. Ihr schmales, an den Schläfen fast durchscheinendes Antlitz hatte den gleichen, blassen Schimmer wie das Mondlicht, das auf ihrer Stirn lag und über ihre weichen Lippen floss. Sie richtete ihre grossen, hellen Augen auf Marc, und er rührte sich nicht.

«– In welchem Paradies haben Sie gelebt –», sagte sie.

Obwohl die Worte traurig, und fast vorwurfsvoll klangen, schien es Marc, noch nie habe er eine so sanfte Frage gehört. Galt sie wirklich ihm? Hatte diese Frau, die eine Fremde war, und die ein tiefer Kummer erfüllte, wirklich einen Augenblick ihre Einsamkeit überwunden und sich an ihn gewandt?

Er lächelte unwillkürlich. Sie hatte ihm vielleicht zugehört, während er in die Nacht hinein gesprochen, und sich allein geglaubt hatte, – so wie er, vorher, ihr einsames Weinen vernommen hatte, und es nie mehr vergessen würde. Vielleicht kannte sie ihn schon ein wenig, so wie er ihre Stimme, ihre Tränen, die schimmernden Züge ihres Gesichts, den ruhelosen Schritt ihrer kleinen Füsse, und ihren kindlich zarten Pulsschlag kannte. Ja, vielleicht waren sie für einander keine Fremden. Er erinnerte sich, dass sie Louise hiess, und er hätte sie gern so angesprochen, – «nach welchem Paradies, Louise, haben Sie mich gefragt?» –

Aber sie kommt ihm zuvor, und legt ihm eine Frage wie einen Finger zwischen die Augen, sodass er die Lider senken muss.

«Ich habe von Ihnen gehört», sagt sie, – «Sie kommen von weit her. Sie sind das Kind reicher Eltern. Sie haben auch Geschwister, oder einen Bruder: Sie sind nicht allein auf der Welt.» –

– «Wie können Sie das wissen, Louise!», antwortet Marc, aber sie fährt unbeirrt fort.

«Hingegen haben Sie keinen Beruf, und behaupten, freiwillig in dieses Land gekommen zu sein, des Krieges wegen. Das klingt nicht glaubwürdig.

Im Krieg sind nur Flüchtlinge unterwegs, oder Soldaten, oder Witwen, Heimatlose wie ich.»

– «Und wenn ich meine Heimat verlassen hätte, weil etwas mich rief? Wenn ich dem Widerhall des Todes in einem anderen Land gefolgt wär? – Wenn ich geglaubt hätte, wenn ich meinem Dorf bliebe, um einer fremden Heimsuchung zu entgehen, dann würde ich Verrat üben?» –

– «Ja, Sie hatten sicher einen besonderen Grund –»

«– Und Sie, Louise? – Warum sind Sie weggegangen? – Warum haben Sie Vater und Mutter verlassen? – Und mitten im Frieden? – Sie müssen noch ein Kind gewesen sein!»

Sie antwortet: «Ich bin viel älter als Sie.»

«Dreissig Jahre?», frägt er, und lächelt, und Louise lächelt auch, weise und schüchtern: – «Jahre zählen nicht.» –

Marc fürchtet plötzlich, dass Louise wieder weinen könnte. Er möchte sich zu ihr neigen und sie ansehen. Dann würde er ihr die Hände auf die Augen legen, und würde ihr vom Paradies erzählen. An alle Geschichten würde er sich erinnern, die er gekannt hat. Oben in seinem Tal gab es einen Bauern, der hatte ein Paradies an die Wand seiner Scheune gemalt. Da er das Tal nie verlassen, und nie eine andere Landschaft gesehen hatte, malte er zuerst zur Rechten das Dorf, darin sein Haus, und die kleine Kirche, dann die grosse Wiesenfläche, und den See mit der mit Fichten bestandenen Halbinsel ein. In den Hintergrund setzte er die Berge, saftig grüne Halden, blaue Gipfel, spitze Zuckerhüte, und breite, zum Seeufer hinabströmende Gletscher, auch Bäche, und einen gischtsprühenden Wasserfall. Die Wiese in der Mitte des Bildes war das Paradies. Man konnte jeden Felsblock und Heuhaufen, und weidende Lämmer erkennen. Die Schlange lag auf einem Stein zusammengerollt in der Sonne, und der Löwe beugte sein gewaltiges Lockenhaupt, um einem steifbeinigen, neugeborenen Kälbchen die glänzenden Hufe zu lecken. Daneben spielte ein Hirtenknabe, an den Stamm eines weiss blühenden Apfelbaums gelehnt, die Flöte.

Von diesem Paradiesli-Maler würde Marc Louise erzählen, dann vielleicht von den Savannen, die am Rand der grossen Seen, von einem Kranz von Vulkanen umgeben, im innersten Afrika lagen. Er würde ihr erzählen, dass es in einem der längst erloschenen Vulkane einen Krater der Tiere gab, worin seit vielen Jahren Antilopenpaare, kleine Seelöwen, Elefanten, Zebras, auch Flamingos, Kolibris, und viele andere schönfiedrige Vögel und Geschöpfe wie auf einer himmlischen Weide lebten, und sich nichts zuleide taten. Vielleicht könnte er sich auch eine Geschichte ausdenken, von einem Paradies, das ihr besonders gefiele? – Wenn sie nur nicht mehr weint …

– «Keiner von uns hat es mit Augen gesehen», beginnt er, «und doch erinnern wir uns, dass wir daraus vertrieben wurden, und haben unser Leben lang bitteres Heimweh.» –

– «Heimweh?», – frägt Louise, – «nach Olivenbäumen in Spanien, nach weissen Segeln in einer Meeresbucht, nach den Gärten unserer Mütter? – Ja, ich habe Heimweh, Tag und Nacht, solange ich mich erinnern kann, nach jedem Fleck Erde dort, wo ich früher gelebt habe!»

Ihre Stimme hat wieder den rauhen Klang anklagender, fast leidenschaftlicher Trauer, und Marc lauscht bestürzt.

«Aber Sie? – Ach, wissen Sie nur, wovon Sie sprechen!»

«Ich versuche, an das Paradies zu denken –»

«– und was es ist, allein zu sein, und vor einem Unglück zu stehen, das man einfach nicht begreifen kann!» –

Sie neigt sich wieder vor und sieht ihn wieder an, als müsse sie ihm mit einer Fackel ins Gesicht leuchten und seine Augen suchen.

– «Begreifen Sie es?» frägt sie, – «der Tod, was das ist? – Dass man einen anderen Menschen kennt, den man so lieben muss, mehr als man sich selber je lieben könnte, dass man sein junges Gesicht, sein weiches Haar, sein gutes Lächeln kennt, und den Druck seiner starken, warmen Hände, und den Glanz seiner Augen, die immer ruhig und froh sind, und so voller Zärtlichkeit! – Dass man seinen Atem neben sich hören muss, um selber atmen zu können, dass das Leben erst beginnt, wenn seine Stimme zu sprechen beginnt, und dass es endet und sanft und dunkel wird, wenn er die Arme öffnet. Dann ist man ausgelöscht und hat keine Augen mehr, keine Schultern und Füsse, und atmet nur noch an seiner Brust. Wissen Sie, was das heisst, einen Menschen zu lieben? Man hat kein Heimweh mehr. Man lebt mit ihm allein in der Welt, wie in einem riesigen Exil, man braucht kein Haus, und der Himmel ist überall gleich, immer einer grossen Umarmung entgegengeneigt, und jede Frucht, die ins Gras fällt, ist süss und gehört einem, und jeder Fleck Erde ist als Bett genug. Seligkeiten hätte man mir versprechen können, aber ich hätte ohne ihn keinen Schritt getan. Seligkeiten? – Engelsfluren, Himmel voller Geigen, den Frieden auf Erden, Erlösungsgesänge ohne ihn? – Wenn ich manchmal unglücklich war, – denn er machte mich oft unglücklich, er ging auf lange Reisen, er betrog mich sogar, und sagte wie zum Spass, ich verlangte zu viel von ihm, er müsse seine Seele vor mir retten und ihr manchmal auf Wüstenwegen in die Einsamkeit folgen, – ja, dann wagte ich es nicht, ihn zurückzuhalten. Denn sogar wenn er log, wenn er nicht immer in die Wüste ging, und wenn er in eine andere Frau verliebt war, so wusste ich doch, dass er es nicht zum Spass tat, und mich nicht gern so unglücklich machte. Er war noch so jung, – und er war immer wie ein Krieger, der neben mir lebte, weil wir einander getroffen hatten und Keiner von uns mehr ohne den Anderen sein konnte, aber er wusste viel mehr als ich, und ich konnte nicht alles mit ihm teilen. Er hatte andere Länder gesehen, und um dorthin zurückzukehren, wurde er Flieger. Manchmal musste er auch nur unter Männern sein. Aber ich glaube, er konnte sogar mit Engeln reden, und ging manchmal fort, um ihnen zu begegnen.

– Oft sagte man mir, dass ich ihn verlassen müsse. –

Natürlich wussten sie nicht, von was sie redeten, denn Niemand ausser mir kannte ihn. Sie meinten, es würde für ihn eine Strafe, und eine Warnung sein, aber wovor hätte ich ihn warnen sollen? – Er wusste immer, was er tat. Und ihn zu bestrafen, – wie hätte ich es gewagt! – Ich hatte kein Recht dazu, und verlangte nur, ihn jeden Tag mehr lieben zu dürfen: So wie er war, mit seinem Namen, seinem Schritt, seinem Mund und Haar, und jedem seiner Gedanken, sogar wenn ich sie nicht immer verstehen konnte. Und selbst wenn er mir einen falschen Namen gesagt hätte, und selbst wenn er plötzlich ein Anderer gewesen wäre und ich hätte ihn nicht wiedererkannt, was hätte es an meiner Liebe geändert? – Und selbst wenn er eines Tages fortgegangen wäre und mir gesagt hätte, es sei für immer, und wenn er behauptet hätte, er hasse mich und wolle ohne mich leben, so hätte ich doch nicht ohne ihn leben können. Ich hätte gewartet, oder ich wäre ihm gefolgt, um ihn wenigstens heimlich, von weitem, zu sehen. Ja, das wäre genug gewesen, und ich hätte nicht sterben wollen, um ihn nicht aus den Augen zu verlieren. So liebte ich ihn. Da sagten sie mir, er werde mich ins Unglück bringen. Denn eine solche Liebe dürfe nur Gott gehören, so wie man auch das Heil seiner Seele keinem Menschen überantworten dürfe, sondern Gott allein. –

– Aber ich wusste nicht, von welchem Unglück sie redeten. – Wenn mein Freund auch nur ein sterblicher Mensch war, konnte er mir doch nichts antun, denn mein Herz war unverletzbar in seines gebettet, und mein Leben war in seiner Hand. Was sich fern von ihm zutrug, und was sie, draussen in der Welt, Glück oder Unglück nannten, warum hätte es mich bekümmern sollen. Wie hätte ich sogar an Gott denken und ihn lieben können, da meine Liebe sich nicht teilen liess und einem Anderen gehörte. Und ich konnte nicht über meine Seele verfügen und um ihr Heil besorgt sein, denn sie ist ein Teil von mir, und so wie man sich eine Hand abschneidet oder ein Auge ausreisst, so hätte ich sie verraten, sie mir ausreissen und wegwerfen müssen. Und so wie meine Hände seinen Nacken umschlangen, und auf seinem Haar ruhten, und wie meine Augen nur ihn sahen, so stand auch das Heil meiner Seele nicht bei mir und nicht in der Hand Gottes, des Herrn, sondern bei ihm. –

Aber um mich jenen Anderen verständlich zu machen, die mich warnten, sagte ich ihnen, dass ich Gott nicht mehr kenne. Sie versuchten, mich daran zu erinnern, dass meine Eltern mich im frommen Glauben erzogen hatten, und ich erinnerte mich wohl. Denn meine Mutter war mit mir in die spanischen Kirchen zur Messe gegangen und hatte mich beten gelehrt, obschon sie Protestantin und eine Fremde war. Sie legte mir einen Schleier wie eine kleine Mantilla um die Schultern, und gab mir eine Kerze, oder Blumen in die Hand. Im Winter fuhren wir durch die Stadt zur Kathedrale, aber im Sommer wohnten wir auf dem Land und gingen zu Fuss über die Felder bis zur Kapelle, die zu einem Kloster gehörte. Dort blieben wir immer lang. Wenn die Messe zu Ende war, und wir ein wenig froren, denn in der Kapelle war es kühl und düster wie in einer Gruft, und die Kerzen schienen hinter dem blauen Weihrauch wie durch Nebel, – dann gingen wir in den Klostergarten, wo es gelbe, von der Sonne gewärmte Arkaden gab, und eine Wiese mit Obstbäumen und einem Ziehbrunnen in der Mitte. Aber in anderen Jahren gingen wir weit fort, nach Österreich, in ein Tal, wo meine Mutter zuhause war, und dort gingen wir nie zur Kirche, sondern blieben den ganzen Tag am See, oder stiegen durch den Fichtenwald bis zu den Alpweiden hinauf. Wir warteten auf das Abendrot, und wenn die Berge glühten und dann langsam erloschen, sagte meine Mutter, jetzt gingen die Engel über die Halden und durch die Täler, um Gottes Segen auszubreiten.

Aber davon wussten nur meine Mutter und ich, und den Anderen sagte ich später, ich könne mich an meine Kindheit nicht mehr erinnern, und hätte alle Gebete vergessen. Da liessen sie mich endlich in Frieden. Ich glaube, dass sie mich für verloren hielten. Als meine Mutter starb, war ich mit meinem Mann in einem anderen Land, und in Spanien war Bürgerkrieg. Aber die Menschen hatten mit mir kein Erbarmen mehr. Sie schrieben, bis zuletzt habe meine Mutter gefragt, ob ich noch kommen würde, und es war doch zu spät ...»

Als hätten ihre letzten Worte sie erschreckt, brach Louise ab. Marc wagte nicht, sie anzusehen, denn sicher starrte sie mit blassen, verweinten, nur noch von Entsetzen erfüllten Augen ins Dunkel, und dass sie seine Gegenwart vergass, war gut. Oder sprach sie, weil sie sich vor soviel Leid fürchtete, und es nicht mehr allein tragen konnte? – Da hörte er sie fragen:

«Zu spät, – was bedeutet das? – Kann es wirklich für etwas zu spät sein? Für immer? Und dieses für immer, heisst es, dass es in alle Zeiten so weitergehen wird wie jetzt, gnadenlos? –

Und wenn ich es nicht mehr ertragen könnte? – Was dann?» –

Sie sprang plötzlich auf, stand vor Marc, beugte sich über ihn, ergriff ihn an den Schultern. Sie schrie fast.

«Antworten Sie, – was dann? – Haben Sie nicht vorher, als Sie vom Gericht sprachen, dass die Menschen über einander abhalten wollen, – haben Sie nicht gesagt, dass sie alle verurteilen würden, die Schuldigen und die Unschuldigen, und dass es dann für die Reue zu spät sei? – Es ist Ihnen so leicht von den Lippen geflossen! – Und jetzt, warum sagen Sie nichts?»

Ja, er sieht ihre Augen, und sie sind voller Entsetzen auf ihn gerichtet, und er hört ihre vor Ratlosigkeit fast brechende Stimme, die er trösten, oder doch wenigstens besänftigen möchte, und überflutet von Mitleid, vermag er endlich die Lippen zu öffnen. Er beginnt leise: «Ich habe nicht leichtfertig geredet. Ich sagte, dass das Gericht der Menschen nicht gelte vor Gott, denn selbst wenn sie Einen verurteilen, und auch wenn sie ihn steinigen, können sie doch seine Seele nicht antasten, die unsterblich ist. Und ich sagte, dass es für die Reue nie zu spät ist, und dass sie allen offen steht, den Unschuldigen und den Schuldigen, so wie kein Mensch ausgeschlossen ist von der Gnade.»

– «Ja, solche Worte haben Sie gebraucht», –

– «und sie sind ganz einfach –», –

– «und Sie glauben daran. Nicht wahr, Sie glauben daran? – Und auch an die Kraft der Liebe, und an die Versöhnung unter den Menschen, und dass wir den Frieden Gottes schon auf Erden finden können, und dass wir auch in der tiefsten Not nicht verloren sind? –»

«Ja, ich glaube, Louise –», aber sie unterbricht ihn:

«Man sieht es Ihnen an, und jedes Ihrer Worte verrät Sie. Denn Sie reden, als ob Sie unschuldig seien, als seien Sie nie verzweifelt vor einem Menschen gestanden, oder nur vor Ihrer Liebe zu ihm. Vielleicht haben Sie nie geliebt? – Oder haben Sie in Ihrem Leben schon so viel und so bitter bereut, dass alle anderen Gefühle ausgelöscht wurden? – Antworten Sie, – haben Sie alles vergessen? – Leben Sie ausserhalb der Welt? – Hören Sie auch nur meine Stimme? – Ach, Sie haben nie eine Verdammnis gekannt. Wie könnten Sie mich sonst so ansehen, so unbewegt, so anmassend als seien Sie ein Engel, und ohne Tränen!» Und Marc senkt die Augen. Gibt er ihr Recht?

Ach, ihre Behauptungen könnte er leicht widerlegen. Er hat in keinem Paradies gelebt, sondern wurde erst heute aus dem Gefängnis entlassen. Er weiss von keiner Schuld, die er dort abgebüsst hätte, sondern sie haben ihn unschuldig verurteilt, weil sie ihm keinen Glauben schenken wollten. Und er hat mehr als eine Verdammnis gekannt, die Verdammnis der Angeklagten, der Pestkranken, der Ausgestossenen, die der wehrlos Besiegten, und die Verdammnis der Einsamkeit. Man hat ihn so lange auf die Probe gestellt, bis er nicht mehr konnte und sich zu fürchten begann. Man hat ihn so lange in Versuchung geführt, bis er die Menschen nicht mehr lieben konnte, sondern sie verachtete, und bis er statt an ihnen an Gott zweifelte. Und sie haben ihn so lange gezwungen, sich zu verteidigen, bis er sich demütigen, und zu Lügen greifen musste, um ihnen zu antworten. So haben sie ihn endlich zum Schweigen gebracht. Aber wenn es nicht das Schweigen der Verdammten wurde, war es nicht ihr Verdienst. Denn in jener zuerst fürchterlichen Stille hat eine unsichtbare Gegenwart zu ihm geredet und ihn getröstet, bis er die Augen wieder aufschlug. Aber Louise sieht nur, dass er frei und narbenlos ist wie am ersten Tag. Wie könnte er ihr erklären, dass es nicht immer so war. Er müsste ihr Gefahren ausmalen, die er nicht mehr fürchtet. Er müsste ihr gefährliche Waffen beschreiben, die längst stumpf geworden sind. Er müsste ihr sagen, dass ein Mensch im Unglück verloren sei, dass er hinter Gefängnismauern verderbe, und dass Verleumdung ihn töte. Und es ist doch nicht wahr. Er kann an keine irdische Macht der Verdammnis mehr glauben, und um Louise zu sagen, dass er auch nur ein Mensch ist, und sich von Schmerzen und Not nähren gelernt hat, müsste er lügen. Warum nur fordert sie ihn heraus? – Leise sagt er:

«– Ich habe auch eine Mutter –». Er sieht sie lächeln.

«– Und Ihre Mutter ist vielleicht eine von jenen Frauen, die nie etwas zu verzeihen haben, weil die Liebe ihnen zuvorkommt, und soviel stärker ist? –»

– «Ich weiss es nicht.» –

Aber als sie den Blick senkt, als wolle sie ihn mit ihrer Frage nicht beschämen, – ihn, der vielleicht im Kreis verschwiegener Reichtümer lebt, die er ihr nicht mitteilen kann, – da begreift er, dass er zum ersten Mal diesen Blick nicht ertragen könnte, und fühlt eine wie Trauer brennende Scham …

Ja, für Louise kann es nicht wichtig sein, ob ihre Anklagen ihn trafen, und dass er nicht anmassend sein wollte, und nicht so unbewegt ihren Tränen zuhörte, wie sie es glaubt. Dass er eine Mutter hat, und vielleicht geliebte Brüder, was geht es sie an. Und was kümmert es sie, ob er aus einem Paradies gekommen ist oder aus einem Gefängnis. Sie wird diese Orte nie kennen, und die Menschen nie sehen, die ihm vertraut sind, und wird nie eine einzige Erinnerung mit ihm teilen. Selbst wenn sie einander nicht mehr fremd sind, sieht sie nur ihn, wie er ihr heute Abend auf der Strasse entgegenkam: Ein junger Mensch ohne Hut, ohne Geld, ohne Gepäck, und fast ohne Namen, – denn sie hat ihn nach nichts gefragt. Dann hat er sie mit Freunden in ihr Haus begleitet, und da er nicht gegessen hatte, und nicht wusste, wo er hingehen sollte, und da sie nicht allein sein wollte und ihn nicht fortschickte, blieb er neben ihr. Das ist alles. Die Nacht ist hereingebrochen. Er sieht ihr Gesicht im Mondlicht, und er wird sie nie wieder vergessen. Ihre Stimme rührt ihn, er kann sich nicht vorstellen, dass er sie vielleicht schon morgen nicht mehr hören wird, und dann nie mehr. Vielleicht fängt so eine Liebe an. Aber Louise weiss nichts davon. Und selbst wenn sie es wüsste, wenn sie seine Gedanken kennen würde, so wie sie jetzt seine Züge, die Farbe seines Haares, die Gesten seiner Hände, und seine Schritte kennt, – was würde sich für sie verändern? – Wäre er ein anderer Mensch für sie, ein Freund, ein Vertrauter, würde er ihr auch nur einen Händedruck und Gedanken jenes Geliebten ersetzen, den sie verloren hat? –

– Welche Anmassung! –

– Was hätte er ihr zu sagen? –

«Schau mich an. Ich bin ein Mensch wie Du. Ich bin in Not wie Du. Ich bringe Dir meine Not, und alles was ich habe.» – Und dann? – «Ich habe einen Mord begangen, und ich bereue es. Ich habe meinen Bruder verraten, und ich bereue es. Ich bin allein auf der Welt, und ich bringe Dir meine Reue dar.» – Würde sie nicht die Achseln zucken, und ihn von ihrer Schwelle weisen, vielleicht morgen schon? «Ich bin in Gefahr. Ich habe nur Dich.» – Warum sollte sie die Gefahr mit ihm teilen.

«Hör mich an», und sie würde ihn nicht anhören. Selbst wenn er aus dem Paradies käme, und auf seiner makellosen Stirn das Zeichen der Reinheit trüge, wenn er ihr in unschuldigen Händen die Heilsbotschaft brächte, und er hätte nichts zu bereuen und würde vor keinem Menschen die Augen senken, und er würde vor ihr stehen wie ein Engel: Vielleicht würde sie seiner tönenden Stimme ihr Schweigen entgegensetzen, vielleicht sich von ihm abwenden, vielleicht das Heil nicht erkennen wollen. Sie würde noch seine einsame, flammende Reinheit beschämen. Auf ihren kleinen Füssen würde sie davongehen, über Abgründe wie eine Seiltänzerin, und wie ein Magier durch glühende Asche, und sie würde lächeln. Ihr seidenes Gewand würde sie öffnen, und es würde sie wie Flügel tragen. Und wenn sie dann über den Rand der Dächer hinaus glitte, und in die weit geöffneten Arme der Dunkelheit stürzte, und er müsste es mitansehen, – und wenn ihre Füsse verbrennen würden, und ihre Stimme wäre schon erstickt, und sie riefe noch, – hätte er sie aufhalten können? –

Er ist dankbar, dass sie jetzt noch zu ihm spricht.

– «So war es immer», – sagt sie, – «Ihr versteht Euch so gut auf die Kunst der Verführung. Ihr redet so viel, – und es ist gut, solange man Euch zuhören kann. Denn immer habt Ihr einen Trost bereit, und selbst ohne Hoffnung seid Ihr mutig. Aber die Not fängt erst an, wenn man vor Schmerz erblindet, und kein Wort mehr vernimmt und die Hand nicht mehr hebt. Wo seid Ihr dann. Engel möchte man anrufen, Tote möchte man anklagen, und es wäre vergebens.»

– «Ja, es wäre vergebens.» –

– «Warum vergebens!», schreit Louise auf, – «warum gebrauchen Sie solche Worte!» –

– «Weil man mit Engeln nicht kämpfen kann, wenn sie es uns nicht erlauben.» –

– «Sagen Sie nichts mehr! Ich verbiete es Ihnen! – Was soll man dann tun!» –

Als er schweigt, fasst sie seinen Arm und wiederholt leise:

– «Was soll man um Gottes Willen tun!» –

Er schüttelt den Kopf. – «Ich weiss es auch nicht.» –

– «Sie wissen es. Oh, warum lügen Sie jetzt!» – Sie wartet.

– «Sie glauben vielleicht, dass ich Sie nicht verstehe, und Sie wieder kränken werde, Marc –»

Aber wie könnte sie ihn kränken. Wenn er nur aufstehen und ihr den Mund verschliessen, nur irgendetwas Sanftes für sie tun könnte!

– «Oder Sie haben Angst vor mir. Es ist immer so gewesen. Immer habe ich die Menschen gekränkt, die zu mir kamen und mir geholfen hätten. Und immer habe ich es nachher bereut, und es war zu spät.» –

– «Ich habe keine Angst vor Ihnen.» –

– «Sind Sie ganz sicher?» – sie lächelt hoffnungsvoll, – «oh Marc, Sie dürfen mich nie anlügen!» –

– «Nein, ich werde Sie nie anlügen, Louise.» –

– «Aber Sie kennen mich ja noch nicht. Sie wissen nicht, wie schrecklich verzweifelt ich manchmal bin.» –

– «Nicht nur Sie, Louise …»

– «Versuchen Sie nicht, mich zu trösten. Sicher hätten Sie einen guten Grund, zu verzweifeln in dieser Welt, und den Menschen etwas vorzuwerfen. Sie hatten viel Kummer. Ich sehe es Ihnen an. Aber mir haben Sie nie etwas getan. Als ich mit meinem Mann heimlich fortging, und meine Eltern soviel Angst um mich hatten, verziehen sie mir und haben noch für mich gebetet. Und ich, ich dachte kaum mehr an sie. Ich lebte mit ihm ausserhalb der Welt, und er wollte, dass ich alles vergesse, und dass kein Schmerz mich berühre. –»

– «Und doch waren Sie so verzweifelt?»

Louise blickt ihn unbeweglich an. – «Ja», sagt sie, – «mir war manchmal, als stosse mein Atem gegen Mauern. Seinen Herzschlag konnte ich manchmal wie hinter einer Mauer nicht hören. Seine Augen waren manchmal wie eine Mauer aus Glas. Manchmal wurden meine Hände kalt, wenn er sie in die seinen nahm. Manchmal musste ich im Schlaf schreien, und meine Stimme kam zurück, als sei sogar der hohe, offene Himmel nur eine riesige Mauer. Natürlich rief ich nur seinen Namen, und er lag neben mir und antwortete mir, aber ich verstand ihn nicht. Was er auch sagte, – es war nie genug.»

Ihre Stimme verklingt, bekümmert und hilflos: – «Sehen Sie, so bin ich. Es war nie genug, und in seinen Armen weinte ich noch …» –

– «Was ist es, Louise, was Sie eigentlich hören wollten?» –

– «Ich weiss es nicht.» –

– «Hatten Sie einen Kummer, oder Angst, ihn zu verlieren?»

– «Er wusste, dass ich auf der Welt nur ihn besass. Wie hätte ich ihn verlieren können! – Ich hielt ihn mit meinen Augen fest, die er liebte, und wenn ich mich kämmte, legte ich mein Haar um seinen Nacken, und wenn ich beten wollte, legte er mir die Hände zusammen und sprach mir die Worte auf Spanisch nach. Wenn er fort ging, sagte ich ihm, dass ich keine Angst haben würde. Ich sagte ihm, dass er mich immer wiederfinden würde, denn unablässig würde mein Herz seinen Namen rufen. Wenn er dann zurück kam, und zum ersten Mal mein Gesicht zwischen seine Hände nahm, und meinen

Herzschlag hörte, – ja, dann erblasste er, als stände sein Herz still. Mit den Lippen musste ich seinen Atem suchen, und sie auf seine Augen pressen, um ihnen ihre Farbe und ihren Glanz wieder zu geben. Ich musste seine Schläfen umfassen und ihnen meine Liebe einhauchen. Ich musste ihn mit meiner Zärtlichkeit einhüllen wie in einen Mantel, und seine Füsse wärmen, bis ich erschöpft war, als sei mein Blut in seine Adern geflossen. Dann sagte er, dass er ohne mich nicht leben könne, und ich musste ihn lange in meinen Armen halten. Nein, ich hatte keinen Kummer ...»

– «Er war so gut zu mir», – fährt Louise fort, und ihre grossen Augen voller Mondlicht strahlen, – «ich sagte nicht einmal seinen Namen, wenn ich nach ihm verlangte, seine leichten Hände und sein warmer Mund fassten mich an und trockneten meine Tränen, und so zärtlich war er, als neige sich der Schatten eines Engels über mich. Und doch war ich manchmal verzweifelt. Ich verlangte nach ihm und wagte nicht, ihn zu rufen, und hielt den Atem an, um ihn nicht zu stören. Aber er kam doch. Er kannte meine Augen, er erriet meine heimlichsten Gedanken. Er sagte: ‹Du bist nicht allein›, und seine Stimme machte mich zittern, und mit seinen Küssen nahm er mir mein Zittern von den Lippen und hielt mein Herz fest. Und ich wartete, und es war, als sei alle Wärme aus meinem Leib getreten, ihm entgegen, und ich sei nicht mehr lebendig. Es war, als müsse ich ihn noch einmal bei seinem Namen rufen, aber meine Stimme versagte, und ich müsse noch einmal seine Hände drücken, die doch so fest und innig meine Hände und Hüften und Schultern umfingen. Ich rang nach Atem, und er erstickte ihn an seiner Brust, und er trank das Licht aus meinem Haar. Aber in der Dunkelheit wollte ich ihm das letzte Wort entreissen. Denn ich verlangte nach seiner Seele, und ich glaubte, das letzte Wort müsse seine Seele treffen und blosslegen, und dann würde mir sein Leben entgegenströmen, und wir würden endlich eins sein. Ja, das glaubte ich, und es war eine Sünde. Denn so sehr verlangte ich darnach, als hätte ich ihn töten wollen ...»

Als Louise jetzt schweigt, versucht Marc nicht mehr, ihr zu antworten. Sie wendet ihm langsam ihr weisses, fast wunderbar strahlendes Gesicht zu. Ihr lächelnd geöffneter Mund, ihre fast triumphierend erhobene Stirn verraten keine Frage und keinen Schmerz mehr. Und ihre Augen sind so eindringlich, so unbewegt in die Ferne gerichtet, dass Marc erschrickt. Sie scheint ihm ihr schönes Antlitz darzubieten, ohne ihn zu sehen, – als sei diese anmutig ernste Halswendung nur ein Teil einer in tiefer Versunkenheit, beinahe wie im Schlaf vollzogenen Hingabe, die sie mit ihren grossen, blassen Augen im dunklen Spiegel der Nacht verfolgt.

Sie hat von einer Sünde gesprochen, aber so ergeben, als sei diese Sünde zugleich ihr Geheimnis und die Erklärung ihres Lebens, und sie habe nichts zu bereuen. Marc frägt sich, ob man nicht, wenn man so gesündigt hat, schon beinahe erlöst sei. Denn diese vollkommene, von keiner Klage gestörte, wie Silber schimmernde Ruhe, dieses aus Trauer und Freude gegossene Lächeln auf Louises Gesicht glaubte er den Engeln vorbehalten. Aber er glaubt auch sich zu erinnern, dass Engel die grossen Sünder zu sich ziehen und zu ihren Geschwistern machen.

– «Haben Sie je einen Menschen getötet?», fragt sie, und ihre Stimme ist nicht mehr rauh und scheint zu schweben.

Er schüttelt den Kopf.

– «Kennen Sie eine der sieben Todsünden?»

– «Ich habe nie versucht, sie aufzuzählen.» –

– «Haben Sie sich je gefürchtet, eine solche Sünde zu begehen, und gebetet, dass Gott Sie davor bewahren möge?» –

Marc antwortet nicht. Sie soll schweigen, denkt er.

«Ich habe mich auch nicht gefürchtet», fährt sie fort. – «Manchmal sagte er mir, dass ich ihn töten würde. Dann lachte ich, denn ich hätte ihn nicht sterben lassen. Mit meinen Händen hätte ich sein Blut aufgehalten, und ihm mit meinem Mund meinen eigenen Pulsschlag gegeben. Und ich hätte seine arme Seele mit meiner vertauscht. Man sagt, dass Brüder es können, weil sie das gleiche Antlitz haben, aber es ist nicht wahr, denn es genügt nicht. Man sagt auch, nach dem Tod seien die Seelen frei und können sich im Weltall verschmelzen. Aber ich glaube, die Liebe vermag noch mehr. Sehen Sie –», sie strahlt Marc an, «– er hatte Angst vor dem Sterben, deshalb habe ich ihn geschont! – Nicht ich habe ihn getötet! – Und wie gern, wie leicht wäre ich mit ihm in den Tod gegangen!» –

Sie schweigt lange, als müssten ihre Worte Zeit haben, durch die Weltennacht bis zu den Gefilden der Seligkeit zu dringen.

«– Aber dann ging er fort. Weil er mir sagte, es sei um des Krieges willen, habe ich versucht, ihm wenigstens bis in den Krieg zu folgen. Da musste er mir gestehen, dass er noch einmal gelogen habe, und dass er das Heil seiner Seele suchte. Wie hätte er mich sonst verlassen! Er wusste im Voraus, dass er daran sterben würde, und er sagte es mir und tröstete mich. Ja, so hat er mir zuletzt die volle Wahrheit gesagt ...»

Marc starrt in ihre Augen. – Wie wagt sie es auszusprechen! – Er möchte sie unterbrechen, als könne er sie vor einem Unheil bewahren. Aber es ist zu spät. Sie hat ihre Geschichte beendet, und wie von einem Fremden wendet sie sich von ihm ab. Sie hebt den Kopf. Sie steht auf. Sie geht bis zur Brüstung, und schüttelt ihr Haar in den Nacken, – Marc scheint es, mit einer Geste der Befreiung, ja des Triumphs. Sie blickt hinaus, als ermesse sie den Bereich der Dunkelheit. Dann wird sie ganz leicht die Arme und die geöffneten Hände heben, und sie werden ohne Gewicht sein. Sie wird ihre lautlosen Atemzüge voraussenden. Ihre Füsse werden schweben.

Sie wird sich nicht mehr umblicken. Ohne Furcht wird sie sein. Marc wartet gebannt. Es scheint ihm, das Mondlicht fliesse den Falten ihres Gewands entlang wie um sie in Schlaf zu wiegen. Schon ist sie von Silber wie von Dämmerung umkleidet, bald wird er sie nicht mehr sehen.

Dieses Schweigen zwischen ihnen ist furchtbar. Und er muss es doch ertragen, dieses ewig unveränderte Lauschen auf der Stille Widerhall, die Einsamkeit.

Da sieht er Louise das Haupt ein wenig neigen, als habe sich Tau auf ihren Nacken gelegt und sei zu schwer. Sie kehrt sich, und stützt die Hände in ihrem Rücken auf die Brüstung. Und als habe sie ihr helles Gesicht im Nachtglanz gebadet, so schimmert es, von Tränen überströmt.

– «Es ist jetzt genug!», sagt sie laut. Aber man weiss nicht, an wen sie ihre rauhe Stimme richtet. Es ist, als weine sie gläserne Tränen, als empfinde sie keinen Schmerz, und kenne keine Scham mehr. – «Ja, es ist genug», antwortet Marc, «weinen Sie nicht mehr.» Sie verstummt, und ihre Augen weiten sich und suchen die seinen. Ihm scheint, er sehe ihr Gesicht zum ersten Mal. Es ist jung und unschuldig, es hat sich in Gartenteichen gespiegelt, der Schatten von Tamarisken hat seine Blässe behütet. Von der Welt weiss es nichts, es hat nur den fernen Klang von Hirtenstimmen, die Rufe von Vögeln und Tieren vernommen, und es hat auf das Fallen von Pfirsichblüten, Sommerregen, und das Rauschen der Quellen gelauscht. Um seine Stirn lag ein Reif, sein Gold berührte das seidenwarme Fell von Gazellen, der Staub von Schmetterlingen lag auf seinem Haar, in seinen Wimpern hingen Tauperlen, auf seinem Mund zerging Frühnebel.

Ihre Augen ruhen lange ineinander, und Marc wiederholt leise:

– «Jetzt ist es genug. So lebt man nicht. Das ist ja, als wollten Sie Gott anklagen, als wollten Sie sich selber verderben, um sein Gericht zu verspotten. Und das letzte Wort steht doch bei ihm …»

Louise antwortet nicht.

– «Und die anderen Menschen, Louise? – Denken Sie nie an die Anderen? So laut haben Sie geweint, als hätten nur Sie einen Schmerz, und wollten alle Anderen zwingen, ihn zu teilen, – als wollten Sie sich so rächen. An wem? …»

Sie geht einen Schritt auf Marc zu, wie um ihn besser sehen zu können, und sagt langsam: – «So hat er auch manchmal geredet, – ich dürfe nicht versuchen, Gott unsere Seligkeit zu entreissen, und ich dürfe die Welt nicht vergessen, und ich sei mit meinem Leid nicht allein, und nicht einmal in meinem Glück. – Aber an wen soll ich jetzt denken, da ich ihn verloren habe!» –

– «Ich müsste von einer Lüge leben», fährt sie wie in tiefem Nachdenken fort, – «denn es ist nicht wahr, dass ich an Andere denken kann, die ich nicht einmal kenne. Vielleicht könnte ich ein Stück Brot mit ihnen teilen, aber ich könnte ihnen keinen Brosamen Liebe geben. So arm wäre ich, – denn die Lüge nährt uns ja nicht. Bei jedem Gedanken, bei jeder Tat, die sie gut oder böse nennen, würde ich die Leere in meinem Herzen spüren. Ist es da nicht besser, allein zu sein, – sogar wenn man vor Hunger und Elend sterben müsste? – Vielleicht könnte ich dieses leere Herz in den Händen halten, und wenn ich nicht atme, nicht spreche, wenn ich es nicht störe und sehr vorsichtig bin, – vielleicht zerbricht es dann nicht, und ich kann endlich hindurchsehen in die Weite hinaus, die immer offen ist als stehe man auf einem hohen Berg, und die ich immer mit ihm geteilt habe …»

– «Sie dürfen nicht so sprechen, Louise.» –

– «Wie spreche ich?» –

– «Als ob Sie dem Tod ins Antlitz blickten.» –

– «Der Tod –», sie nickt abwesend, als denke sie an etwas ganz anderes, und ihre Augen ruhen aus. – «Das ist ein leeres Wort», – sagt sie, – «das begreife ich nicht. – Er ist tot –. Ich begreife nur, dass man ihn mir genommen hat, und dass ich ihn nie wiedersehen werde. Sehen Sie …»

Sie lächelt Marc traurig an, –

«mir genügt das. Ich wollte immer nur ihn lieben. Jetzt ist mein Herz leer. Wem sollte ich etwas vorhalten, wohin mich wenden.» –

Sie legt mit einer sanften Gebärde die Hand auf seinen Arm. – «Nur denke ich manchmal, dass es ein Erbarmen geben muss. Es ist manchmal, als sehe ich ein zu starkes Licht und müsse die Augen schliessen, dann bricht es sich wie eine Welle und wird warm und tausendfältig, und wie ein Strom fliesst es über mich hinweg und macht mich wie vor Glück erschauern und hebt mich empor. Dann möchte ich rufen und ringe nach Atem, aber es ist, als habe mich eine furchtbare Hand angerührt, und ich habe alles vergessen, und was wie gewaltige Flügel über mir zusammenschlägt, das ist die Einsamkeit. Wo bleibt das Erbarmen?»

Sie steht vor ihm und lächelt. Aber Marc lässt sie nicht weiterreden. – «Das Erbarmen, das wir in unseren Händen halten», sagt er, – «Warten Sie nicht darauf, vielleicht kommt es zu spät. Es ist kein Stück Brot, das man verschenken kann. Es ist keine gute Tat, es ist nicht die Frucht eines Gebets, es wächst nicht in der Wildnis, und es wurde uns so wenig wie die Bruderliebe versprochen.» –

Louises Hand bleibt auf seinem Arm liegen, und es ist, als habe sie auch ihre Augen in den seinen vergessen, so reglos ist sie. Er möchte ihre Schläfen mit seiner Stimme berühren, er möchte ihren lautlosen Atem zwischen seine Hände nehmen und beleben können, und er möchte seine Worte zurückziehen, um sie zu schonen. Das erloschene Mondlicht breitet sich wie ein trauerndes Fahnentuch aus, als sollte es zwischen ihnen jetzt immer so dunkel bleiben, und so still.

Louise frägt ihn: «– Sie wollten noch etwas sagen? –»

Aber was hätte es für einen Sinn. Dieses letzte Wort, wie oft haben sie es heute schon ausgesprochen, jeder für sich. Aber was jeder für sich erfahren hatte, und zu wissen glaubte, und auszusprechen wagte, es war nie das Ende, und begriff nie den Tod in sich. Viel eher war es ein Schritt überwundenen, vollendeten Lebens, und glich einem zurückgelegten Weg, der nun im Dunkeln lag, und den man vergessen durfte. Wenn man aber darüber sprach, und wenn das Wort, das man dafür verwendete, noch lebendig war und ans Herz rührte, – ja, dann besass also dieses Wort wieder seine eigene, geheimnisvolle Kraft, ein Leuchten, das wie eine Fackel nach vorne wies, und alles Vergangene versank wie ein Schattenreich vor dem Gemälde der mit tausend Schössen, unbekannten Quellen, zarten Keimen und wunderbaren Lichtgarben sich ankündenden Dämmerung.

– Dieses vermeintlich letzte Wort, frägt sich Marc, – diese Weisheitsformel, die wir unserem letzten Atemzug abzuringen glauben, dieses Urteil, das wir über unser Leben sprechen und für endgültig halten, – hat es nicht immer einen festlich ruhigen Glanz, kündigt es nicht immer schon eine Wiederkehr an? – Wer wirklich am Ende wäre, er müsste sich vor dem Wort hüten!

Er zögert. Was erwartet Louise von ihm? Welche Bestätigung? Zum ersten Mal fürchtet er sich vor dieser Frau neben ihm, die ihr Geheimnis, ihre Liebe, ihr massloses Vergehen so laut ausgesprochen hat, als beschliesse sie über den Ausgang, und würde ohne Bedenken den Engeln ins Antlitz sehen. Aber sie konnte nicht einmal über ihre von Tränen rauhe, wie ein sanfter Bote vor ihr her eilende Stimme verfügen. Denn sie rührte ans Herz, diese Stimme, sie flog über die Wildnis, sie weckte schlafende Augen …

Ja, er hörte nur noch sie. Und da sie jetzt schweigt, löst sich seine Einsamkeit wie ein grosser Vogel von seiner Brust und schwebt über die in steinernes Schweigen gesunkene Welt, und er bleibt zurück in furchtbarer Ohnmacht.

Louise versucht, zu lächeln. – «Da ich Ihnen zuhöre, Marc», – und er ist froh, seinen Namen zu hören, froh, in ihr Antlitz zu blicken, froh ihrer Gegenwart. Aber wie lange noch! –

Aber er bezwingt sich. Hat er nicht gelernt, keine Frage zu stellen, und weiterzuleben, bis der bittere Geschmack der Demut auf den Lippen verweht. – «Kein Mensch vermag dem anderen zu helfen», beginnt er. Sie lächelt immer noch, sie hängt an seinem Mund, als wolle sie ihn ihrer Aufmerksamkeit versichern. Ach, wer muss hier eigentlich getröstet werden.

– «Und es gibt keinen Trost –»

– «Denn wie könnten wir die Wand unserer Einsamkeit durchbrechen.»

– «Erinnern Sie sich, Louise?»

– «Ja, ich erinnere mich. Es sind seine Worte.» –

– «So wie Keiner über den Anderen richten kann, weil er nicht über seine Seele verfügt, die unverletzlich ist, – so wird auch unsere Liebe, die wir einem Anderen schenken, und an der wir sterben können, nie seine Seele besitzen. Denn sie steht über ihm und wacht über seiner Einsamkeit.»

– «Und selbst wenn es uns tötet, wird er uns vielleicht eines Tages verlassen, und wir werden ihn nicht halten können.» –

«Denn seine Seele wird sich wie ein durchscheinender Mantel von seinen Schultern heben, und er wird ihr folgen.»

«Und unsere Stimme wird ihn nie mehr erreichen –»

«Und in seiner Seele wird keine Spur von uns zurückbleiben.» –

Sie lauschen dem Chor ihrer verhallenden Stimmen. Aber sie bemerken nicht, dass ihr trauerndes Bekenntnis sich verwandelt hat und fast wie ein Lobgesang klingt …

XVII. Kapitel

Das Glück lässt sich nicht in Worte fassen, – und da Louise ihn ganz in Anspruch nahm, hatte Marc keine Zeit, darüber nachzudenken, ob er sich damals, nach seiner Entlassung, über Nacht verändert habe und ein glücklicher Mensch geworden sei. Aber jeden Morgen beim Erwachen fragte er sich, ob er geträumt habe. Er hatte sich an so unbegreifliche, auch über Nacht und ohne sein Zutun erfolgte Veränderungen gewöhnen müssen, und er hatte gelernt, dass man wie ein Schlafwandler an ihnen vorbei gehen könne ohne sich zu verletzen, ohne auch nur einen Finger zu krümmen. Oder man blieb stehen, dann setzten sie sich in Bewegung, und man liess sie wie wandelnde Kulissenwände langsam an sich vorüberziehen. Oder man liess sich von ihnen wie von einem Strom tragen, dann spürte man diese Leichtigkeit und Kühle des Wassers im Nacken und brauchte keinen Atemzug zu verschwenden. Natürlich durfte man sich nicht fürchten. Aber was Furcht war, hatte Marc schon lange vergessen. Er sagte sich, dass die Veränderungen, die ihn oft bedroht, oft umstellt, oft beinahe zu Fall gebracht hatten, immer wieder zur Seite gewichen waren. Dann hatten sie sich aneinandergereiht und waren jetzt wie ein geschlagener Heerzug im Dunkeln zurückgeblieben, mit rostenden Schildern, zerschlissenen Harnischen, rauchenden Trümmern, Steinhaufen. Kein Bild stand noch an jenem mit Tränen übersäten Weg. Denn sogar die freundlichen, tröstenden Heiligenbilder hatten sich hinweg gewandt, und waren mit den Frühlingssaaten, Zugvögeln und Wolkenwinden emporgehoben und in blaue Fernen davongetragen worden. Dort breiteten sie jetzt von Morgens bis Abends ihre segnenden Hände aus.

Marc hielt beim Erwachen einen Augenblick den Atem an und die Augen geschlossen. Es könnte alles nur ein Traum sein, sagte er sich, und ich wäre doch der gleiche Mensch. Ich habe vielleicht meinen Namen geträumt, ich habe vielleicht mein Glück geträumt, vielleicht bin ich ein armer Gefangener. Aber vielleicht war ich auch nie zwischen Wänden eingeschlossen, und wenn ich aufblicke, liege ich auf freiem Feld, und werde Herdengeläut vernehmen, Ährenrauschen.

Es war noch früh. Über dem Strom und der Stadt lag noch graues Zwielicht, und die taubedeckten Gärten sandten noch ein wenig Frische aus. Diese dem Lauf von Tag und Nacht entrissene Stunde hängt reglos zwischen Himmel und Erde, dachte Marc, und solange das Zwielicht herrscht, ist nichts greifbar. Die Dinge sind ohne Gewicht. Die im Schlaf schwankenden Vögel werden von ihrem eigenen Gefieder aufgefangen. Die fächelnden Palmwipfel können wie Bischofsstäbe durch die Zimmer wandeln, oder in fremden Zungen die Wildnis segnen. Ich selber kann mein Bett aufheben, und über geglättete Meere und sehr hohe Berge hinweg würden mich meine Füsse tragen. Die Glocken, die ich jetzt höre, sind über Nacht von den armenischen Kirchen am Ararat herniedergestiegen und im Pilgergewand über Noahs Felder gegangen, dann wurden sie von Taubenflügeln mitgenommen und über die ganze Erde ausgestreut.

Zuhause und in jedem Dorf und in den kleinen Kapellen einsamer Täler hören sie das gleiche Läuten, so wie sie den gleichen Mond sehen und um den gleichen Erntesegen bitten. Ja, ich möchte aufstehen und eine lange Reise antreten, immer dieser im Osten verklärten Dämmerung entgegen, mit den vermählten Winden, den Chören, im Traum, im Flug.

Dann schlug er die Augen auf, jedes Mal, um sich von der Wirklichkeit überraschen zu lassen. Denn immer, während er noch beinahe schlief, wurde in ihm schon eine Freude wach, die beinahe weh tat, ihn beinahe verzehrte. Er brauchte nur die Hand auszustrecken, da war eine Wirklichkeit, und er begrüsste sie entzückt, wie ein Liebender. Er lag nicht in einer Zelle. Er war nicht draussen in der Wildnis. Er musste nicht nach vorne blicken, in die graue Leere hinein, und einen Fuss vor den anderen setzen, rechts und links der Gefahren, Stierhäupter, toten Augen nicht achtend als seien sie gläsern. Die Kulissen der Verwandlung zogen nicht mehr an ihm vorbei, einem Ausgestossenen, der am Rand hing und schweben musste, damit sein Atem nicht zu schwer sei. Er musste die Wirklichkeit nicht mehr wie ein zu schweres Gewand von seinen Schultern entlassen, er musste sein Herz nicht mehr in den Händen halten, vorsichtig, sodass es nicht zerspringen könne. Er war frei. Er konnte das Glück, das ihn wie auf Schwingen trug, nicht mehr von Schmerzen unterscheiden, die auch leicht werden und emporsteigen. Sein Glück machte ihn taumeln.

Er durfte es nicht beim Namen nennen, und als müsse er seine Lippen hindern, es auszusprechen, tat er zuerst einen tiefen Atemzug. Er kannte es wohl, – und nur daran zu denken machte ihn lächeln, wie wenn er Louises lächelnden Augen begegnete. Es war ein Gefühl, das ihn sanft stimmte und seine Brust weitete, wie eine golden über das offene Land dahineilende Welle von Abendlicht. Manchmal glich es einem vom Himmel niederrauschenden Gewitter, das Herz war wie befreit und stand doch still und lauschte, während die Erde sich dem Regen entgegen zu spannen schien, und die Bäume wie vom Wind gejagte Reiter aus dem Nebel tauchten. Es war wie ein wunderbar dahinschnellendes Windspiel, das Glück, wie ein ins Helle schiessender, bebender Pfeil, es war wie ein Aufstöhnen in der Nacht, und wie ein träumendes Wasser, über dessen Spiegel man sich neigt, worin man versinken möchte. Und es war viel mehr. Marc lächelte. Es war ein Teil von ihm. Es war wie seine Hand, die er ausstreckte und ballte und zum Herzen führte, um sein schlagendes Herz besser zu spüren. Es war ihm vertraut, sein Glück, wie sein Gesicht, sein Mund, seine Schläfen, die er an Louises Schläfen legte, bis ihr leises Blutatmen sich vermischte. So gehörte sein Glück nicht ihm, sondern ihr, und hundert, nein tausend mal an jedem Tag musste sie es ihm bestätigen. Sie musste ihre Lippen öffnen und es aussprechen, indem sie ihn rief, oder einfach seinen Namen aussprach. Und sie musste ihm die Hände aufs Haar legen, und sie musste seine Augen küssen, damit sie nicht träumten.

Manchmal fragte sie ihn auch: – «Bin ich es, die träumt?» –

Aber das war nur ein Spiel, und er musste antworten:

«Ja, mit offenen Augen schläfst Du und lehnst Dich an meine Schulter und gehst umher, und merkst es nicht.» – «Woran soll ich es merken?», – fragte Louise weiter, und er sagte: «Vielleicht am Grillenzirpen? Am Grasrauschen? – Wenn Du genau hinhörst, ist es der Strom und der Wind. Wenn Du lang genug wartest, streicht der Wind über Bergkämme, und der Strom ist irgendwo in Afrika stillgestanden, und Du vernimmst das Rollen von Dünensand und erwachst auf einer Insel, dort spielt der weisse Meerschaum mit Deinen Füssen.» – «Nein», sagte sie, «ich kenne die Insel. Ich habe Dir davon erzählt. Aber Du hast mir nicht zugehört, es war alles ganz anders.» – «Wie war es?» – «Ich ging durch die Heide. Am Abend wurde sie rot, und die Preisselbeerstauden knisterten, als hätten sie Feuer gefangen. Der Wind war so stark, es tönte, als werfe er sich einer ganzen Flotte von Segeln entgegen, und er trug mich über die Kreidefelsen zum Strand hinüber. Dort spielte ich mit Porpäusen. Sie kannten mich, und schwammen jeden Abend bis auf eine Sandbank, um mich zu begrüssen. Sie trauten sich nicht, näher zu kommen. Aber sie machten mir mit ihren kleinen Armen Zeichen, und ich konnte ihre Sprache verstehen. Ich konnte auch mit offenen Augen bis auf den Meeresgrund sinken.» – «Warst Du damals eine Art Seejungfrau, und hast während der Nacht gesungen und die Fischerknaben an Deine Brust gezogen?» – Sie schüttelt den Kopf. – «Ich war uralt. Ich lag meistens ganz still in der Sonne und hörte den Wind im Dünengras rauschen. Ich träumte viel. Oft hätte ich fliegen wollen. Aber die Sommerwolken waren zu hoch für mich. Und ich nährte mich von ein bisschen Meersalz.» –

– «Jetzt träumst Du wieder, Louise!» – Das war das Zeichen, damit sie die Augen schloss, und sie tat es lächelnd, um dann auf ihren leichten kleinen Füssen durch das Zimmer zu gehen, im Kreis, ohne die Wände zu berühren. Denn so war es im Traum, wenn sie Marc suchte. Er blieb stehen. Sie kam auf ihn zu, als habe sie einen weiten Weg zurückgelegt, und sie hob ihm langsam die Stirn entgegen und ihre Finger tasteten nach seinen Lippen und umschlossen seinen Nacken. Dann musste er sie in seinen Armen aufheben. «Denn ich habe keine Füsse, ich habe keine Hände, keinen Mund», sagte sie,– «soeben war ich noch nicht geboren. Ich konnte nicht einmal eine Wand angreifen. Es war leer und dunkel. Jetzt musst Du mich schnell ins Leben rufen.»

Er trug sie bis zu ihrem Bett, er strich ihr das Haar aus der Stirn und strich über ihre Augenlider. Er öffnete ihr Kleid und legte seinen Mund auf ihr Herz. Dann legte er ihre Füsse nebeneinander in seinen Schoss, und so, von weitem, dass ihre Hände sich gerade berühren konnten, sahen sie einander an.

– «Ich sehe Dich zum ersten Mal», – begann Louise, – «wo warst Du vorher?» – Marc antwortete: – «Ausserhalb der Welt. Ich hatte einen gläsernen Mantel, darin spürte ich weder Hitze noch Kälte, und konnte fliegen. Manchmal schwebte ich auch in den Baumwipfeln.» – «Hattest Du keine Angst, dass Jemand sich daran stossen, und Dir Deinen Mantel zerbrechen könnte?» – «Nein, denn er machte mich unsichtbar. Ich aber konnte durch alles hindurchsehen. Und sogar die Meere teilten sich, und die Berge wichen auseinander. So kam ich damals die Strasse hinab und sah Dich.» –

– «Wie wusstest Du, dass es eine wirkliche Strasse war? – Vielleicht war es die Milchstrasse. Oder ein ausgetrockneter Flussarm.» – «Oder ein Mondtal», sagte Marc, – «auch auf Wüstenpfaden ging ich manchmal. Aber Du kamst mir entgegen, und Du lebst auf der Erde, nicht wahr?» – Louise antwortete: »Das weiss ich nicht genau.» Sie zog ihre Füsse von seinem Schoss zurück und stand auf und ging umher, bis zum Fenster, bis zur offenen Türe der Veranda, und sah hinaus. Dann sagte sie: – «Ich lebe in einem Zimmer. Es hat Wände, es gehört zu einem Haus und zu einer Stadt. Wenn es auch nicht mir gehört, so kenne ich es doch, wie ich zum Beispiel meine Kleider kenne, und das Bett, worin ich schlafe, und den Blick über die Palmwipfel, wenn ich morgens aufwache. Man sagt, ich sei in Afrika.» – «Ich bin zum ersten Mal in diesem Zimmer», sagte Marc, «aber es muss ein wirkliches Zimmer sein. Denn wenn ich aufwache, weiss ich, dass ich nur die Türe öffnen muss, dann sehe ich Dich, und ich muss nur über diese Steinfliesen des Fussbodens gehen, dann bin ich bei Dir und schliesse Dich in die Arme.» – «Und Du tust es jeden Morgen, und denkst jedes Mal, vielleicht sei es nicht wahr, und Du seist noch in Deinen Mondtälern und Wüstenhöhen?» – «Nein», sagte Marc, – «das ist nur ein Spiel.» – Louise beugte sich schnell zu ihm und verschloss ihm die Augen. – «Es ist eine Versuchung», sagte sie. – «Denn dass ich wirklich hier bin und auf Dich warte, woher weisst Du es so genau? – Kennst Du mich schon lange?» – «Seit gestern, oder länger. Aber es ist genug, ich kann mich nur an gestern erinnern.» – «Bin ich noch die gleiche Frau?» – «Nimm Deine Hand weg, ich will Dich ansehen.» – «Sag meinen Namen!» – «Louise.» – «Dass Du mein Geliebter bist.» – «Ich liebe Dich.» – «So wie Du Deinen Bruder liebst, und nie einen anderen Bruder haben wirst, so wie Du nur eine Heimat hast, so wie Deine Mutter Dich immer wieder erkennen wird!» – «Was soll ich so schwören?» – «Du sollst sagen, dass es wahr ist, dass Du mich kennst, ohne dass ich die Hand von Deinen Augen nehme, dass Du mich nicht vergessen wirst, auch wenn die Wüsten zwischen uns liegen und wir nicht mehr in diesem Zimmer sind, und dass ich zu Dir gehöre, als seien wir nebeneinander aufgewachsen wie Geschwister. Und ich hätte Dein Gesicht, und Du würdest es wiederfinden, wenn Du in einen Spiegel schaust, oder im Wasser oder im blauen Himmel und in jedem Baum und Auge. Ach, dass es wahr ist!» – Bevor er schwören konnte, hatte sie ihm den Mund mit bebenden Lippen verschlossen. –

– Nein, Louise verlangte keine Schwüre von ihm. Sie machte nie Pläne. Sie schien vor der Zukunft keine Angst zu haben. Wenn Marc sie fragte, in welchem Land sie später leben wolle, antwortete sie: «Was heisst später?» – Er sagte: «Nach dem Krieg», – und sie: «Der Krieg ist nicht mein Kalender. Ich sehe ihn nicht und spüre ihn nicht. Ich leide heute keinen Hunger. Aber wenn wir Hunger hätten, oder wenn sie morgen kämen und die Stadt bombardierten, und Du würdest mir sagen, das sei der Krieg, dann würde ich mich mit den Bomben und dem Hunger abfinden müssen. Sie haben mir auch gesagt, mein Mann sei im Krieg gefallen. Und Du sagst mir, dass sie hier in der Kolonie viel Geld durch den Krieg verdienen, er ist also eine Goldgrube für sie. Und wenn er später zu Ende ist, dieser Krieg, was wollen sie dann tun? – Hebt dann das tausendjährige Reich an? – Alle, die Hunger leiden mussten, alle, die gekämpft haben, alle, denen man einen Geliebten getötet hat, und alle, die verschont geblieben sind, waren sie Engelscharen? Sind sie alle zu etwas Besonderem berufen? Wussten sie mehr über den Krieg als ich, spürten sie mehr als den Hunger, die Wunden, den Tod? Oder die Goldgruben? Oder zählte das alles nicht? Hatte der Krieg für sie einen ganz anderen, besonderen Namen? – Werden sie später alle den Hunger nicht mehr spüren, den Tod nicht mehr fürchten, und Männer guten Willens sein?» – «Vielleicht», sagte Marc, – «vielleicht werden wir lernen, den Frieden zu lieben.» – Louise sah ihn an und antwortete: «Und ich bin vielleicht von der Prüfung ausgeschlossen und lerne nichts daraus. Mein Geliebter wird nicht aus dem Krieg zurückkehren, und ich bin blind und sehe nicht, dass sein Tod etwas mit dem Krieg zu tun hat. Ich wage nicht zu entscheiden, was Gott mit seiner Seele vorhatte. Ich glaube, dass Gott in seiner höheren Sorge um uns unseren Krieg und Frieden nicht achtet. Sonst müsste ich nämlich aufstehen und mein Recht fordern. Ich würde Dich fortschicken, um seinen Tod zu rächen. Aber gleichzeitig müsste ich Dich in diesem Zimmer gefangen halten und Dich an mich binden, um nicht auch Dich noch zu verlieren. Ja, ich hätte alle Hände voll zu tun, um auch nur die nächste Zukunft vorzubereiten. Oh, die Schwüre, die Du mir leisten müsstest! – Denn manchmal zittere ich um Dich. Aber ich werde nichts für Dich tun können. Vielleicht bin ich eine Verlorene?»

«– Nicht solange ich bei Dir bin.» – Dann lächelte sie: «Nicht heute! Nicht jetzt!» – und sprach von etwas anderem.

Manchmal schien es Marc, sie rede wie zu einem Fremden zu ihm. Er durfte ihr keine Fragen stellen, und wenn sie ihm von ihrer Vergangenheit erzählte, wusste er nie, ob es die Wahrheit, oder von ihr einfach erfunden sei.

– Nicht, dass Louise ihm etwas verborgen hätte. So, wie sie ihr Haus mit ihm teilte, und es selbstverständlich fand, dass er auch von ihrem Geld leben würde, wenn er in Not geriete, so nahm sie ihn ganz in ihr Leben auf, und wollte nicht einmal eine Erinnerung für sich allein bewahren. Sie erzählte ihm die Geschichte jeder Photographie, die in ihrem Zimmer stand, damit er genau wisse, warum sie dieses Bild liebte, und es genauso lieben konnte. Über Länder, die ihnen beiden vertraut waren, redeten sie bald, als seien sie zusammen dort gewesen. Er erkannte die Rehe am Wiesenhang wieder, die Louise dort einmal gesehen, und schon lange vergessen hatte. Und sie erinnerten sich an jene Stunde in der Dämmerung eines Wintertags, an die blauen, kalten Schatten auf dem Schnee, an die durch die kristallene Dunkelheit leuchtenden Ränder der Berge, an das grosse, vom Wind über die gefrorene Seefläche getragene Schweigen.

Aber obwohl Louise dort aufgewachsen war, erzählte sie von Spanien wie von einem Land, das sie im Traum gesehen hätte, und an dessen wirkliche Existenz sie nicht mehr glaubte. Erst als Marc ihr gestand, dass er einmal eine Reise zum Esquorial verfehlt habe, und seither oft davon träume wie von etwas unwiederbringlich Verlorenem, begann sie, von den spanischen Kirchen zu sprechen, von Wallfahrten zum Segnen der Schiffe und Felder, vom goldenen Reichtum der Gewänder und Kronen und Fahnen, vom steinernen Ernst jener gewaltigen, von Königen als ewige Mahnung errichteten Klostermauern, die in das rauschende und anmutige Grün alter Haine gebettet dort am Rand der Hochebenen standen. Und sie malten sich die Reise zum Esquorial aus, als neigten sie sich beide über ein verblichenes Bild, das sie auf dem Grund ihrer Seelen fanden, und mit ihren atmenden Augen wieder belebten.

– Aber Louise liess das Bild nicht zu deutlich werden. –

Es war, als halte sie Marc alles fern, was er nicht selber augenblicklich begreifen, mit seinen Händen berühren, und lieben konnte. Sie wollte, dass er glücklich sei, darum durfte kein Zukunftsbild, kein Traum, keine fremde Landschaft ihn stören, nach denen er Ausschau hielte. Nur das Bild, das zwischen ihren Seelen aus Träumen aufstand, das pflegte sie und bewahrte es zärtlich für ihn. Und nur die Worte, die sich auf ihren Lippen formten, die zwischen ihnen hin- und hergingen, und die sie sich an den Augen ablasen, solche Worte sprach Louise furchtlos aus, bis sie Gestalt annahmen. Dann brauchte man sie später nur anzutönen, und schon lebten sie, und füllten das Zimmer, wandernde Tiere und Vogelzüge, wiegende Glocken, Haine, ganze Gemälde. Ja, sie las Marc seine Gedanken von der Stirn. Sie ging so weit, ihre eigene Vergangenheit auszulöschen. Was er nicht kannte, zählte für sie nicht mehr. Es blieb nur, was er liebte, wie die Kirchen in Spanien, und was er mit ihr teilen konnte, die Erinnerung an Kinderspiele, glückliche Inseln, das Reh am Wiesenhang. Ein Tag, der über alle anderen Tage aufstieg und an Glanz gewann, war, als sie beide von einer einsamen, von grauen Stürmen gefegten Passhöhe aus zum ersten Mal die wunderbare Weite der Welt entdeckt hatten. Sie waren damals beide noch Kinder gewesen, und hatten zum ersten Mal etwas empfunden, was sie Gottesfurcht nannten. Jetzt erinnerten sie sich daran. Es war wie ein schweigendes, zwischen ihnen herrschendes Entzücken …

– Ja, Louise vermochte viel über ihn. –

Sie löschte Vergangenheit und Zukunft aus, als komme sie erst jetzt aus dem Schoss verflossener Jahre, früher Geburten, unendlicher Dämmerungsstunden, – und sei nicht taumelnd in die Welt gestossen worden, sei nicht von Schmerzen geblendet, um immer wieder aufblickend und ihren Mut sammelnd wie alle Irdischen irgendeine Hoffnung zu hegen, – sondern ein Wunder habe alle Strahlen versammelt, von denen sie sich nähre, und die sonst in Miriaden von Sternschnuppen, Himmelslichtern und Blitzen durch die Gewölbe und Zeitläufte schiessen. Und so sei gerade dieser Tag emporgehoben und gesegnet worden. An diesem Tag lebte sie, und brauchte sonst nichts. Aber was heute ihren Weg kreuzte, das wurde von ihren Strahlen getragen, das schwebte in ihrem zärtlichen Augenlicht, das gehörte ihr und drängte ihren Lippen und Armen entgegen.

Marc, der zuerst geglaubt hatte, Louise habe ihn, einen Ausgestossenen, gelehrt, die Wirklichkeit wieder zu begreifen, und vielleicht zu lieben, fragte sich jetzt, ob er nicht vielmehr allem entrissen worden sei, um in einem jähen und gewaltigen Lauf, Sturz, einem Vogelflug, einer Gestirnbahn entlang, weit von der Welt in einem von weissem Licht erfüllten, von Milchscheiben umkleideten Raum zu landen. Oft, wenn er Louise im Schlaf betrachtete, meinte er, dieses gleiche, matt verklärende Licht scheine durch ihre geschlossenen Lider, liege auf ihrer blassen Stirn, und breite sich auch auf seinem Gesicht aus, damit es, wenn er sich zu ihr neige, keinen Schatten werfe.

Er sagte sich: «Dieses Licht ist das Glück. Es kann keinen anderen Namen haben. Ich muss mich zu ihr neigen, dann spüre ich es. Es ist kühl wie ihr Mund, unbeweglich wie der schöne Spiegel ihrer Augen, weiss wie ihre schimmernde Brust. Ich liebe es, dieses Licht, wie ich mein Glück liebe, und wie mein Leben, wenn ich Louises Herz an meinem Herzen spüre.» –

– In seiner grossen Zärtlichkeit begann er auch, an die Welt zu denken. Er stellte sich vor, dass die um ihn und Louise schwebende Helle sich draussen wie ein Strom fortsetzen könnte, darin würden die schlafenden Wälder, die träumenden Seen, die Hügel, die Heiden, die zwischen Gebirgen sich wiegenden Ebenen und die Einöden wie verklärt sein. Er dachte an seine Heimat, und Vieles, was er beinahe vergessen hatte, tauchte wieder auf, so wie manchmal Häuser, Gärten, Häge, erleuchtete Fenster, und mit Blüten und Kastanienkerzen übersäte Bäume aus dem Nebel in nächtlichen Strassen tauchen. Man ist allein durch die Strasse gegangen, und hat nichts als Stille und weisse Erwartung empfunden, jetzt möchte man jede Gartenpforte öffnen, ein bewohntes Haus betreten, das Gesicht dunklen Büschen entgegenneigen ...

Wie lange hatte Marc geglaubt, er lebe in einer ununterbrochenen Heimsuchung, im Dunkeln, beinahe verloren. Wieviel Schmerzen hatte er lautlos ertragen. Mit welchen letzten Kräften hatte er schliesslich noch einen Fuss vor den anderen gesetzt, in welcher Einsamkeit.

Er hatte nichts mehr erwartet, als Louise ihn bei sich aufnahm. Er hatte sie weinen hören. Und er hatte sie angesehen, wie er vorher ins Dunkel geblickt, in die Stille gelauscht hatte. Sein leeres, sogar von Schmerzen befreites Herz war sehr empfänglich gewesen. Aber es hatte nicht schneller geschlagen, als sich die Welt rings um ihn veränderte, und er aus dem gläsernen, durchsichtigen Bereich jener Heimsuchungen wie aus einer Wildnis in den Umkreis ihres leuchtenden Antlitzes geriet. Ihr Lächeln gehörte ihm nicht. Es war nur schön. Ihre Tränen gingen ihn nichts an, sondern einen Anderen, aber sie rührten ihn. Er konnte ihre zärtlichen Augen nicht trösten, aber er würde sie nie mehr verlassen.

Er wusste längst, dass Menschen einander nicht helfen können. Und er hatte gelernt, seine Ratlosigkeit wie ein Geschenk in seinen Händen vor sich herzutragen und Gott zum Opfer zu bringen wie ein unsterbliches Begehren.

Aber die Furcht, dass Gott sein Opfer nicht annehmen würde, – die Furcht, dass er seinem Engel begegnete, und der Engel würde sich abwenden, –

wie lange noch, wie lange würde er mit dieser tödlichen Furcht leben können!

Natürlich war er im Dunkel seiner Verzweiflung doch weiter gegangen. Er hatte ja keine Wahl.

Oder hatte er heimlich die Hoffnung auf ein Wunder genährt?

Jetzt machte es ihn lächeln. Hatte er nie mehr um sich geblickt? Hatte er die Welt vergessen? Die Tröstungen und Segnungen verachtet, die Gott selbst in seiner Güte in unsere Hände gelegt haben muss? – Das versöhnende

Wunder, das uns beschwingt, das unsere Füsse leicht macht, unsere Augen verklärt, und uns sanft stimmt, die Herzensregung, der geringste von Liebe getragene Atemzug, das Bedenken, der Schatten des Glücks, – ach, jetzt erkannte er sie wieder!

Er lebte über den weissen Schein von Louises Antlitz wie über einen Spiegel geneigt. Sie war es, die ihm die Welt wieder zeigte! Sie sagte ihm, dass vergangene Prüfungen nichts seien, dass Schmerzen wie Tau zerrinnen, aber dass kein Irrtum unwiderruflich, kein Wort vergeblich, keine Anstrengung verloren sei. Sie sagte ihm, dass seine Mutter ihn nicht vergessen habe. Sie sprach ihm von seiner Heimat, als habe sie jene Täler gestern im Abend leuchten sehen.

Sie erriet alles, was ihn jemals getröstet hatte. Sie las in seinem Antlitz die Spur längst erloschener Rührung, längst getrockneter Tränen, und erwiderte jede Wohltat, die ihm einmal zuteil geworden war, mit ihrer inbrünstigen Liebe.

Sie fragte ihn: «Erinnerst Du Dich?» – und er hing an ihren Augen und Lippen, und antwortete: «Wie konnte ich es vergessen!»

«Du musst sehr unglücklich gewesen sein!», sagte sie sanft.

Aber Marc konnte sich an kein Unglück erinnern.

XVIII. Kapitel

Marc steht an die Wand seines Zimmers gelehnt, und lässt die Nacht vorbeigehen. Er frägt sich, wie viel Uhr es sein kann, und ob Louise endlich schläft. Sie hatte am Abend kein Fieber, und sie war so müde, alles Blut schien aus ihrem kleinen Gesicht gewichen, sogar ihre Augen waren blass. Sie atmete so leicht, er dachte, er müsse ihr nur die Hand auf die Lider legen, sanft, so wie man eine Kerze auslöscht. Dann würde sie ruhig sein und in die dunkle Kühle eines Traums gleiten, oder in eine weite, erlösende Leere. Und er würde neben ihr bleiben und ihren Schlaf schützen. Ihm war, während er über sie geneigt stand wie um ihren fliegenden Pulsschlag, ihr verebbendes Fieber und ihren hilflos umherirrenden Blick aufzufangen, und ihre heissen, schwachen Hände zu halten, er könnte auch mit seinem Schatten oder mit seinen Armen den Raum umspannen, den sie brauchte, um wie unter einem Zeltdach zu ruhen, von keinem Licht gestört, in Sicherheit gewiegt. Ja, er würde sie auf seinem Atem tragen können, sodass sie schwebte und keinen Schmerz mehr spürte.

Aber sie wollte wach bleiben. Vielleicht traute sie ihm nicht ganz. Als das Fieber sie verliess, als sie die brennenden Lippen wieder regen konnte, und die Augen schliessen, aus denen der fast verzehrende Glanz gewichen war, –

als ihre armen Schläfen sich beruhigten und ihre Stirn kühl wurde, und als er ihr zu trinken gab und ihr das feuchte Haar zurückstrich, und seinen Mund auf ihre noch bebenden Hände legte, da war es noch nicht genug. Sie wollte sprechen, und ihre Stimme brach. Sie wehrte sich mit einem Lächeln gegen die aufsteigenden Tränen, und als Marc sie an sich zog, hielt sie sich an seinen Schultern fest, als habe sie Angst, ihn zu verlieren.

Marc löst sich von der Wand. Er hört Louise noch flüstern: «Du Armer, Du Armer. Du musst müde sein. Du hast rote Augen, als habest Du geweint!» – Aber seine Augen sind nicht müde. Er kennt sich. Er hätte die ganze Nacht so bleiben können, über Louise geneigt, um ihr schlafendes Antlitz zu bewachen. Und jetzt, da er sie nicht sieht, ist sein Ohr noch gespannt, er würde sie im Traum rufen hören. Ihm ist, er höre und sehe die Stille und die Leere, nur damit sich ihre Stimme darin abhebe, damit der Schimmer ihres Blicks ihn erreiche, auf einer weissen, der Milchstrasse ähnlichen Bahn.

Er muss den Atem anhalten und spürt einen leichten Schwindel. Sein Schatten wandert von der Wand bis zur offenen Tür, er kann sich daran festhalten. Aber zwischen ihm und dem Fenster liegt unmessbarer, wogender

Nebel. Die Nacht ist nicht heiss. Man hört draussen einen leichten Wind. Aber wie man den Blitz in der Ferne sieht, lange bevor der rollende Donner einen erreicht, so macht der Wind die Palmkronen rauschen, aber die Kühle tritt erst nachher ins Zimmer, unerwartet und geisterhaft.

Marc denkt: – «Sie kommt von den Bergen. Auf Flügeln wurde sie hergetragen, damit ich nicht umfalle. Es war höchste Zeit.» –

Er will bis zum Fenster gehen, und seine Stirn gegen das Drahtnetz lehnen, er will hinausschauen in die schlafende Welt. Aber seine Schritte dröhnen, und er hält an. Er könnte Louise sonst wecken. Schon wieder lauscht er, fürchterlich angespannt. Sein Ohr täuscht ihn.

Es war nicht ihr Atem, sondern sein schlagendes Herz.

Und seine Füsse tragen ihn nicht. Der Wind draussen trägt ihn. Der Nebel hebt ihn auf. Das Zimmer kreist um ihn. Er streckt die Arme aus. Während er noch die wunderbare, geisterhafte Kühle einatmet, beginnt er sich zu fürchten. Die Nacht wird ihn hinwegfegen. Eben war er wenigstens noch Auge und Ohr, jetzt ist er nichts mehr. Es ist, als habe das Brausen der Stille alle Töne ausgelöscht, als habe die Leere ihn überschwemmt.

Da beginnt er laut zu reden.

Das erste Wort, das er nicht einmal zu formen braucht, das sich schnell auf seine Lippen drängt, ist natürlich ihr Name. Und er wiederholt ihn: Louise, Louise. Dann sagt er: Geliebtes Herz, geliebtes, ach, zärtlich geliebtes Gesicht! – und es ist fast, als könne er in die Knie stürzen, mit der Stirn wieder den Boden berühren, ihre Füsse umfangen.

Aber wie er sich aus der um ihn kreisenden Wirrnis nach vorne werfen will, da hält er an, als habe ihn eine fremde Hand eisern an der Brust gepackt und wieder aufgerichtet. Einen Augenblick scheint er zu schweben, noch ein wenig schwankend, wie von unsichtbaren Fäden im Gleichgewicht gehalten. Aber er weiss, dass es sein eigener Wille ist, der ihn gehindert hat, wie ein gefällter Baum hinzuschlagen, im Staub, zu Füssen der schlafenden Welt.

Genau wie nach einer grossen Gefahr, die man blindlings bestand und erst nachher ermisst, beginnt Marc sich jetzt zu fragen, welcher blinde Schrecken ihn heimgesucht habe. Aber es ist noch nicht vorbei, er darf nicht denken, ohne dass ihn wieder die gleiche, namenlose, der Furcht verwandte Not ergreift. Er blickt im Zimmer umher, es ist noch alles beim Alten. Eine kleine Lampe brennt auf dem Tisch, Louise hat sie für ihn gekauft, daneben ist eine Landkarte ausgebreitet. Marc lächelt ein wenig, und fühlt wieder die warme, fast stürmische Zärtlichkeit, den ihr Name immer in ihm weckt. Ob Louise wirklich glaubt, dass er nachts arbeitet? – Während er doch nur wach bleibt, um in ihrer Nähe zu sein? – Falls sie ihn ruft? – «Vielleicht braucht sie mich gar nicht so sehr, wie ich sie brauche», denkt er. «Denn ich habe nur sie. Dieses übermässige Wachsein, das mich soeben angefallen hat, wie um mich dem Leben, dem Boden, der kreisenden Welt zu entreissen, wie ertrüge ich es, wäre es nicht auf sie gerichtet, und ich könnte es manchmal in ihren Händen bergen? – Sie tröstet meine Augen, sie besänftigt mich!» –

An solche Worte ist Marc jetzt gewöhnt. Aber es sind Zwiegespräche. Louise würde jetzt sagen:

«Komm. Fürchte Dich nicht vor dem übermässigen Wachsein. Es ist wie ein Gebet, das Deine Kräfte versammelt. Und wie Dein Auge und Ohr an die Leere und Stille, ist es immer über die Welt hinausgerichtet.» – Er würde sich nicht zufrieden geben.

«Das ist kein Trost», würde er sagen, – «Louise! – Wie soll ich in der Welt leben?»

– «Irgendwo bist Du zuhause in der Welt.» –

– «Und wenn ich ein Heimatloser wäre?» –

– «Irgendwo haben sie Dich geliebt.» –

– «Und wenn sie mich vergessen hätten?» –

– «Irgendwo hast Du zum ersten Mal die schöne Erde erblickt, Deinen Atem mit ihrem Atem vermählt, Dein Herz geöffnet, Deine Freiheit begriffen.» –

– «Es geschieht nicht zweimal.» –

– «Aber die Sehnsucht ist immer die gleiche.»

– «Manchmal glaubte ich, dass sie mich töten würde.» –

– «Hat sie Dich getötet?» –

– «Sie hat mich manchmal in fürchterliche Bereiche geführt.» –

– «Hast Du das Fürchten gelernt?» –

Er würde zögern. Er würde fragen: «Und wenn ich den Weg nicht mehr gefunden hätte? – Wenn ich mich auf einer gläsernen Bahn von Brücke zu Brücke geschwungen, mich nie mehr umgeblickt und endlich den Boden unter den Füssen verloren hätte? – Ich glaube, ich wäre erstarrt, meine Stimme wäre erfroren, meine Augen wären gebrochen. Louise, dort am Rand der Welt wäre ich hängen geblieben, mit einem Gebet auf den Lippen, und hätte mich nicht einmal mehr fürchten können!»

Er würde bei solchen Worten den gleichen, von den Bergen herabsteigenden Schauer verspüren, der ihn eben noch angeweht hat, und er würde nicht mehr reden wollen. Aber Louise teilt auch sein Schweigen, und er würde vielleicht in ihren lachenden Augen nach Antwort suchen ...

Ja, er würde sie schnell überzeugen, dass seine Sehnsucht nicht mehr namenlos ist, dass er jenes der Furcht verwandte Erbeben vor der Stille und Leere nicht mehr kennt, und dass er die wachen Nächte im Übermass seines Glücks verbringt, weil es stärker ist als der Schlaf, stärker als Hunger und Durst, stärker als seine Gedanken. Und er möchte sein Glück immer erneuern und mit all seinen Kräften nähren und ihr darbringen.

«Tröstet es Dich ein bisschen?», würde er fragen, und sie würde antworten: «Spürst Du es, dass Du nicht mehr allein bist?» Und da er, um das Glück nicht allzu laut beim Namen zu nennen, stumm bliebe, würde sie ihm seine Worte zurückgeben:

– «Wie sollte es mich nicht trösten!»

– Wenn es nur wahr ist –, denkt Marc, – es ist schwer, zu glauben, dass ich zu etwas gut sei. Aber Louise hat mich nie angelogen. Sie sagt, solange wir uns die Wahrheit sagen, solange Keiner dem Anderen etwas vorenthalten muss, solange seien wir durch unsere Liebe wie aus der Erbsünde entlassen und schon beinahe erlöst. Und ich glaube ihr. Ach, wenn nur meine Gegenwart sie ein wenig glücklicher machen kann! –

Er geht bis zur offenen Türe und lauscht. – Wenn sie nur jetzt schläft. Sie wird beim Erwachen gleich an mich denken und meinen Namen rufen, bevor sie sich an irgendeinen Kummer erinnert. Und ich werde gleich zur Stelle sein. –

Fast hofft er, sie möge rufen, aber seine Sorge und Angst ist noch grösser. Denn sie könnte im Schlaf weinen, und er kann sie nicht weinen hören ...

Es bleibt still. Marc geht zum Tisch zurück und beugt sich über die Landkarte. Er ist sehr müde. Er spielt mit einem Bleistift, und versucht ein paar Routen nachzuzeichnen, Feldzüge, Reisen.

Man hat ihm eine Reise ins Innere vorgeschlagen. Natürlich kann er Louise jetzt nicht allein lassen, aber es ist gut zu wissen, dass man ihn arbeiten liesse, und dass er wieder in Ehren aufgenommen ist. Sein Missgeschick war über Nacht zu Ende. Er hat mehr als seine Bewegungsfreiheit zurückerhalten.

Er hat gelernt, die Wirklichkeit nicht zu fürchten. Er könnte ihr wie irgendein Anderer entgegentreten, und er würde wahrscheinlich sogar Erfolge haben.

Aber es sind belanglose Erfolge. Ihm liegt nicht mehr an den gleichen Dingen.

Marc zögert einen Augenblick. Das scheint alles so einfach. Wie hätte er es nicht schon früher gewusst?

Er kennt sich jetzt so gut, seitdem Louise ihn liebt, und er jeden Tag ihrer Liebe entgegen blickt, wie man in einen Spiegel schauen würde. Er war immer der Gleiche. Sie hätte ihn als Knaben gekannt, und würde ihn heute wiedererkennen. Ihm lag immer an den gleichen Dingen, nur wusste er sie nicht beim Namen zu nennen. Und jetzt kann er nicht mehr lügen.

Es ist ihm, als müsse er einen noch unsichtbaren, im Weissen bezeichneten Weg gehen. Was immer ihm auf diesem Weg begegnete, er würde sich nicht fürchten.

Die Linien der Landkarte schwimmen vor Marc's Augen. Er schiebt sie fort, um sich nicht verwirren zu lassen.

– Wenn Louise ihn nur begreifen würde! –

Denn sie macht sich manchmal Sorgen um ihn. –

Marc starrt in das Licht der Lampe. – Wenn Louise zum Beispiel wüsste, dass er jetzt wach ist. – Sie würde ihn in ihre Arme nehmen, um ihn seiner Einsamkeit zu entreissen. Sie würde bei ihm bleiben und seine Augen in Schlaf wiegen. Und er dürfte ihr nicht sagen, dass er, seitdem er zum ersten Mal zu ihr kam und sie weinen hörte, fast alle Nächte so verbracht hat: Lauschend, Stunde um Stunde, manchmal in fast unerträglicher Spannung, und fast selig bewegt.

Nein, er dürfte es ihr nicht sagen. Sie würde sonst glauben, dass er ihretwegen leidet, und sie will kein Opfer von ihm. Oder er müsste sie überzeugen, dass er nicht müde ist, und dass er in der Leere der Stunden allein bleiben, sich von der Stille nähren kann. Aber wäre sie dann nicht unglücklich? – Hiesse es nicht beinahe, die Einsamkeit sei sein Freund?

Auch täuscht er sich. – Marc neigt sich nach vorn, als könne er im Lampenschein sein Antlitz entdecken: «Es ist nicht wahr», denkt er erleichtert, – «ich bin der Einsamkeit schon lange nicht mehr begegnet. Ich kenne sie nicht mehr. So, wie ich nicht mehr nach rechts und links sehe, so wie ich keinen Baum am Wege mehr sehe, so wie ich nie mehr allein der Welt gegenüberstand. So wie ich mich selber nicht mehr spüre, und keine Müdigkeit, keine Schmerzen, keine Angst mehr empfinde. So wie meine Türe immer offen ist, so wie ich meine Lampe brennen lasse, so wie ich immer beschäftigt bin, atemlos reich, von Jubel getragen, – so lebe ich Stunde um Stunde umgeben von Louises Stimme, die mich wieder rufen wird, und so nahe von ihr, dass sie mich Tag und Nacht sehen könnte.

Denn ich habe ihr nichts zu verbergen.»

Was fürchtet sie für ihn?

Warum glaubt sie, so zu leben, von Angesicht zu Angesicht, ihrer beständigen Liebe gegenüber wie im Spiegel der Wahrheit, es sei ein Opfer für ihn? – Er wusste immer, als er noch wie ein Verlorener, heimatlos, namenlos, umher ging, allen Angriffen ausgesetzt, und als er sich noch mit dem untrüglichen Gefühl seiner Unverletzlichkeit und seinem bisschen Mut wappnete, – dass es eines Wunders, einer Menschwerdung bedurfte, damit man in dieser Welt nur sein Leben fristen könne.

Oft hätte er damals gern jeden Preis bezahlt und jedes Opfer gebracht, um dieses Wunder an sich zu erfahren. Denn wenn er sich auch gegen Hunger und Durst und alle Verletzungen wappnete, und wenn er auch seiner Einsamkeit ins Antlitz sehen konnte, und wenn er auch immer wieder wie von Himmelsvögeln genährt wurde und lernte, sein Haupt auf Steinen zu betten, – so sehnte er sich doch oft nach ein wenig Frieden.

Aber Marc frägt sich, welchen Frieden er sich damals vorstellte. Wusste er nur, um welchen Preis die Menschen ihn sich erkaufen? Doch, er wusste es, und er versuchte, es ihnen gleich zu tun. Er lernte ihre Berufe und ihre Sprachen, und sah ihnen ihre Gewohnheiten ab. Aber in jedem ernsten Augenblick, an den er sich erinnern kann, half es ihm nichts mehr. Er konnte kein Wort hervorbringen, keine Hand rühren. Und er nahm seine Niederlagen hin, ohne Stolz. Er diente sieben Jahre, und es war vergeblich, man entliess ihn. Wenn er den ersten Schritt in die Freiheit tat, wusste er, dass er ein falscher Knecht gewesen war. Er schwor sogar falsche Eide, damit man ihm glaube. Er fügte sich falschen Richtersprüchen. Er versprach überall seine Liebe, und keine Zärtlichkeit trug ihm einen Trost ein. Er versuchte, seinerseits wenigstens gerecht zu sein, und er versündigte sich nur. In seiner Reue lief er sich die Füsse ab. War es zu spät?

Jetzt weiss er, dass es nicht zu spät ist. Ein unbekanntes Glück, das er sich nicht vorstellen konnte, hat ihn aufgefangen. Und er ist unverletzt, der Gleiche wie damals, die Erde hat ihm eine Versöhnung angeboten, er hat mit dem leichten Preis seiner Liebe geantwortet, und er würde sein Leben dafür geben.

Er sieht seinen Mut ungebrochen, wie eine weisse Kerze oder einen Pharaonsstab, weit von ihm, über ein unerreichbares Feld gehen. Tränenlos, schlaflos wie in jeder Nacht, folgt er ihm mit den Augen. – Warum steht er nicht auf? –

Eine namenlose Sehnsucht ergreift ihn. Er schlägt plötzlich die Hände vor sein Gesicht. Er weint.

– «Noch einmal das Halleluja!» –

– «Es ist schon spät, Louise –» –

– «Noch einmal!» –

Marc kniete nieder, um die Mozart-Platte auf den Apparat zu legen. – «Noch zehnmal!», sagte er, – «ich werde sie Dir jeden Abend spielen.»

– «Danke», – es war, als wolle Louise noch etwas hinzufügen. Marc wartete. Aber ihre Stimme erlosch.

So war es jetzt immer. Sie sprach zu ihm, und dann, als genügten die Worte nicht, als sei es vergeblich, verstummte sie. Er stand vor ihrem grossen, glänzenden Blick, dessen Trauer er erraten, und ihr abnehmen wollte, er erfand Fragen, Tröstungen, Zärtlichkeiten, er neigte sich über sie. Aber auf ihrer Stirn lag kein Schatten.

Und dann war sie es, die ihn trösten musste.

– «Ich versichere Dich meiner Liebe», sagte sie. Sonst nichts, keine Erklärung, keine Antwort. Alles Andere tat sie mit einem Lächeln ab. Sie war nicht mehr krank, sie würde kein Fieber mehr haben. Sie ertrug die Hitze gut. Er machte sich unnötige Sorgen …

Ihre Stimme war so sanft und ernst, dass er sie nicht wiedererkannte. Eine wortlose Rührung ergriff ihn.

Der himmlische Jubel des Halleluja stieg auf und füllte mit seinen reinen Klängen das Zimmer, jeden Abend.

Louise lauschte unersättlich. Sobald die Musik begann, schien sie zu neuem Leben zu erwachen, und eine fast verzückte Freude zu empfinden. Marc blickte ihr nach, wie sie im Zimmer umher ging, leicht, rastlos, das Haupt ein wenig zur Seite geneigt, und die Arme ausgebreitet, als sehe sie nichts und müsse tasten, um nicht an die Wände zu stossen. Dabei hielt sie die Augen weit offen, aber auch Marc schien sie nicht zu bemerken. Sie ging wie in einem vorgeschriebenen Kreis, den sie bald grösser, bald kleiner zog. Manchmal zögerte sie, hielt den Atem an, dann lächelte sie wieder und eilte fast vorwärts, als werde sie getragen. Offenbar ging sie den Tönen nach.

Marc konnte sie ungestört betrachten. Von der Musik hörte er nichts mehr. Er war froh darüber. Er wusste, dass er seit einiger Zeit gewisse Fähigkeiten eingebüsst hatte, seine übermüdeten Augen konnten vor dem Fenster das Nahe und Ferne nicht mehr unterscheiden, hafteten nicht mehr auf der Seite eines Buchs, irrten umher, ohne zu erfassen, was sie sahen. So hatte er, über die Strasse hinwegschauend, eine Glasscherbe oder einen Kieselstein für den am Rand des Himmels aufblitzenden Flügel eines Flugzeugs gehalten, einen weissen Zementhaufen für ein aufsteigendes Schneegebirge, ein anderes Mal war er am hellen Tag vor Wolkenschatten zurückgeschreckt, und hatte gemeint, ein Baum stürze vor seine Füsse.

Wenn er zu lesen versuchte, las er manchmal den gleichen Satz so oft, dass er ihn auswendig hersagen konnte, aber er verstand ihn so wenig, als seien es Worte in einer Fremdsprache. Manchmal meinte er, nichts mehr zu hören. Aber es war nur, weil alle Geräusche um ihn durcheinanderflossen und sich verdoppelten, und sie betäubten ihn, als halte er das Ohr an eine Muschel.

Er kümmerte sich nicht darum. So wie er jetzt das Hallelujah übersah, das rein und sanft, und greifbar nahe wie auf Engelsflügeln im Raum schwebte, so vermied er seit jener Nacht, als der Hauch von den Bergen ihn gestreift hatte, jede Störung, selbst wenn sie himmlischen Ursprungs war.

Er konnte nicht vergessen, dass er damals geweint hatte, und nicht wegen des alten Unfriedens, an den er sich erinnerte, sondern wegen eines unstillbaren Verlangens. Er wollte ihm keinen Namen geben, und wusste nur, dass es dem Bild eines auf weisser Lichtbahn davonwandelnden Pharaonsstabs gegolten hatte, mit dem sich seine geblendeten Augen verschmelzen wollten, so wie er manchmal glaubte, in einem Glockenschwingen vergehen zu können.

Aber man musste sich gegen solche Versuchungen wehren. Die Zeit war kostbar. Jede Stunde, die er nicht mit Louise verbrachte, konnte unwiederbringlich sein. Und wenn er nicht an sie dachte, wenn er Gesichten nachhing, wenn er mit fernen Karawanentönen und Hirtenrufen verschmolz, wenn er im Schlaf oder Wachen in Dämmerungen einging, die sich nicht mit ihm teilen konnte, dann würde es sein, als habe er Verrat verübt, und seine Einsamkeit würde wie Reue schmecken.

Aber er konnte die Glocken und Stimmen verbannen. Er konnte den Tieren die Hand auflegen. Ganz so, wie er in der Gefangenschaft gelernt hatte, durch die Körper und Wände zu blicken, und seinen eigenen Schmerz zu zerbrechen, als sei er aus Glas, – so hatte er sich in jener Nacht wieder aufgerichtet. Und wie man einen Traum mit Worten beschreibt, so kann man der Liebe einen Namen geben.

Dann erst wird sie ihr segnendes Antlitz der Erde zuwenden. Wie ein Mantel aus Tau wird sie sich ausbreiten. Sie wird wie der Stengel der Versöhnung über die Felder gehen. Sie wird den im stetigen Licht wandernden und versengten Augen Trost gewähren.

Ihr Name wird Gestalt annehmen, und jede ihr gewidmete, wie ein Opfer dargebrachte Geste wird wie eine Pflanze Wurzel schlagen und sich anmutig wie Rauchfahnen erheben.

Marc atmete unwillkürlich auf. Das Hallelujah war zu Ende. Louise wandte sich mit ihrem sanft wie in grossen Fernen vergehenden Blick zu ihm, und er wusste, während die Stille noch zwischen ihnen verweilte, dass seine Gegenwart sie nicht störte.

– «Noch einmal!», – dachte er,

– «Was für ein glücklicher Tag! – Die Wolken neigen sich, sie sind mit Kühle und Tau beladen, mit wunderbar schimmernden Häuptern, auf seidenen Füssen treten die Engel in unser Zimmer, und die mondleichte Dunkelheit verharrt, als warte sie auf ein Zeichen, um sich über unseren ineinander gesenkten Atemzügen für immer zu schliessen. Ach, noch einmal, –

denn ich habe nie gewagt, mein Glück auszusprechen, nie habe ich mich zu bekennen gewagt, nie bin ich aufgestanden, –

und man muss ihm entgegentreten! – Wie jenem grossen feindlichen Engel, den ich an seinem strahlenden Antlitz erkannte, einst, am Ende der wie Wellen davoneilenden, uferlos in die Gewölbe stürzenden Bergketten. –»

Louise rührte sich nicht. Während er fast zitternd auf eine Geste oder ein Wort von ihr hoffte, schien sich doch das Schweigen zwischen ihnen wieder zu einer weissen Strasse zu verdichten. So war es damals, ja, in der allerersten Stunde, als sie ihm entgegenkam! Und wie damals, wollte Marc sich über ihre Hände beugen, ihre weinenden Augen trösten.

Es war ihm, als könne er in einer einzigen Anstrengung seine Kräfte versammeln, sie dem Leben selbst entziehen, sich ein letztes Bekenntnis wie den eigenen Pulsschlag aus dem Herzen reissen und in die Bresche werfen, der Erlösung entgegen, wenn er es nur inbrünstig wollte. – «Das ist das Opfer!», – dachte er, «– Louise wird es auffangen, – wie damals! – Ach, noch einmal! –»

– «Wir wollen diese Musik nicht mehr spielen.» –

Er antwortet: «Ja, Louise», ohne zu verstehen, was sie zu ihm sagt.

– «Hast Du überhaupt zugehört?» – «Ja», nickt er, – «es war wunderschön.» Er strengt sich an, ihre Stimme wieder zu erkennen. Sie klingt fremd und rauh. Vielleicht sind es die verschwebenden Töne des Hallelujah, die sie stören. Oder es ist die Stille im Zimmer, die sie durchbrechen muss. Sie zögert.

Sie sieht nicht, dass er voll guten Willens ist. Sie weiss nicht, dass für ihn nur ihre Stimme zählt.

– «Marc», sagt sie, – «diese Musik kam aus dem Paradies, und ein Engel hat sie gesungen. Wie ist das nur möglich?» –

Sie sieht ihn an, als glaube sie, dass Marc ihr antworten, ihr ein Wunder erklären könne. Er bemüht sich. Er sinnt der verklungenen Melodie nach.

Sie stieg auf, süss, die irdische Trauer mit sich empor tragend, als sei sie nur Tau, und werde sich zu reiner Freude verklären. Und sie schwebte, über alle Zweifel erhaben, in so rührender, ans Herz greifender Anmut.

Marc hört sie wieder, wie sie leise bebend, flügelgleich, durch das Zimmer wehte. Die Decke hob sich, die Wände wichen auseinander, der Raum weitete sich und wurde rund, wie eine gläserne Glocke, die dem Himmel Einlass gewährte.

– «Louise, so schweben, zuhause, die luftigen Kuppeln der Barockkirchen über dem runden, weiss und rosenrot schimmernden Raum, von Engeln und Posaunen getragen, und zwischen Decke und Altar ertönen Orgeln und Knabenstimmen, und durch die hohen Fenster leuchtet das Blau und das Gelb der Sommerfelder, und Lerchen singen, und Tauben tragen Ähren und Ölzweige zu uns herein.»

– «Ach Marc, so war es im Heimatort meiner Mutter –»

– «Und auch in Spanien?» –

– «Und dort wo Du herkommst?» –

– «Und wo Mozart geboren ist.» –

– «Ich weiss nichts von ihm.» –

– «Ich werde es Dir erzählen. Louise, dass es auch nur ein Mensch war, der die himmlischen Töne auffing, die wir Anderen kaum in Träumen vernehmen, – wie hat er sie nur aufgeschrieben!»

– «Lass», sagt sie, – «wir begreifen es doch nicht. Ich möchte, dass die Musik und die Kirchen und Knabenstimmen den Engeln vorbehalten bleiben, in anderen Gefilden, wie alles, was uns rührt. Denn solche Rührungen sind tödlich. Und wir versündigen uns leicht.» – Marc fährt fort: – «Ich glaube, wir brauchen nur das Haupt zu neigen, – dann sind wir jenen Gefilden nahe, wie wir das Grasrauschen hören. Und wir dürfen uns vor der Rührung nicht fürchten, selbst wenn es uns nie gegeben wird, sie mit Augen zu sehen und wie eine Melodie mit unseren Händen zu fassen –»

Louise wiederholt, als müsse sie sich die Worte einprägen:

– «Selbst wenn es uns nie gegeben wird –»

und Marc lauscht und verstummt.

– «Sprich weiter», – sagt sie.

Er bemüht sich. – «Ich glaube, es muss genug sein. Louise, wenn unser Verlangen nur so inbrünstig ist, – ja, so inbrünstig der Rührung geöffnet, wie Seines gewesen sein muss, als er jene Melodien vernahm», –

– «glaubst Du, dass wir dann dem Heil näher sind?» –

– «Darüber weiss ich nichts –»

– «Nach was verlangst Du?» –

– «Ich weiss es nicht –»

– «Wenn nicht nach Deinem Heil?» –

– «Du sollst keine solchen Fragen stellen, Louise, – wenn ich Dich um etwas bitten darf –»

Ihr Blick haftet auf ihm, wie der Schatten eines Bedenkens.

Sie sagt: «Gib mir noch eine Antwort.» –

Warum steht er nicht auf und eilt nicht mit seiner Bitte voraus? Aber er hat keine Bitte, er müsste lügen. Und er kann das in ihm lastende Schweigen nicht brechen, das wie ein schützendes Fahnentuch über den versengten, im Weissen bezeichneten Weg gebreitet ist. Er müsste denn um Gnade flehen. Warum errät sie es nicht? Aber wie kann sie in sein Inneres sehen. Immer noch ist in ihren suchenden Augen etwas wie Erbarmen und Hoffnung, und es gilt ihm. Er neigt die Stirn. Er wird antworten. Er wird alles sagen, was er ihren Augen ablesen kann, und er wird um ihre Nachsicht bitten. Er sagt sehr leise: «Seitdem ich mit Dir zusammen bin, musste ich nie an mein Heil denken.» –

Sie lächelt, und ihre Trauer ergreift ihn.

«Ich weiss», sagt sie, – «ich fing Dein Verlangen manchmal in meinen Händen auf, –wie hätte ich es nicht kennen sollen!» Sie umfasst zum ersten Mal wieder seine Schläfen und hebt seine Stirn an ihre Brust. – «Es ist unstillbar», fügt sie hinzu, mit singender Stimme, wie um ihn in ihren Armen zu wiegen.

– «Du hast mich so oft getröstet», – murmelt Marc,

– «aber es ist unstillbar», – lächelt sie weiter,

– «und wenn ich versucht hätte, Dich darüber hinweg zu täuschen», –

– «ich gab ihm Deinen Namen, Louise», –

– «es hat keinen Namen», – sie hält ihm den Mund zu, – «wir verraten es, wenn wir es nennen wollen. Aber es geht vor uns her.»

– «Es gleicht einem wandelnden Bischofsstab.» –
– «Wir erkennen es, selbst wenn es weit entfernt ist.» –
– «Und wir müssen ihm folgen.» –
– «Selbst wenn es uns töten würde?»
– «So wäre doch unsere Seele nicht verloren.» –

XIX. Kapitel

– «Was hast Du mir mitgebracht?» –

Marc sieht Louise in einem seidenen Mantel, ohne Schuhe, in das Zimmer treten, wo er zwischen seinen halb geleerten Handtaschen am Boden kniet.

– «Ein Schachbrett», sagt er, – «ein Murmelspiel, und einen kleinen weissen Elefanten. Alles aus Elfenbein.» – Er strahlt vor Vergnügen. Nie hat er sich eine Rückkehr, ein Wiedersehen so schön vorgestellt! Louise lacht, und gleitet auf ihren blossen Füssen lautlos umher, ohne sich an einem der verstreuten Gegenstände zu stossen.

– «Auf dem Schachbrett werde ich Schlitten fahren, von Kongoufer zu Kongoufer. Und den weissen Elefanten will ich zähmen, damit ich nicht mehr allein bin, wenn Du mich wieder verlässt.»

– «Ich habe Dich nie verlassen», sagt er, und sie antwortet:

– «Nicht einen Tag. Wie konnte ich es vergessen!»

Dann frägt sie: «Wie lange bist Du schon in Afrika?»

Er zieht die Brauen zusammen und rechnet nach:

«Einen Tag sah ich die Ufer aufsteigen. Da war ich noch auf dem Meer. Einen Tag flog ich über den Dschungel bis zu den Radiotürmen der Stadt.»

«Das ist nicht wahr. Du bist nicht geflogen.»

«Richtig, ich brauchte zwei Tage. Ich stieg über den Strom. Dann wartete ich. Und einen Tag taten sie mich ins Gefängnis.»

«Das ist schon lange her, nicht wahr?»

«Sehr lange. Es zählt nicht mehr. Denn später lebte ich wie ein Prinz, in einem verwunschenem Zimmer.»

«Wieviel Tage?»

– «Ich weiss nicht. Bis die Prinzessin mich eines Tages verliess. Sie flog durch das Fenster, und tummelte sich mit Engeln auf einer Wiese.»

«Das stimmt nicht, das stimmt nicht! Sie kannte keine Engel. Sie konnte nicht fliegen. Ach, wie Du lügst!»

– «Wie ein Kranich, der stiehlt!»

– «War es schön auf dem Kranichflug?»

Marc wiegt den Kopf. – «Mässig», sagt er, – «manchmal zu heiss, manchmal zu kalt. Das war bei den Mondbergen.»

«So weit warst Du! – Wie lange hat die Reise gedauert?»

«Einen Tag im Ganzen. Denn als ich abfuhr, muss es gestern gewesen sein. Aber der Tag wollte kein Ende nehmen ...»

«Zweieinhalb Monate», sagt Louise, – «wo warst Du nur!»

– «Lang auf dem Strom. Der nimmt kein Ende und führt zwischen grünen Urwaldwänden im Kreis bis ins innerste Afrika. Wenn man zu lange bleibt, gewöhnt man sich daran und sinkt auf den Meeresgrund des Vergessens.»

«Ich bin froh, dass Du nicht auf dem Storm bliebst. Wo gingst Du dann hin?» –

– «Auf die Elefantenpfade. Aber da war es nicht besser, denn sie liegen tief unter der Dschungeldecke, und man kann leicht lebendig begraben werden.» –

– «Wie hast Du im Dschungel geatmet?»

– «Ja, mit dem Atem musste man vorsichtig umgehen. Man lief nicht, man schwamm, und liess sich von der Wildnis tragen. Die Augen schloss man, wie unter Wasser. Man träumte viel. So fürchtete man sich weniger vor den Leoparden, die an Lianenbrücken in den Bäumen hingen.» –

– «Gab es im Urwald auch Vögel?» –

– «Ich habe keine gesehen, ausser den Nachtvögeln und Schmetterlingen, die im Dunkeln leben. Sie gleichen Geistern, sie trinken Honig aus Totenblumen, manchmal streifen sie lautlos an Deinem Haar vorbei.» –

«Warum Totenblumen?»

«Wasserlilien, Sumpfpflanzen, Aaronskerzen, üppige gelbe Trauben, und riesige Blütensterne, die über Nacht manchmal weiss werden, und manchmal rot wie Feuer aus den grünen Schluchten leuchten. Sie leben nicht wirklich. Sie nähren sich im Schatten, in feuchten Höhlen, in faulem Erdreich, vor der Geburt. Dann brechen sie auf und langen mit blassen Keimen und Zungen nach oben. Für eine kurze Weile ziehen sie wie ein Magnet alles Licht an, dann sind sie von einer Aureole umgeben, wie der Mond von einem Hof. Darin schimmert die Wildnis reglos und mild.»

– «Und wenn es wieder Morgen wird?» –

– «Es wurde nie Morgen. Kein Tag endete, keiner hob an. Es gab keine Jahreszeiten. Und das Leben wurde in der Urwaldkette wie das von Gefangenen von Hand zu Hand gegeben.»

«Wie hast Du nur den Ausweg gefunden?» –

«Wegen der Termitenhügel und Schlangennester ging man immer weiter. Trotz des Überflusses an Früchten und Wasser litt man Hunger und Durst.

Man war auf dem Boden des Dschungels wie in einem Glasgewölbe, das von Strömen umkreist ist. Aber wenn man den Kopf in den Nacken legte, sah man hoch oben einen schmalen blauen Streifen sanft dahinfliessen. Dem folgte man. Es war der Himmel.

Eines Abends, in tiefer Dunkelheit, öffnete sich dann der Wald. Man konnte es nicht sehen. Aber man spürte die Weite, als werde man auf Flügeln über die erste, im Nebel ruhende Wiese und über die zu frischen Höhen ansteigenden Hügelkämme getragen. Man ahnte die Gipfel in der Ferne, die aus blauem Nachtlicht tauchten, man war schon mit dem über milchigen Talflächen wehenden Wind vermählt, und wiegte sich über den Wolkenbetten und um die Berge schwebenden Heiligenkronen in einer seligen Stille, die schon die aus allen Dämmerungen sich sammelnde, strahlende Verklärung der Frühsonne ankündigte!»

... Marc muss einem sehr schönen Bild nachsinnen, für das er die Worte nicht gleich findet. Louise, an seinen Lippen hängend, fährt für ihn fort: – «Das war bei den Mondbergen. Du hast dort lange gelebt. Du gingst auf den Vulkanrändern, und durch die Savannen an ihrem Fuss. Du sahst in die Krater hinab, und sahst in der Tiefe die Tiere weiden. Du sahst am Morgen die Elefanten und Büffel zur Tränke wandern und die jungen Löwen spielen und die Antilopen fliehen. Am Abend wurde die Sonne wie Gold, und floss von den Halden herab bis zu Deinen Füssen, und Du hörtest das Gras im Wind rauschen, das vor Dir her wogte und am Horizont wie ein Meer im Blau versank.»

«Ja», sagt Marc, – «es war am Fuss des Ruwenzori, und an den Ufern der grossen Seen. Woher weisst Du es so genau?»

«Deine Füsse haben Dich über die Seeflächen getragen. Und die Paradiesvögel haben Dich begleitet.»

«Und man hätte dort von Seligkeit zu Seligkeit leben können ...»

«Ich weiss es», sagt sie, «denn ich bin Dir gefolgt. Ich sah Dich, wie Du in der Savanne verloren warst. Du hattest keine Angst. Dein Kopf lag auf einen Stein gebettet. Die Graswellen leckten Deine Füsse. Und ein blauer Mantel deckte Dich zu. Jene Nacht war sehr kalt.»

«Aber ich fror nicht.»

– «Ein anderes Mal sah ich, wie Du den kleinen Elefanten fingst.»

«Es war nicht schwer.»

– «Ich erkannte ihn von weitem, er war zahm und weiss.» –

– «Und Du fingst ihn mit Deiner linken Hand. Ich war froh darüber, denn ich hätte sonst fürchten müssen, Du seist unter die Elefantenjäger gegangen.»

«Nein», sagt Marc, – «ich bin kein Jäger. Und während der ganzen Reise habe ich mich darin geübt, Dinge mit der linken Hand zu tun.»

«Ist das alles, was Du gelernt hast?»

«Ich habe gelernt, wie die Menschen auf den Plantagen leben, wie der Kapitän auf dem Fluss lebt, und wie die Viehzüchter und Leopardenfänger leben. Ich habe gelernt, wie die Fischer ihre Netze auswerfen, und ihre Boote aushöhlen. Ich habe einen Rossehüter gesehen, der keine Frau und kein Kind hatte, und kein Dorf und kein Feuer, und oben in den Bergen auf einer glänzenden Weide lebte. Und ich habe Vogelfänger gesehen, die konnten alle Stimmen der Vögel nachahmen, pfeifend, aber sie hatten die Menschensprache vergessen. Und ich habe einen Läufer gesehen, der hatte seit Jahren kein Brot mehr gegessen, sondern sich von Früchten und Tieren genährt, die er mit der Lanze erlegte. Er lief wie ein Pfeil, und wo er lief, öffnete sich ein Pfad durch die Wildnis. Zuletzt fand ich einen Heiligen, der sass in einer Talmulde und wiegte sich schweigend. Aber von seinen Lippen gingen Töne aus, und von seinen Armen Strahlenbündel, und wenn er es wollte, brachten ihm Flamingos, schwarze Schwäne und Wildgänse die Töne auf ihren Fittichen zurück und füllten seine Hände mit Körnern.»

– «Das muss ein Traum gewesen sein.» –

– «Nein. Ich sah es von weitem.» –

Louise blickt Marc nachdenklich an. Sie frägt:

«War es schön, so zu leben?»

– «Wie, meinst Du, soll ich gelebt haben?» –

– «Mit Kuhhirten und Heiligen. Von Berggipfel zu Berggipfel. Auf hängenden Brücken. Von Himmelsfittichen getragen. In einem Meer aus Savannengras. Und mit Tieren.» –

– «Es klingt wie ein Traum, wenn Du es beschreibst.» –

– «Ich sehe es mit Deinen Augen. War es anders?» –

«In Wirklichkeit?» –

Marc zögert lange. Er frägt sich, was Louise hören will. Er könnte ihr noch Vieles erzählen, und könnte Namen als Zeugen aufrufen. Er könnte ihr eine Karte mit Flussläufen, Bergen und Ebenen zeichnen, mit Seen, Jagdgründen, Weideplätzen. Mit Abenteuern. Er war im innersten Afrika.

Nicht einen Tag hat die Reise gedauert, sondern Wochen. Fast könnten es Jahre sein.

– «Hast Du in Wirklichkeit Afrika entdeckt?» –

Aber was kümmert sie Afrika. Sie treiben wieder ihr altes Spiel. Was nennen sie Wirklichkeit. Was auf der Karte verzeichnet ist? Was man beim Namen nennen, mit den Händen greifen kann?

... Aber ich sehe mit meinen Augen. Und mein Traum schreibt es auf. Ich habe einen herrlichen Tag erblickt, Engelsflügel hoben ihn ans Licht. Aber Du hast geweint, und die gleichen Flügel schlugen wie eine Fahne aus Tau trauernd über Dir zusammen. Ich habe dem Traum jener vergangenen Pracht nachgehorcht, bis ihr goldener Schauer mich wieder berührte, und ihr jauchzender Chor wieder ertönte. An meinen erblindeten Augen und ertaubten Ohren floh gleichzeitig ein Viergespann mit dröhnenden Hufen vorbei, und die Welt kreiste, atemberaubend, den Stürmen entrissen. Aber als meine blutende Stirn gegen eine Mauer schlug, die sehr hoch war, und meine Hände ins Dunkel griffen, da zerbrach die Mauer, und auf gläserner Bahn strömte der Segen der Fluren herein. Es war ein Fest. Tulpen bedeckten die Wasserflächen stiller Kanäle. Windmühlen, Wolken, Segel wetteiferten im sprühenden Lichtkreis. Nicht wahr, Louise?

«Was ich in Wirklichkeit dort gesehen habe», sagt er ernst, «wie könnte ich es Dir beschreiben. Wirklich ist nur, was wir aus ganzer Seele vernehmen, was wir lieben wollen. Dann ist dieses Zimmer wirklich, während ich irgendwo über allen Bergen, im innersten Afrika bin. Und ich kann Deinen Namen auf meinen Lippen spüren, während das Gold der Ferne wie Sand durch meine Finger rinnt. Ich war dort, und Dein Schatten folgte mir. Am Abend barg ich das Gesicht in Deinem Schatten. Am Morgen wachte ich auf und weckte Deinen Schatten, indem ich ihn beim Namen rief. So lebte ich. Und bereute jeden Tag, so weit fortgegangen zu sein. Ich fing mit der linken Hand den weissen Elefanten, und meine rechte Hand wusste davon nichts. Denn ich fürchtete sehr, dass ich den Rückweg bis zu Dir verloren hätte. Es war wie eine Krankheit.»

– «Weil Du, während nur ein Tag uns trennte, und ein paar Tausendmeilen-Flüge, noch an mich dachtest?» –

– «Ich war nicht ganz bei mir.»

– «Weil mein Schatten Dir folgte?» –

– «Oft sah ich die Sonne nicht. Oft meinte ich, das Feuer ihrer Untergänge, das den Urwald erleuchtete, werde mich verzehren. Und oft schien es, dass der Schatten eines schön geschweiften Bananenblatts mich für immer kühl umhüllen könne. Dann ergriff mich wieder die Reue.»

– «Denn Du wolltest zu mir zurück?» –

– «Und ich lief. Der Frieden der Täler hielt mich nicht auf. Die am Weg ruhenden Tiere hielten mich nicht auf. Die Rossehüter und Vogelfänger luden mich ein, vergeblich. Denn mich trieb eine heillose Ungeduld. Ich erwürgte eine Zwergantilope mit meinen Händen, die mit gebrochenen Fängen vor mir nieder stürzte. Wie ihre sterbenden Augen mich störten! – Der Himmel floss an mir vorüber, ohne Aufenthalt. Wenn er sie mir entgegengeschickt hätte, noch seine Segnungen hätte ich erschlagen.»

– «Oh Marc! – Das hast Du geträumt!»

– «Früher hätte ich Dir gesagt: Ich muss ausserhalb der Wirklichkeit gelebt haben. Aber jetzt frage ich Dich, –

schweben die Segnungen, die ich verachtete, nicht ungestört über jenen Tälern, eben jetzt? – Bin ich es, wie ich jetzt vor Dir stehe, der die kleine Antilope erschlug? – Muss ich es nicht geträumt haben?

– Und doch sind ihre Augen tot, für immer. Aber während ich dort oben wie ein Mörder hauste, wie ein von Unsegen Gezeichneter, wie Einer, der auf der Flucht wäre, – hast Du, Louise, nicht gleichzeitig treu an mich gedacht?»

– «Doch, ich glaube, dass ich treu an Dich gedacht habe. Und selbst wenn Du mehr getötet hättest, als nur ein unschuldiges Tier, in meinen Augen siehst Du nicht wie ein Mörder aus. Und selbst wenn Du von allen Segnungen ausgestossen würdest, so wärst Du doch kein Heimatloser, denn ich habe immer auf Dich gewartet. Warum bist Du nicht früher zurückgekommen?»

– «Oft fragte ich mich, Louise. – Ich war dort oben am Rand der Freiheit, so wie ich früher am Rand der Welt gewesen bin. Ich sah die über den Gipfeln schwebenden Seligkeiten von weitem. Und ich hätte oft nicht die Hand ausstrecken können, nach einer jener am nächsten Morgen gestorbenen Orchideenblüten, und hätte den an himmlischen Tränken weilenden Tieren die Hand nicht auflegen können. So verloren war ich.»

– «Und dachtest nicht an mich?» –

– «Ich rief Dich beim Namen, wie man das Heil anruft. So bin ich zurückgekommen. Oh Louise, ich war ohne Dich nicht sehr glücklich! – Oft fragte ich mich, wonach meine Seele früher verlangt habe. Wie habe ich, früher, auch nur einen Schritt getan ohne Dich. Welche Ratlosigkeit hat mich am Leben erhalten, welcher brennende Wunsch mich genährt!

– Jetzt, siehst Du, war ich nicht ratlos. Denn ich hatte Dich. Und ich rief keinen Baum an als Zeugen für mein Dasein, das nur Du mir bestätigen kannst. Die Welt war eine Einöde. Ich war wie auf der Flucht. Ja, manchmal schien mir, ich jage meiner davoneilenden Seele nach. Dann fing ich mich wieder ein. Ich war unterwegs zu Dir. Ich tröstete mich. – Ja, ohne Dich wäre ich verloren gewesen.

Denn die wirklichen Schrecken, die Raubtiere, die Urwaldwände, – sie tun uns nicht mehr an als die Nachtgespenster, – und die wirklichen Segensgaben der Felder und Weiten, sie fliessen durch unsere ausgestreckten Hände wie Wasser. Und der furchtbar unaufhörliche Stromkreis, wie sollen wir ihm entgehen? – Und die Freiheit ist in dieser Welt nur ein Wort.» –

Sie unterbricht ihn. – «Du klagst!» – Es klingt wie ein Schrei: – «Du klagst! – Nie habe ich Dich so sprechen hören! – Als man Dir grobes Unrecht zufügte, hast Du darüber kein Wort verloren, – Du warst ein Gefangener, und hast es vergessen, – Du gingst wie ein Freier am Rand der Welt, und bliebst unverletzt, – kein Schatten war auf Deinem Gesicht, als Du es mir zugewandt hast und ich Dich in die Arme schloss, – und dieses Gesicht, das ich liebte, es konnte nicht lügen! –»

Marc hebt langsam den Blick zu ihr. Er begegnet ihren fassungslosen Augen. Er schüttelt den Kopf.

«Und jetzt? – Louise! – Was hat sich verändert?» –

«Oh Marc, ich kenne Dich nicht mehr. Du warst unglücklich!»

– «Weil ich ohne Dich war.» –

– «So sieht Dein Glück nicht aus! – Du hättest keine Flügel gebraucht, um zu mir zurück zu finden. Hundert Tage hätten wie ein Tag gezählt, Deine Stirne hätte gestrahlt. Deine Zärtlichkeit hätte die kleinen Fänge der Antilope geheilt, in lohenden Büschen hättest Du mein träumendes Antlitz unversehrt wieder entdeckt, und meinen Herzschlag in jedem Vogelgefieder und atmenden Blatt. Du hättest meinen Schatten verwandelt, und er wäre durchsichtig neben Dir her gegangen. Und die Welt, die Du eine Einöde nennst, hätte wie ein Paradies unter Deinen Schritten geblüht. Du hättest mich nicht rufen müssen, denn ich war bei Dir. Und ohne Zeugen, schweigend, in einer unnennbaren Seligkeit wärst Du vor einem Baum gestanden, und hättest Deine Seele mit seinen Blättern und Zweigen vermählt, mit dem Wind, der Euch beide erschauernd gestreift hätte, und mit Gottes Spiegelbild.»

Marc horcht verwundert auf. Louises Stimme befremdet ihn. Es ist, als wolle sie ihm ein Bekenntnis entreissen. Oder ihn einer Lüge überführen.

Hat er ihr nicht die volle Wahrheit gesagt?

Er hat ihr gesagt, dass seine Reise einem Albtraum glich. Er hat ihr gesagt, dass die Paradiese ihm nichts galten ohne sie. Dass die handgreiflichen Dinge ihm fern lagen, und dass der Anblick ferner Glücksmöglichkeiten ihn nicht verführte. Dass die Rührung selbst ihn kalt liess. Dass ein bitterer Zwiespalt ihn quälte, und dass er am Morgen und Abend sein Gesicht in ihrem Schatten bergen musste.

Er hat sich zu seiner Liebe bekannt. Auch die Not, die aus diesem Bekenntnis tönte, hat er ihr nicht verschweigen können. Aber er tat es lächelnd. Er hätte hinzufügen wollen:

«Ich habe die Freiheit gekostet, wie vorher die Unfreiheit, und sie schmeckte bitter. Aber Du bist die Süsse. Ich habe gesehen, dass die Menschen hinter Mauern leben können, und in der Weite vergehen, und dass sie an irgendeiner Sehnsucht sterben wie an irgendeiner Armut, es ist das gleiche Elend, ein Erdenlos. Ich habe gelernt, dass die Wirklichkeit nicht sehr mächtig ist, und dass wir in der Flucht der Erscheinungen bestehen können, die uns kein Haar krümmen. Aber auch, dass unser unverletztes, in Glas gebettetes Herz nach einem tödlichen Hauch verlangt, wie ein Hungriger nach Brot.

Endlich erfuhr ich an mir, dass der Widerstreit zwischen unserem Begehren nach Liebe und irdischem Segen, wie er von den Feldern aufsteigt und im Schoss erblüht, – und dem heimatlosen Verlangen, das über Berge und Meere hinweg sich dem Dunkel vermählt, – dass dieser Widerstreit nichts ist, eine Täuschung, eine Sinnfälschung, und den Keim aller Lügen nährt. Aber dass unsere Sehnsucht eins ist, unteilbar, das Erbe unserer Unsterblichkeit. Und wir müssen es pflegen und vermehren, das Erbe. Wir müssen es auf Händen tragen. Wir müssen ihm den Namen unserer Liebe geben. Wir müssen unsere Augen daran weiden. Wir müssen es in der Erdenflucht beheimaten. Dann wird unser Los gnädig ...»

Und hat er ihr nicht gesagt, dass ihr Antlitz allein ihm genug ist, ein Trunk Wasser, ein Erntegeschenk, und dass er sein Haupt in ihren Schoss betten möchte?

Dass er sich darüber einig war, dort oben, wo seine mörderische Hand den Tieren das Augenlicht brach, wo sein eilender Fuss den Boden nicht mehr berührte, wo sein Wille sich trostlos von der verschwebenden Freiheit über den Bergrändern abwandte, – wo seine Not am grössten war?

Aber sie hat ihm nicht zugehört. Sie hat ihm von einer anderen Einheit geredet. Warum macht sie es ihm so schwer! – – –

Louise sagt bittend: «Sieh mich nicht so an, Marc», – er frägt: «Wie sehe ich Dich an?» – Er ist entschlossen, diesmal den Faden nicht zu verlieren. Er wird ihr von seiner Liebe sprechen. Er wird ihr sagen, dass er auch nur ein Mensch ist, und eine Heimstätte braucht, für seine Liebe.

Louise schlägt die Hände vor das Gesicht: – «Als sei ich eine Fremde! – Als redete ich in einer fremden Sprache zu Dir! – Und es sind doch Deine eigenen Worte ...»

Er starrt sie an. Sie wird ihn fragen, ob sie seine Freiheit verletzt habe. Aber unsere Freiheit führt nicht weit. Sie stellt uns nur vor eine Wahl. Und er wird ihr versichern, dass er freiwillig einen Entschluss gefasst habe. Das ist Menschenlos.

«Welche Worte, Louise?»

«– Ich erinnere mich gut daran: Es begann mit einem Baum ...»

War es ein Eukalyptus? Eine Tamariske? Oder ein Brotfruchtbaum? Stand er am Kongoufer, oder in der Savanne? Hatte er Federn? Wiegte er sich im Wind? Treibt man Spott mit ihm?

Marc springt auf die Füsse. Es ist genug! Er eilt auf Louise zu, er bezwingt sich, als er ihr verschlossenes und müdes Antlitz sieht, und wie sie die Augen öffnet, wie aus Abgründen des Leides zurückkehrend. – «Sei still», bittet er, – «ich erinnere mich auch. Wir standen zusammen im Frühlingswind, an einer hellgrünen Uferböschung. Die Wolken spielten mit unserem Haar. Wir hoben zusammen den Blick auf. Über uns wiegten sich Birken ...»

Er bricht ab. Wie auf seinen Lippen die Lüge blüht! Er presst sie aufeinander, er presst sie in Louises Haar. Er möchte ihr Gesicht mit seinen gespreizten Fingern zudecken. Und er bezwingt sich, er bezwingt sich. – «Ich könnte sie leicht töten», – denkt er, – «ob sie es merkt?» – Er streichelt ihre zitternden Schläfen.

Aber sie schweigt schon lange. Marc muss tief Atem holen, seine Arme sinken herab. Louise birgt den Kopf an seiner Brust. Das um ihn kreisende Zimmer löst sich auf, aus weiter Ferne kommt ein leiser Luftstrom. Und dort, im vertrauten Blau, sieht Marc grosse Alleen, Platanen, die einen runden Schatten werfen, hohe, ins Licht davonziehende Pappelreihen, zarte Weiden, die sich mit Kätzchen und Schneeglocken und Lämmern mischen, einen würzig duftenden Nusshain, graugrüne Oliven neben einer Schwertlilie, Kastanienkerzen in einer Sommernacht, und eine Wiese mit spielenden Fohlen, unter blühenden Obstbäumen. Er schliesst die Arme um Louise und steht unbeweglich, den Kopf erhoben. Wie eine schwere Hand legt sich ein Schmerz auf ihn, und er weiss, dass es Heimweh ist.

Er sieht auf Louises Antlitz herab, das reglos wie im Schlaf in seinen Armen ruht. – Was habe ich ihr angetan! – denkt er, – denn ich habe ihre Liebe nicht ermessen können. Und sie kennt mich so gut, besser als ich selbst es vermöchte hat sie über mir gewacht. Ich habe mich nach ein wenig Frieden gesehnt. Aber um welchen Preis wollte ich ihn erkaufen! – Ich war mit mir schon handelseinig, ich hatte es schon ausgesprochen. Da hat sie mir mein eigenes Wort zurückgegeben. Und es war entstellt. – Was habe ich ihr angeboten! Haus und Hof? Sicherheiten? Und ich bin nicht einmal ein Elefantenjäger. Ich bin nichts, – und sie liebte mich, als ich nichts war. Was sollte sie auch nötig haben! – Aber ich bin gegangen, auf Schleichwegen, wie ein Mörder, wie ein Verräter, und was mir in die linke Hand geriet, das verkündete ich laut. Und so wollte ich weiterleben? – Aber sie las mir mein Elend von der Stirn ab. Und lieber wollte sie mich verlassen, als mich so zu sehen. Ich glaube, sie hat ihre Liebe für mich in die Wagschale geworfen. Denn so ist sie, ohne Gnade. Sie vermag ihre Liebe nicht abzuwägen und wie einen Laib Brot auszuteilen. Aber wenn sie zu leicht befunden würde, es wird sie töten, so wie mein Elend, der Schatten der Lüge auf meiner Stirn sie töten würde …

Er spürt sein Heimweh nicht mehr. Die erstickende, schwere Hand greift in Louises glänzendes Haar. Und Marc versucht, zu sprechen: – «Louise, Du musst mir verzeihen.» – «Nein», sagt sie, – «bitte mich um nichts.» – Ihr Haupt sinkt ein wenig in den Nacken.

– «Denn ich verstehe Dich nicht. Du hast mir Deine geheimste Sehnsucht vorenthalten, die Du selber nicht laut nennen darfst, und hast mir gesagt, dass ich Dein Glück sei. Aber Du würdest neben mir vor Elend sterben. Ja, Du hast an mir wie ein Verräter gehandelt, aber ich weiss, dass Du Dir damit nichts erkauft hättest. Was sollte ich Dir also verzeihen? –»

«Sieh mich an», bittet er, – «wenn Du mich ansiehst, wirst Du mich wieder erkennen. Dann werden wir alles Andere vergessen. Es waren Worte, Traumbilder. Schau –», er streckt seine Hand aus, – «Du brauchst nur meine Hand zu ergreifen. Sieht so ein Verräter aus?» – Aber sie will nicht. – «Ich weiss es nicht», sagt sie, – «um es je zu wissen, müsste ich Dir Fragen stellen. Ich müsste Dich an früher erinnern. Ich müsste Dir Deine eigenen Worte ins Gesicht schreien, bis Du die Lippen öffnest. Oh, Deine Seele müsste ich in den Händen halten und sie sprechen hören! – Und ich will es nicht mehr, ich will nicht mehr. Ich fürchte mich vor Deinem Bekenntnis.»

«Es ist schon gut», murmelt Marc, – «Du brauchst Dich nicht zu fürchten, Louise.» Denn er wird schweigen. Sie neigen sich zueinander. Vor ihnen erhebt sich aus Rauch, in einem Zwielicht aus Schneegestöber, mit zum Himmel gereckten Geäst die klagende, zerrissene Einheit.

XX. Kapitel

– Immer noch dieses Zimmer? –

– Die gleiche Lampe, die Du zertrümmern kannst, die gleichen Wände, die Dich anstarren, ob Du Dir die Stirn daran blutig schlägst?

– Die gleichen vier Schritte zum Fenster, die gleiche, den Atem lähmende Hitze draussen? – Und Palmenreihen bis zum Horizont, der in Glut vergeht? – Dort lauern Wildnisse, dort wiegen sich Meere, dort wogen Schlachten, Schiffe gehen in Rauch auf, Berge stürzen ein, als seien sie aus Asche. Der Mensch hebt sein jammerndes Antlitz empor, es regnet Kohlen. Und die zerstampften Saaten blühen wieder, blühen wieder.

Dort herrscht wenigstens Krieg, der Verzweifelte steht gegen den Verzweifelten gestemmt, und in die Waffe, die ihre ringend erhobenen Arme umklammern, fällt der Blitz von ungefähr.

Marc steht und lauscht. Er ist geduldig wie ein Gelähmter, sein verschlossener Mund ist der eines Stummen, seine eingesunkenen Augen sind die eines Blinden. Und er harrt auf die Befreiung, die er sich nicht vorstellen kann. Also wird sie sich wie eine Tornade ankündigen, als ein Heer von Reitern, als die dahinfegende Windsbraut, mit Lohen, Zornzeichen, Heuschreckenschwärmen, Äxte werden vom Himmel fallen, und Bündel giftiger Pfeile aufschiessen, wie Pflanzen, ohne dass man sie sät.

Die Wirklichkeit! – Ihr gottvergessenes Antlitz, in das Gewand ihrer Schrecknisse gehüllt, und ihre linke Hand aus Lehm und ihre Rechte aus Eisen ruft er an: Um dieses Zimmer zu sprengen, dessen wuchtige Balken die Sterne seinem Augenlicht rauben. Denn er kann nicht mehr, er ist nur ein Mensch, und seine Zunge ist verdorrt, sein Herz weint im Schlaf, und Niemand hört ihn.

Was kann er tun? – Ein so Geringer, kein Lufthauch gehorcht ihm, kein Tröster erscheint ihm. Er ist nicht einmal Soldat. Früher war er ein König. In diesem gleichen Zimmer wachte er auf wie ein König, und in diesem gleichen Zimmer sagte er ein demütiges Dankgebet, und stand und lauschte.

Die gleiche Türe war offen. Der gleiche, schmale Gang führte hinüber zu Louises Schwelle. Dort liegt sie noch wie die Prinzessin im gläsernen Sarg, von Seide bedeckt bis zur marmorschimmernden Stirn. Und sie weinte, und er flocht ihr eine Perlenkette aus Tränen, und sie weint noch und er hört sie noch, und er ist ein Anderer.

Herr! – Sind das Deine Kinder, Geschöpfe aus Not, die sich ständig verwandeln? – Ihre rechte Hand weiss nicht, was die linke tut, – vielleicht gerade genug, um des Lebens täglichen Hunger zu stillen, und in welcher Unschuld sollen sie sich täglich erneuern? – So wie Einer sich die Hände wäscht, – aber es bleiben die Tränenspuren, und ihr zum Lachen verzerrtes Antlitz zerfällt und altert.

Sind wir Deine Geschöpfe?

Aber der Herr lässt sich nicht herbeirufen. Er lässt die Könige Könige sein, und die Bettler hungern. Er lässt die Perlenfischer in der Tiefe allein, er räumt dem Strauchelnden keinen Stein aus dem Wege, er lässt die Liebe des Reichen sich verschwenden. Er lässt dem Schwachen die aus Lust und Schmerz gereiften Früchte, die aus Lust und Schmerz gewobenen Kleider, die aus Lust und Schmerz geübten Taten, das aus Lust und Schmerz gewonnene Los, den aus Lust und Schmerz geklärten Trost, die aus Lust und Schmerz gewogene Täuschung, bis der Schwache seinen Hunger und Durst nicht mehr stillen kann, und die Kleider abstreift, und die Hand nicht mehr hebt, und bis keine Täuschung mehr seine weinenden Augen verklärt. Und der Herr lässt den Stärken sich nicht einmal, sondern immer wieder opfern, bis er sich seines Stolzes entäussert hat, seiner Liebe entäussert, seines Opfers vergessen hat, bis er sein Augenlicht und seine Kräfte vergeben hat, bis er nichts mehr hat.

Dann wird in seinen Geschöpfen die Nähe des Vaters sichtbar. Aber der Opfergang ist an ihnen. An ihnen, ihrer Ratlosigkeit zu begegnen. So frei sind sie.

Marc sagt sich: Ich habe ihr nichts mehr anzubieten, meiner Liebe. Ich kam wie alle Menschen aus Paradiesen, die unserem Gedächtnis entfallen sind. Aber unsere selbstvergessene Seele kennt sie und sucht sie. Und überall auf der Welt, wo ich die Spuren jener frühen Unschuld wieder erkannte, da war ich gerührt, da war ich der verlorene Sohn und der Bruder, da liebte ich. Und durch die Flucht der Erscheinungen zog sich, leicht wie Wasser und Mondlicht, und untrüglich die weisende Spur hin.

Und wie sich Alles in dieser himmlischen Weisse wiegte! Wie mir Alles entgegenkam!

Jetzt bin ich am Ende. Wo habe ich mich vergangen? Ich stand in der Welt, und fand in ihren Schoss gebettet ein solches Glück! Ich wollte meine Augen darauf richten wie auf den Gedanken der Unschuld, ich wollte mich davon tragen lassen, wie man einmal in Gottes Stille schweben wird. Ich habe es mir zu leicht gemacht. Meine Liebe zu Louise wurde zu leicht befunden.

Sie hält es mir nicht vor. Aber sie ist ihrer Trauer überlassen, weil die Hand, nach welcher sie griff, nicht der Fittich eines Engels war.

Jetzt bin ich im Unglück. Ich muss es hinnehmen. Denn wie könnte in unseren unerlöst noch wandernden Herzen das Glück allein bestehen, ohne dass ein gleiches Unglück es aufhebt? Sonst blieben wir haften am Vergänglichen, Knechte unseres Glücks, und vor dem Unglück zitternd.

Jetzt tue ich meinen letzten Gang. Das Unglück, das ich nicht nennen kann, muss mich schon erreicht haben, so wie eine Flut steigt. Mein Leben breitet sich schon rings um mich wie ein nacktes Feld aus. Darin ist alles ausgelöscht. Daher kann ich jetzt meine Augen, und alles, was ich je besass, auf Louise richten. Das ist ein Opfergang. So muss die arme Bedingung des Menschen auf dieser Erde sein. Er muss die Erinnerung an jene Paradiese auslöschen. Er muss hingehen und seine Liebe ungeteilt darbringen und seine Sehnsucht opfern. Vielleicht, wenn man sich gnadenlos hingegeben fühlt, ist die Gnade nahe?

Ach, vielleicht werde ich mit einem Wort Louises steinernes Lächeln beleben, ihre Trauer in Freude verwandeln.

Und Marc sucht nach dem Wort seiner Sehnsucht.

«Die Mongolei», sagt er laut, in den leeren Raum hinein.

Das Wort hat eine seltsame Wirkung. Er sieht einen Mann vor sich, der irgendwo in einer Stadt am Strassenrand sass, einen kleinen, runden Filzhut auf den Knien. Sein von der Sonne gebleichtes Haar war lange nicht mehr geschnitten und bildete um sein blosses Haupt eine leichte Lockenkrone. Der Mann war zwanzig Jahre lang Handwerker gewesen, dann hatte er Frau und Kind verlassen und war zwanzig Jahre lang durch viele Länder gewandert, um eine alte Schuld abzubüssen. Er erzählte Marc von der Mongolei, und Marc sagte ihm, dass er am Rand jener seligen Länder gewesen sei. Karawanengeläut, Sandstürme, Lichtheere machten sich vor ihren Augen auf, durstige Weiten, Einsamkeiten. Der Mann sagte: «Ich habe meine Schuld nie abgebüsst, die Vergebung ist nicht hier oder dort, sondern immer jenseits, und überall. Aber da ich sie überall gesucht habe, bis ich kein Hemd mehr auf dem Leibe besass, verliess sie mich nie, und ich wanderte in einem riesigen Chor der Versöhnung.»

– «Nicht hier oder dort», – wiederholt Marc. Seine Stimme wird vom brausenden Geläut der Winde überschwemmt. Er, der nicht mehr wusste, um was er weinen könnte, kann jetzt seine Tränen nicht mehr zurückhalten, wegen eines Wortes.

– «Nie mehr!», – sagt er sich, – «nie mehr!» –

– So weint im kahlen Saal ein Gefangener, der an durch den hohen Himmel davonziehende Schwalben, an das Blau der verschwimmenden Ebenen, an die Täler im Abendfrieden, an frommes Herdengeläut denkt.

Und Marc geht endlich. Wie er sich Mut zuredet!

– Nie mehr!, – murmelt er, und verschliesst sich den Mund:

– Es ist gar nicht so schwer. Du musst nur ein paar Schritte tun, wie diesen ersten. Bis zur Tür, die Du kennst, sie steht offen, und durch den Gang, und über die Schwelle, die Du kennst, und immer so weiter. – Er zögert. – Immer so weiter? – frägt er sich,

– blindlings? –

– Ja, blindlings, – er zwingt sich, wieder einen Schritt zu tun.

– Du musst die Mongolei opfern! – und er übt seine Zunge, um es ohne Bewegung auszusprechen. – Sieh einmal an, wie Du daran hängst, an Deinen Hoffnungsträumen, Wirklichkeiten, die Du schon lange überwunden glaubtest. Da wärst Du also ein fahrender Geselle geblieben, ohne den Zufall, der Dich in dieses Zimmer führte? Aber voll solcher Zufälle ist unser ganzes Leben, darum werde ich an diesem oder jenem Ort nicht mehr oder weniger unglücklich sein. Liebe ich die Mongolei mehr als ich Louise liebe? – Liebe ich meine Einsamkeit mehr? – Kommt mein ganzer Kummer nur daher, dass ich wie ein eitler Mensch um seine Schönheit, um nichts als mein Seelenheil besorgt bin? –

In seiner Verwirrung geht Marc schneller. Als könne er sie betäuben! Und dann bleibt er noch einmal stehen und sagt sich verzweifelt: – So kommst Du zu keinem Ende. Du sprichst «Seelenheil» aus, und weisst nicht mehr, von was Du redest. Du nennst die Mongolei, und rings um Dich ist längst nackte Dunkelheit. Schweig lieber. Reiss Dir lieber die Zunge aus, wenn es nötig ist. Und reiss Dir dieses wuchernde Zögern aus wie ein verfaultes Glied. Frag nicht nach Deinem Heil, es steht nicht bei Dir, und seine vor Dir wandernde Vision macht Dich nur schwankend. Weisst Du noch, wie man auf der Erde lebt, ein Haus baut, ein Geschäft abschliesst? Kannst Du noch Deinen Namen schreiben? Weisst Du noch, ob Du Louise liebst, oder nur ein Bild, eine Seele, – und wirst Du ihr sterblich süsses Antlitz noch wieder erkennen? – – – Ich halte keinen goldenen Schlüssel in Händen, so endet er, – ich fand kein goldenes Gesetz und keine in goldenem Glanz ruhende Stätte. Ich begegnete keinem Engel, der seinen Namen in Goldlettern auf seiner Stirn trug. Auch hätte er mich versengt. Denn ich bin kein Erlöster. Und meine Armut ist so gross, dass ich sie jetzt hinter meiner Blindheit und meiner Stummheit und hinter dem Gewand meiner irdischen Notdurft verbergen will. Denn mein Wille allein ist mir noch geblieben, er nährt sich von Nichts, er ist weder trotzig noch demütig, er ist anderen Ursprungs als ich. Und er ist untrüglich wie Gold, er wird mir das Verlorene ersetzen, das wie Sand unter meinen Sünderhänden zerrann. –

Ganz langsam, als lerne er erst zu gehen, und müsse vorsichtig die Füsse aufsetzen, tastend, ob sie ihn auch tragen, erreicht Marc endlich die Schwelle, und Louise steht im Zimmer und erwartet ihn. Er richtet den Blick auf sie und geht vorwärts, und sie scheint sich zu fürchten, als wolle er ihr etwas antun. Und er schämt sich, und eine jähe Hoffnung erwacht in ihm. – «Sie wird sich freuen, ein wenig doch!», – denkt er, und diese Hoffnung, etwas wieder gut machen zu können, ist brennend, wie Reue.

Als er sprechen will, ist seine Stimme heiser. – «Würdest Du mit mir zusammen bleiben?», sagt er. Die Worte sind so leise, und Louises blasses, kummervolles Gesicht bleibt so unbeweglich, dass er sich frägt, ob sie ihn auch nur gehört hat. – «Wenn ich Dich darum bitte?», fügt er hinzu. Ja, sie lächelt, aber mit einem so fremden Ausdruck vernichtenden Leides, und sie schwankt ein wenig, sodass er ihre Schultern auffangen möchte. – «Nicht so», sagt sie, ihre Stimme ist auch tonlos, sehr hoch, so als habe sie lange geweint, und ihr Schluchzen erstickt, und schwebe nun darüber. – «Wie meinst Du das?», frägt sie, – «wie meinst Du, soll ich mit Dir leben?» – Und ihre Augen schmelzen, als sie ihn ansieht. Marc sieht nur auf ihren Mund, wie um ihr die Worte abzulesen. – «Für immer, denn ich kann nicht mehr ohne Dich sein. Ich wäre zu unglücklich. Du brauchst mir nichts zu versprechen, wie dürfte ich es von Dir verlangen! – Wenn Du es mir nur erlaubst, dass ich mich binde. Denn mir ist es nötig, wie die Luft die ich atme, wie das tägliche Brot, – an Dich für immer gebunden zu sein.»

«Wie ist es nötig für Dich?», frägt sie, – «für Dein Seelenheil?» Er nimmt es ohne Antwort hin. – «Du kommst zu spät, Marc», – fährt sie fort. – «Ich hätte gern Dein Leben mit Dir geteilt. Ich hätte gern Deinen Hunger gestillt und Deinen Atem behütet. Aber es ist zu spät. Es war dringend nötig für mich, einen Entschluss zu fassen, denn wohin hätte mich meine unersättliche Sehnsucht geführt? – Da habe ich sie getötet. Und es ist fast, als hätte ich mich selber getötet, es bleibt mir nichts mehr. Du musst mich allein lassen. Du musst gehen.» –

Marc hängt an ihren Lippen, sucht in ihren Augen. – «Wohin soll ich gehen?» – Louise wiederholt: «Du musst gehen. Vielleicht wirst Du Hungers sterben in Deiner Freiheit, Armer, aber ich vermag nichts für Dich. Du musst gehen.»

Sie bittet ihn geradezu: «Es gibt viele Länder, Marc! – Du wolltest es doch immer! – Du bist ein Heimatloser! – Es ist nicht, was wir Glück oder Unglück nennen, was Du suchst! – Du kannst ohne mich sein!» – Er hört nicht auf sie. – «Du wirst mit mir kommen», sagt er, – «ich werde die Länder lieben, die Du liebst, und jeden Fleck Erde, den Dein Fuss berührt. Ich brauche nichts, nur, dass Du nicht mehr unglücklich bist.» –

– «Wie sich das trifft!», – und Louise lächelt ihn an, – «ich vergass, Dir zu sagen, dass ich nicht unglücklich bin: Denn ich habe nichts zu verlieren. Ich bin krank. Ich muss fort. Ich könnte nicht neben Dir bleiben.»

Marc denkt: «Es ist nicht wahr. Sie sagt, sie sei krank, um es mir leichter zu machen. Und selbst wenn sie krank ist, wie würde ich dann nicht bei ihr bleiben?»

Louise sagt: «Ich habe es Dir verschwiegen. Denn Du hast mich gelehrt, dass solche äusseren Unglücksfälle nicht wichtig sind. Und Du hattest Recht. Wir bestimmen ohnehin nicht über unser Leben.»

Er schreit auf: «Wir sind frei, Louise! – Warum willst Du nicht bei mir bleiben?»

Da stirbt ihr steinernes Lächeln, und ihre Stimme schmilzt, und wird sanft und dunkel, und sie neigt Marc ein wenig ihr ernstes, schönes Antlitz entgegen. Er erkennt sie wieder, er verstummt, um ihre letzten Worte zu vernehmen.

«Marc», sagt sie, – «wir sind frei. Und wir sollen unsere Freiheit nicht missbrauchen und nicht in der Lüge leben. Wissen wir, was uns tötet? Unsere Vorsicht ist immer falsch. Gestern glaubte ich, zu sterben, weil ich meine Liebe zu Dir töten musste. Und nur meine Liebe ist tot, und ich muss vielleicht weiterleben. Und Du hast die Wahrheit töten wollen, die Du noch nicht verstehst, weil Du mich nicht verlieren wolltest. Aber Du hast mich trotzdem verloren, und Dein Opfer war vergebens. Aber die Wahrheit lebt fort, und ich glaube, dass Deine Seele sie liebt. Darum musst Du gehen, selbst wenn die Reue Dich verbrennt, Du bist nicht verloren.»

– «Und Du, Louise?»

– «Ich weiss nicht, was aus mir wird. Meine Seele schweigt.

Mehr als einmal habe ich zu wissen geglaubt, wohin meine innigste Sehnsucht mich führt, und habe über mein Heil bestimmen wollen. Ich habe es in eine Wagschale geworfen, wie es in der Welt üblich ist. Aber die Hand eines Engels hat die Schale emporgehoben, so leicht wog das Heil, das ich mir ausgesucht hatte.

Marc, ich war leichtfertig. Ich hielt den Menschen, die ich liebte, mein verlorenes Heil entgegen. Sie waren nicht schuld. Und wie weiss ich, ob es wirklich verloren ist? – Wie darf ich es behaupten, da mein Urteil nicht über dies bisschen Leben hinaus reicht, so wie mein armes Herz frühzeitig müde wird und sich im Dunkeln an ein anderes Antlitz wenden möchte, um sich nicht zu verirren?»

«Louise, wir haben das gleiche Opfer versucht. Unser Liebstes haben wir verloren, beide. Aber was wissen wir beide über die Gnade?»

«Siehst Du», nickt sie, – «Du brauchst mich nicht mehr zu trösten. Und selbst wenn Du bei mir bliebst, wir würden uns nur, Jeder den Anderen, über ein vertanes Leben trösten, aber die Gnade würde trauernd vor uns gehen.»

Marc wagt nicht mehr, sich Louise zu nähern. Sie steht, die Seide fliesst von ihren Schultern, ihr seidenes Haar schimmert, ihre Augen füllen sich mit Tränen. Da neigt sie ihr Gesicht über seinen Arm und flüstert weinend: – «Ich habe geglaubt, Marc, dass ich nie mehr allein sein würde …»

XXI. Kapitel

– Der Ort, den Marc jetzt erreicht hat, braucht nicht mehr in Afrika zu sein. Er ist, fast auf der Höhe eines langgestreckten Gebirges, in eine vor starken Winden geschützte Mulde gebettet, ganz im Grünen. Dunkle, schöne Gruppen von Bambus umkränzen ihn wie Wandelhaine, und schliessen sich über den steilen Strassen zu leise rauschenden Kreuzgewölben zusammen. Andere Wege, welche die etwas tiefer als der Kamm sich häufenden Hügel säumen, sind von anmutigen Reihen junger, zarter Eukalypten begleitet, die sich mit ihrem Silbergefieder wie Glockengeläut in jedem Lufthauch wiegen. In den grossen, weithin die Mulde bekleidenden Wiesen stehen Mangobäume, knorrig, mit üppigem, Schatten verbreitendem Geäst, und streuen ihre platzenden Früchte wie Nüsse auf die Pfade aus, die sich überall durch das hohe Gras schlängeln. Die ältesten Häuser des Orts liegen unten, an der Eisenbahn, die aus der afrikanischen Niederung bis zu dieser einsamen Schwelle aufsteigt, und Makinlele mit der Welt verbindet. An den wie Treppen klimmenden ersten Strässchen liegen die Kaufläden der Portugiesen, Baracken aus Wellblech, freundlichere Wohnhäuser folgen, mit hölzernen Terrassen, in Gärten geborgen, am Rand der vielen, in die Gehölze, Haine, Maisfelder, und zum Gebirgsrücken empor führenden Lehmwege.

– Dort oben, wo der Berg als gewaltiger Grat nach Norden zieht, und im Süden einen weiten Bogen aus Hügeln schlägt, die baumlos, windgefegt, in feierlicher Ödnis ruhen,

– dort oben, wo nach Osten der Blick sich im Blau der durch Savannen und Dschungel fortgleitenden Ebene verliert, während sich im Westen neue Hügelländer öffnen, – ein Absturz, eine in die Ferne weisende Passtrasse, farbensatte Halden, verklärte Täler, Sammetstufen, Licht- und Schattenspiele, dann Ketten, gescharte Gipfel, und wieder Ketten, bis zu einem anderen, wolkengleich verschmelzenden Gebirgszug, –

dort oben, wo die Welt wie ein Meer wallt und an die harrenden Felsen schlägt und zu ihren Füssen brandet, und manchmal versonnen ist wie eine Appeninen–Landschaft, oft ein in apokalyptischen Stürmen wechselndes Gemälde unter der Pracht des Himmels, –

dort oben, wo der Wind froh ist und atemberaubend, und durch die herben Gräser streicht und die Augen kühlt, und die Sonne mit den Hängen spielt, die kleinen Felder nährt und die kargen Weiden sättigt, wo der Schritt von Anhöhe zu Anhöhe führt, von Strahlenglanz begleitet, und kein Wunsch mehr sich regt, und die Freude göttlich ist, –

– dort oben ist Marc versunken im Anschauen, und seinem Staunen überlassen.

– Das ist nicht von dieser Welt, – glaubt er zuerst. – Es ist nicht Afrika, und doch waren ein paar Stunden genug, um mich hier herauf zu führen. Und es ist nicht Asien, denkt er, und ist doch gross wie die asiatischen Ausblicke. Es ist wie ein italienisches Bild, in dessen Vordergrund Maria im blauen Mantel sitzen und durch ihr Fenster blicken würde, oder ein Heiliger in der Wildnis, der Vögel auf seinen freundlichen Händen trüge, und fütterte sie mit Himmelsbrot.

– Schwarze Hirten leben hier, Jäger und Maisbauern, in den kleinen Dörfern, die ich sehen kann, unter Bananenblättern und Orangenbäumen. Sie sind es, welche die Talfluchten so wohnlich machen, mit ihren Kartoffelfeuern, ihren Kohlgärtchen, ihren schüchternen Instrumenten und Liedern. Aber wenn ich mich umwende, sehe ich steinige Wege durch die Matten ziehen, und glaube Herdengeläut zu vernehmen, und wenn ich in die Tiefe schaue, verebbt dort die Bläue des Mittelmeers, und die Oliven- und Sandfarbe seiner Inseln. Dies endlich ist Griechenland: Die aufschlagenden Früchte in schattigen Hainen, die rötliche Erde der Ziegenpfade, das Wiesengrün, das Himmelszelt, – dieses Leuchten versammelter Lieblichkeit …

Wie soll ich mich wieder finden?

Ich bin in Kummer verstrickt wie in einer Niederung, es sind lauter Schmerzen, die mich wie ein Heer von Lanzen in Schach halten. Ich war bereit, diesen Wandelgängen aus Schmerzen und Kummer zu folgen, die tief unter der Wucht der kreisenden Erde begraben, vom Echo ihres rasenden Laufs erdröhnen. – Wie der Schacht sich geöffnet hat! Aber ich wurde wie ein Toter emporgehoben. Gelähmt war ich, nur die Reue brannte. Sie begleitete mich wie der Schatten meines verlorenen Daseins. – Beginnt so die Wiedergeburt? –

– Sie haben mir, dort unten, andere Mittel und Wege vorgeschlagen, damit ich mein Leben nicht verliere. Ich sagte ihnen: Mir liegt nichts daran, – aber das klingt wohl unglaublich, und gehört zu den Worten, die man nicht aussprechen kann, ohne sich zu versündigen. – Denn dieses Leben, über das wir uns so oft beklagen, das wir nicht absehen können und für nichtig erklären, – zwar ist es nichts, nur eine zum Sterben bestimmte Erscheinung, so, wie ein Stein ohne Seele ist, bevor die Hand des Meisters ihn aufhebt. Aber wir wurden aufgehoben, und die Hand, die uns entliess, wollte uns wohlgefällig. Und ein Wissen wurde uns gegeben, das wie Gottes Atem auf einem Spiegel ist. Wir können unser Leben nicht verleugnen, so wenig wie wir es abwägen und verwerfen können, und so wenig wie wir unser Gesicht ändern, unseren Atem im Schlaf erwürgen können. Gott können wir verleugnen. Aber wenn die ganze Erde gegen ihn aufsteht mit Mordfahnen und Bränden, würde es auch nur seinen Hauch trüben, sein Auge trüben? – Wir können auch Gott wohlgefällig sein. Dann sieht er uns an. – Wir können es, wir können es! Schrecken wir vor der Mühe zurück? Sie ist so, dass darüber aller irdische Kummer gering würde, und das Feuer lau, und das Wasser eine Brücke. Und wir würden aufstehen und gehen …

Sie sagten mir dort unten, ich sollte meinen Kummer ertränken, Louise vergessen, Zerstreuungen suchen: Dann würde ich wieder Geschmack am Leben gewinnen. Aber ich kann mich nicht zerstreuen, ohne meine Seele zu verlieren, die Gott ansieht, und meinem Augenlicht entweichen würde. Und der Kummer würde mir mit seinem misshandelten Antlitz überallhin folgen. Und der Geschmack des Lebens ist nicht süss.

Und so nichtig ist alles, was sie Zerstreuung und Süsse nennen, dass Einer, der daran Überfluss hätte, und nähme wegen eines geringfügigen Leides, einer ungesühnten Schuld, einer vergessenen Botschaft an seiner Seele Schaden, – dass er ein vom Unglück Gezeichneter wäre: Das Gold würde ihn kalt anstarren, die Speisen würden ihm zum Ekel, der Wein würde ihn vergiften. Jede Tätigkeit würde ihm zuviel, und jeder Freude würde er überdrüssig.

Sie sagten mir auch, ich sollte mich in eine Arbeit stürzen. Sie meinten es so, wie Einer sich auf die Flucht begibt, oder sich durch gute Handlungen rein waschen will: Aber wenn der Andere, dem er etwas Böses angetan hat, seine guten Handlungen zufällig übersieht? Vor wem hat er sich rein gewaschen? – Und die Flucht, wie weit führt sie? – Bis ans Ende der Welt? – Aber es sind immer meine Füsse, die mich tragen, immer meine Augen, die in den Spiegel starren, und mein Gedächtnis rührt mich im Wachen und Schlaf und in allen Ländern an. So schreit Einer «Mutter!» – der seine Mutter längst vergessen hat, und ein Anderer «Erbarmen!», wenn er auch auf einer Insel in Frieden zu leben scheint –.

Sie meinten es auch, wie man sich in betäubende Drogen stürzt, wie man sich in die offenen Arme einer Liebe stürzt, wie man sich für eine gute Sache erklärt und sie mit Feuer und Schwert und allen Mitteln verbreitet. Sie meinten es, wie ein Verstümmelter sich der linken Hand bedient und den Schein wahrt, und wie ein Enttäuschter hingeht und seine Enttäuschung an den Pranger stellt, und die Schuld einem Anderen beimisst, und sich grausam rächt und sagt: Es ist um der Gerechtigkeit willen.

Aber das sagen sie Alle. Der Zornige sagt, sein Zorn sei gerecht, denn er sei gekränkt worden. Macht sein Zorn die Kränkung wieder gut? Oder sucht er nur nach Erleichterung? – Der unschuldig Leidende sagt, er lehne sich gegen die Ungerechtigkeit auf: Ist es die Ungerechtigkeit, oder die ihm auferlegte Pein, die er abschütteln will? – Der Andere, der sich nicht mehr auflehnen kann, tröstet sich: Er leide für seine unschuldigen Brüder, damit das Mass voll, und das rächende Schwert in ihre Hand gegeben werde, – aber wird es die Gerechtigkeit sein, die durch dieses Schwert Blutströme vergiesst? – Der Mildtätige sagt, seine Milde trage zur Gerechtigkeit bei, weil sie einem armen Nächsten zugute komme. Aber wenn der Arme kein Nächster ist, sondern ein Feind, und ein Ungerechter? – Dann muss der Mildtätige seiner Milde entbunden werden, um der Gerechtigkeit willen. Und der von Unglück Geschlagene muss hingehen, und um des Ausgleichs willen einen Glücklichen berauben. Der Liebende, dessen Liebe nicht erwidert wird, muss sich töten, oder seine Liebe in Hass verwandeln. Der in Kummer Ertränkte darf nicht aufstehen, sondern muss sich an seinem Kummer weiden: – Seht! – Die Ungerechtigkeit hat mich ertränkt! Mir wurde zuviel zugemutet, – seht, was aus einem so Elenden wird! – Und er stellt, um der Gerechtigkeit willen, seine Bedingungen: – Eine Hand voll Gold für meinen Kummer! – Und wenn das Gold schmilzt? – Die Liebe vergeht? – Das Unglück sich mehrt? –

Der glückliche Fischer sagt: Der Fischzug lobt meinen Fleiss und die Perlen sind so unverdient kostbar, dass sie Gott loben. –

– Aber wenn Gott die Perlen verwirft, sodass sie blind werden? Hat er dann den Fleiss des Fischers verworfen? – Und der weniger Glückliche, dessen Netze zerreissen, dessen Kahn im Sturm zerbricht, der in den Krieg ziehen, und Frau und Kind dem Hunger überlassen muss, – der müsste hingehen und die Gerechtigkeit verwerfen, so wie andere Unglückliche in ihrem Namen zu Gottesleugnern werden und den Brand heiliger Kriege entfachen.

Nein, unsere Gerechtigkeit führt nicht weit. Und damit uns, Richtern und Gerichteten, das Wort nicht im Munde erstickt, müssten wir auch noch die schlichte Wahrheit entstellen, die wir lieben möchten. Denn der Giftesser, der Liebende, der Prophet der guten Sache, und der Verstümmelte und der Enttäuschte, – und der Darbende, und der im Überfluss vor einem

Unglück Zitternde, – sie wollen alle nicht leiden, sonst nichts. Erschöpft sich darin unser Leben, in einer so vergeblichen Anstrengung?

Was unterscheidet uns dann von den Tieren, deren Unschuld nicht unsere Unschuld ist, deren Begierde keinen Stachel kennt, deren Trägheit sie kleidet und nährt, die vom Raub und der Kraft des Stärkeren leben, deren Spiel der selbstvergessenen Anmut gleicht?

Warum gehen wir nicht hin und töten? – Warum gibt es Menschen, die an Hunger und Durst nicht sterben, und die ihrem irdischen Elend Mut abringen, und die über ihr Elend und ihre geringen Kräfte hinaus Sphärenflüge wagten, Himmelsklängen lauschten, Gottesworte der Versöhnung niederschrieben?

Waren sie andere Menschen? Bessere Menschen?

Marc schüttelt den Kopf. Er birgt das Gesicht in den Händen. Er geht bis an den Rand der Gebirgsschwelle, und blickt in das weit offene, gelb und rosenrot verklärte, von stählerner Nachtbläue überwölbte, smaragden glänzende Land hinaus. Er hört das leise Sausen des Winds in den Gräsern. Sein Herz ist leer und leicht, es ist als sinke die beängstigende Last seines Kummers langsam, langsam, um im Schoss der Erde aufgefangen zu werden, die Tränen wie Tau trinkt.

Die Stille, die ihn betäubend umgab, die ihn lähmend umschloss, verwandelt sich: Die offene Himmelsstille, die feierliche Abendstille, die friedliche Weltstille, – die vom Wind und Herzschlag und Vogelschlag und Rauchopfer und Hirtenflöte nicht gestörte Stille hält ihren Einzug, unbewegt, strömend.

– Das Wunder der Verwandlung, frägt Marc, wo beginnt es?

– Die Ratschläge, die sie dort unten freundlich meinten, ich konnte sie nicht annehmen. Sie fürchteten, dass Louise und ich an unserer Trennung sterben könnten, wie man an Ungerechtigkeit, Kummer, Hunger und Durst stirbt. Aber was sie vorschlagen konnten, war immer noch weniger als die vergeblichen Opfer, die Louise und ich einander so leicht gebracht hätten. Um mich zu schonen, hätte Louise das letzte Wort ihrer Liebe geopfert, das nicht an einen Menschen gerichtet sein kann, sondern über mich hinaus an eine andere Versöhnung.

– Und ich hätte für sie gute und böse Taten verübt, auf Gutes und Böses verzichtet, unbedenklich, und wäre ohne nach rechts und links zu schauen für sie bis ans Ende der Welt gegangen.

Was uns getrennt hat, war nicht unsere mangelhafte Liebe, – denn sie war süss, und wir hätten sie durch keine andere ersetzen, sie in kein anderes Land verpflanzen, ihr keinen anderen Namen geben wollen, und keine blendende Handlung und kein Gold der Erde hätte sie aufgewogen, und keine Krone hätte diesem Reifen aus Glück geglichen.

Aber das irdische Glück nährt sich vom Unglück, dem vergangenen, dem nahenden, wie das unbeseelte Eisen den Blitz ansieht, wie der blinde Mut sich an der blinden Panik im Rücken stärkt, wie jede Tat den Keim der Taten sät, wie das Leben aus jeder Verderbnis blüht und steigt und fällt, – bis wir, die unermüdlich Kreisenden, stehen und fragen: Ist alles eitel?

Sind wir unbeseelt, nur aus Erde gebildet, wie der Januskopf?

Das kann nicht wahr sein! – So riefen wir uns an, Jeder den Anderen, in dessen schwankendem Antlitz er die Spuren vergehenden und kommenden Grams von der dazwischen schwebenden Augenblicksfreude nicht mehr zu unterscheiden verstand. Wir kannten das Heil nicht, – dessen Ahnung doch ehern klingend in unser Sein gegossen ist.

Welcher von uns hätte, solcher Gewissheit nahe, dem Liebsten und Geschwister noch einen Trost wie zum Handel angeboten, zum Austausch mit unseren trügerisch fliehenden Erdennöten?

– Da ging sie. –

Sie sagte: «Sorg Dich nicht um mich», und ich sah auf ihrem Gesicht einen Schein, den ich nicht mehr störte,

aus selbstvergessener Zärtlichkeit, aus überwundenem Leid

einen Schein, der sie fortan begleitete.

Ich glaubte: «Du nimmst von einer Sterbenden Abschied, Du wirst sie nie wieder sehen», – aber wie durfte ich darüber entscheiden? – Und sie war dem Schein der Erlösung, dem wir entgegenstreben, wohl näher als ich …

Andere sagten mir: «So wirst Du im Leben alles verlieren. Du hättest ihr drohen sollen, dass Du ohne sie stirbst und verkommst.»

– Das hätte ich tun sollen? –

Da schreit Marc: – «Keine Ratschläge mehr», – und möchte sich niederwerfen und das Gras halten und mit den Lippen schmecken, das doch soeben noch wie eine sanfte Flut wallte und stieg und seine Füsse leckte, und er möchte die Stille anrufen, die eben noch mit der Stille in seinem Herzen verschmolz, und jetzt ist es das Nichts, das ihm antwortet. Die alte Not schreit, und er muss sich über sie beugen, über dieses leere Rund, worin der Schmerz flammend wandert und sich ausbreitet wie Kreise auf einem

Teich. – «Wohin?», schreit er. Aber er verstummt gleich, denn das empörte Wort, die zu laute Stimme, sie würgen ihn. Und er läuft, so wie man eine unnötige Bewegung macht, um sich von etwas Lästigem zu befreien. Aber die Meute seines Schmerzes, seiner Gedanken, seiner Empörung jagt ihm nach bis in den Mangowald, in den Palmenhain, und immer tiefer, wohin der Pfad führt, in das Dschungeldickicht, das die Schlucht füllt.

– «Ich sage den falschen Ratschlägen ab. Ich sage mich los. Ich will mich befreien!» – Das Echo seiner Gedanken irrt durch die Bäume. Da besinnt er sich. – «Wovon willst Du Dich befreien? – Von der Erdenschwere, die Dich gefangen hält? – Ihr gehörst Du an.»

Er beugt gehorsam das Haupt. Seine Besinnung ist anders als was er je gedacht und empfunden hat. Sie ist hauchzart, sie kommt aus der Tiefe und Höhe, sie kündigt sich nicht an. Sie sinkt, wie Rauch auf die Lider, wie die allmähliche Dämmerung hebt sie sich, wie ein Schleier zerreisst sie lautlos vor dem sternklaren Raum ohne Ende. Er muss ihr mit einem anderen Gehör lauschen, ihr mit anderen Augen nachblicken. Er muss sie in vorsichtigen Händen sammeln. Er wartet. Er will nichts mehr. Und so, geduldig, kniet er, im Schoss seiner Erdenschwere.

«Lass Deine Hand sinken», besinnt er sich, – «sie taugt nichts. Die Mangobäume kannst Du in Deiner Empörung schütteln, und in Deiner Not ihre Früchte nach den Palmwipfeln schleudern, und Chöre von Papageien werden Deiner Stimme antworten. Und Du kannst laufen, bis Deine Füsse brechen. Aber es gibt keine rettende Tat.»

«Zerreiss Deine Zunge nicht, erstick deinen Atem nicht», fährt er fort. «Du wirst nur stammeln. Denn jedes Wort ist einmalig, aus dem Nichts geboren wie die Töne, und rein und klingend wie sie. Aber wenn es sich offenbart hat in Schmerzen und seinen Sinn verkündet und ein Herz angerührt hat, dann geht es wieder in das Nichts ein. Dort schwebt es, und das bereicherte Herz vergisst es und bewahrt es zugleich. Aber wenn Dein Gedächtnis noch so gut ist, und Deine Gedanken sich noch so genau an das einmal Gesagte erinnern, – sie beleben es nicht. Und wenn Deine erdenschwere Zunge noch so geläufig Deine Gedanken ausspricht, das Wort bleibt tot.»

Er schweigt, und die Besinnung breitet sich aus. – «Es gibt keinen rettenden Gedanken, es gibt kein rettendes Wort, sie gehören der Erdenflucht an. Und sie sind nicht von Deinen anderen Sinnen verschieden, – denen, die Dich manchmal mit Süsse, soeben mit Empörung nährten. Denn Deine Sinne denken für Dich, und Deine Gedanken sind sinnlich, manchmal täuschen sie Dich, manchmal sind sie geschärfte Instrumente. Aber sie schärfen sich an der Erdenschwere, von der sie sich auch täuschen lassen: Ihr gehören sie an ...»

– «Aber sie sind mächtig», – denkt Marc laut, um die Besinnung zu übertönen, der sein unruhig schlagendes, an Kummer und sich jagende Zweifel gewöhntes Herz nicht mehr standhalten kann. – «Was verlangt man von mir? – Mich zurechtzufinden in der Weisse, worin die Hand schweben muss, worin der Fuss ohne Stütze ist, worin kein Echo tönt und kein Spiegelbild lächelt?» – Er lässt ab, seine heissen Gefühle überlaufen ihn wie Kälteschauer, seine Gedanken fliehen in die Niederung zurück, wo es wüst zuging. «Ja, dort war die Erde schwer und das Leben grünte, und sie zog es in ihren wirbelnd geöffneten Schoss. Und die Menschen waren am Werk und eifrig, ihre Geister flammten wie Schwerter, ihre Leidenschaften sandten sie in die Runde, Beute, Ernten, Opfer häuften sich, Lust und Leid mischten sich jauchzend, aber die Lust tobte und floh, das Leid starrte und war stärker. Warum hiess es, sie müssten ihr Brot mit Tränen essen? – Viele hatten nicht einmal Brot, viele warfen es fort, viele hatten nicht einmal Tränen ...»

Die Besinnung rührt an Marc's Schulter. So sanft ist keine andere Stimme! – Sie sagt: – Als müssten sie ihr Antlitz vor den Stunden verbergen, so hastig stürzten sie dem Tod entgegen, die sie doch fürchteten, dort unten. Dir rieten sie «stirb lieber, Du bist reif, da Deine Liebe sich nicht mehr an lächelnd vergehenden Gesichtern festklammern kann, da Dein Hunger nicht mit Brot gestillt ist, da Dein Arm sich nicht am feindlich erhobenen Arm vergreift, bleibt Dir nichts mehr. Da Du keinen Widerpart hast, woran willst Du Deinen Mut erproben, Deinen Hass stählen, Deine Liebe pflücken, Unglück und Glück messen, Dich selber beweisen? Du bist nichts, Deine Stimme bricht sich an keiner Flut oder Mauer, Dein Antlitz siehst Du nicht im Spiegel altern. Stürz hin ...»

– – – Und bist nicht hinabgestürzt, dort, wo das Wasser tief war und sich teilte, dort, wo der Schoss offen war? – – –

– Oh Besinnung! – Marc weint. Oh Einsamkeit! Er spricht die Besinnung an: Oh wende Dein Antlitz, das strenge, das ehernstirnige! Sieh und entlass mich: Der Schoss war geöffnet, der Weg war bereitet, der Mut war blind, der Schrei war erstickt, der Kummer ohne Ende füllte meine Füsse und Hände, tobende Wogen waren über den Weltrand getreten, sie hoben die Toten, sie hoben die Schiffe, Gischt bäumte sich zu wirbelnden Glastürmen, die stürzten ein wie Fontänen, im Sturm fegte ein anderes Antlitz dahin als Deines, das des Zorns der Erde, das der Not der Erde, das Hass und Liebe verzehrende, in Gier und gähnender Enttäuschung wolkengleich entflammte und erbleichende Antlitz, und in seinen dunklen Mantel gehüllt war ich wie die Anderen, geschlagen, geschlagen. Und hob das geschlagene, erblindete Haupt bis der Nacken brach, und die lallende Zunge im Triumph sich knotete und hervorstiess: «Verleumdung, ich schlage Dich siebenfach, entzündet die Ähren, jagt die Lieblichkeit, trommelt die Stille ein, teilt die Meere, und lasst uns hinab, unseren düster glorreichen Heerzug!» Marc weint. – Oh Besinnung! – Wende Dein Antlitz ab, das strenge, und Deine sehr sanfte, vom Schatten des Bedenkens verbrämte Stirn, wende dieses von Mitleid brennende Auge, das meine Tränen auf die Felder lenkt, um die Spuren jener dahinwallenden Kümmernisse zu bedecken, Brände zu stillen. Führe an Deiner Hand die Sternbilder der Tiere hinweg, den Löwen, der die Wunde leckt, das Lamm das sich spiegelt, im Teich unserer Erdennot. Geh, ich ertrage Dein mitleidiges Auge nicht, das unbewegt über unseren Tiefen ruht, und Deine Hand, die standhält, schwebt, an sich zieht, und das Rund Deiner Brust, das sich leise schwellend hebt, unsichtbare Chöre umfassend und aussendend wie hauchweise Atemzüge, – oh hinansteigende Befreiung, zusammenklingende, wiegende Stimmen, oh Versöhnung, die ich nicht ertragen kann. Das Licht ist zu stark, ohne Farbe, Wiege der Gnade, das Licht schwimmt auf unserem sterbenden Mund, lass die Flut uns vorher überspülen, geh! – War es nicht der Tod, der uns rief, dort, am Ende der Wege und wo ein letzter noch, hörst Du, sich auftat? Ein Würgengel, so sei es, ich rief ihm entgegen: «Nie mehr! – jene langfingrige, ebenmässige, wie Zärtlichkeit gleitende und fest und schlank den Nacken, die Schulter und Hüfte umklammernde Hand der Frau, – nie mehr die Seidenflut ihres Haars, ihrer Marmorweisse, – aufstehen nie mehr, ein blankes Schwert fröhlich zu führen und Wiesen zu mähen, Worte aussäen, den Rittersporn pflücken, den Dornstrauch in wehklagenden Händen. Nie mehr aufstehen und beim Namen rufen den Knecht, nie mehr das verletzte Recht in die Schranken rufen, nie mehr den Felsblock heben und in die furchterstarrte Runde schleudern, mir an die Brust schlagen nie mehr. Aber hier, im schlagenden Herzen, rief ich den Würgengel an, hier schlägt Heldenmut, der trotzige, der hoffnungslose, und regelt die Schritte, und sie wanken und gehen den Weg, den Weg, zeige ihn mir, und ich zeige Dir dass ich furchtlos bin.» –

– – – Und gingst den dunklen, stürmischen Weg, – schwankend, denn Dein Fuss trug Dich nicht, trotzig, um Dich gegen die Todesfurcht im

Rücken zu stärken, trostlos und leer, denn nichts mehr in der Welt wollte Dir antworten, blind, weil die Leidenschaft Dir das Blut in die Augen trieb, unbändig, weil Dein Schmerz ohne Grenzen war, – so gingst Du den Weg, ungläubig, denn wie hättest Du zu glauben vermocht, dass alles eitel sei, dass die rührende, die schwebende Melodie für immer verstummt sei, dass Du ein Verlorener seist, – Du gingst den Weg, und bist nicht hinabgestürzt? – – –

Oh bedenke!

Da muss er das Haupt neigen. Wo sind die Tränen, dass er sie anrufe? Vergangen wie Tau, wie Perlen fliessend, ungetrübt. Töne perlen, Windperlen rinnen durch sein Haar, die Fittiche des weissen Adlers kreisen in grosser Höhe, das Abendrot hängt in den Zweigen und nährt die im Tal der Vögel singenden, über die Abhänge gleitenden, in Träumen schwankenden, in ihren Nesten schlafenden Lerchen, Tauben und Weber.

– Die Flut war gross – Marc spricht, seine Lippen suchen, –

– der Schoss rief, –

– Würger erstanden wie Lanzen über den Erschlagenen, –

– meine schlafende Stirn räumte eifrig die Steine aus dem Weg,

– meine Gedanken sprangen wie Tiere in die Breschen,

– der Schoss rauschte, schrie, sandte Mäher, Streiter aus,

– ich hatte nichts mehr und vergriff mich am Tod, sein Antlitz zu entstellen im leeren Spiegel des meinen.

– Und mein Wille kniete am Eingang, und ich zögerte …

– Und wie damals, verharrt Marc, und zögert, und bedenkt.

Das Bedenken, das er wie einen Engel anrief und von sich wies, nun legt es sich auf seinen Mund, er braucht nur die Lippen zu öffnen, zu lauschen, und auszusprechen. Es durchweht ihn, es stillt ihn, es ist mild. Und sein Wille, der damals am Eingang kniete und seinen Fuss aufhielt und seinem Arm die Waffe entwand und sie wie Glas zerbrach, er regt sich, er hält seinen Atem, er füllt ihn.

Er steht, sein Wille, wie der Heilige auf dem Tier. Und Marc sagt: Was mich dort unten trieb und meine Hand führte, es war nicht mein Wille. Was die Flut steigen liess, was die Würger aufrief, was meine Sinne stark machte und meine Gedanken zu wilden Tieren werden liess, – es war nicht mein Wille. Was meine Liebe in Kummer verwandelte, was meine gerechten und ungerechten Taten ausstreute und zunichte machte, was meine Macht in Ohnmacht verwandelte, was mir die Zunge verdrehte, – es war nicht mein Wille. Was, als ich staunend vor dem Baum stand und dem Wunder der Vereinigung zustrebte, was die Einheit zerriss, was den Schimmer von Gottes Antlitz mit Heuschrecken und Lanzenschwärmen verdunkelte, – es war nicht mein Wille. Was mein Herz in Glück tauchte wie in goldenen Glanz, und es auf grauem Feld in der Dämmerung zurückliess, dies alles war nicht mein Wille, sondern das grosse Tier, das seinen Schatten auswirft und das Netz seines lohenden Atems über unseren Atem wirft. Und so liefen wir nach dem Ende des wandernden Schattens, und so rangen wir nach Atem. Und so täuschten wir uns, und nannten unseren Willen die Kraft, unseres Wettlaufs mit dem Tier, und den Mantel, der herwallt hinter dem Antlitz der Erdengier, gähnenden Furcht, unserer Schwere.

Der Wille, der mich am Wege beschwor und nun wie der Heilige auf dem Tier steht und wie eine Säule, er war rein. Er nährte sich nicht, er handelte nicht, er fürchtete sich nicht. Er kam von fern, wo die weisse Spur sich verliert, und wo nichts ist, nur die über die Gedankenmeere hinaus weisende, die gehörlose, hauchgleiche Erinnerung, – und er führte weit, wohin das Auge nicht reicht, wo unsere Sehnsucht unsichtbare Zinnen krönt, und Posaunen ertönen. Und er war doch in mir versammelt, mein Wille, in der Tiefe, in der Stille, wo das Licht Allerseelen sich spiegelt und ruht. Mein Wille stemmte sich nicht gegen meine Erdenschwere, er hob sich, er hob mich auf. Mein Wille sagte: Wenn Du Dich für verloren hältst, wem glaubst Du, auf wen hörst Du, wem erliegst Du? Und ich schämte mich, und die Erdenschwere wog nicht mehr. – Wirst Du umherirren im Spiel der Verdrehung, um Dich den Anderen mitzuteilen: Seht mein Glück und Unglück, rechtet um meine Tat und Untat, seht mich, von Mauern umkerkert, vom Baum erschlagen, im Spiegel alternd, seht mich an Hass oder Liebe vergehen? – Und die Verdrehung meiner Zunge löste sich, und ich lächelte.

Mein Wille sagte: Ich kleide Dich nicht, ich gebe Dir weder Namen noch Anspruch. Alles nehme ich von Dir, woran Du je zweifeln konntest, das letzte Gewand Deiner Erdenschwere. Und ich nehme Dir den Stab, und Du bist ohne Stütze und Schwere.

Das Bedenken, das aus ihm spricht, sagt: Nichts anderes brauchst Du. Nackt bist Du, unwandelbar, und jeden Tag und Augenblick durchweht er Dich, Dein Wille.

– Da atmet Marc auf. – Der durch den Abend gleitende, ewig unveränderte Ernst rührt ihn an, da Alles ruht und doch bebt, und das nicht mehr verstrickte, nicht mehr ängstliche Herz entblösst und empfindlich ist, und dem Fliessen, dem leisen Rauschen, dem Sphärenklang lauscht, und dem himmlischen Pulsschlag zustrebt. Von seiner Schulter und Hand fällt das Vergessen, ein letztes Gewand, und die Sammlung ergreift ihn, um sein Gesicht und seinen Leib zu vollenden, seinen Willen zu lenken, sein Bedenken zu giessen, seine Augen zu weiten, ihn ganz zu füllen, und die Einheit wiederherzustellen, die wohlgefällig ist.

Er vergisst, was ihm fremd war: Das Stammelnde, das Unverständliche, das Angreifende, das mit dem Bruder um das verschleuderte Erbteil Ringende, des Bösen und Linsengerichts sich Bedienende, das wider besseres Wissen Verleugnende und ohnmächtig Aufschreiende. Und er sammelt, was sein und des Bruders ist, das Unverlierbare, das uns die Kraft und die Hoffnung gibt, und unseren Willen erneuert und zur ununterbrochenen Anstrengung befähigt, das Ungezeugte, das immer Satte, das ohne Hunger Begehrende, das auf der Bahn des vom göttlichen Antlitz wehenden Leuchtens getragene und reine Streben. Oh über den Streit und Widerstreit erhobene, Glück und Leid verzehrende Unruhe, oh Gelassenheit!

Marc geht, so leicht, als sei er ohne Gewicht, und steigt die in die Erde des Dschungels gestampften Stufen empor, die Schlucht bleibt zurück, wo die Fäulnis in den Dickichten hing, die Halden beginnen. In karger Armut, in Nacht getaucht, von Sammet umkleidet, ziehen sie dahin, zu den gelb und scharlach gebäumten, das Gewölbe füllenden Himmelsgebilden. Bis in alle Weiten schläft das Land und regt sich, dem Morgen entgegen, der schön sein und sich strahlend verkünden wird. Und Marc wollen die Augen übergehen, aber er lächelt, und seine Augen ruhen über dem Land aus, über der blauen Tiefe aus, auf den wandernden Hügeln und Gestirnen aus, in der feierlichen Pracht. Und er lächelt, weil in ihm die Geburt ist und der Ursprung der Freude, die emporschlägt wie eine Flamme, die nicht brennt und anrührt, die leicht wie Rauch ist, und frisch und mild wie Wasser, und unbewegt, ungestört, unstillbar.

Lange bleibt er so, versunken wie ein Geretteter, ohne Neugierde, jedoch staunend, wie ein soeben an den Tag Gehobener, und er blickt in die Runde, wo der Meerschlund sich schloss und der Sturm verebbte, und aus der Tiefe auf Schwingen steigend erscheint ihm ein aus Erde und Himmel verklärtes Gemälde. Die Hand hebt er, um es zu berühren, und die Augen birgt er in der Hand, um ihr schwellendes Netz zu umspannen, und sein Atem sammelt die Freude, die ihm die Brust sprengt, und sendet sie aus. Sie erneuert sich, seine Freude, sie ist wie ein Regen aus Tau, seine Freude, wie ein schimmerndes Kleid, und wie das Himmelslächeln, das die Lerche empfängt, und wie des Engels Mitleid, und sie steigt und neigt sich, und schlägt an keinen Felsen und bricht sich nicht und verliert sich nicht, und ist eine Garbe, ein Flügel.

«Knie nicht, frag nicht», – es ist Vogelgesang, Grasrauschen, –
«weine nicht», – so hart ist der Anfang? –,
«halte stand», – und er hält stand.

Wie der die Anhöhe verlässt, und abwärts geht, durch die Wiesen dem Ort Makinlele entgegen, sagt er sich: «Hier kennt mich Niemand, ich brauche keinen Namen, und brauche nicht Rede stehen. Ich trage kein Zeichen auf der Stirn, ich trage keine Verantwortung, ich bin ohne Absicht, ohne Schild, und ich komme, und ich verlasse. Und jede Stunde ist wie die erste Stunde, und wie am ersten Tag muss sich der Tag erfüllen, und ich nehme ihn wahr, ungeteilt. Aber ich, wie ich dahingehe, wie alle Menschen, vergebe ich mich, verzehre ich mich, und mit dem Gewand, das wir in Trauer zerreissen, und mit jedem Schritt lassen wir unseren sterblichen Anteil zurück. Aber die Freude und der Ernst, die uns nähren, sie sterben nicht, und der gelassene Glanz, der uns leitet und nährt, er verzehrt sich nicht, und wenn wir alle Hoffnungen von uns gewiesen haben, dann lässt uns die unstillbare Hoffnung den Glanz erblicken und sagt uns: Ihm gehören wir an.»

Er sieht den leisen Nebel über den schimmernden Wiesen schweben, und die Sternennähe, des verklärten Himmels ebenmässiges Licht. Und er wagt die Frage nicht: Der gelassene Ernst, der mich stillte, und die Freude, die mich namenlos rief, werden sie meine sterbliche Wanderung immer, stetig begleiten, werde ich umkleidet sein, bis dieses Dasein lautlos bricht, und das Hoffende, Schweigende und Befreite hinansteigt bis zur ungekrönten Zinne, zur unbefleckten Schwelle, wo das quellenlose Streben eingeht, das Erhabene sich neigt?

Er sieht eine hohe Reihe wunderbar schlanker, die sanft rauschenden Wipfel wiegender, wie eine dunkle Flammenwand feierlich emporstrebender Bäume, die sich durch das Wiesenbett ziehen und über den weissen Weg ihren Schatten werfen. Und er fühlt ein unbekanntes, seinem Bedenken, seinem unauslöschlichen Sehnen verwandtes Zögern, und er muss im Staub und auf den Steinen niederknien. Die letzte Frage sinkt von seinen endlich schweigend geschlossenen Lippen und Lidern und wird tief in ihm, in die gegossene Einheit aufgenommen. Er wartet, wie ein Furchtloser der letzten Stunde ins vergehende Antlitz sieht, und wie der immer, stetig Bereite des Augenblicks vergehende Bitterkeit und Süsse empfängt. Durch die Baumwand gleitet ein Schein, die Blätter und Zweige erschauern und brennen und tauchen wieder in die Nachtklarheit. Der Schein wandert. Der Kniende am Weg fühlt die Kraft bis in seine Hände fliessen, die er erhebt und öffnet, bis in den Nacken, den er aufrichtet, und seine Stirn ist kühl und er schüttelt sein Haar zurück, und er wird auf den Fersen getragen und seine Füsse federn und sind sicher, und er atmet und hat sich wiedergefunden.

Des Engels Antlitz, dort in den Flammen, des Engels wanderndes, die Erde und den Tau nicht streifendes Gewand, und sein Flügel, – es würde ihn töten, spräche er es aus: Dem Engel zu begegnen. Aber seine Lippen, seine Gedanken, und sein Zögern, sie sind in seinen irdischen Schatten gebannt, und der Schatten wurde im weissen Licht aufgesogen und klein zu seinen Füssen, und er geht, nur noch sein reiner und namenloser Wille geht, bis zu den in den Weg fortschreitenden, stillen, nur vom Schein bewegten, wipfelgekrönten Stämmen. Und er geht mit erhobenen Händen und geweiteten Augen in des Engels Schein, der ihn erwartet und rings um ihn zusammenschlägt und unverändert ist, sich verbreitet, im Licht verschwebt.

Und Du gehst, bist unverletzt, wie in Flammen gehärtet, leicht …

Ende

Editorische Notiz

Unsere Edition folgt textgetreu dem Typoskript, das Annemarie Schwarzenbach 1941/42 in Afrika angefertigt hat und das im Schwarzenbach-Nachlass des Schweizerischen Literaturarchivs in Bern (SLA) unter der Signatur A-2/23 aufbewahrt wird; es ist das einzige Exemplar dieses Romans, über dessen Schicksal das Nachwort informiert. Dem SLA sei an dieser Stelle für die Abdruckgenehmigung gedankt. Das auf unterschiedlichen Schreibmaschinen angefertigte Original umfasst 375 gezählte Blätter mit 375 Seiten sowie ein nicht paginiertes Titelblatt. Die Blätter 33–37 fehlen, über ihren Verbleib ist nichts bekannt. Diese Textlücke ist in unserer Edition (S. 28) vermerkt.

Das Typoskript ist an verschiedenen Stellen datiert. Diese Angaben lauten wie folgt: auf dem Titelblatt: «Annemarie Schwarzenbach: / Das Wunder des Baums. / Roman / Leopoldville und Thysville, / 22. Oktober 1941 – 20. Februar 1942»; am Ende von Kapitel II: «(Leopoldville, 27. Oktober 41)» (Typoskript, S. 24); am Ende des I. Teils: «Leopoldville, 21. November 1941.» (S. 121); auf der Titelseite zum II. Teil: «angefangen in Leopoldville, / 28. November 1941» (S. 122); auf einem eigenen Titelblatt zum XIV. Kapitel: «(angefangen in Thysville, 24. Dez. 41)» (S. 224); am Schluss des II. Teils: «Thysville, 26. Dezember 1941» (S. 234); zu Beginn des III. Teils: «angefangen in Thysville, / 26. Dezember 1941.» (S. 235); am Romanschluss wird die Datierung des Titelblattes bestätigt: «(Ende. Thysville, 20. Februar 1942)» (S. 375).

Bei der Kapiteleinteilung wurde einheitlich die laufende Nummer vor «Kapitel» gesetzt, obwohl Annemarie Schwarzenbach bei Kapitel I, II und XXI die Ziffer ausnahmsweise nachstellt. Kapitel mit den Ziffern IV und XIII fehlen im Original, was auf Fehler bei der z.T. handschriftlichen, also nachträglichen Zählung zurückgeführt werden kann; da es nicht ganz auszuschließen ist, dass innerhalb der fehlenden fünf Blätter des Typoskripts ein neues Kapitel begonnen worden ist, wurde hier die originale Kapitelzählung beibehalten.

Die drei Teile des Romans werden beschlossen mit «Ende des ersten Teiles.» bzw. «Schluss des II. Teils»; am Ende des Typoskripts findet sich die oben zitierte Notiz «(Ende. Thysville, 20. Februar 1942)». Dies ist in der vorliegenden Edition wie folgt vereinheitlicht worden: «Ende des ersten Teiles»; «Ende des zweiten Teiles»; «Ende».

Das Typoskript enthält zahlreiche Korrekturen von der Hand Annemarie Schwarzenbachs. Es handelt sich dabei um die Verbesserung von Schreibfehlern sowie um kleinere Eingriffe wie Tempuskorrekturen, Wortumstellungen oder andere marginale Änderungen. Diese werden stillschweigend übernommen. Weitergehende Änderungen wie längere Textstreichungen sind in der Liste der Textvarianten verzeichnet.

Unsere Edition übernimmt die (alte) Schweizer Rechtschreibung der Vorlage und berücksichtigt dabei bestimmte Eigenheiten in der Schreibweise Annemarie Schwarzenbachs: So werden alle Angaben der Verfasserin für Leerzeilen befolgt, sei es, dass das Typoskript Leerzeilen aufweist, sei es, dass die Autorin eine derartige Anweisung handschriftlich hinzugefügt hat. Dies gilt auch für den gelegentlich ungewohnten Zeilenfall, wenn also Zeilen nicht zu Ende geschrieben werden und so der äußere Eindruck eines Prosagedichtes sich aufdrängt.

Annemarie Schwarzenbachs Vorliebe für das Zusammenschreiben von zu trennenden Wörtern wie: davongeführt, entgegengeneigt, entgegengeschrien, mitansah – wurde ebenso übernommen wie Besonderheiten in ihrer Schreibweise, etwa: Aaronskerzen, Bureau, Dysentherie, Martyrer, Miriaden, Moghulenpalast, Pharaonsstab, Pijamaschnur, Sammet, sammetenen und sammtenen, stätig, Theetisch; weissgott, Wagschale, zuhause. Auch die z.T. französische bzw. seinerzeit gängige Schreibung von geographischen Bezeichnungen wie Abessynien, Beyrouth, Cairo, Esquorial, Gabon (für Gabun) wurde gewahrt.

Die Texteingriffe beschränken sich (neben der stillschweigenden Korrektur von offensichtlichen Schreibfehlern und der Auflösung von gelegentlichen Abkürzungen wie «u.» für «und») auf die Vereinheitlichung der Schreibweise von Textstellen im Sperrdruck, die hier kursiv wieder gegeben werden, sowie auf die Interpunktion in der wörtlichen Rede. Hier wurde nach den Abführungszeichen jeweils ein Komma eingefügt, was im Original nicht immer der Fall ist; zudem wurde die wörtliche Rede innerhalb einer wörtlichen Rede stets in einfachen Anführungszeichen wiedergegeben. Auch die Schreibweise «zu Ende» (statt: zuende bzw. zu ende), die Großschreibung von Sätzen nach einem Doppelpunkt sowie der persönlichen Anrede (Du, Dich, Sie) wurden vereinheitlicht. Vereinheitlicht wurde zudem die Schreibweise von Namen in der Genitivform, wo Annemarie Schwarzenbach häufig hinter dem Genitiv-s noch ein Apostroph setzt

(Louises'; Marcs'); im Fall von «Marc» wurde die im Original favorisierte Schreibweise «Marc's» gewählt. Umlaute wurden vereinheitlicht.

Dagegen ist Annemarie Schwarzenbachs Vorliebe für den Gedankenstrich sowie für Auslassungspunkte – gerade auch in Kombination mit An- und Abführungszeichen – nicht angetastet worden, auch wenn dessen Platzierung uneinheitlich gehandhabt und sich Gedankenstriche mal vor, mal hinter den An- oder Abführungszeichen finden. Ebenfalls wurden die parallelen Schreibweisen «Nichts»/«nichts» und «frägt»/«fragt» belassen.

Textvarianten

Wie in der editorischen Notiz ausgeführt, folgt unser Abdruck textgetreu dem Typoskript und berücksichtigt alle Korrekturen, die Annemarie Schwarzenbach handschriftlich nachgetragen hat. Im Folgenden werden solche Textvarianten mitgeteilt, die für das Textverständnis von Interesse sein können, vor allem Streichungen. Das jeweilige Wort, dem die Änderungen folgen oder vorangehen, ist dabei kursiv gesetzt.

S. 14,35: gestrichen nach *verdorren*: So streift das Alltägliche an das Letzte und Unbegreifliche, und der Mensch, der das Unbegreifliche ausschliesst, um der alltäglichen Ordnung willen, redet der Lüge das Wort.
S. 27,15: gestrichen nach *kindischer*: , in Dich selber verliebter
S. 27,24: gestrichen nach *unbesiegten*: strafenden
S. 33,13: ersetzt durch *nie*: während meiner Jugend
S. 33,13: gestrichen nach *gespielt*: (sie lächelten, denn Marc war erst dreissig Jahre alt und sah jünger aus)
S. 33,18: gestrichen nach *bewahren*: gewissermassen aus Pietät
S. 36,19: gestrichen nach *bewusst*: Gegen den Rat meiner Freunde, und selbst
S. 54,28: gestrichen nach *gegenüber*: während er Krieg führt gegen Phantome, und sich manchmal fragt, ob man von ihm nicht noch verlangen werde, den Beweis zu liefern, dass er ein sterblicher Mensch sei aus Fleisch und Bein, –
S. 60,34: gestrichen nach *hassen*: Kagarian, der sich aus irgendeinem Grund für Marc interessierte, fragte ihn lachend darnach
S. 67,15: gestrichen nach *sagte er*: «Ich wollte Sie nur darauf aufmerksam machen, dass Sie kein Ausnahmefall sind, sondern, wie irgendein anderer Mensch, in eine der vom Gesetz der menschlichen Gesellschaft ziemlich willkürlich bestimmten Rubriken fallen können, die man als ‹gefährlich› oder ‹unerwünscht› oder einfach als unliebsam bezeichnet, und dass Sie sich durch diese Tatsache, die
S. 74,8: gestrichen nach *reden Sie*: «Sie sollten es vor allem wissen», fuhr er fort, – aus glücklicher Erfahrung sollten Sie wissen, was die meisten Menschen vergessen haben, und was ich von Anfang an
S. 76,12: gestrichen nach *verstehen*: da muss schon Einer kommen wie Sie, Marc, um solche geradezu dummdreiste Fragen zu stellen! –»
S. 77,13: gestrichen nach *wie ein*: verebbendes Meer, und bald würden wir

im Frühlicht die Berge im innersten Afrika sehen. Sie sehen aus wie Mondberge, ihre Füsse zerfliessen wie Zucker in von Nebeln wallenden Ebenen, und ihre Gipfel sind weiss und schimmern wie Wolken. Es sind die Vulkanketten von Kenya, der Ruwenzori, der Kilimandscharo. Sie thronen

S. 77,24: gestrichen nach *Winde*: nach Osten,

S. 80,19: gestrichen nach *wie man es*: so poetisch

S. 80,23: gestrichen nach *fuhr er fort*: «wissen Sie, Marc, dass wir nicht bestimmt sind, allein zu leben»

S. 80,24: gestrichen nach *liessen*: und immer suchen und uns nie selber betrügen würden

S. 99,24: gestrichen nach *Dunkelheit*: Es musste beinahe sechs Uhr sein.

S. 100,16: gestrichen nach *erreichen*: «Nicht vor Morgen abend», antwortete sie, – «es ist Samstag. Die Ärzte brauchen auch ihre Ruhe.» – «Ich auch» sagte Marc. «Ich kann heute abend nicht hier bleiben.»

S. 104,11: gestrichen nach *flucht*: Er lauscht. Und da es um ihn ganz still bleibt, murmelt er, das Haupt in den Schoss gesenkt, leise, aus seiner tiefen Ohnmacht: «Du hast mich verraten, Herr.»

S. 104,20: gestrichen nach *Gott*: , lieber Gott im Himmel

S. 113,33: gestrichen nach *ihren*: dummen

S. 114,33: gestrichen nach *las man auf*: Eines Tages, am frühen Morgen, will Marc aufstehen. Er weiss, dass er die Türe seiner Zelle nicht öffnen kann, und sich nicht rühren darf, bevor der Wächter kommt. Aber es scheint ihm, er habe kein Fieber mehr. Als der Wächter ihn in den Gang hinaus führt, und ihm, wie gewöhnlich, eine Pritsche zum Sitzen anweist, muss es etwa sechs Uhr sein. Er kennt sich jetzt schon aus. Die Dämmerung beginnt. Die Schwarzen waschen den Boden auf. Nebenan, in einem vergitterten kleinen Raum, bereitet die Oberschwester Medizinen vor. Meistens kann er sie von seiner Pritsche aus beobachten. Er sieht ihre fächelnde Haube,

S. 128,16: gestrichen nach *Böse*: «So unschuldig war er», sagte sich Marc. «Nie hat er auch nur versucht, sich zu verteidigen. Aber ich, als ich nur anfing, den Anderen meine Unschuld entgegen zu halten, da musste ich schon die Wahrheit entstellen, damit sie mich verstehen. Ich habe mich auf ihre eigenen Worte und Wahr-

S. 148,35: gestrichen nach *immer*: Aber im gleichen Moment hatte er den Blick des Direktors gesehen, der gelangweilt, abweisend, und hart war, und bereit, überlegen zu lächeln. Da hatte Marc geschwiegen. Es war gewesen, als habe er seinen Schmerz mit den eigenen Händen gefasst und zerbrochen.

S. 150,2: gestrichen nach *Tiere*: hoffnungslos
S. 152,25: gestrichen nach *Welt*: diese Wirklichkeit
S. 164,30: gestrichen nach *ungehört*: – Worte müssen ein fremdes Leben führen – sagt sich Marc, – man glaubt, sie gehören einem, sie seien ein Teil unserer Gedanken, unserer Seele, und man gebraucht sie, wie man die eigene Hand gebraucht. Aber wenn man sie dann hört, sprechen sie nicht den Traum, kaum einen Gedanken aus, sondern zerstören ihn. So ist es heute. Sie kommen aus dem Dunkel zurück, und sie sprechen aus, was ich nicht laut zu denken wagte. Sie greifen mich an. Sie zwingen mich, angehaltenen Atems einer von fern aus jenem Dunkel kommenden Wahrheit ins Antlitz zu [gestrichen: sehen] blicken.
S. 169,13: gestrichen nach *nicht*: sagt sie, «aber ich hatte kein leichtes Leben
S. 170,31: gestrichen nach *einer*: unaufhörlichen,
S. 172,7: *Hand Gottes*: handschriftlich über *Gottes*: des Herrn,
S. 175,35: gestrichen nach *Stirn das*: flammende
S. 192,8: gestrichen nach *entgegenneigen*: So war es Marc, als empfange er von Louise nicht nur sein Glück, sondern jeden Tag sein Leben zurück. Was hatte er, früher, die Wirklichkeit genannt? – Jetzt sah er vielleicht nur diesen weissen Umkreis, den ihr liebender Atem bestimmte. Aber wie kam sie ihm entgegen! – Wie lehrte sie ihn, sich zu erinnern! – Wie war sie sanft zu ihm!
S. 212,36: gestrichen nach *Spiegelbild*: «Ich sehnte mich manchmal darnach.» «Nach dem Paradies der Tiere. Nach den schwingenden Brücken. Oh, warum bist Du nicht dort geblieben!» «Ohne Dich? – Das sind Worte, Louise, Bilder und Namen. Sie bedeuten nicht viel.» –
S. 215,4: gestrichen nach *Heimweh ist*: Als Louises Tränen über Marc's Hände fliessen, vermag er es endlich, sie um Verzeihung zu bitten. – «Ach, warum bist Du zurückgekommen!» – sagt sie. «Hast Du geglaubt, es sei Deine Pflicht, nur weil ich
S. 222,13: gestrichen nach *bleiben*: Und selbst wenn Du bei mir bliebst und mich trösten könntest, so würden wir uns nur, Jeder den Anderen, über unser vertanes Leben trösten.» –
S. 234,33: gestrichen nach *Wille*: Da sagt Marc: – so kam ich aus der Niederung. Aber einen solchen Glanz der Anhöhe hatte ich nicht erwartet. So weht die Befreiung. –

Nachweis der Abbildungen

Die in das Nachwort eingefügten Fotografien, alle aus Schwarzenbachs afrikanischer Zeit 1941/42, die hier zum Teil erstmals veröffentlicht werden – auch dafür danken die Herausgeber dem SLA –, sind im Original von Annemarie Schwarzenbach teilweise beschriftet. Derartige originale Bildlegenden sind in Anführungszeichen gesetzt.

S. 249: «Am Weg von Kinlele, Bas Congo», im SLA, Sign. AS-26-075.
S. 251: «Strassen im aequatorialen Urwald: Fähren (‹Bac›)», im SLA, Sign. AS-25-108.
S. 257: Straße mit Chrysler des Genfer Ehepaares Vivien, im SLA, Sign. AS-25-189.
S. 267: «Eingeborenen-Pirroquen auf der Mongala», im SLA, Sign. AS-25-077.
S. 269: Rundhütten, im SLA, Sign. AS-25-213.
S. 271: Annemarie Schwarzenbach und Marguérite Orlandi (Gattin des Schweizer Konsuls), im SLA, Sign. AS-26-043.
S. 275: «Bas Congo – Le village indigène de Thysville», im SLA, Sign. AS-26-052.
S. 283: Thysville (Serie: «Ausblicke und Bäume»), im SLA, Sign. AS-26-016.
S. 287: «Thysville. Letzte Wegbiegung vor den Eukalyptusbäumen – mein Heimweg», im SLA, Sign. AS-26-028.

Umschlaggestaltung unter Verwendung folgender Fotografien:
Annemarie Schwarzenbach, Fähre über den Ituri, im SLA, Sign. AS-25-229.
Thysville (Serie: «Ausblicke und Bäume»), im SLA, Sign. AS-26-016.

Sofie Decock, Walter Fähnders, Uta Schaffers

Nachwort

«Aus Afrika doch immer etwas Neues.»
Wilhelm Raabe: *Abu Telfan oder Die Heimkehr vom Mondgebirge* (1867)

«und die Tage heben an und vergehen, und man muss sie bestehen
wie überall auf der Welt.»
Annemarie Schwarzenbach: *Der Krater der Tiere* (1941)

«Es gibt in der Schweizer Literatur der letzten hundert Jahre kaum einen Autor – und schon gar keine Autorin –, über die mehr geforscht, geschrieben und publiziert worden wäre als über Annemarie Schwarzenbach», äußerte Klara Obermüller 2008 in ihrer Gedenkrede zum 100. Geburtstag der Autorin,[1] und ein Spötter schrieb, Annemarie Schwarzenbach sei «nach Johanna Spyri die best dokumentierte Schweizer Schriftstellerin aller Zeiten».[2] In der Tat: Seit ihrer Wiederentdeckung Ende der achtziger Jahre hat Annemarie Schwarzenbach eine Resonanz erfahren, die, wie die zahlreichen Neuausgaben ihrer Werke, mehrere Biographien, Dissertationen sowie ungezählte Feuilletons und Kritiken belegen, ihresgleichen sucht. Aber trotz dieser intensiven Bemühungen um Leben und Werk der Autorin[3] ist bisher ein sehr wichtiger Abschnitt ihres kurzen Lebens weitgehend unbeachtet geblieben: ihr Aufenthalt in Afrika 1941/42 und dabei vor allem die dort verfassten Werke, ihre afrikanischen Reportagen, Erzählungen, Gedichte und schließlich drei sehr umfangreiche Prosatexte. Anders als bei Schwarzenbachs Reportagen aus dem Orient und den USA ist von ihren für die Schweizer Presse geschriebenen Reportagen, Reiseberichten und Notizen aus Marokko und dem Kongo nur ein sehr kleiner Teil nachgedruckt worden. Zudem blieben der hier erstmals veröffentlichte Roman *Das Wunder des Baums* und die Umarbeitung dieses Textes zu *Marc* bis heute ebenso unpubliziert wie der Bericht *Beim Verlassen Afrikas*, von weiteren Texten aus dieser Zeit, die sich im Nachlass erhalten haben, ganz zu schweigen. Zwar präsentierte zu Beginn der Schwarzenbach-Renaissance die Zeitschrift *Der Alltag* in ihrem Annemarie Schwarzenbach-

Dossier von 1987 einen Auszug aus dem *Wunder des Baums*, diese Publikation blieb jedoch folgenlos; das gleiche gilt für die Veröffentlichung des mehrfach nachgedruckten Gedichtes *Sils* aus *Marc* oder die 2005 erfolgte deutsch-französische Erstausgabe der beiden Afrika-Gedichte *Kongo-Ufer* und *Aus Tetouan*.[4] Trotz intensiver Forschung bleiben die ‹afrikanischen Texte› ein weißer Fleck in der Werkbiographie Annemarie Schwarzenbachs, womit sich das Bild dieser Autorin insgesamt in einer Schieflage befindet: Geben doch alle diese Arbeiten Auskunft über ihre späte literarische Entwicklung nach ihrer letzten größeren Publikation, *Das glückliche Tal* von 1940. Darüber hinaus zeugen sie von ihren politischen und persönlichen Dispositionen angesichts des privaten Desasters in den USA, die sie 1941 mehr oder weniger freiwillig verließ, und insbesondere von ihrer Auseinandersetzung mit dem weiteren Gang des Weltkrieges und ihrer Aufgabe als Schriftstellerin. Die bisherige Editionslage hat also nur eine selektive Wahrnehmung des Werks von Annemarie Schwarzenbach ermöglicht, aus diesem Grund ist eine Publikation ihrer Afrika-Texte unverzichtbar – diese sollten der Öffentlichkeit nicht länger vorenthalten bleiben.[5]

Annemarie Schwarzenbachs Afrika-Reise

Als Annemarie Schwarzenbach am 22. Oktober 1941 in Léopoldville (heute Kinshasa, Demokratische Republik Kongo, vormals Belgisch-Kongo bzw. Zaïre) mit der Niederschrift ihres Romans *Das Wunder des Baums* begann, hielt sie sich bereits vier Monate in Afrika auf. Nach der Rückkehr von ihrer 1939/40 gemeinsam mit Ella Maillart unternommenen Orient-Reise, die sie bis nach Afghanistan geführt hatte, war Annemarie Schwarzenbach im Mai 1940 in die USA aufgebrochen. Dort arbeitete sie weiterhin journalistisch, aber ihr labiler Zustand führte zu einem psychischen und physischen Zusammenbruch bis hin zum Suizidversuch. Diese Katastrophe resultierte aus einem ganzen Bündel von Problemen – erneute Drogenabhängigkeit, Beziehungsprobleme, Tod des Vaters. «Ich habe die Nerven verloren», schreibt sie aus einem Krankenhaus in den USA an Ella Maillart, «meine Pulsadern aufgeschnitten, – und geriet in einen fürchterlichen Kampf mit der Polizei und wurde ins öffentliche Irrenhaus geworfen. Von dort holte mich mein Bruder nach drei Tagen des Horrors raus, er musste mich aber in eine Privatklinik einweisen. Und diesmal Ella, scheint die Tür abgeschlossen zu sein.»[6] Das

«Am Weg von Kinlele, Bas Congo»

hieß nichts anderes als die zeitweilige Internierung in der amerikanischen Psychiatrie, aus der Annemarie Schwarzenbach erst entlassen wurde, als sie sich verpflichtete, baldmöglichst aus den USA auszureisen. Sie verließ die USA am 2. Februar 1941 und gelangte über Lissabon, wo sie drei Wochen blieb und neue Berufsmöglichkeiten auslotete, im März 1941 in die Schweiz.

An ihren akademischen Lehrer und Mentor Carl Jacob Burckhardt schreibt sie am 17. Februar 1941, sie «komme also ein bisschen wie der verlorene Sohn zurück …».[7] Im heimatlichen Bocken fand sie erwartungsgemäß nicht das geringste Verständnis für ihre Lage: «Ach! Warum kann Annemarie sich nicht das Leben nehmen – es ist ja doch das einzige – doch geht es ihr dafür noch nicht schlimm genug – Wirklich, es ist allzuviel für Renée»,[8] äußerte die ihr sonst eher wohlgesonnene Großmutter in einem Brief und machte deutlich, welches Maß an Ablehnung Annemarie Schwarzenbach in der Schweiz insbesondere wegen der Drogenproblematik zu erwarten hatte. «Bocken a un peu changé depuis la mort de papa», berichtet sie am 23. März 1941 an Ella Maillart nach Indien in ihrer für diese Korrespondenz charakteristischen englisch-französischen Sprachmischung, «they put me very much under pressure, m'accusant surtout d'une manière cruelle, de prendre et d'avoir pris de la dope. Ce n'est pas vrai, vous le savez. Mais le poids de vivre sous une accusation d'ordre grave, maintenant que je m'en suis libérée, c'est assez dur.»[9] In der Tat sorgte dann Renée Schwarzenbach dafür, dass ihre Tochter die Schweiz umgehend wieder verließ und sich möglichst weit von der Heimat entfernte. «Ensuite, for the sake of my mother's exhausted nerves», heißt es im Brief an Ella Maillart weiter, «on me demande de ne pas rester en Suisse.» Annemarie Schwarzenbach sah, wie sie schreibt, als Ausweg nur mehr ein Projekt: «un projet de partir pour l'Afrique, qui s'est formé à Lisbon. Ce n'est pas un mauvais projet, du reste. Si je ne parviens pas à joindre les forces de De Gaulle ou d'envoyer des articles (faute de communications), je vais découvrir une nouvelle partie du monde et apprendre à vivre seule.»[10]

Im April 1941 reiste Schwarzenbach von Sils aus erneut nach Portugal, um dann von Lissabon aus mit dem portugiesischen Dampfer *Colonial* über die Inseln Madeira und São Tomé, worüber sie erste Reportagen schrieb, nach Léopoldville zu gelangen. Dabei schien es durchaus plausibel, dass Annemarie Schwarzenbach versuchte, sich in Afrika den Truppen De Gaulles bzw. der Bewegung des France libre in Wort und Schrift anzuschließen, solange ihr eine Tätigkeit in Europa verschlossen war. Denn der Zweite Welt-

«Strassen im aequatorialen Urwald: Fähren (‹Bac›)»

krieg hatte in Afrika zeitweilig zu der paradoxen politischen Konstellation geführt, dass sowohl Belgisch- als auch das benachbarte Französisch-Kongo (als Teil von Französisch-Äquatorialafrika, zeitweilig Afrique Française Libre) anders als die faschistisch besetzten Mutterländer den jeweiligen Exilregierungen unterstanden. «Noch nicht vom eigentlichen Kriegsgeschehen berührt, haben beide Kongo-Kolonien viele von ihren Männern auf den afrikanischen Schlachtfeldern, die Franzosen mit den Truppen de Gaulles, die Belgier hauptsächlich in Abessynien. Während die Mutterländer die Qual der Niederlage erleiden, entwickeln die Kolonien immer grössere wirtschaftliche Stärke, Unabhängigkeit und Selbstvertrauen. Es würde mich nicht überraschen, wenn der Krieg hier die Vereinigten Staaten Afrikas vorbereiten würde», so Annemarie Schwarzenbach 1941 in einem Brief an Erika Mann.[11]

Über ihre Situation legt Annemarie Schwarzenbach 1942 in ihrem noch unveröffentlichten Rückblick *Beim Verlassen Afrikas* Rechenschaft ab. «Als ich nach Afrika kam», schreibt sie, «hatte ich dort keine Bekannten (ausser einer Engländerin, die ich während früherer Reisen getroffen hatte), – und folglich weder Freunde noch Feinde. Meine einzigen Einführungsschreiben waren an den Schweizer Konsul, und an das Staatsoberhaupt des Belgischen Kongo, den Gouverneur Général, gerichtet, und dies schien mir vollauf zu genügen, – umso mehr als ich mit der bestimmten Absicht gekommen war, über das Leben, und die Fortführung des Krieges in den afrikanischen Kolonien zu schreiben, deren Mutterländer besiegt, vom Feinde besetzt, oder aus dem Krieg ausgeschieden waren. Nur in meiner Eigenschaft als ‹Antifaschist›, Reisejournalistin, die über einige Erfahrungen verfügte, und in den neutralen Zeitungen der Schweiz über mit den Alliierten verbündete Gebiete schreiben würde, die selten oder gar nicht von Berufsjournalisten besucht wurden, und deren ‹Kriegsanstrengung› deshalb relativ unbekannt geblieben war, hatte ich trotz aller Erschwerungen des Reiseverkehrs mein Visum erhalten. Ich glaubte deshalb, mich leicht ausweisen zu können, gut empfangen zu werden, und mich ohne Weiteres unter Freunden zu befinden.»[12]

Es ging Annemarie Schwarzenbach im Kongo anfangs also darum, Möglichkeiten eines politischen Engagements auszuloten. Gegenüber Marie-Louise Bodmer, die sich in der Schweiz um ihre Manuskripte kümmerte, wiederholte sie den Wunsch, «drüben auf der französischen De Gaulle-Seite, in Brazzaville, am Sender zu arbeiten – worauf ich jetzt die größten

Hoffnungen setze. Dort herrscht die Atmosphäre einer Garnison, es wird großartig gearbeitet, und ich würde mich wohl fühlen.»[13] Brazzaville, heute Hauptstadt der Republik Kongo, war 1940 kurzzeitig auch Hauptstadt des France libre, also ein wichtiges Zentrum alliierter Aktivitäten. Über ihre Pläne informierte sie auch Erika Mann. Aus Brazzaville, von Léopoldville nur durch den Kongo-Fluss getrennt, schreibt sie: «innerhalb kürzester Zeit werden wir vielleicht damit anfangen, deutsche Sendungen von Radio Brazzaville auszustrahlen. Du weisst ja von der Tätigkeit, die Du letztes Jahr in London gemacht hast, wie wichtig diese Waffe werden könnte! Sendungen für Kanada und die Vereinigten Staaten laufen schon».[14]

Wenn sie sich auch weitab von den europäischen Kriegsschauplätzen befand, so trieb Annemarie Schwarzenbach die Auseinandersetzung mit den tieferen Ursachen des Krieges und die Frage nach dem möglichen Widerstand doch um, wie noch zu zeigen ist. Im seinerzeit ungedruckt gebliebenen Grundsatzartikel *Die Schweiz – das Land, das nicht zum Schuss kam*[15] hatte sie noch in den USA die Lage in Europa in ihren Konsequenzen für die Schweiz analysiert und über Möglichkeit und Notwendigkeit von Widerstand gegen Nationalsozialismus und Weltkrieg reflektiert. So suchte sie nun auch im Kongo erklärtermaßen nach Möglichkeiten des Kampfes auf Seiten der Alliierten, und trotz aller räumlichen Entfernung vom Kriegsgeschehen «fühlte» sie sich, so ihre Worte, «nie […] so nah am Geschehen, so positiv miteinbezogen in den bevorstehenden tragischen Kampf wie hier auf dem Territorium der Freien Französischen Regierung».[16]

Dies waren Fragen, die sich Annemarie Schwarzenbach auch auf ganz persönliche Weise stellten. Als gebürtige Schweizerin hatte sie mit ihrer Heirat mit dem französischen Diplomaten Claude Clarac 1935 automatisch die französische Staatsbürgerschaft angenommen und war nun also, nach der militärischen Niederlage Frankreichs, nominell Bürgerin des mit Nazi-Deutschland kollaborierenden Vichy-Frankreich. Claude Clarac arbeitete für Vichy-Frankreich als französischer Konsul in Tétouan in Spanisch-Marokko. Dies war auch der Grund dafür, dass Annemarie Schwarzenbach am 15. November 1941 von Léopoldville aus ein «Gesuch» an die Schweizer Bundesbehörden richtete, in dem sie um die «Wiederaufnahme in das Schweizer Bürgerrecht» bat. Ihre Begründung: «Da mein Mann im Dienste der Regierung von Vichy steht, versagt mir die Behörde der ‹France Libre› in Afrika ihre Anerkennung. Die Behörden von Vichy wiederum können mir meinen Pass nicht erneuern, da ich mich im Congo Belge und in der Afrique

Française Libre in alliiertem Kriegsgebiet befinde. Ich stehe also ohne jeden legalen Schutz, besitze keinen gültigen Pass, und kann nicht in die Schweiz zurückkehren. Die hiesigen Behörden der alliierten Mächte verbieten mir ferner, mit meinem Mann in Verbindung zu treten, um die Scheidung oder Trennung von ihm zu erhalten.»[17] Ihre Schweizer Staatsbürgerschaft konnte Annemarie Schwarzenbach wohl nicht wieder erlangen, und ihre staatsrechtliche Stellung zwischen den Fronten mag zu den massiven Problemen beigetragen haben, mit denen sie sich alsbald konfrontiert sah.

Zwar gelang es ihr, ein kleines Kommunikationsnetz aufzubauen, das es ihr trotz der Zensur, der sie sicherlich unterlag, ermöglichte, Texte und Fotografien in der Schweiz zu publizieren, die dann auch 1941/42 in der *Weltwoche*, der *National-Zeitung* und der *Thurgauer Zeitung* erschienen.[18] Die Ansprüche einer aktiven Teilnahme am alliierten Kampf fanden aber rasch ihre Grenzen. Die anvisierte Mitarbeit bei Radio Brazzaville kam ebenso wenig zustande wie eine engere Einbindung in die Aktivitäten von France libre. Zwar gestattet die Quellenlage kaum ganz detaillierte Aussagen, aber aus dem bisher bekannten Briefmaterial, das längst noch nicht vollständig ediert ist, geht deutlich hervor, dass sich Annemarie Schwarzenbach sehr bald nach ihrer Ankunft politischen Verdächtigungen ausgesetzt sah, die mit ihrem französischen Vichy-Pass, aber auch mit ihrer extravaganten Persönlichkeit sowie mit ihrer politisch wenig verankerten und vor allem wenig durchsichtigen Position vor Ort zusammenhingen. «In the colony, I had a wrong start», schreibt sie am 14. März 1942, als sie sich auf der Rückreise nach Lissabon befand, rückblickend an Ella Maillart und spricht dabei von «wrong accusations, and I lost my time. This was the main reason why I didn't want to stay longer.»[19] Bereits im November 1941 klagte sie bei Ella Maillart über die Willkür der Anschuldigungen: «Alors vous voyez quel choc cela a dû être pour moi de trouver que, pour aucune bonne raison, on me déclarait suspecte. Laissons de coté le tableau lamentable que les procédés, [...] les inventions, etc. etc., devaient donner de l'esprit humain dirigé par la crainte et l'intérêt: *On ne me croyait pas* – que je sois venue sans autre intention qu'un acte de bonne volonté.»[20]

In ihrem Rechenschaftsbericht *Beim Verlassen Afrikas* resümiert sie diese zutiefst negativen Erfahrungen, die sich durch die Kollision ihrer auch politischen Ansprüche und Ambitionen mit den konkreten Arbeitsbedingungen im Kongo ergaben: «Ich hatte Monate in einer Welt gelebt, in die ich mich freiwillig, arglos, und voll guten und loyalen Wissens begeben hatte, ohne etwas anderes für mich zu verlangen, als an irgendeiner Stelle in dieser äusseren, in einen furchtbaren, von äusseren Gewalten geführten Krieg verwickelten Welt das Meine beizutragen, und sozusagen das von jedem Menschen geforderte, materielle Opfer für meine inneren Überzeugungen zu bringen.» Aber, so heißt es weiter: «Diese Welt hatte mir nicht geglaubt, hatte meinen ‹Beitrag› zurückgewiesen, und hatte mir jeden Platz im Netz ihrer Gemeinschaft, ihrer Gesetze, und ihres durch den Krieg bestimmten Schicksals verweigert. / Und nicht nur dies, – man hatte mich, als ich mich zu rechtfertigen und zu erklären versuchte, einerseits wie einen Lügner behandelt, dem man von vornherein keinen Glauben schenkt, und mich andererseits beständig, von Morgens bis Abends, zur Rede gestellt, angegriffen, zu antworten gezwungen, – ohne dass dieses qualvolle Spiel zu irgendeinem Resultat führen konnte, da man doch schon entschlossen war, mir nicht zu glauben, und jedes meiner Worte und jeden meiner Schritte zu meinen Ungunsten auszulegen.»[21]

Ihre Selbstdarstellung über diese Vorgänge liest sich zeitweilig wie eine kafkaeske Schilderung eines anonymen Gerichtsprozesses: «Als Folge dieses Prozesses hatte man mich nicht nur systematisch gequält, – man hatte mich meines eigenen Ich, meiner Persönlichkeit und meiner Sicherheit beraubt. Denn man griff nicht nur die Legalität meiner Papiere, meines Namens, meiner vom Gesetz bestimmten Person an, man zerstörte die Integrität meiner Persönlichkeit und meines privatesten Lebens. / Während dieser ganzen Zeit, als ich beständig vor willkürlichen ‹Richtern› stand, konnte ich nie für ‹mich› sprechen, – sondern musste immer für die falschen Persönlichkeiten antworten, die man mir willkürlich unterschob».[22] Annemarie Schwarzenbach sah sich offenbar einem Ensemble von «Verdächtigungen, Mißgunst, bürgerlichen Vorurteilen etc. etc.»[23] ausgesetzt bis hin zum Vorwurf, «Nazi-Agent»[24] zu sein. Dass «diese Welt» ihr nicht «geglaubt» und ihren «Beitrag» zum Kampf gegen den Krieg zurückgewiesen habe, wo sie doch auf ihre «Weise versuchte, zur ‹guten Sache› beizutragen»[25], ist Kern der afrikanischen Krise, in der sie sich unversehens befand. Später äußerte sie, dass sie «die letzten sechs Monate meines Aufenthaltes dazu brauchte, um die bitteren Erfahrungen der ersten vier Monate zu verstehen und zu überwinden».[26]

Dem anhaltenden Legitimationsdruck – «ich kann mich nur durch direkte Telegramme meiner Arbeitgeber legitimieren»[27] – suchte sie auch durch Ortswechsel zu begegnen. Sie begab sich im Juli 1941 per Flussdampfer etwa 800 Kilometer weit ins Landesinnere bis zu einer Kolonialstation namens Lisala: «Seit Tagen bin ich in Lisala, [...] arbeite im Kontor eines kleinen Negerladens, esse und schlafe bei netten Leuten unter den 40 Weißen des Postens.»[28] Im August 1941 besuchte sie für einige Zeit die Plantage der Schweizer Familie Vivien in Molanda, die Palmöl und Kaffee produzierte und über die sie im November 1941 eine großangelegte, sechsteilige Artikelserie mit dem Titel *Schweizer Pionierarbeit im Urwald* in der *Thurgauer Zeitung* veröffentlichte. Diese Zeit in Molanda, in der Annemarie Schwarzenbach viel fotografierte und unter anderem die bis heute unveröffentlichte Erzählung *Der Krater der Tiere* verfasste und von wo aus sie ausgedehnte Fahrten in den Osten des Kongo unternahm, muss äußerst beruhigend und stabilisierend gewirkt haben. An Ella Maillart schreibt sie darüber: «Mais depuis j'ai quitté Lissabon, et aussi Léopoldville, – et surtout ici à Molanda, j'ai eu l'aide des circonstances: j'ai été *forcée* d'abandonner tout stimulant extérieur; je ne peux être dérangée par des excitations, je ne suis plus séduite par l'entourage humain, des critiques, des passions, – je suis laissée à ‹moi› seule. [...] Et maintenant se fait l'unité entre ce qui parle en moi, et le monde du dehors, et cette pénétration me donne un sentiment très heureux d'unité, je ne dois plus partager mon amour et mon ardeur entre un ‹moi› qui écrit, et la vie de la terre qui m'entoure et réclame mon attention, cela se nourrit naturellement.»[29] Nachdem sie «fünf Wochen von Leo, Brazza, den Leuten, der Politik und allen Intrigen und kleinen Sorgen und Nöten fort» sei, «beginne» sie, so berichtet sie der Vertrauten Marie-Luise Bodmer in der Schweiz, «die Luft von Afrika zu atmen und [...] die eigene Seele wiederzufinden».[30]

Im Oktober 1941 kehrte Annemarie Schwarzenbach nach Léopoldville zurück, wo sie mit der Niederschrift von *Das Wunder des Baums* begann, und seit Weihnachten 1941 hielt sie sich in Thysville auf, wo sie das Typoskript am 20. Februar 1942 nach viermonatiger Arbeit abschloss.[31]

Das Wunder des Baums: Werkgeschichte

«This manuscript», schreibt Annemarie Schwarzenbach 1942 auf der Heimreise nach Europa an Ella Maillart, «was more important to me than my own future, as it is the best part of myself.»[32] Offenbar maß Annemarie Schwarzenbach diesem Werk von immerhin fast 400 maschinenschriftlichen Seiten

Straße mit Chrysler des Genfer Ehepaares Vivien

– die erste große nichtjournalistische Arbeit seit dem *Glücklichen Tal* und den *Vierzig Säulen der Erinnerung* – eine außergewöhnliche Bedeutung zu, das belegen ihre zahlreichen Selbstaussagen über den Roman.

Die Umstände der Niederschrift schienen nach allen Belastungen zu Beginn der Kongo-Reise besonders günstig. In ihrem bereits mehrfach zitierten Bericht *Beim Verlassen Afrikas* beschreibt die Autorin einen Ort in den afrikanischen Bergen, der großen Einfluss auf ihren Schreibprozess hatte: «Dort oben, in einer zugleich romantisch-lieblichen, und friedlich grossartigen Landschaft, ahnte ich zum ersten Mal das volle Mass innerer Freiheit und tiefer, reiner Freude [...]. Hier hatte ich gelernt, unser wahres, unzerstörbares Selbst von jener verletzlichen Persönlichkeit zu unterscheiden, die von der Gunst oder Ungunst der irdischen Umgebung und Partnerschaft abhängt [...]. Ja, dieser Ort in den Bergen des Bas-Congo war mir so etwas wie ein irdisches Paradies geworden.»[33] Auch in einem Brief an Margret Boveri spricht sie davon, dass sie «an jene Monate der Isolierung» in Afrika «wie an ein verlorenes Paradies»[34] denke.

Bereits im Januar 1942 berichtet sie aus Thysville ungewöhnlich optimistisch: «Arrivant vers la fin, c'est à dire la troisième et plus importante partie du livre, j'ai du partir et retrouver ou trouver un calme absolu en moi.»[35] Sie arbeite («un travail grand»[36]) an ihrem Roman morgens drei und nach dem Frühstück weitere ein bis zwei Stunden; vor dem Frühstück und um 17h gehe sie schwimmen, mache einen langen Spaziergang bis 19h30 oder 20h; abends pflege sie dann «une heure de recueillement, de concentration, de prières, de libération dans le silence.»[37]

Günstige Arbeitsbedingungen wurden freilich wohl erst dadurch möglich, als sie feststellen musste, ihr Vorhaben einer politisch unmittelbar eingreifenden Tätigkeit für France libre nicht realisieren zu können. Dies markierte nicht weniger als ein Umdenken, eine Revision ihres Lebenskonzeptes. «Die Kluft zwischen der Welt, der ich mich hatte als Freund und Verbündeter aufdrängen wollen, und meinem nackten, menschlichen Ich, das ich manchmal im Spiegel, und in schlaflosen Nächten wiederzufinden suchte, wurde immer grösser», äußerte sie über ihre Erfahrungen: «So fiel es mir endlich leicht, wegzugehen, und mich meinem Buch zu widmen: einer sehr ernsten Arbeit, die nichts mit der Welt zu tun hat, und die durch *nichts* gefördert werden kann, als durch meine innersten, privatesten Kräfte, – unter Ausschaltung von allem, was äusseren, weltlichen Interessen dient.»[38]

Annemarie Schwarzenbach wollte nicht mehr als Kriegsberichterstatterin arbeiten – gerade darüber hatte sie sich brieflich mit Ella Maillart auseinandergesetzt. In ihren umfangreichen, gelegentlich traktathaften Briefen aus den Jahren 1941 und 1942 suchte Ella Maillart ihrerseits die ehemalige Reisegefährtin von der Notwendigkeit ‹innerer Einkehr› zu überzeugen, was äußere Bindungen oder gar politisches Engagement ausschließen sollte: «Restez vraie envers votre Être vrai – alors tout va bien, – même si l'Europe autour de vous désespère». Oder, noch deutlicher: «Votre lettre du 11.1.42 disant que vous devez vous mettre en contact avec les problèmes qui nous attendent en Europe, résonne comme un disque de gramophone trop entendu (vos raisons pour aller à Prague, en Finlande, en Colombie Brit., en Syrie, etc.). Dès que vous avez un livre à écrire, où sont les problèmes européens? Ils passent au dernier rang de vos préoccupations, donc ils ne peuvent pas avoir une telle réalité pour vous; rendez-vous en compte une fois pour toute. Et comprenez que, n'ayant rien de mieux à faire, vous allez une fois de plus jouer à être angoissée par l'avenir de l'Europe. Mais je vous prie, comment pouvez-vous non seulement résoudre mais même concevoir clairement ces problèmes européens aussi longtemps que vous ne savez même pas résoudre le problème qui est tout entier en vous? Laissez donc les autres se rendre ridicules et parler dans le vide, et faire des plans futurs, et se croire intelligents. […] Tout ce que vous dites sur la fausse réalité me montre combien vous progressez, mai je crois qu'en partie, vos convictions politiques sont apparentes encore à cette ‹fausse réalité›; car fascisme et anti-fascisme sont tous deux sur le même plan et pareils vus d'un point de vue plus élevé. Vous n'avez d'autre ‹contribution à faire à la Réalité› (comme vous dites) qu'en étant.»[39]

Annemarie Schwarzenbach teilte diese abstruse Gleichsetzung von Faschismus und Antifaschismus keineswegs, formulierte aber zunehmend Vorbehalte gegen ein direktes politisches Engagement. So urteilt sie: «Ich habe Franzosen, die gute Patrioten und überzeugte Demokraten waren, zu fanatischen ‹Nazi› und Anhängern der Regierung von Vichy werden sehen, – nicht, weil sie die Grundsätze der Gewalt begrüssten, sondern weil im sogenannten ‹Freien› französischen Afrika eben dieselbe rohe Gewalt, Intoleranz, und Ungerechtigkeit, die wir im faschistischen Ideal ablehnen, sie unglücklich gemacht hat.» Und weiter heißt es: «Dies bedeutet, dass ich nicht mehr glaube, die Lösung und Antwort für die furchtbaren Nöte der Menschheit, die wir ertragen und mitansehen müssen, auf irgendeiner politischen Seite zu finden, – obwohl ich natürlich immer noch glaube, dass das verwerflichste aller politischen Systeme die sogenannte nationalsozialistische Diktatur ist: denn sie erhebt genau die Übel zum Prinzip, und verherrlicht sie, die ich auf der Seite der Demokratien, im Gegensatz zu *ihren* Prinzipien, trotz allem ebenfalls am Werk sah.»[40]

Aber auch wenn der erste Teil von *Das Wunder des Baums* eine anhaltende Reflexion über den Weltkrieg und seine Ursachen bietet – eine Hinwendung zu Spirituellem und Religiösem, die, wie noch zu zeigen sein wird, Eingang in den Roman gefunden hat, ist unübersehbar: «Et si vous vous étonnez, Ella, que j'aie commencé à faire l'expérience d'une force divine, et que j'ose parler de Dieu?»[41] Ella Maillart hatte lakonisch angemerkt: «Je m'étonne que vous parliez maintenant si souvent de Dieu».[42] Annemarie Schwarzenbach schrieb dazu: «to remember at any moment and in any situation, that the only *real* force to make me independent from all outside chance or misfortune, is the force of God, and alive in me.»[43] Später verglich sie den Schreibprozess mit dem «religiösen Leben»: «Der Prozess des Schreibens – so, wie ich im Kongo mein Buch schrieb, ist ja auch genau der Prozess eines religiösen Lebens, einer absoluten Konzentration, die sich vom anderen Prozess, der Reaktion der Sinne u. des Verstandes in der materiellen Welt, befreit, – u. im Fortschreiten dieses Prozesses werden ungeahnte Kräfte wach, Kräfte der Hellsichtigkeit u. des Hellhörens, u. eine Quelle wird frei, die keiner Nahrung von aussen bedarf.»[44]

Wie auch immer eine derartige Wendung zum Religiösen genauer zu beurteilen wäre – Annemarie Schwarzenbach bestimmt ihre Rolle als Autorin neu: «I have learned», konzediert sie Ella Maillart, «that you have been right: I am probably not meant to do the work of a war correspondent, and my sincere interest and concern is more of a writer. I want to understand the deeper roots of our European crisis, and want to search for the source of real force we will need, during and after this terrific war, to build up in each soul the resistance not only against Fascism, but against all evil and ‹wrong life› which has brought it upon ...»[45] Noch nach ihrer Rückkehr nach Europa wiederholt sie Carl Jacob Burckhardt gegenüber in einem Resümee über die Afrika-Reise diesen Wandlungsprozess: «Meine afrikanischen Erfahrungen haben mich gelehrt, dass ich darauf verzichten muss, mich mit aktuellen Gebieten abzugeben, nur aus Ehrgeiz, oder um mich in eine Gesellschaft einzuordnen, zu der ich nur halben Herzens gehöre, oder um etwas ‹vorweisen› zu können. Das gibt nichts Rechtes, u. ich bin zum Schluss den verschiedenen Autoritäten u. Behörden zu Dank verpflichtet, die mich daran gehindert haben, als ‹Kriegskorrespondent› auf ein Gebiet aktueller Propaganda zu geraten, das mir nicht liegt». Das, so Schwarzenbach, bedeute keine grundsätzliche Abkehr etwa von der Politik – «das heisst aber nicht, dass ich glaube, mich den Ereignissen völlig entziehen zu können oder zu müssen. Ich glaube, es gibt für Jeden eine Möglichkeit, das Beste seiner Persönlichkeit zu ‹manifestieren› – u. dort, nur dort, soll er tätig sein.»[46]

Soweit derartigen Selbstaussagen zu trauen ist, umreißen sie Dispositionen, die Annemarie Schwarzenbachs Schreiben zu dieser Zeit in Afrika bestimmt haben. Ein Blick auf *Das Wunder des Baums* – «which is nothing else than the sorrowful examination of what had happened to me»[47] – zeigt, dass der Roman über den autobiographischen Ansatz und Gehalt hinaus ein virtuos erzähltes, durch den männlichen Protagonisten das autobiographische Moment distanzierendes komplexes Gebilde ist. Die Erzählhandlung kennt keine klare chronologische Abfolge, sie setzt sich vielmehr aus ausgedehnten Reflexionen und Dialogszenen, aus Rückblicken, Klagen, Traumbildern und Visionen zusammen. Die starke Fokussierung auf das Innere des Protagonisten kann auch daran gemessen werden, dass sich die Präsentation seiner Gedanken über vielfältig kombinierte narrative Verfahren vollzieht wie etwa über Bewusstseinsberichte, indirekte Gedankenrede, Gedankenzitate, sich in das innere Geschehen ausbreitende Monologe oder Dialoge. Insgesamt wirkt der Text tastend-suchend. Der Stil ist heterogen und polyphon, und stellenweise mutet er elegisch-pathetisch an.

Annemarie Schwarzenbach hat Ansatz und Inhalt des Romans in einem langen Brief wie folgt beschrieben: «Mon expérience d'Afrique m'a appris plus clairement que tous mes autres ‹bas› la futilité du monde extérieur, la fausse ‹réalité›: Car, pour expliquer mes ‹bas› d'avant, maladie etc., – il y avait des fautes graves de mon côté. Donc, la fausse croyance s'imposait, que si je ne commettais plus de telles fautes, je serais ‹sauvée› – tout irait bien – je ferais une carrière, – etc. etc. Par contre, ici, j'arrivais pleine de bonne volonté – m'imposant au monde – p.e. imposant *ma* version et conviction antifasciste – qui va plus loin que tout jeu politique. Je me heurtais contre des murs, plus forts que ceux d'une prison, de manque d'argent. Chaque parole était en vain, car on me répondait: ‹Pourquoi vous croirait-on?› En effet, peut-être je ne m'appelle pas Annemarie, – et malgré tout, *mon identité, l'essence humaine intégrale, reste.* Mais si on s'adresse aux hommes, on fait fausse route. Nous sommes des frères, oui, – mais nous ne le sommes que par notre origine commune, comme enfants de Dieu. This gives you, in short, the idea of the first part of my book ‹Der Prozess›. The second part ‹Die Entlassung› deals with the same man thrown, by mistake, in a sort of prison. Then he liquidates the question of ‹wrong reality› + its power: Liberated first, by a miracle of good chance, – thinks: ‹This was the hand of God, who helps us + opens doors of iron, once we accept deepest misery …› But thrown back into prison, + smashed even in his hope to help a fellow prisoner, his friend-brother, – he finally comes to *break his proper pain*. In this moment, he breaks as through the limits of his body + mind, – and the floods of forces enter him: this is his: ‹Entlassung› from the so called ‹real world› – his first experience of freedom, untouched by walls, pain, heat, hunger, injustice. – The third and last part: ‹Die Stufen des Unendlichen› is more difficult: Marc comes back into the world, a free man, empty, ready to go through what life will impose on him. He meets Louise who is in distress, because she has put *all her love* in a man, + she lost him. She says: he died in the war. But I killed him. Because I wanted to tear his last word from him, – I wanted to reach *his soul*, – + he had to go off in order to save his soul from me, even that he knew it would kill him. Marc listens to her – with his new faculty of sacrifice. – So, he is taken by another reality comme dans un piège. But something is wrong in his happiness. He thinks: it is the Human Condition. I pay for happiness. I pay for a place to stay and rest on this earth. And if Louise would accept the bargain, they would buy a possible life, – en se consolant l'un l'autre d'avoir trahi leurs âmes. Mais Louise n'accepte pas: Elle sent que Marc, comme l'autre homme mort à la guerre, la trahit en lui cachant ‹son dernier mot›, sa soif infinie qu'il essaye de tuer, pour être tout-à-fait à elle. Elle sent aussi, que tout sacrifice de Marc, contenant cette trahison, ce mensonge, – ne la sauvera pas: car de nouveau, il faudrait donc qu'elle lui arrache son âme. / Alors, lui, il essaye une dernière fois de renoncer à tout désir (le mot symbolique est une fois ‹Mozart›, ensuite ‹Die Mongolei›) – pour payer sa faute envers Louise, se ranger dans la Condition Humaine. – Elle de son côté sacrifie son amour, et force Marc à la quitter.»[48]

Mit dem Abschluss des Roman-Typoskripts, den sie auf den 20. Februar 1942 datiert, zeichnet sich auch ein Ende von Annemarie Schwarzenbachs Afrika-Aufenthalt ab. Die Fertigstellung des Romans wertete sie als Zäsur in ihrem Leben: «Dieses Manuskript von 375 Seiten war […] mein Stolz und meine Freude. Und meine Freude kam nicht aus halbem Herzen, – sie war unendlich viel tiefer und stärker als jede Befriedigung, die mir ein äusserer Erfolg in Afrika hätte geben können.»[49]

Seit Januar 1942 verfügte sie über ein Visum für Portugal, wo sie eine Tätigkeit beim Internationalen Roten Kreuz erwog, als Perspektive nannte sie aber auch: «London, Lissabon, returning to home a slight, vague hope» oder aber auch, anderswo in Afrika zu arbeiten, nach Syrien zu reisen oder einen Aufenthalt auf der Fonda des Schweizer Malers Edmond Bille,[50] während Ella Maillart vorschlug, doch über Kapstadt zu ihr nach Indien zu reisen.[51] Annemarie Schwarzenbach verließ noch im Februar 1942 Afrika per Schiff in Richtung Lissabon.

Zuvor hatte es offenbar erneute Konflikte mit den Behörden gegeben, nun wegen der Ausfuhr des umfangreichen Werkes: «Ich musste darum kämpfen, das Manuskript besitzen und mit mir über die Grenze nehmen zu dürfen. So stand ich zum ersten Mal wieder vor den Mächten der Welt und dem Problem der ‹Materie›, – von denen ich mich innerlich glaubte befreit zu haben!»[52] Denn: «Wenn ich es nicht ihrer Zensur vorlegte, würden sie Verdacht schöpfen, es handle sich um eine politische Arbeit. Aber dass ich es ihrer Zensur *nicht* vorlegen konnte, war ebenfalls klar.»[53] Wie Annemarie Schwarzenbach berichtet, pokerte sie gegenüber den zuständigen Behörden sehr hoch, indem sie das einzige Exemplar des Romans gerade jenen Zensoren vorlegte, die ihr allemal mit Misstrauen begegneten. Nach einem längeren Gespräch mit einem hohen Beamten wurde ihr zwei Tage später mitgeteilt, dass sie «frei sei, die Kolonie zu verlassen»[54] und das Werk mitführen dürfe. Im März 1942 konnte Annemarie Schwarzenbach Ella Maillart mitteilen: «the complete copy is sealed by the Government, and safe at the Consulate of Switzerland.»[55] Daraus erklärt sich auch der sehr gute Erhaltungsgrad des Typoskriptes, das Annemarie Schwarzenbach im April 1942 vorübergehend ihrer Freundin von der *Weltwoche*, Mabel Zuppinger, zur Aufbewahrung übergab.[56] Nach Annemarie Schwarzenbachs Tod am 15. November 1942 hat sich das einzige Exemplar des Typoskripts, aus dem später auf bisher ungeklärtem Wege sieben Blätter entfernt wurden, in ihrem Nachlass erhalten.

Es gab nur wenige zeitgenössische Leserinnen und Leser. Zu ihnen gehörten Margret Boveri, die 1942 zeitweilig erwog, Teile aus dem *Wunder des Baums* in der nationalsozialistisch kontrollierten *Frankfurter Zeitung*, für die sie zu dieser Zeit noch tätig war, abzudrucken: «Ich fand, die ersten zwanzig oder dreissig Seiten Ihres Manuskripts enthalten auf konzentrierte

Weise vorausnehmend schon so sehr das Resultat Ihrer Kongo-Erlebnisse und damit so viel menschlich Gültiges, und in der Fragestellung so viel Bewegendes, daß ich vorschlagen wollte – zu hause in meiner Zeitung und bei Ihnen – diese allein bei uns zu drucken. Denn darin ist ja noch nichts Politisches im Sinne der Tagesereignisse, und kein für und wider die eine oder andre Partei enthalten.»[57] Später machte sie aber deutlich, wie wenig sie von den literarischen Arbeiten Annemarie Schwarzenbachs hielt: «Las heute, auf den Zahnarzt und die Tram wartend, Annemarie Schwarzenbachs Buch ‹Das glückliche Tal› […]. Phantasien um das Ich. Trotzdem: Zuweilen beschwingte oder gut gefühlte Stellen. – Die Person selbst traf ich in Lissabon und sie gefiel mir. Wir waren wohl in sehr ähnlichen Verfassungen aufeinander gestossen: ich aus der Internierung in Amerika, sie aus ähnlichen Erlebnissen im Kongo; bei beiden das Weltfremde, die Gleichgültigkeit gegenüber dem Tagesgeschehen, das Auf-sich-selbst-zurückgezogen-Sein. Aber was ich bei ihr für ein einmaliges Erlebnis gehalten hatte – Auseinandersetzung mit und Rechtfertigung vor einer vermeintlich anklagenden Welt – vollzieht sich in ihr offenbar in Permanenz, und das ist wohl schrecklich. Vor lauter Sich-selbst die Welt nicht mehr sehen zu können.»[58]

Positiver fiel das Urteil des Schweizer Literaturkritikers und Professors für französische Literatur Charly Clerc aus, der in einem Brief an Annemarie Schwarzenbach folgendes Statement abgab: «… Votre livre est une fort belle chose, *très* émouvante, très saisissante par endroits. Naturellement, un livre pareil est pour les ‹happy few›. Si vous voulez qu'il soit lu par un plus grand nombre de personnes, il faudrait absolument le diminuer de 50 ou 100 pages (ce qui serait dommage pour les happy few). Certains chapitres m'ont mis dans un état de grâce, in ‹High spirit›, et, dans le compartiment où j'étais, figurez-vous que je lisais les pages à haute voix en face d'un bonhomme qui dormait. Votre *langue* est proprement étonnante, d'une souplesse, d'une ‹spiritualité›, d'une richesse d'images, qui m'a tout à fait enchanté. […] Quelle singulière évolution, celle que j'ai pue suivre de votre premier ouvrage jusqu'à celui-ci! Jusqu'à cette *Verwandlung* de Marc, jusqu'aux pages 369–372, si *magiques* que *magnifiques*! Sans doute, l'âme du héros est terriblement complexe, et c'est là que j'en reviens à la critique de tout à l'heure. N'y a-t-il pas moyen, en faveur des lecteurs de bonne volonté, et de sensibilité moins aiguë, de raccourcir l'ouvrage … Mais ce serait douloureux, car dans toutes les pages, il y a des choses précieuses. / Donc, chère Madame, l'impression générale que j'éprouve, c'est un *charme*, un éblouissement.

Et cependant je me dis que l'ouvrage pourrait être un peu réduit, un peu resserré. Opération difficile, sans doute, mais à laquelle vous consentirez peut-être.»[59]

Im Juni 1942 nach Sils zurückgekehrt, machte sich Annemarie Schwarzenbach daran, ihren Roman umzuarbeiten. Die Anregung von Clerc, aber auch ihre eigenen Erwägungen im Bericht *Beim Verlassen Afrikas*, dass im ersten Teil des Romans noch Änderungen getätigt werden sollten, motivierten sie in Sils zu einer erneuten Beschäftigung mit dem Manuskript. Es entstand *Marc*, ein völlig neuer, erheblich kürzerer Text, der ebenfalls unveröffentlicht blieb.[60] Vom *Wunder des Baums* distanzierte sie sich nun, an Klaus Mann schrieb sie sogar: «So, should the Swiss Consul Mr. Orlandi send you the copy of the first novel, don't consider it – it will be burnt and melted.»[61] Klaus Mann hat das Exemplar von *Das Wunder des Baums* sicher nie erhalten, weil dieses wohl zunächst, wie zitiert, im Safe der Schweizer Botschaft verblieb, bevor es über Mabel Zuppinger irgendwann wieder zu Annemarie Schwarzenbach gelangte. Zwischenzeitlich hatte es ja auch Margret Boveri und Charly Clerc vorgelegen, wobei es sich stets um das originale Typoskript aus Afrika gehandelt haben dürfte, jedenfalls gibt es keinerlei Hinweise auf eine weitere Abschrift oder Teilabschrift.

Verbrannt hat sie jedenfalls ihren Roman nicht, und wie sie endgültig damit umgegangen wäre, ist ungewiss – am 6. September, nur vier Tage nach ihrem erwähnten Brief an Klaus Mann, verunglückte sie in Sils mit ihrem Fahrrad und starb dort am 15. November 1942.

«Ich fürchte, ich werde dafür in der Schweiz keinen Verleger finden – u. doch gäbe es Leser ...», bemerkte Annemarie Schwarzenbach einmal gegenüber Margret Boveri.[62] Eine Art Gebrauchsanweisung für solche Leser des *Wunder des Baums* hat sie noch selbst formuliert: «den Lesern wird es frei stehen, wenn dieses Buch gedruckt ist, es zu verstehen, es abzulehnen, daraus zu wählen, was ihnen zusagt. Und sie werden es nicht als ‹mein› Buch lesen, sondern es annehmen oder ablehnen, wie alles, was uns in dieser Welt begegnet, – ein Buch, ein Bild, eine Frucht.»[63]

‹Afrika›: Kolonialer Diskurs und koloniale Wirklichkeit

«Ich bitte ganz gehorsamst, weder den Ort Abu Telfan, noch das Tumurkieland auf der Karte von Afrika zu suchen.» Diese Aufforderung Wilhelm Raabes an seine Leser[64] könnte sich auch an die Leser von Annemarie Schwarzenbachs Afrika-Roman *Das Wunder des Baums* richten: Im Verlauf der Lektüre gewinnt man den Eindruck, dass sich das Land, in dem sich der, wie es heißt, «wunderbare Prozess» des Protagonisten (S. 11) vollzieht, nicht so sehr in einer außertextlichen Wirklichkeit, in der Realität finden lässt. Afrika ist zwar der Raum, in dem und über den auch geschrieben wird, aber welches ‹Afrika› begegnet uns in diesem Text?

Um dieser Frage nachzugehen, soll zunächst der koloniale Diskurs näher in den Blick genommen werden. Koloniale Diskurse konstruieren im Allgemeinen immer zwei Einheiten, die ethnisch definiert werden. Diese scheinbaren Einheiten werden miteinander in eine hierarchische Beziehung gesetzt, die gekennzeichnet ist durch die Oppositionen Herrschen – Beherrscht-Sein, Überlegen – Unterlegen, Kolonisatoren – Kolonisierte. Sie dienen der Abgrenzung und Stigmatisierung der ‹Anderen› (und gleichzeitig der Identitätsstiftung für die ‹Wir›-Gruppe) und haben unterdrückende und machtstabilisierende Funktionen. Auch der tradierte koloniale Diskurs zum subsaharischen Afrika ist, wie jeder koloniale Diskurs, ein solches herrschaftslegitimierendes Sprechen über den Anderen oder das Andere. Die Beziehung wird nicht zuletzt über den Blick des ‹Weißen› auf den ‹Schwarzen› konstituiert, wobei die Hautfarbe visuell wahrnehmbares Differenzmerkmal und darüber hinaus zugleich Auszeichnung oder eben Makel ist.[65] Wer die Norm ist und wer der Abweichende wird von denen festgeschrieben, die die Macht dazu haben. Die mit der Abweichung verbundene Bewertung beruht dabei nicht zuletzt auf einem europäischen Schlüsselkonzept: Schwarz-Weiß/Licht-Dunkel markiert die Scheidelinie zwischen Erkenntnis und Unkenntnis. Das Licht, die Helligkeit, ist eine Metapher für die Quelle der Erkenntnis. Der ‹Weiße› bringt mithin mit seinem Körper (oder als sein Körper) das Licht der Erkenntnis, den Fortschritt, Zivilisation und Kultur, der ‹Schwarze› dagegen ist der, der ausharrt im Dunkel der Unkenntnis, im Schatten, in der Vorzeit, die noch Barbarei und Gewalt bis hin zum Kannibalismus in sich trägt – er ist ‹das Andere› der Kultur. Dunkel ist auch der afrikanische Naturraum, dessen sich die Kolonisatoren zu bemächtigen versuchen, an dem sie aber auch oft genug scheitern. Das Schei-

«Eingeborenen-Pirroquen auf der Mongala»

tern des kolonialen Begehrens wird immer wieder im prototypischen Raum des afrikanischen Dschungels inszeniert, dessen dichtes Blätterdach keinen Lichtstrahl durchdringen lässt und der Bilder von dunklem Labyrinth, Verschlungen-werden, Triebnatur und Fruchtbarkeit aufruft. Der Fluss Kongo ist im kulturellen Gedächtnis Europas dann unkündbar verbunden mit dem wohl berühmtesten literarischen Werk über den Kongo, dessen Titel zum Afrika-Topos schlechthin avancierte: *Heart of Darkness* von Joseph Conrad (1899), das *Herz der Finsternis*.

Die Einwohner des subsaharischen Afrika wurden im zeitgenössischen kolonialen Diskurs eher in der Sphäre dieser Natur bzw. dieses Naturbildes angesiedelt denn in einer kulturellen Sphäre. Es gibt jedoch auch scheinbar positiv besetzte Projektionen, die vor allem aus vorkolonialer Zeit stammen und sich bis heute immer wieder mit dem afrikanischen Raum verbinden. So finden sich Vorstellungen von Afrika als einem ursprünglichen, noch nicht korrumpierten Garten Eden, von Afrika als Gesund- und Jungbrunnen oder als einfache, glückliche Insel, wobei sich bei all diesen Imaginationen zahlreiche paradiesische Motive finden. Auch Annemarie Schwarzenbach spricht, wie zitiert, gelegentlich vom «Paradies», in dem sie sich befunden habe. Bis heute ist auch in der Populärkultur die Faszination für das Bild eines magischen Afrika der Naturreligionen und Fetische, der Spiritualität und Naturverbundenheit ablesbar. Der (semantische) Schritt in eine Umwertung von Einfachheit in Primitivität, von Primitivität in Dumpfheit, von unbesorgtem paradiesischem Dasein in Faulheit und Triebgesteuertheit ist jedoch nicht allzu groß, wie sich immer wieder erweist.

Es ist nicht zuletzt die Literatur, deren Inszenierungen den kolonialen Diskurs mit etabliert haben. Für den deutschsprachigen Raum sei hier nur beispielhaft verwiesen auf *Peter Moors Fahrt nach Südwest. Ein Feldzugsbericht* von Gustav Frenssen aus dem Jahr 1906 oder auf Hans Grimms *Volk ohne Raum* von 1926. Nur wenige Werke aus den ersten Jahrzehnten des 20. Jahrhunderts haben sich der kolonialen Wirklichkeit mit einem Blick zugewandt, der zwar auch verstellt war durch die geläufigen und grundlegenden Oppositionen und unhinterfragten Hierarchien und der mithin den Kolonialismus an sich nicht in Frage stellte, der aber dennoch offen war für das Unrecht und die unfassbaren Gewalttaten, die den Einwohnern des afrikanischen Kontinents im Verlauf des kolonialen Geschehens angetan wurden – diese waren jedoch für ein aufmerksames Publikum durchaus nachles- und erfahrbar. So erschien beispielsweise 1933 im Universitas-Verlag in Berlin

Rundhütten

der Roman *Paradiese des Teufels. Das Leben Sir Roger Casements* des Autors und Journalisten Balder Olden. Olden beschreibt in seiner Biographie den Kampf Roger Casements gegen die menschenunwürdigen und grausamen Lebens- und Arbeitsbedingungen der einheimischen Bevölkerung im damaligen «Kongo-Freistaat», der sich zu der Zeit im Privatbesitz der belgischen Krone befand und der von den Unternehmen des Königs Leopold II. skrupellos ausgebeutet wurde.[66]

Welchen Blick richtet nun Annemarie Schwarzenbach 1941/42 auf diesen Teil des afrikanischen Kontinents? Schwarzenbach ist bekannt als eine Reisende, Journalistin und Autorin, die sich hervorragend und grundlegend informiert auf den Weg macht und ihre Umgebung mit offenen Augen wahrnimmt. Ihre historischen Kenntnisse sowie ihr sozialkritischer und politisch geschulter Blick machen sie zu einer fesselnden Zeugin und Kommentatorin der weltpolitischen Ereignisse und der Gegebenheiten in den von ihr bereisten Ländern. Bei der Lektüre ihrer Afrika-Schriften zeigt sich, dass ihr Blick der einer Europäerin ist, die eher das Eigene wahrnimmt denn das Andere. Ihr Fokus richtet sich zunächst auf die koloniale Gesellschaft, und ihre Fähigkeit zu scharfsinniger Analyse und Kritik zeigt sich in ihren Bemerkungen zu der Verfasstheit ihrer Mitglieder – so etwa in den Reise-Notizen von 1942, in denen sie von «der erschreckenden Dürftigkeit und Plattheit des Lebens in der Kolonie» schreibt: «Und so, wie sie in der Kolonie die Einrichtungen und Gewohnheiten des Mutterlandes kopieren, um draussen in Afrika ein möglichst ‹normales›, – möglichst dasselbe Leben zu führen wie zuhause, – so sind auch die Ziele, denen sie nachjagen, dieselben, und ihre Triebe die gleichen. Nur tritt dies Alles in der Kolonie deutlicher und krasser hervor.»[67]

Schwarzenbachs politische Analysen und Stellungnahmen in ihren Reportagen und Feuilletons aus Afrika beziehen sich nicht auf den Kolonialismus, sondern auf das Weltkriegsgeschehen und dessen Auswirkungen auf die (auch ökonomische) Situation in den Kolonien sowie auf die Europäer, die in dieser Welt des Krieges unterwegs sind und versuchen, ihren Weg nach Hause zu finden oder von dort zu entkommen – Themen, die ihre Leserschaft in der Schweiz, davon kann man ausgehen, mehr interessierten als die Situation in den Kolonien, wie sie sich für die Afrikaner selbst darstellte. Besonders das Ausgeliefert-Sein des Einzelnen, der auf dem Schiff, das zwischen den Welten verkehrt, einen Fußbreit Sicherheit findet und gleichzeitig der größten Gefahr ausgeliefert ist, avanciert in ihrem jour-

Annemarie Schwarzenbach und Marguérite Orlandi (Gattin des Schweizer Konsuls)

nalistischen Schreiben zu einem eindrücklichen Bild: «... und noch für die Bedrängtesten unter meinen Reisegenossen, die Flüchtlinge ohne Papiere, hätte es andere Wege gegeben, und sie entschlossen sich für diesen; aber weiss ein einziger von uns, wohin er ihn schließlich führen wird? Obwohl dies immer so sein muss, bei jedem Schritt, den wir tun, wird es uns auf der Fahrt des Dampfers, der für eine Weile sozusagen den Umkreis unserer Existenz bestimmt, besonders deutlich ins Bewusstsein gerufen.»[68] Und auf ihrem Weg von Afrika zurück nach Europa schreibt sie in ihren Reise-Notizen: «Von Europa sprechen sie, als sei dort das Paradies, als werde dort alles anders, neu und frisch sein, und sie selber seien dort, am ersten Morgen nachdem wir die Küste erreicht haben, andere Menschen ... Wissen sie nicht, dass Europa in Wirklichkeit verwüstet ist, und das Leben dort verwüstet, gebrochen?!»[69]

Die unübersehbaren Folgen des gewaltvollen Imperialismus und Kolonialismus, der Raubbau und die Ausbeutung, die gerade im Kongo die afrikanischen Landschaften zerstörten und zerstören, der Rassismus und die kolonialen Gewaltverbrechen an der Bevölkerung dieses Landes, die durch so genannte Strafaktionen, Hunger und Entkräftung, durch Überarbeitung und Krankheiten zwischen 1880 und 1920 halbiert wurde, kommen in Annemarie Schwarzenbachs Schreiben jedoch so gut wie gar nicht in den Blick. Diese Einschränkung des Blicks – oder ist es ein blinder Fleck? – ist umso erstaunlicher, als sie sich in ihren Amerika-Reportagen aus den Jahren 1936 bis 1938 auch der Situation der Afroamerikaner in den USA zugewandt und diese mit der Geschichte der Sklaverei in Verbindung gebracht hat.[70] In diesen Texten werden die weiße Hegemonie, der latente und offene Rassismus und die daraus entstehende Ausbeutung und Diskriminierung beim Namen genannt. In dem Artikel *... um die Ehre der amerikanischen Südstaaten* (1938) etwa findet die Journalistin deutliche Worte für die rassistische Justiz, und sie analysiert die ökonomischen und politischen Zustände, die sowohl für die Afroamerikaner als auch für die verarmte weiße Schicht unerträgliche Lebensbedingungen schaffen. Wir lesen hier Sätze wie: «Seit Generationen hat die herrschende weisse Klasse ihre ganze politische Anstrengung darauf gerichtet, die Suprematie der weissen über die schwarze Rasse zu erhalten.»[71]

In ihren Afrika-Aufzeichnungen und -Reportagen findet Schwarzenbach in Bezug auf die politische Situation in den Kolonien *als Kolonien* dann aber zu keiner klaren politischen Stellungnahme, ihre Position bleibt seltsam vage, obwohl sie über die Geschichte und die wirtschaftliche und politische Situation der Kolonie Belgisch-Kongo durchaus informiert ist[72]: «– und die Kolonie, welche auch immer, ist nicht Afrika, sondern ein von unserer weissen Rasse geschaffenes, geographisch, wirtschaftlich und sozial organisiertes Gebilde, ein ‹Staat›, mit allen Institutionen, die für unsere Existenz scheinbar unentbehrlich sind. Meistens glaubt man, die Kolonie sei für das Mutterland, und für die Nation, eine Ursache des Stolzes, wie sie eine Quelle des Wohlstands sein, und vielen Bürgern ein Auskommen und eine Zukunft bieten soll. Ich kenne mich in diesen Dingen zu wenig aus, um darüber sprechen zu können. Und ich habe genug gesehen, was zweifellos für die Menschen eine Quelle des Stolzes sein kann: technische und organisatorische Leistungen und fortschrittliche Einrichtungen, die der menschlichen Intelligenz und Energie zur Ehre gereichen.»[73]

Es gibt in ihren Texten insgesamt nur wenige Hinweise auf die koloniale Wirklichkeit, wie sie sich für die indigene Bevölkerung darstellt. Einer findet sich in ihrem Bericht *Beim Verlassen Afrikas*. Die Autorin gibt hier ein Gespräch mit einem Beamten der Kolonialbehörden wieder, der ihr Roman-Typoskript geprüft hatte. Vielsagend ist die Bemerkung Schwarzenbachs, sie könne sich nicht erinnern, das Thema «Eingeborenenpolitik» überhaupt im Roman berührt zu haben: «– So warf mir mein Partner beispielsweise vor, dass ich die Eingeborenenpolitik der Kolonie in nachteiligem Licht, und *falsch*, beschrieben hätte, – während sie, im Gegenteil, fortschrittlich und human sei, und zum Besten der Schwarzen diene. (Glaubte er dies wirklich???) – Als ich mich nicht erinnern konnte, dieses Thema überhaupt berührt zu haben, nannte er mir die anstosserregende Stelle: ich hatte die erstickende Atmosphäre vor dem Ausbruch einer Tornade in Leopoldville beschrieben, – und in diesem Zusammenhang die Trostlosigkeit des riesigen Eingeborenenviertels, worin 40.000 Schwarze aller Rassen zusammengepfercht leben müssen: primitive, uns unverständliche Wesen, Kinder des Dschungels und der Savanne, entwurzelt, und in den tragischen Lauf unserer ‹Zivilisation› gestossen, – dürfen wir behaupten, zu ihrem Glück? Ich antwortete meinem Partner, dass ich nicht beabsichtigt hatte, die humanen Verdienste der belgischen Kolonisation um das Wohl der Schwarzen zu kritisieren, – dass es aber meine Überzeugung sei, die Begegnung mit unserer Zivilisation habe für primitivere Völker, und auch für die hoch zivilisierten Völker Asiens, tragische Folgen.»[74] In ihrem Artikel *San Thomé, die Insel am Aequator* (1941) findet sich ein kurzer, in Anbetracht der Situation in

Belgisch-Kongo zynisch anmutender Hinweis auf die Lebensbedingungen der einheimischen Bevölkerung: «Glücklicherweise ist der Lebensstandard der schwarzen Bevölkerung so niedrig, dass sie kaum noch ärmer werden könnte und nichts zu verlieren hat. Dieser Umstand wird vielen Kolonien eines Tages zum Vorteil gereichen, gegenüber reicheren Ländern, deren Völker sich an die Proletarisierung und Sklavenarbeit, wie man sie für die Nachkriegszeit erwarten muß, nicht so leicht gewöhnen werden ...»[75]

Insbesondere in ihren Zeitungsartikeln, die sie an Schweizer Zeitschriften übermittelt, wird die Situation in den Kolonien Belgisch- und Französisch-Kongo jedoch weitgehend unkritisch, stellenweise durchaus affirmativ betrachtet. Dies ist zum Teil sicher auch den eingeschränkten Möglichkeiten einer deutlichen Stellungnahme in Zeiten des Krieges und der Zensur, der sie mit Sicherheit unterlag, geschuldet. Schwarzenbach nutzt jedoch auch die Gelegenheit, schreibend in Afrique Française Libre zu deutlichen Worten gegenüber der Vichy-Regierung zu finden, so etwa in dem allerdings unveröffentlicht gebliebenen Text *Irgendwo in Französisch-Westafrika* vom 9. Juni 1941, in dem sie durchaus die herrschende Zensur thematisiert. Publiziert sind unter anderem Beschreibungen von als mutig dargestellten Europäern, die sich dem Projekt der Urbarmachung und Zivilisierung des Landes widmen und die einen täglichen Kampf gegen die afrikanischen ‹Elemente›, worunter Natur, Tiere sowie die Menschen dort subsumiert werden, ausfechten. Die Afrikaner werden in diesen Artikeln als eher unwillige und antriebsarme Erfüllungsgehilfen der zivilisatorisch-ökonomischen Bemühungen des Genfer Ehepaares Vivien dargestellt.[76] So schreibt sie in einem Brief an Marie-Luise Bodmer vom 5. August 1941: «Madame Vivien ist die frohe Tatkraft und Güte selbst [...] obwohl sie Elefanten tötet und Neger sowohl anschreien wie notfalls verprügeln kann, versteht sie auch, Blumen zu pflegen».[77] Interessant ist ein kurzer Verweis auf den Besuch des damaligen Kronprinzen Leopold III., des späteren Königs von Belgien. Dieser Großneffe Leopolds II. befand sich im Jahr 1925 auf einer Studienreise im Kongo und besuchte auf dieser offenbar auch die Plantage des Schweizer Ehepaares. Schwarzenbach schreibt über die Motorradfahrt Leopolds III. mit Madame Vivien – ein Hinweis auf die allgemein bekannten Kongogräuel, wie sie genannt wurden, fehlt auch hier. In den Artikeln zeigt sich auch eine historische Komponente des kolonialen Diskurses, zurückgehend auf die Wortgeschichte, die den Bedeutungsgehalt *den Boden urbar machen* in sich trägt – das Bestellen unwirtlichen Bodens in einer Pflanz- und ‹Tochter-

«Bas Congo – Le village indigène de Thysville»

stadt›. In der bereits erwähnten, diese Haltung illustrierenden Artikelserie *Schweizer Pionierarbeit im Urwald I–VI*, die im November 1941 in der *Thurgauer Zeitung* erschien, nimmt Schwarzenbach denn auch ausführlich Bezug auf die ökonomische Bedeutung der Produktion in den Kolonien für die ‹Mutterländer›, und sie formuliert dort eine ihr vordringlich erscheinende Frage, die ihren Fokus noch einmal verdeutlicht: «Als ich im Belgischen Kongo ankam, interessierte ich mich von Anfang an stark für die Frage, welche Möglichkeiten sich in diesem Land den europäischen, besonders den schweizerischen Einwanderern bieten.»[78]

Für ihre Schilderungen der Natur und der Landschaft Afrikas waren für Annemarie Schwarzenbach wohl insbesondere eine Fahrt auf dem Fluss Kongo[79] sowie die Erfahrung des Dschungels bzw. des «aequatorialen Urwalds»[80] eindrücklich, zwei bereits viel besprochene afrikanische Räume. Das Feuilleton *Begegnung mit dem Dschungel* von 1941 ist ein aufschlussreicher Text über diesen semantisch so aufgeladenen Raum, in dem sie der Mächtigkeit des Naturraums den Mythos vom Pionier, seinem Scheitern und seinem Triumph, gegenüberstellt.[81] Ihr als befreiend empfundener Aufenthalt im Ruwenzori-Gebirge an der Grenze zwischen Kongo und Uganda, das mit den legendären Mondbergen gleichgesetzt wurde – Marc greift diese Legende im Roman immer wieder auf –, hatte dann großen Einfluss auf das Entstehen des *Wunder des Baums*. Die Fahrt auf dem Kongo und der Aufenthalt in Lisala bieten schließlich auch in Annemarie Schwarzenbachs privatem, ihrem journalistischen und literarischen Schreiben Anlass für zahlreiche Referenzen auf Joseph Conrads berühmtes Werk. In ihren Reise-Notizen findet sich ein expliziter Hinweis auf diesen diskursbestimmenden Afrika-Text: «Dann ging ich in Lisala an Land, – einem kleinen Posten, den Joseph Conrad in seinem Buch *Le cœur des ténèbres* eindrücklich beschrieben hat. Die Bedingungen waren damals, als er Kapitän auf einem winzigen Flussdampfer war, ungleich düsterer als heute, und die Macht der Wildnis ungebrochener. Aber die Breschen, die wir geschlagen haben, sind dünn, – und man braucht nicht weit zu gehen, braucht nur sein Herz dem wahren Hauch dieser Wildnis zu öffnen, damit das Bild seine Einheit und ganze Kraft wieder gewinnt.»[82]

Welchen Blick richtet Annemarie Schwarzenbach nun auf die afrikanischen Menschen? Folgende Passage illustriert eindrücklich eine Form der Wahrnehmung, die als recht typisch für die europäische Wahrnehmung gelten kann: «Während der Nacht lag unser Schiff, ein winziger, erleuchteter

Fleck, im Silber des Monds und der Stromfläche, im schweigenden Meer der Wälder, und wir blickten zum Ufer hinüber, wo die bescheidenen Hütten und Holzfeuer der Schwarzen schienen und ihr geduldig-dumpfes Leben bewegte Schatten warf.»[83] Der europäische Blick richtet sich – und dies v. a. seit dem Roman *Heart of Darkness* – vom Deck eines Schiffes auf der Mitte des Stroms Kongo auf die Ufer dieses Stroms. Dort spielt sich das Leben der Einwohner ab, wahrgenommen als randständig, im Schatten, geduldig-dumpf. Sehr viel näher kommt auch Annemarie Schwarzenbach den Afrikanern nicht.[84] Was sie aus ihrer Perspektive sieht, sind hässliche Männer und hässliche Frauen, sie sieht und hört von Gewalttaten dieser Menschen, die ihr nach eigenem Bekunden immer fremd bleiben werden, wie aus einem Brief an Carson McCullers vom 29. Juli 1941 ablesbar wird: «Of course they don't understand us, nor should we pretend to understand them, I have seen and heard amazing things about them living in the jungle which would kill us soon. I have seen an old ugly woman who has killed and eaten her husband, and I saw yesterday an old ugly man who came to take his boy away from the plantation back to the village, as the boy is dying of pneumonia, and they want to save him by magic, – he will certainly die on the way. I have seen in a village small girls of six and eight years, oiled and ornated with pearls and feathers dancing and singing to the drum, while the parents were selling them to any man passing by. They do it for a year or so, than the girl gets married, but she is already deadly ill, often has no children, and just works for the rest of her years. They all suffer and are very much afraid of black magic, of poison, of leopards, elefants, and illness. They stretch out in a humid and feverish night air, naked, and they never eat enough, and they never react. They have no god, no ambition, no love.»[85] Dass Annemarie Schwarzenbachs Blick (und ihr Schreiben) offen ist für diese Form von Gewalt, die koloniale Gewalt jedoch nicht in den Fokus gerät, ist zumindest bemerkenswert. Ihr Begehren nach Wirklichkeit und Wahrheit, dem sie in ihren afrikanischen Schriften mehrfach Ausdruck verleiht, richtete sich offenbar nicht auf die Wirklichkeit des von ihr bereisten Landes und der dort lebenden Menschen.[86] Ihr politisches Interesse galt Europa, dem Krieg, und ihr Blick auf Afrika blieb ein durchaus kolonialer.

Das Wunder des Baums: Spiritualität – Apokalypse – Sprachkrise

Im *Wunder des Baums* geht es um die Geschichte von Marc, einem Schweizer, der während des Zweiten Weltkrieges mit den kolonialen Behörden im Kongo in Konflikt gerät und, von diesen verdächtigt, wegen übermäßigen Alkoholkonsums in einem psychiatrischen Spital interniert und schließlich wieder entlassen wird. Dabei ist die innere, religiös inspirierte Verwandlung des Protagonisten Hauptgegenstand des Erzählens. Schon der Literaturkritiker Charly Clerc hat in seinem bereits zitierten Brief an Annemarie Schwarzenbach 1942 die auffällige Suche nach einer spirituellen oder metaphysischen Wahrheit in dem Roman betont: «C'est ce que nous appelons un *roman d'élévation spirituelle*».[87] Auch Annemarie Schwarzenbach selbst hebt mehrfach den spirituellen Charakter des Romans hervor, so wenn sie sein Thema in einem Brief an Carson McCullers folgendermaßen zusammenfasst: «Ich denke, es handelt von unserem reinen Erbe, von unserer Beziehung zu den Menschen, zu dem, was wir Freund nennen oder Feind, von unserem bitteren, liebenden Kampf zunächst mit der Welt, dann mit dem Engel, der uns zurückgeleitet in die wiedergeborene Ruhe von Tod und Ewigkeit».[88]

Bereits der Eröffnungssatz des Romans deutet an, dass der Fokus einem inneren spirituellen Prozess gilt, den der Protagonist durchläuft. Damit reiht sich *Das Wunder des Baums* in eine Tradition mystischer Literatur und ihrer Adaptionen (etwa in der Romantik) ein, wobei sich die Darstellung des spirituellen Prozesses hier vor allem aus der christlichen mystischen Tradition zu speisen scheint, aber auch östliche, hinduistische mystische Traditionen, freilich in der verwestlichten Form, wie sie Schwarzenbach über die in Indien verbleibende Ella Maillart vermittelt wurden, haben die Gestaltung des inneren Prozesses des Protagonisten beeinflusst.[89] Dass solch unterschiedliche kulturelle Traditionen der Mystik in Schwarzenbachs Roman scheinbar problemlos miteinander kombiniert werden können, liegt wohl auch daran, dass sich diese in ihrer Grundkonzeption und in ihrer Struktur durchaus ähneln. Auf die autobiographische Dimension des in *Das Wunder des Baums* beschriebenen Prozesses wurde bereits hingewiesen. Ella Maillarts Einfluss auf ihre spirituelle Entwicklung und auf das Schreiben des Romans war sich Annemarie Schwarzenbach übrigens durchaus bewusst: «Ma chère Ella, – nos lettres se sont croisées – la vôtre, du 7 janvier, j'en avais besoin – et comme j'étais capable et prête à la comprendre. Mais cette fois, je ne crois pas me tromper en vous disant qu'aucune lettre avant ne m'a donné une telle joie et a eu une telle importance. [...] Ainsi vous m'êtes plus près [...] que tout autre ami. Car, dans ce chemin, ce travail intérieur, que je commence à faire – vous êtes la seule à me comprendre. Je le sais, – car je ne connais personne excepté vous, dont je serais sure beyond any doubt qu'elle comprenne mon manuscrit».[90]

Ziel mystischer Wandlungsprozesse, seien sie christlich, hinduistisch oder anderweitig inspiriert, ist bekanntermaßen die Offenbarung Gottes bzw. des Göttlichen. In ihrer Sehnsucht nach Offenbarung, nach dem metaphysisch Absoluten, versuchen die Mystiker mittels innerer Arbeit und innerer Kämpfe den Schein einer diesseitigen, äußeren Wirklichkeit zu überwinden und ihn zunehmend gegen die Wahrheit einer jenseitigen, göttlichen, inneren Welt einzutauschen. Einen solchen Wandlungsprozess strebt auch der Protagonist in *Das Wunder des Baums* an, der ihm – so zeigt sich am Ende des Romans – auch zu gelingen scheint: Stufenweise befreit sich Marc von der gesellschaftlichen und sozialen Ordnung, ihren Instanzen und Institutionen, denen er sich ausgeliefert sieht, von seiner verletzlichen Persönlichkeit sowie von der weltlichen Freundschaft und Liebe; er macht sich in einem graduellen Prozess von der irdisch-äußeren Wirklichkeit unabhängig, und nähert sich so dem Göttlichen an, eine Annäherung, die als Verschmelzungserlebnis mit dem Engel inszeniert wird und die auch als ‹Engelwerdung› gelesen werden kann: «Und er geht mit erhobenen Händen und geweiteten Augen in des Engels Schein, der ihn erwartet und rings um ihn zusammenschlägt und unverändert ist, sich verbreitet, im Licht verschwebt. Und Du gehst, bist unverletzt, wie in Flammen gehärtet, leicht ...»[91] (S. 237) Marc verbindet das Göttliche unter anderem mit der absoluten Liebe, der Wahrheit, Freiheit und Gerechtigkeit sowie mit dem reinen Ursprung. Die Sehnsucht nach diesem Göttlichen, die jeder Mensch in sich verspüre, die allzu oft aber vernachlässigt werde, bezeichnet er als «das Erbe unserer Unsterblichkeit.» (S. 213) Neben der Figur des Engels spielt auch der titelgebende Baum im Prozess der spirituellen Verwandlung des Protagonisten eine Schlüsselrolle, wobei die alte Tradition des Baums als Medium und Auslöser der Verwandlung aufgegriffen wird: «So wusste er später, dass in ihm der ‹wunderbare Prozess› mit dem Augenblick eingesetzt hatte, als er sich sprachlos jenem Baum gegenüber befand. Hatte er nicht dem Bild des Baums seine ganze Aufmerksamkeit zuwenden müssen, ungeteilt? Und mit solcher Inbrunst hatte er es erblickt, – so musste Mozart den Melodien gelauscht haben, so musste ein Versunkener den Schimmer von Gottes Antlitz schauen.» (S. 13)

Mit dem Voranschreiten des mystischen Prozesses wächst die Empfänglichkeit für das Göttliche, was sich auch in einer verbesserten Wahrnehmungsfähigkeit ausdrückt. Die graduelle Offenbarung des Göttlichen lässt sich als visuelle und akustische Erfahrung bezeichnen, da das Göttliche dem Mystiker (oder der romantischen Dichterfigur) zunächst über bestimmte Bilder und Klänge vermittelt wird. Auch im Roman *Das Wunder des Baums* vernimmt Marc im Zustand der Versunkenheit und der Anschauung in zunehmendem Maße (und mit zwischenzeitlichen Höhepunkten und Rückschlägen) eine Fülle von Bildern und Klängen, von bildhaften Zeichen und Stimmen, die er als Offenbarungen, als Erinnerungen an eine göttliche Einheit erfährt. Die andere, die göttliche Wirklichkeit, die er während der Anschauung wahrzunehmen vermeint, vergleicht er mal mit einer Traumwirklichkeit: «Als gehe er ganz allein, im Traum, oder eine Fackel in den Händen, einen von keinem Hauch gestörten, unbezeichnet durch unendliche Weisse dahinziehenden Weg entlang, so lebte er, versunken, in tiefer Ruhe» (S. 151) und mal mit einer Spiegelwirklichkeit: «Wie von jenem Sonnenstrahl sprechen, [...] der im ohne Hoffnung verlaufenden Morgen goldfarbig hereinbrach, belebend, warm und seidig wie ein Fell, [...] und so vertraut, als spiegelten sich darin ganze Heimattäler, Seen, die blitzenden Frühlichter über Gletschern, Gebirgskronen, Schneefeldern, sammtenen Morgenwiesen ...» (S. 86f.) Daneben gibt es noch ein weiteres typisches Merkmal der Bilder und Klänge aus der ‹anderen› Wirklichkeit: Sie weisen die typisch mystische, paradoxe Struktur der lichten Finsternis, der verkündigenden Stille und des seligen Todes auf. Eine größere Nähe zu Gott bedeutet paradoxerweise gleichzeitig eine Zunahme an Dunkelheit und Stille sowie eine Bewegung in den Tod: «Aber während wir unsere Werbung fortsetzen, und diesen Schrei immer erneuern, erinnern wir uns an das frühe Dunkel, streben ihm durch alle Umarmungen wieder entgegen, und wissen wohl, dass es Tod und Seligkeit bedeutet, und dass wir dann wieder stumm sein werden wie vor allem Anfang!» (S. 165f.)

Ein genauerer Blick auf die strukturelle und inhaltliche Gestaltung von Marcs spirituellem, mystischem Prozess zeigt darüber hinaus, dass sich diese der apokalyptischen Tradition bedient.[92] Die historisch-heilsgeschichtliche Denkfigur Apokalypse zeichnet sich durch eine dreiteilige Erzählstruktur von Krise, Gericht und Erlösung aus, wobei diese Handlungsstruktur auf einem Dualismus zwischen dem Mangel einer alten Welt und der Fülle einer neuen Welt basiert. Dies ist eine Setzung des Anfangs im Ende, da die neue Welt in einer radikalen Wendung auf die alte Welt folgt. Besonders eindrücklich ist hier sicherlich die Schlussszene des Romans. Diese weist mehrere Bezüge zu der wirkungsmächtigsten apokalyptischen Schrift des Abendlandes, der *Offenbarung des Johannes*, auf. Über die Erscheinung des Engels als typisches apokalyptisches Signal werden zudem die Themen des Gerichts und der göttlichen Inspiration berührt. Darüber hinaus werden im Roman weitere apokalyptische Handlungselemente, Motive und Bilder verwendet, um einerseits Marcs Leidensphase und andererseits seine Befreiung aus dem Leiden sowie sein Offenbarungserlebnis zu schildern.

Die Krisenphase des Protagonisten gleicht der existentiellen Krise des modernen Menschen, die sich auch als Sprachkrise manifestiert – er scheint in einer von Lügen und Illusionen erfüllten Welt verloren und muss darin ausharren. Die Sprache als Instrument der zwischenmenschlichen Verständigung und Bezeichnung der Welt hat ausgedient, sie gilt als «verdorrt» (S. 164) und «abgenutzt» (S. 17). Damit greift Annemarie Schwarzenbach ein Thema auf, das seit der Jahrhundertwende von 1900 in der deutschsprachigen Literatur unter dem Signum Sprachkrise, Sprachskepsis oder Sprachkritik vehement diskutiert wurde. Das Spektrum der Diskutanten reichte bekanntermaßen von Nietzsche bis de Saussure und von Mauthner bis zu Hofmannsthal, dessen *Chandos-Brief* der prominenteste Beitrag zum Thema ist. Die unüberbrückbare Kluft zwischen Sprache und Wirklichkeit ist der Grund dafür, dass der mystische Prozess zu Beginn des Romans durch das Aussprechen des Wortes «ein Baum» unterbrochen wird. Die verloren geglaubte, ursprüngliche Einheit kann nur mittels der Anschauung wieder hergestellt werden: «Wohl erinnerte er sich noch, wie jener Baum ihn aus der Zerstreuung gerissen, ihn gleichsam zur Anschauung versammelt hatte, damit er das Wort, das Bild und die Wirklichkeit des Baums wieder in Einklang bringen und begreifen könne» (S. 16). In der Beschreibung der Begegnung zwischen Marc und dem Baum zeigt sich, dass Marc die sprachlose Versunkenheit als potentiellen Ausweg aus der Sprachkrise ansieht, da in der so entstandenen Stille die Sprache Gottes, die göttlichen Worte und Töne, vernommen werden können. Diese kann der versunken Lauschende als Komponist (man vergleiche die Hinweise auf Mozart) bzw. als Dichter in der Folge niederschreiben. Diese Form einer Überwindung der Sprachkrise weist Bezüge zu den Ansätzen von Fritz Mauthner und Gustav Landauer auf, die eine sprachlose Versunkenheit und neue Mystik vor Augen hatten, sowie zu Stefan George, der sein poetisches Sprechen als ‹übermenschlich› inszeniert hat. Marc selbst wird im Roman denn auch mehrmals als Schreibender identifiziert – trotz seines Erlebnisses mit dem «Baum», dem Wort und dem damit Bezeichneten, bei aller Sprachreflexion und -skepsis vermag er ja durchaus zu ‹erzählen›, mit dem Wort umzugehen.[93]

Diese poetologische Thematik findet sich in Annemarie Schwarzenbachs Notizen und Briefen weiter ausgeführt, so, wenn sie auf ihre Schreibarbeit am Roman zu sprechen kommt, wie etwa in einem Brief an Ella Maillart: «le manuscrit n'est pas fait par mon lower self [...] but by another force, which also is the force of the truth, + of the only *reality*. *My* only work is: to overcome the lower self – just as I have to overcome disturbance, distraction, noise, pain, weakness – in order to listen to what I must write. [...] j'ai souvent écrit comme en transe – mais sachant que c'était ‹juste› [...]. ‹Ce n'est pas moi qui écrit. Moi, je fais que l'effort (de me ‹concentrer›)› [...]. Mais la faculté d'écrire – c'est une grâce de Dieu, pour que j'aie un guide qui exprime le désir de mon âme.»[94]

‹Afrika›: *Das Wunder des Baums*

Aber welche Rolle spielt nun ‹Afrika› für die Konzeption des Romans und hier besonders für die des Protagonisten? Das Interesse des Romans an Marcs innerem Prozess, an Spiritualität und auch Sprachkritik, führt keineswegs zu einer Ausblendung der Außenwelt: Vor allem im ersten und stellenweise auch noch im zweiten Teil werden die «afrikanische Wirklichkeit» (S. 60), die «afrikanische Landschaft» (S. 147) als äußere Wirklichkeit und Landschaft beschrieben, wobei diese Beschreibungen jedoch eine auffällige koloniale Semantik aufweisen. Die Handlungsebene ist innerhalb der Grenzen der kolonialen Gesellschaft angesiedelt. Die Afrikaner selbst bevölkern den Roman als dunkle Schatten, als Randexistenzen oder als lauernde Bedrohung der kolonialen Text-Welt. An keiner Stelle werden sie eigenständige Akteure der Handlung, stattdessen bleiben sie Teil des Naturraums: «Dann brach immer gleich die bleischwere, lichtlose Dämmerung an, draussen hörte man das rhythmische, gleichsam wider Willen aus rauhen Kehlen gestossene Heulen der Schwarzen –» (S. 84); und in ihren Augen haben sie «ein weisses Leuchten wie im Tageslicht die blinden Pupillen von

Thysville (Serie: «Ausblicke und Bäume»)

Nachttieren» (S. 24). Der afrikanische Naturraum wird vor allem mit dem Dschungel assoziiert und als bedrohlich erfahren: «Und wovon soll man in Afrika leben, wo alles feindlich ist, voller Skarabäen? – Der Himmel ist nicht froh, und der Wind nicht erfrischend, und das Laub nicht schattig, es zerbricht in der Hitze wie Glas, und in der Gartenecke stirbt eine räudige Gazelle vor Durst und Heimweh nach den Savannen, die ein Traum sind.» (S. 17) Den Lesern präsentiert sich in der Wahrnehmung Marcs ein afrikanischer *locus terribilis*, aus dem kaum ein Entkommen möglich scheint, und auch die in Schwarzenbachs Schreiben wichtige Gazelle – nicht selten ein Bild für Weiblichkeit wie in *Tod in Persien* oder in *Das Glückliche Tal* – verendet dort. Klima und afrikanischer Dschungel werden mit Ersticken, existentieller Bedrückung und Verschlungen-Werden assoziiert und einem idealisierten, arkadischen, teils deutlich schweizerisch anmutenden Naturraum gegenüber gestellt.

Mit Marcs Erinnerungen an seinen Großvater, die wohl auf den verloren gegangenen Seiten des Typoskripts beginnen, wird zudem eine bestimmte Tradition zitiert: Der Afrikafahrer und Heimkehrer findet spätestens seit der Mitte des 19. Jahrhunderts seinen Weg in die Literatur, so z.B. in dem hier bereits angesprochenen Roman Wilhelm Raabes *Abu Telfan* oder auch in Fontanes *Der Stechlin*.[95] Dies alles sorgt für eine Art Wiedererkennungseffekt: Das ‹Afrika› des kollektiven europäischen Gedächtnisses entsteht während des Lesens neu – oder eben nicht neu.

Diesem Afrika gegenüber steht ein anderes, ein vom Protagonisten verinnerlichtes, das als Symbol oder als utopisches Traum- und Paradies-Bild repräsentiert ist, wie es sich bereits in der Legende vom bei den Mondbergen verschollenen Großvater abzeichnet. Die Natur wird zu Landschaften und diese werden zu gemalten Bildern, gleich denen, die der «Paradiesli-Maler» aus Marcs Kindheit, der sein Tal nie verlassen hat, an die Wand seiner Scheune gemalt hatte (S. 169). Die afrikanische Landschaft wird dabei für die Darstellung des inneren Befreiungsprozesses des Protagonisten instrumentalisiert. Ein solches Vorgehen steht ganz in der Tradition der literarischen Mystik, in der dem spirituellen Wandel mittels einer bestimmten Raummetaphorik Gestalt gegeben wurde – man denke nur an die Figuren der Pilger oder der Eremiten auf ihrem Weg durch die Wüste oder die Wildnis. In *Das Wunder des Baums* inszeniert sich Marc denn auch als ein solcher Pilger oder Eremit: Zunächst träumt er von einer Reise in die Mongolei, die er mit ihrer einsamen Steppenlandschaft, ihren Klöstern und Mönchen als idealen

Ort für eine spirituelle Prüfung und Besinnung einschätzt. Nach und nach scheint ihm aber auch der afrikanische Raum für eine solche Prüfung und Besinnung in Frage zu kommen, denn er gewinnt letztlich die Überzeugung, dass die mystische Verwandlung erst nach einer gänzlichen Befreiung von jedem (konkreten) Ort und Raum und also im Grunde überall stattfinden kann.[96]

Ein erstes Beispiel für eine mystische Verinnerlichung der afrikanischen Landschaft liefert wiederum die Anfangsszene des Romans. Zunächst ist von einem Baum in einem nächtlichen Garten am Kongofluss die Rede. Auf diese konkrete Begegnung von Mensch und Baum folgt dann unmittelbar die Beschreibung einer inneren Begegnung, die in «einer anderen Wirklichkeit» (S. 55) stattfindet: «Er sah nur den Baum, und konnte die Augen nicht davon lösen, als halte sich etwas Sehnsüchtiges in ihm, vielleicht seine Seele, am Bild fest» (S. 12). Der Baum wird hier zu einem inneren Symbol und ruft dabei vielerlei tradierte Bedeutungen auf, etwa der Baum als Weltachse oder als Medium und Katalysator von (dichterischer) Bewusstwerdung und Selbstfindung.

Marc ist insgesamt dreimal als Reisender in Afrika unterwegs, und auch während dieser drei Reisen wird die afrikanische Landschaft zur Darstellung einer mystischen Verwandlung verinnerlicht und mit symbolischer Bedeutung aufgeladen. Für seine zweite Reise unterbricht er seinen Aufenthalt bei Louise, um eine Wanderung «bis ins innerste Afrika» (S. 207) zu unternehmen, die ihn durch den Dschungel bis zu den Savannen und den Mondbergen führt. Diese Reise in das ‹Herz› Afrikas kann so auch als mystischer Weg nach Innen gelesen werden, wobei der Weg durch die Wildnis zum Prüfungsweg und das Innere Afrikas zum paradiesischen Ort der Offenbarung, zur mystischen Utopie stilisiert werden. Diese paradiesische Schilderung des inneren Afrika orientiert sich an vorkolonialen Traditionen des subsaharischen Afrika-Bildes, und eine wichtige Bezugs- und Wegweiser-Figur im Kontext dieser utopisch-mystischen Visionen ist sicherlich Marcs Großvater, in dessen Fußspuren sich der Protagonist begibt, um sich auf diese Weise als sein Erbe zu legitimieren.

Gegen Ende des Romans befindet sich Marc zuletzt an einem Ort, der in der Nähe eines afrikanischen Dorfes, Makinlele, liegt, das sowohl an den Dschungel als auch an die Berge grenzt. Auf der Gebirgsschwelle bereitet sich Marc auf das am Ende des Romans stattfindende Offenbarungserlebnis vor, indem er die Umgebung in mystischer Anschauung überblickt und sich dabei vom äußeren, afrikanischen Raum unabhängig macht: Der Ort braucht ihm zufolge «nicht mehr in Afrika zu sein» (S. 224), und Marc sieht sich nach und nach in die idealisierte Welt der Antike (zurück-)versetzt: «Dies endlich ist Griechenland: die aufschlagenden Früchte in schattigen Hainen, die rötliche Erde der Ziegenpfade, das Wiesengrün, das Himmelszelt, – dieses Leuchten versammelter Lieblichkeit ...» (S. 225) Eine derartige Anverwandlung des fremden afrikanischen Raums ist aus heutiger Perspektive sicherlich nicht unproblematisch, basiert sie doch letzten Endes auf der kolonialen Imagination Afrikas als ‹unbeschriebener› Raum, als ein Raum, auf den sich europäische Phantasien und Visionen beliebig projizieren lassen. Allerdings ist der utopische Gehalt dieses antikisierten Afrikas unübersehbar.

Das Wunder des Baums markiert eine auffällige Entwicklung in Annemarie Schwarzenbachs Werk: Der Genderdiskurs, das Thema der Sprachkrise, die Engels-Motivik und auch die Frage nach Offenbarung und Erlösung werden im Vergleich zu ihren früheren Werken, beispielsweise *Tod in Persien* und *Das glückliche Tal*, nun anders behandelt. Annemarie Schwarzenbach ist ‹traditioneller› geworden – so verschwindet zum Beispiel das Spiel mit geschlechtlicher Zweideutigkeit, die Genderthematik ist zwar weiterhin präsent, aber die Genderrollenverteilung (der Großvater, Marc, Louise) scheint eher konventionell angelegt. Es gibt deutliche Verschiebungen des Ansatzes, wobei die Lösungsvorschläge im Zeichen jener auch religiösen Neuorientierung stehen, auf die bereits mehrfach verwiesen worden ist. Vielleicht sind es diese neuen Entwicklungen bei Annemarie Schwarzenbach, die mit dazu beigetragen haben, dass ihre afrikanischen Schriften und eben vor allem das *Wunder des Baums* in der so lebhaften Schwarzenbach-Forschung sowie bei den bisherigen Editoren kaum Beachtung gefunden haben. Im Mittelpunkt des Interesses standen und stehen vor allem die Texte aus dem Orient und die experimentellen Erzählungen und Romane ihrer Frühzeit. Auch insofern betritt die hier vorgelegte Edition Neuland.

***

Wie schon Annemarie Schwarzenbachs letztes zu Lebzeiten erschienenes Buch *Das glückliche Tal* ist auch *Das Wunder des Baums* literarhistorisch betrachtet ein Ausnahmetext nicht nur in der Schweizer, sondern überhaupt in der deutschsprachigen Literatur der späten dreißiger und frühen vierziger Jahre des 20. Jahrhunderts. Er passt kaum in das Konzept der

«Thysville. Letzte Wegbiegung vor den Eukalyptusbäumen – mein Heimweg»

‹Geistigen Landesverteidigung›, das die Schweiz angesichts der Bedrohung durch Nazi-Deutschland ausgerufen hatte und das mit dem neu erwachten nationalen Selbstbewusstsein und einer gesteigerten Wehrbereitschaft auch eine Rückbesinnung auf dezidiert konservative Werte bedeutete. Die großangelegte, repräsentative Landesausstellung von 1939 in Zürich mit ihrem «Weiheraum der Dichtung» zielte gerade nicht auf jene Modernität, für die das Werk Annemarie Schwarzenbachs mit allen Entwicklungen, die für ihre afrikanische Phase aufgezeigt wurden, weiterhin steht. Ein Außenseiter wie Ludwig Hohl notierte Mitte der dreißiger Jahre: «Schweiz. Die Starrheit ergreift nach und nach, ohne daß sie es merken, auch die Besten, und sie werden wie mit einer Glasur überzogen. Du siehst es mit Entsetzen und fürchtest, daß sie nach und nach ganz und gar zementiert werden.»[97]

Die deutsche Exilliteratur wiederum setzte auf das historische Erzählen oder das explizit gemachte antifaschistische Engagement im Roman. Um 1940 arbeitete Brecht an der *Mutter Courage*, es erschienen Klaus Manns *Vulkan* und Thomas Manns *Lotte in Weimar* (beide 1939), Lion Feuchtwangers *Exil* (1940), Stefan Zweigs *Schachnovelle* (1941) oder *Das siebte Kreuz* von Anna Seghers (1942), in Deutschland selbst neben der Blut-und-Boden-Dichtung Ernst Jüngers *Marmorklippen* (1939). Vom Sujet bis zu seiner Ausführung und ästhetischen Machart ist das *Wunder des Baums* ein singuläres Werk. Das sagt noch nichts über seine literarische Qualität aus, wohl aber über einen radikalen Versuch, auf ebenso komplexe wie komplizierte Weise die Fassungslosigkeit über eine Welt des Krieges und des Terrors zu gestalten oder gar zu bewältigen, und dies zu einem Zeitpunkt, da deren Ende ebenso wenig abzusehen war wie eine Niederlage des Faschismus.

Das Wunder des Baums ist ein Afrika-Roman, der dann doch, wie oben verdeutlicht, keiner ist. Es ist ein Roman über den Zweiten Weltkrieg, der aber fernab von den Kriegsschauplätzen spielt, und es ist schließlich ein Roman der Apokalypse. Es ist aber auch ein Roman der Utopie, einer Verheißung, wie sie an exponierter Stelle, am Ende des ersten Teiles, ausgesprochen ist: «[...] es würde genügen, immer das gleiche Tal zu erreichen, wo die Menschen um ein Herdfeuer sitzen, und sich Geschichten erzählen aus alten Zeiten, und wo die Gletscher im Mondlicht leuchten und der frische Tau auf den Wiesen liegt in der Morgenfrühe, und die frommen Herden zur Tränke gehen. Dort braucht man keine Gesetze. Man frägt Sie nicht einmal nach Ihrer Herkunft, denn es herrscht noch die Gastfreundschaft, und Sie können ein Fremdling sein, man empfängt Sie doch wie einen Bruder.» (S. 80)

1 Klara Obermüller: Am Ende aller Wege. Festvortrag zum 100. Geburtstag von Annemarie Schwarzenbach, 8. Juni 2008, http://www.nb.admin.ch/aktuelles/01952/02026/index.html?lang=de.
2 Stefan Howald: Die Faszination des schuldigen Lamms, in: WOZ Die Wochenzeitung, 24. Juli 2008, S. 13–14, hier S. 13.
3 Vgl. zu Rezeptionslage und Forschungsstand: Sofie Decock / Uta Schaffers: Einleitung. Neue Wege zu Annemarie Schwarzenbach, in: dies. (Hg.): inside out. Textorientierte Erkundungen des Werks von Annemarie Schwarzenbach, Bielefeld 2008, S. 7–26 sowie Walter Fähnders: Zwischen Biografik und Werkanalyse. Die Schwarzenbach-Rezeption seit den 90er Jahren, in: Mirella Carbone (Hg.): Annemarie Schwarzenbach. Werk – Wirkung – Kontext. Akten der Tagung in Sils/Engadin vom 16. bis 19. Oktober 2008. Mit einer Schwarzenbach-Bibliographie 2005–2009, Bielefeld 2010, S. 19–44.
4 Annemarie Schwarzenbach: Rives du Congo. Tétouan / Kongo-Ufer. Aus Tetouan. Hg. Dominique Laure Miermont, Noville-sur-Mehaigne 2005. Aus dem Gedicht *Kongo-Ufer* wurde zuvor Teil IV erstmals gedruckt in: Annabelle, Januar 1943, Nr. 59, S. 10 (wieder in: Spektrum. Vierteljahresschrift für Originalgraphik und Dichtung, 1967, Nr. 33, o.S.).
5 Im Anschluss an die Edition des Romans *Das Wunder des Baums* wird eine Edition aller weiteren Afrika-Texte in der Reihe Schweizer Texte des Chronos Verlages erscheinen.
6 Brief von Annemarie Schwarzenbach an Ella Maillart, Januar 1941, unveröff., im SLA, zitiert nach Alexis Schwarzenbach: Auf der Schwelle des Fremden. Das Leben der Annemarie Schwarzenbach, München 2008, S. 337.
7 Die Korrespondenz mit Carl Jacob Burckhardt findet sich in: Walter Fähnders / Sabine Rohlf (Hg.): Annemarie Schwarzenbach. Analysen und Erstdrucke. Mit einer Schwarzenbach-Bibliographie, Bielefeld 2005, S. 236–265, hier S. 263.
8 Brief von Clara Wille an Isi von Erlach, 17. Februar 1941, zitiert nach Schwarzenbach: Auf der Schwelle des Fremden (wie Anm. 6), S. 340.
9 Brief von Annemarie Schwarzenbach an Ella Maillart, 23. März 1941, unveröff., im SLA. Wir danken Frau Anneliese Hollmann (Chambésy) für die Genehmigung, aus der Schwarzenbach-Maillart-Korrespondenz zitieren zu dürfen. Auch dem SLA sei an dieser Stelle für die Zitiergenehmigung dieses und weiterer Nachlasstexte gedankt.
10 Alle Zitate ebenda.
11 Brief von Annemarie Schwarzenbach an Erika Mann, Juni 1941, im Original englisch, deutsche Übersetzung in: Uta Fleischmann (Hg.): «Wir werden es schon zuwege bringen, das Leben». Annemarie Schwarzenbach an Erika und Klaus Mann. Briefe 1930–1942, Herbolzheim 2001, S. 90.
12 Annemarie Schwarzenbach: Beim Verlassen Afrikas. Geschrieben an Bord S.S. Quanza von Luanda bis Lissabon. 14.–30. März 1942, unveröff., im SLA, S. 24; dieser Text wird im Folgeband erstmals veröffentlicht werden (siehe Anm. 5).
13 Brief von Annemarie Schwarzenbach an Marie-Louise Bodmer, 14. Juni 1941, unveröff., zitiert nach Charles Linsmayer: Annemarie Schwarzenbach. Ein Kapitel tragische Schweizer Literaturgeschichte, Frauenfeld 2008, S. 162.
14 Brief von Annemarie Schwarzenbach an Erika Mann (wie Anm. 11), S. 91.
15 In: Annemarie Schwarzenbach: Auf der Schattenseite. Ausgewählte Reportagen, Feuilletons und Fotografien 1933–1942. Hg. Regina Dieterle / Roger Perret, Basel 1995, S. 268–280.
16 Brief von Annemarie Schwarzenbach an Erika Mann (wie Anm. 11), S. 89.
17 Der Vorgang ist im Schweizer Bundesarchiv, Bern, aktenkundig (Bestand E 4264, Ablieferung 1989/146, Aktenzeichen K 16734, Dossiertitel Clarac-Schwarzenbach, Anna Marie, 25. August 1941 bis 20. Januar 1942, Band 445). Wir danken Andreas Tobler für den Hinweis

auf die Existenz dieser Akten und dem Schweizer Bundesarchiv für deren Bereitstellung und die Zitiergenehmigung.

18 Nachweise aller Zeitungsartikel bei Walter Fähnders / Dominique Laure Miermont / Roger Perret: Bibliographie der Schriften von Annemarie Schwarzenbach, in: Fähnders / Rohlf (Hg.): Annemarie Schwarzenbach (wie Anm. 7), S. 309–336.

19 Brief von Annemarie Schwarzenbach an Ella Maillart, 14. März 1942, unveröff., im SLA.

20 Brief von Annemarie Schwarzenbach an Ella Maillart, 21. November 1941, unveröff., im SLA, Hervorhebung im Original.

21 Schwarzenbach: Beim Verlassen Afrikas (wie Anm. 12), S. 40.

22 Ebenda.

23 Brief von Annemarie Schwarzenbach an Marie-Louise Bodmer (wie Anm. 13), S. 162.

24 Schwarzenbach: Beim Verlassen Afrikas (wie Anm. 12), S. 34.

25 Ebenda.

26 Ebenda, S. 26.

27 Brief von Annemarie Schwarzenbach an Marie-Louise Bodmer (wie Anm. 13), S. 162.

28 Brief von Annemarie Schwarzenbach an Marie-Louise Bodmer, 20. Juli 1941, unveröff., zitiert nach Linsmayer: Annemarie Schwarzenbach (wie Anm. 13), S. 165.

29 Brief von Annemarie Schwarzenbach an Ella Maillart, 2. August 1941, unveröff., im SLA, Hervorhebung im Original.

30 Brief von Annemarie Schwarzenbach an Marie-Louise Bodmer, 5. August 1941, unveröff., zitiert nach Linsmayer: Annemarie Schwarzenbach (wie Anm. 13), S. 165.

31 Annemarie Schwarzenbach hat fertig gestellte Partien des Romans des Öfteren datiert; vgl. die Auflistung in unserer Editorischen Notiz (S. 239).

32 Brief von Annemarie Schwarzenbach an Ella Maillart (wie Anm. 19).

33 Schwarzenbach: Beim Verlassen Afrikas (wie Anm. 12), S. 43f.

34 Brief von Annemarie Schwarzenbach an Margret Boveri, 23. Mai 1942. Die Korrespondenz mit Margret Boveri findet sich in: Fähnders / Rohlf (Hg.): Annemarie Schwarzenbach (wie Anm. 7), S. 286–295, hier S. 285.

35 Brief von Annemarie Schwarzenbach an Ella Maillart, 11. Januar 1942, unveröff., im SLA.

36 Ebenda.

37 Ebenda.

38 Schwarzenbach: Beim Verlassen Afrikas (wie Anm. 12), S. 42, Hervorhebung im Original.

39 Brief von Ella Maillart an Annemarie Schwarzenbach, 5. März 1942, unveröff., im SLA.

40 Schwarzenbach: Beim Verlassen Afrikas (wie Anm. 12), S. 32 und S. 37, Hervorhebung im Original.

41 Brief von Annemarie Schwarzenbach an Ella Maillart, 1. Februar 1942, unveröff., im SLA.

42 Brief von Ella Maillart an Annemarie Schwarzenbach, 7. Januar 1942, unveröff., im SLA.

43 Brief von Annemarie Schwarzenbach an Ella Maillart (wie Anm. 19), Hervorhebung im Original.

44 Brief von Annemarie Schwarzenbach an Margret Boveri, 12. Juni 1942, in: Fähnders / Rohlf (Hg.): Annemarie Schwarzenbach (wie Anm. 7), S. 290.

45 Brief von Annemarie Schwarzenbach an Ella Maillart (wie Anm. 19).

46 Brief von Annemarie Schwarzenbach an Carl Jacob Burckhardt, 16. April 1942, in: Fähnders / Rohlf (Hg.): Annemarie Schwarzenbach (wie Anm. 7), S. 265.

47 Brief von Annemarie Schwarzenbach an Ella Maillart (wie Anm. 19).

48 Brief von Annemarie Schwarzenbach an Ella Maillart (wie Anm. 41), Hervorhebungen im Original.

49 Schwarzenbach: Beim Verlassen Afrikas (wie Anm. 12), S. 61.

50 Brief von Annemarie Schwarzenbach an Ella Maillart (wie Anm. 19).

51 Brief von Ella Maillart an Annemarie Schwarzenbach (wie Anm. 39).

52 Schwarzenbach: Beim Verlassen Afrikas (wie Anm. 12), S. 39.

53 Ebenda, S. 62, Hervorhebung im Original.
54 Ebenda, S. 54; der Vorgang ist dort ausführlich beschrieben.
55 Brief von Annemarie Schwarzenbach an Ella Maillart (wie Anm. 19).
56 Brief von Annemarie Schwarzenbach an Carl Jacob Burckhardt (wie Anm. 46).
57 Brief von Margret Boveri an Annemarie Schwarzenbach, 5. Juni 1942, in: Fähnders / Rohlf (Hg.): Annemarie Schwarzenbach (wie Anm. 7), S. 288.
58 Brief von Margret Boveri an Gert Reiss, 23. Juli 1942, unveröff., zitiert nach Andreas Tobler: Briefwechsel zwischen Annemarie Schwarzenbach und Margret Boveri. Einleitung, in: Fähnders / Rohlf (Hg.): Annemarie Schwarzenbach (wie Anm. 7), S. 284–285.
59 Brief von Charly Clerc an Annemarie Schwarzenbach, 8. Juli 1942, der sich als Einlage in einem Brief von Hans Herbert Schwarzenbach an Annemarie Schwarzenbach (adressiert an Annemarie Clarac) befindet, 16. Juli 1942, unveröff., im SLA, Hervorhebungen im Original.
60 Dieser Text wird im Folgeband erstmals veröffentlicht werden (siehe Anm. 5).
61 Brief von Annemarie Schwarzenbach an Klaus Mann, 2. September 1942, unveröff., im Nachlass Klaus Mann, in: Monacensia, Münchner Stadtbibliothek, Literaturarchiv, dem wir ebenso wie Herrn Frido Mann für die Zitiergenehmigung herzlich danken; in deutscher Übersetzung findet sich der Brief auszugsweise bei Fleischmann (Hg.): «Wir werden es schon zuwege bringen, das Leben» (wie Anm. 11), S. 188f.; dort fehlt diese Passage.
62 Brief von Annemarie Schwarzenbach an Margret Boveri, 13. Juni 1942, in: Fähnders / Rohlf (Hg.): Annemarie Schwarzenbach (wie Anm. 7), S. 293.
63 Schwarzenbach: Beim Verlassen Afrikas (wie Anm. 12), S. 54.
64 Im Vorwort der ersten Auflage des Romans «Abu Telfan oder Die Heimkehr vom Mondgebirge».
65 Vgl. dazu im Weiteren: Uta Schaffers: An-Ordnungen. Formen und Funktionen der Konstruktion von Fremde im kolonialen Afrika-Diskurs, in: Ingo H. Warnke (Hg.): Deutsche Sprache und Kolonialismus. Aspekte der nationalen Kommunikation zwischen 1884–1919, Berlin 2009, S. 145–166.
66 Balder Olden: Paradiese des Teufels. Biographisches und Autobiographisches. Schriften und Briefe aus dem Exil, Berlin 1977, S. 123–127. Abgedruckt wird hier u. a. eines der Protokolle Casements, die das Leid der Bevölkerung an einem Einzelfall sehr anschaulich werden lassen. Aktuell aufgegriffen wird das Leben Roger Casements im 2010 erschienenen Roman von Mario Vargas Llosa: El sueño del celta (Madrid 2010).
67 Schwarzenbach: Beim Verlassen Afrikas (wie Anm. 12), S. 10f.
68 Annemarie Schwarzenbach: Schiffs-Tagebuch II, in: National-Zeitung, 7. November 1941, Nr. 518, S. 2 (datiert: An Bord des «Colonial», 22. Mai 1941).
69 Schwarzenbach: Beim Verlassen Afrikas (wie Anm. 12), S. 13.
70 Schwarzenbach hat diese auch fotografisch dokumentiert, vgl. dazu den Artikel von Franziska Bergmann in: Carbone (Hg.): Annemarie Schwarzenbach (wie Anm. 3), S. 279–291.
71 Annemarie Schwarzenbach: ... um die Ehre der amerikanischen Südstaaten, 1938, in: Auf der Schattenseite (wie Anm. 15), S. 173–181, hier S. 177.
72 Vgl. v. a. Annemarie Schwarzenbach: Der Belgische Kongo und der Krieg, in: Neue Zürcher Zeitung, 7. August 1942, Mittagsausgabe, Nr. 1245, Blatt 3; und Annemarie Schwarzenbach: Kleines Kongo-Tagebuch II. Auf einem Flußdampfer, in: National-Zeitung, 16. April 1942, Nr. 174, Abendblatt, S. 2.
73 Schwarzenbach: Beim Verlassen Afrikas (wie Anm. 12), S. 7.
74 Schwarzenbach: Beim Verlassen Afrikas (wie Anm. 12), S. 73f., Hervorhebung im Original.
75 Annemarie Schwarzenbach: San Thomé, die Insel am Aequator, in: National-Zeitung, 21. November 1941, Nr. 542, Abendblatt, S. 2.
76 Diese Darstellung wird mancherorts bedauerlicherweise ohne die gebotene kritische Distanz übernommen: «Als ihr [Madame Viviens] Mann 1932 schwer krank wurde und in die Schweiz zurückkehren mußte, blieb sie allein in Molanda, und die Schwarzen, die die Lage ausnutzen und Däumchen drehen wollten, haben ihren Irrtum schnell begriffen.» In:

Dominique Laure Miermont: Annemarie Schwarzenbach. Eine beflügelte Ungeduld, Zürich 2008, S. 359.

77 Brief von Annemarie Schwarzenbach an Marie-Luise Bodmer (wie Anm. 30).

78 Annemarie Schwarzenbach: Schweizer Pionierarbeit im Urwald II, in: Thurgauer Zeitung, 15. November 1941, Nr. 269, Blatt 2. Auch in einem umfänglichen Brief an Erika Mann zeigt sich Annemarie Schwarzenbach sehr gut über die ökonomische Lage des Kongo, die Situation der Exportwirtschaft und der Lage der «‹Kolonialen›», wie sie sie nennt, informiert, berührt aber mit keinem Wort das System der Unterdrückung und die Plünderung des Landes (Brief vom 17. Juli 1941, in: Fleischmann (Hg.): «Wir werden es schon zuwege bringen, das Leben» (wie Anm. 11), S. 94).

79 Vgl. etwa Schwarzenbach: Beim Verlassen Afrikas (wie Anm. 12), S. 13ff., oder auch Annemarie Schwarzenbach: Kleines Kongo-Tagebuch IV. Das Bild des Kongos, in: National-Zeitung, 4. Mai 1942, Nr. 201, Abendblatt, S. 3.

80 Vgl. Schwarzenbach: Beim Verlassen Afrikas (wie Anm. 12), S. 18ff.

81 Annemarie Schwarzenbach: Begegnung mit dem Dschungel, in: Die Weltwoche, 5. Dezember 1941, Nr. 421, S. 17 (datiert: Molanda en Mongala, Congo Belge, Juli 1941).

82 Schwarzenbach: Beim Verlassen Afrikas (wie Anm. 12), S. 18.

83 Ebenda, S. 17.

84 Vgl. auch Annemarie Schwarzenbach: Schweizer Pionierarbeit im Urwald III, in: Thurgauer Zeitung, 20. November 1941, Nr. 273, Blatt 2.

85 Brief von Annemarie Schwarzenbach an Carson McCullers, 29. Juli 1941, unveröff., Kopie im SLA. Wir danken dem Harry Ransom Humanities Research Center an der University of Texas at Austin, aus der Schwarzenbach-McCullers-Korrespondenz zitieren zu dürfen. Der Brief wurde auf einer Schweizer Plantage (Molanda en Mongala) geschrieben.

86 In Schwarzenbachs Artikel «Marokkanische Erntezeit» (in: National-Zeitung, 18. Juni 1942, Nr. 275, Abendblatt, S. 2) findet sich dann folgende Reflexion: «Ja, äußerlich hatten wir die Welt beinahe erobert [...] Aber diese Eroberung hat nicht nur kaum dazu beigetragen, die Menschen glücklicher zu machen, sie hat uns einander nicht einmal näher gebracht. Denn die Abstufung, die uns von außen droht, war am Werk, und gewohnt, am Leben, an der Arbeit, an den Mühen und Leiden anderer, weißer, schwarzer und gelber Mitmenschen sozusagen vorbeizufliegen, teilnahmslos und ohne Verantwortung, erkannte man in ihrem Antlitz noch weniger den Bruder als zuvor im Antlitz des Dorfnachbarn.»

87 Brief von Charly Clerc an Annemarie Schwarzenbach (wie Anm. 59), Hervorhebung im Original.

88 Brief von Annemarie Schwarzenbach an Carson McCullers, 29. Dezember 1941, unveröff., zitiert nach Bettina Augustin: Spiegelbild im Auge der Anderen. Annemarie Schwarzenbach und Carson McCullers – eine literarische Wahlverwandtschaft, in: Decock / Schaffers (Hg.): inside out (wie Anm. 3), S. 306.

89 In Ella Maillarts Briefen an Annemarie Schwarzenbach befinden sich unter anderem: Exzerpte aus der Bhagavad Gita, Kommentare von Sri Aurobindo (Aurobindo Ghose, 1872-1950) sowie von der ‹Mutter› (Mira Alfassa, 1878–1973), den Begründern des Ashrams in Pondichery, und diesbezügliche persönliche Kommentare und Ratschläge Ella Maillarts.

90 Brief von Annemarie Schwarzenbach an Ella Maillart (wie Anm. 41).

91 Ein ähnliches Szenario findet sich ebenfalls in einem Kommentar Sri Aurobindos, den Ella Maillart Annemarie Schwarzenbach aus Indien übermittelt hatte, wobei nicht von einem Engel, sondern von einem Godhead oder spirit die Rede ist: «Then the presence of the Purushottama will grow upon the natural man till he is filled with it and becomes a Godhead and a spirit.» In einem Brief von Ella Maillart an Annemarie Schwarzenbach (wie Anm. 42).

92 Mehr dazu in: Sofie Decock / Uta Schaffers: «Dann endeten die Pfade, irgendwo zwischen Himmel und Erde, am Weltenrand». Apokalyptische Bilder und apokalyptische Struktur in Annemarie Schwarzenbachs *Das Wunder des Baums* (1941/42), in: Carbone (Hg.): An-

nemarie Schwarzenbach (wie Anm. 3), S. 45-74; Sofie Decock: Papierfähnchen auf einer imaginären Weltkarte. Mythische Topo- und Tempografien in den Asien- und Afrikaschriften Annemarie Schwarzenbachs, Bielefeld 2010.

93 Vgl. etwa S. 23: «Aber er würde doch schreiben, immer wieder, von Anfang an». Dass er es dabei letztlich zum Dichter-Seher bringt und die göttlichen Worte und Töne aufschreibt, für die er empfänglich wurde, geht aus der im folgenden Satz evozierten Verbindung zwischen Feder, Schreibtätigkeit und Seelenflug hervor: «er wird auf den Fersen getragen und seine Füsse federn» (S. 237).

94 Brief von Annemarie Schwarzenbach an Ella Maillart (wie Anm. 41), Hervorhebungen im Original.

95 Die Suche nach den Mondbergen wurde zu dieser Zeit bereits bespöttelt und der beste Afrikafahrer war eben der, der *nicht* heimkehrte und so die Legendenbildung auch nicht weiter durch seine konkrete und stets etwas profane Anwesenheit behinderte. Dieser (literarische) Diskurs, dieses Gebrochen-Sein einer einst ruhmreichen Figur spiegelt sich auch in Marcs durchaus ambivalenten Heimkehrerphantasien wider, etwa in seinen Bedenken, nichts Relevantes, nur «ruhmlose Geschichten.» (S. 32) zu erzählen zu haben. Seine Flucht in tradierte Paradies- und Schreckensbilder überzeugt dann auch nicht wirklich, bleibt schal.

96 Dass Marc sich eher als Pilger denn als Eremit versteht, geht aus der räumlichen Beschreibung seines Offenbarungsweges hervor. Die endgültige Offenbarung beginnt zwar mit dem Aufstieg aus dem Dschungel bis zum Gebirge, sie kommt aber nicht auf der Anhöhe im Gebirge zum Abschluss. Marc geht zunächst «abwärts [...] durch die Wiesen dem Ort Makinlele entgegen» (S. 236), und es ist an einem weißen, von Bäumen gesäumten Weg in den Wiesen, wo die Offenbarung im Roman ihren Höhepunkt erreicht. Für diese These lassen sich auch autobiographische Belege heranziehen. So beteuert Schwarzenbach in *Beim Verlassen Afrikas* (wie Anm. 12), «dass wir trotz allem in einer irdisch-menschlichen Gemeinschaft leben müssen» (S. 45).

97 Zitiert nach Charles Linsmayer: Nachwort, in: Andrea und Charles Linsmayer (Hg.): Frühling der Gegenwart. Deutschschweizer Erzählungen 1890 bis 1950, 3 Bde, Frankfurt/M. 1990, Bd. 3, S. 434–493, hier S. 452.

Danksagung

Für freundliche Unterstützung und vielfältige Hilfe danken die Herausgeber auf das herzlichste Gabriela Rauch und Irmgard Wirtz Eybl vom Schweizerischen Literaturarchiv (Bern), Peter Utz (Université de Lausanne), Hans-Rudolf Wiedmer vom Chronos Verlag (Zürich) sowie Julia Silberer (Universität Koblenz).

Sofie Decock, Walter Fähnders, Uta Schaffers